LA BÊTE NOIRE

Collection dirigée par Glenn Tavennec

L'AUTEUR

Diplômé d'une école de cinéma, Mathieu Lecerf a réalisé deux courts métrages et un documentaire. Journaliste, il a, au cours des quinze dernières années, collaboré aux magazines *Première*, *Studio* et *GQ*, ainsi qu'à des émissions consacrées au cinéma.

En 2017, il a éprouvé le besoin de faire une pause, de mettre en perspective la vie qu'il menait et de s'ouvrir de nouveaux horizons. Il a largué les amarres et a parcouru le monde, pour une expérience intense au bout de laquelle il a écrit son premier roman : *La Part du démon.*

MATHIEU LECERF

LA PART DU DÉMON

LA BÊTE NOIRE
Robert Laffont

Crédits photographiques :
En couverture : montage photo © Gérald Wassen d'après *La Pudeur* d'Antonio Corradini, 1752, sculpture conservée à la chapelle Sansevero, Naples, Italie.
Photo auteur : © Nicolas Valois.

ISSN 2431-6385
ISBN 978-2-221-24053-3
Dépôt légal : mars 2021
Éditions Robert Laffont – 92, avenue de France 75013 Paris

À mes parents et mon frère

« Toutes les choses vraiment atroces démarrent dans l'innocence. »

Ernest Hemingway

Avec son arme à la ceinture et sa carte flambant neuve fixée au revers de sa veste, le lieutenant Esperanza Doloria n'eut aucun mal à pénétrer sur la scène de crime malgré son manque d'assurance – lâchant à l'occasion un clin d'œil maladroit ou un hochement de tête hésitant aux flics qu'elle croisait dans les escaliers de cet hôtel miteux.

Dans le couloir du troisième étage, la pénombre dégoulinait de chaque recoin comme du chocolat fondu sur une crêpe moisie ; l'odeur était pestilentielle et Esperanza dut contrôler sa respiration pour éviter la nausée.

Quand elle arriva sur le seuil de la chambre numéro 32, elle nota d'abord que la pièce était à peine éclairée, puis qu'une poignée de flics – gantés et chaussés de protections – tournaient autour du cadavre en grésillant des messes basses et sans manifester la moindre émotion.

La dépouille était dans son champ de vision, bien sûr, silhouette floue et ensanglantée, et Esperanza avait tout de suite perçu sa posture et les violences subies, même sans la regarder directement, mais elle prit son temps avant de lui faire face.

Quand ses yeux se posèrent finalement sur la jeune femme éventrée et la sanglante géométrie de son visage, elle éprouva aussitôt un haut-le-cœur et effectua un mouvement de recul instinctif ; elle fit volte-face et emprunta le couloir dans l'autre sens, le visage blême, avec cette putain de boule dans l'estomac qui lui broyait les tripes et lui remontait dans le gosier.

Une main sur la poitrine, elle retint avec difficulté la bile brûlante qui valsait dans sa gorge ; elle s'appuya un instant contre le mur à l'autre extrémité du couloir. Elle força pour ouvrir la fenêtre, puis respira à pleins poumons ; et oui, ça la soulagea, et elle resta un moment entre les battants à se remettre les idées en place, en tentant d'accepter la vision de ce corps nu et éviscéré, quand elle saisit des bribes de conversation derrière elle.

— Dommage, c'était une belle fille, jugeait un flic en uniforme.

— Ouais, en plus, elle donnait, putain ! répliquait un autre en appuyant sur le dernier mot. Je sais pas combien de fois je me suis paluché sur elle, mais un paquet ! ajoutait-il avant de glousser comme un gros beauf.

Face à cette nuit sans lune qui semblait devenir plus sombre encore, Esperanza ferma les yeux, serra les paupières de toutes ses forces jusqu'à apercevoir enfin des étoiles ; puis elle se retourna, fit quelques pas en dévisageant les deux policiers, et une fois au bout du couloir, inspira profondément avant de pénétrer dans la chambre.

Sorti de nulle part, un flic en civil lui bloqua aussitôt l'accès.

— Pardon, jeune femme, mais c'est ma scène de crime, ici. Vous êtes qui pour débarquer comme ça ? lança-t-il en jetant un coup d'œil à la carte fixée sur sa poitrine.

— Lieutenant Esperanza Doloria, répliqua-t-elle en se redressant. C'est mon premier jour, enfin, ma première nuit, poursuivit-elle en sortant son affectation et en la lui tendant.

Serein, presque détendu malgré la situation, le flic d'une quarantaine d'années au visage émacié et au regard brun foncé la parcourut.

— Almeida ? lâcha-t-il, surpris. Il n'est pas du tout sur ce site. Il a été appelé aux Buttes-Chaumont, je crois...

Il se retourna et interpella l'un de ses hommes, qui lui confirma l'information, puis il baissa de nouveau les yeux vers Doloria.

— Vous vous êtes trompée d'adresse, lieutenant, vous allez devoir retraverser tout Paris, sourit-il en lui signifiant de remballer sa lettre.

— Mais je devais le rejoindre ici, j'en suis sû...

— Lieutenant, la coupa-t-il. Almeida est aux Buttes-Chaumont sur une autre affaire, c'est une certitude. Il y a eu confusion. On est appelés partout ce soir, ça va vraiment être une nuit merdique, enchaîna-t-il en se frottant le front. Vous vous êtes plantée, ça arrive. Mais filez, maintenant, sinon vous risquez de le mettre en rogne.

Dans l'incompréhension, Esperanza rangea son document et fit demi-tour sans rien ajouter.

— Surtout si c'est votre premier jour ! argua-t-il encore dans son dos alors qu'elle accélérait.

En déboulant dans le couloir, Esperanza dépassa les hommes qu'elle avait toisés un instant plus tôt, puis dévala les marches quatre à quatre en se maudissant de s'être plantée à ce point.

En sortant de l'immeuble, elle reprit son souffle, les mains sur les hanches, avant de se ressaisir et de courir vers sa voiture.

Comme une dératée.

Premier épisode

ESPERANZA

1

FURIEUSE DE CE TEMPS PERDU et de cette impression initiale désastreuse, Esperanza filait sur les boulevards parisiens en maugréant et tapa même le volant de rage, provoquant comme une décharge au bout de ses doigts.

Par la vitre baissée au maximum, l'air nocturne s'engouffrait dans l'habitacle et giflait son visage juvénile, séchant la tension accumulée sur sa peau mate. Son carré brun réuni en chignon laissait échapper quelques mèches qui volaient de plus belle quand elle enfonçait l'accélérateur.

Elle n'avait pas présagé une telle entrée en matière. Elle n'était pas habituée à commettre ce genre d'erreur ; elle qui planifiait tout, organisait sa vie comme une maniaque, anticipait le moindre détail pour ne plus jamais rien laisser au hasard.

En se remémorant l'appel du central, elle fut convaincue que ce malentendu n'était pas de son fait ; elle réussit à tempérer sa colère en même temps qu'elle réduisit sa vitesse.

Gyrophare épileptique et sirène hurlante, la jeune flic traversa l'Est parisien et ses quartiers en pleine mutation. Grâce aux investissements pour le développement du Grand Paris qui s'étendait maintenant jusqu'à des municipalités limitrophes comme Clichy ou Asnières-sur-Seine au nord, mais aussi Les Lilas ou Montreuil à l'est, le centre de la capitale glissait lentement vers des arrondissements populaires longtemps négligés, et certains secteurs étaient déjà en plein essor. C'était notamment le cas du XIXe et du XXe, qui se métamorphosaient de jour en jour ; Esperanza s'en fit la remarque en longeant la Rotonde près du bassin de la Villette, où quelques fêtards alcoolisés s'agglomeraient sur la place Stalingrad.

Dans l'avenue Secrétan, elle slaloma entre deux véhicules, avant de se garer à l'angle avec la rue Manin.

Deux flics en uniforme tenaient l'entrée de ce côté-ci des Buttes-Chaumont et en barraient l'accès à une équipe de reporters apparemment partis pour faire des heures sup' toute la nuit. Le journaliste tentait de négocier quelques infos, tandis que son cadreur filmait des plans à la sauvette.

Une fois son identité vérifiée, Esperanza s'engagea dans l'immense parc vallonné de vingt-cinq hectares, vidé de ses visiteurs. Malgré l'heure avancée – 23 heures 38 à sa montre – et la nuit noire, elle se surprit à penser qu'elle n'avait jamais vu les fameuses Buttes désertes bien qu'elle soit une habituée des lieux ; et le calme qui y régnait maintenant – loin des masses de joggeurs, flâneurs ou promeneurs de la journée – dégageait une atmosphère surréaliste, comme si elle s'apprêtait à entrer dans une autre dimension.

Au croisement avec l'avenue de la Cascade, elle quitta le chemin balisé, selon les indications des flics de l'entrée, et dévala la pelouse à pic en direction du lac – toujours invisible derrière un mélange de feuillus hauts et denses.

Son pied glissa subitement sur l'herbe sèche et elle se rattrapa in extremis. Elle marmonna une insulte en se redressant, et descendit le reste de la pente avec plus de précaution.

En contournant le grillage en contrebas, elle perçut l'activité derrière les arbres, une centaine de mètres plus loin. À chaque pas, elle se faisait de plus en plus sonore. Quand la jeune flic s'approcha du sous-bois, avec une vision enfin dégagée sur le lac et ses alentours, elle fut étonnée de découvrir la logistique déjà en place.

Des cordons de sécurité couraient sur des dizaines de mètres autour du plan d'eau. Des techniciens avaient installé de puissants projecteurs pour faciliter les fouilles. Plusieurs équipes s'activaient, concentrant leurs recherches sur la rive sud. Même la police scientifique avait investi les lieux, ses membres en combinaisons blanches et masques de protection concentrés sur des prélèvements. Plus à l'ouest, on trouvait une unité cynophile avec des fusiliers marins ; ils se tenaient en cercle et leurs chiens aboyaient en direction de la berge. Au fond du tableau, Esperanza aperçut le chef de la brigade criminelle Jean-Jacques Giesbert en pleine discussion avec deux hommes.

Elle s'engagea vers eux sans hésiter.

— Ah ! Lieutenant Doloria ! lança Giesbert en la remarquant.

— Excusez-moi, chef, rétorqua-t-elle en arrivant à leur niveau. Il y a eu un malentendu et…

— Oui, oui, nous sommes au courant de votre petite visite à l'hôtel, abrégea le patron de la criminelle. Je vous présente le commandant Patrice Dorival, enchaîna-t-il en lui désignant un homme d'une cinquantaine d'années à la mèche grise impeccable.

Au garde-à-vous, Esperanza le salua en le fixant dans les yeux.

— Bienvenue parmi nous, lieutenant, annonça Dorival.

— Et voici le capitaine Manuel de Almeida, c'est avec lui que vous ferez équipe, poursuivit Giesbert en présentant le deuxième homme.

Esperanza leva les yeux vers celui avec qui elle passerait dorénavant la majeure partie de son temps.

Elle lui donnait une quarantaine d'années, peut-être un peu moins. Grand et svelte, il avait les traits fins et le visage rasé de frais ; ses yeux bleu acier et les vagues poivre et sel qui lui barraient le front lui donnaient une certaine allure. À l'instar de Dorival, il portait bien le costume et dégageait beaucoup de confiance.

— Capitaine de Almeida, c'est un honneur d'intégrer la brigade et de travailler à vos côtés, déclara Esperanza sur un ton un peu trop solennel qui fit sourire son nouveau partenaire.

— Un honneur, je ne sais pas, rétorqua-t-il, mais on est maintenant dans le même bateau. Et j'espère que vous avez l'estomac bien accroché, parce que vous n'avez pas choisi la facilité en nous rejoignant.

Esperanza gonfla malgré elle ses poumons pour se grandir et jugea aussitôt cela arrogant.

— Le capitaine de Almeida est l'un de nos meilleurs éléments, lieutenant, intervint Giesbert quand elle reprit une posture plus naturelle. Il va vous apporter tout ce qu'il vous manque de pratique, et vous allez former un duo redoutable, je n'ai aucun doute là-dessus.

Almeida attira l'attention de ses deux supérieurs et ils firent quelques pas pour une discussion plus confidentielle, abandonnant Esperanza au milieu de toute cette agitation.

Elle pivota sur elle-même, balaya de nouveau le secteur des yeux. Des techniciens étaient allongés dans le sous-bois ; des dizaines de flics inspectaient le périmètre avec des lampes torches.

Elle ne comprenait toujours pas la raison de toute cette effervescence, quand on cria derrière elle :

— On est prêts à plonger !

Les chiens avaient détecté une présence au fond du lac ; ils aboyaient en direction de leur cible, comme enragés.

La zone se concentrait contre la rive ouest et les fusiliers marins s'y jetèrent sans tarder.

Moins d'une minute après, l'un des plongeurs refit surface en signalant le fond de l'eau. Esperanza ne saisit pas tout de suite de quoi il retournait, mais elle comprit que quelque chose clochait.

Quand ils remontèrent le corps, il était si abîmé que la plupart des hommes détournèrent le regard et affichèrent des mines de dégoût.

C'était une jeune femme, totalement nue.

Sa peau était diaphane, d'une pâleur irréelle.

L'immersion l'avait fait gonfler, mais son cou l'était plus encore.

Elle avait le visage si défoncé qu'il ne ressemblait plus à un visage, il n'était en tout cas plus identifiable.

Des coupures profondes lui barraient la poitrine. Ses mains avaient été sciées au niveau des poignets.

Sa découverte provoqua une onde de choc immédiate ; l'importante logistique déployée fut quasiment doublée et le périmètre ressembla rapidement à un hall de gare à l'heure de pointe.

Quand l'équipe du légiste débarqua au grand complet, une cinquantaine de flics grouillaient autour du lac.

Penché au-dessus de la dépouille et l'examinant avec la plus grande minutie, le docteur Simon Boissard diagnostiqua une fracture de l'os hyoïde due à un étranglement, corroborant l'asphyxie comme cause probable de la mort. Une mort qui remontait à plus ou moins quarante-huit heures selon sa première estimation ; la future autopsie permettrait d'affiner le créneau.

En ce qui concernait les mutilations – vraisemblablement perpétrées dans le sous-bois où s'activait toujours la police scientifique (on y avait déjà retrouvé des lambeaux de chair, des bouts de cartilage et une dizaine de dents éclatées) –, elles avaient été effectuées post mortem, mais là encore, il faudrait attendre les résultats de l'autopsie pour en être certain (l'immersion pouvant altérer les premières analyses).

Ses yeux en amande légèrement plissés, Esperanza observait attentivement les manipulations du légiste principal tout en s'interrogeant sur sa présence – l'un de ses adjoints n'aurait-il pas suffi ? –, et jugea que cette affaire devait revêtir une importance particulière pour nécessiter autant de moyens et d'investissements.

Le photographe judiciaire acheva de prendre ses clichés sous les indications de Boissard, puis Almeida autorisa l'équipe du légiste à emporter le corps à la morgue.

Les différentes unités s'activaient toujours dans le périmètre quand Almeida s'éloigna discrètement en remontant vers les feuillus ; Esperanza le vit s'isoler à l'abri d'un chêne, mettre les mains sur les hanches et faire quelques pas dans l'obscurité, comme à la recherche d'un second souffle.

Après un instant, il réapparut en allumant une cigarette et se dirigea droit sur elle.

Il la dépassa et lui lança sans même la regarder :

— Allez, en route !

— Pardon ? rétorqua-t-elle.

Mais il ne répondit pas et poursuivit son chemin en grimpant vers la route balisée.

Esperanza se frotta les paupières, baissa les yeux vers le lac (les fusiliers marins étaient toujours en train de le draguer), puis pivota vers Almeida qui s'éloignait.

Elle lui emboîta le pas.

2

Sur le chemin, Almeida lâcha la cigarette qui lui brûlait les doigts et les porta à sa bouche en grommelant.

— On va où, capitaine ? demanda Esperanza qui revenait à son niveau tandis que la cacophonie de la scène de crime s'étouffait progressivement.

— Interroger un témoin potentiel. Et, pour cette première fois, je vais te demander de rester en retrait et de juste observer, si c'est OK pour toi.

— C'est enregistré, capitaine.

— Bien. Par ailleurs, vu qu'on est amené à vivre ensemble, ajouta-t-il dans un sourire, on va peut-être arrêter les politesses. Je vais t'appeler Esperanza, et tu peux m'appeler Manuel. Ou Manny, si tu veux.

— D'accord, Manny, répéta-t-elle en souriant à son tour comme pour valider cette décision.

Il l'observa un instant d'un œil amusé et alluma une cigarette alors qu'ils approchaient de la maison du gardien.

Le pavillon se situait près de l'entrée principale, au sud du parc, à l'angle des rues Botzaris et Simon-Bolivar.

Conçu en briques et rehaussé de décorations en faïence, il était précédé d'un étroit porche baigné d'une lumière cuivrée qui lui donnait un air de maisonnette de conte de fées.

Quand Almeida frappa à la porte, il ordonna de nouveau à Doloria de se taire et de le laisser mener l'interrogatoire.

Le gardien s'appelait Malik. Il vivait avec sa femme, Nassima, et leurs deux jeunes enfants, qui dormaient à l'étage. Littéralement sous le choc, le couple ne saisissait toujours pas ce qui venait de se passer dans *son* parc.

Les yeux rougis, Nassima restait muette, la tête baissée, comme en recueillement. Malik affichait un visage blême lorsqu'il invita les deux flics à discuter dans la cuisine.

Il travaillait dans le parc depuis presque trois ans. Avant cela, il avait exercé plusieurs boulots sur des chantiers, mais, comme il le disait lui-même : « Le bâtiment, ça va, ça vient. » Cette stabilité, et surtout ce changement d'environnement, le comblaient, lui et sa famille, et il n'aurait échangé sa place pour rien au monde. Il aimait aussi que les habitués du parc le reconnaissent quand il arpentait les allées, qu'ils apprécient tous le « Siffleur », comme il se faisait appeler ; ça lui plaisait d'avoir un surnom et d'être quelqu'un. Il esquissa même un sourire en racontant ça, adoucissant un instant son visage ébranlé.

Nassima posait des tasses de café fumant sur la table tandis qu'Almeida poursuivait ses questions.

— Comment se sont passées vos rondes ces derniers soirs ?

— Ma foi, comme d'habitude, répondit Malik, j'ai rien remarqué de spécial. Je mets plus d'une heure, vous savez. Le terrain est immense, il faut du temps pour faire le tour, surtout avec le dénivelé au nord, ça grimpe.

— Vous fermez le parc vers quelle heure en ce moment ? interrogea le flic en soufflant sur sa tasse.

— En ce moment à 22 heures, alors je commence ma dernière tournée vers 21 heures…

— 22 heures ! intervint Doloria.

Almeida se tourna vers sa partenaire, mais ça ne la refréna pas.

— J'ai passé une soirée au Pavillon Puebla il y a quelques semaines, et dans mon souvenir, il fermait bien plus tard.

— Vous me demandez l'heure de fermeture du parc. Après, c'est autre chose pour les guinguettes. Le Puebla et le Rosa ferment entre minuit et 2 heures. Mais ils sont proches de certains accès et possèdent leurs propres services de sécurité pour guider les clients vers la sortie.

— Donc, il peut potentiellement y avoir du monde dans le parc, toutes les nuits, jusqu'à 2 heures ? rectifia Almeida.

— Oui, potentiellement… Sauf le lundi, ces établissements sont fermés, donc, les lundis, c'est moi qui clos définitivement le parc à 22 heures.

Doloria nota les horaires dans une application de son mobile.

— Bon, revenons à vos tournées, reprit Almeida.

— J'emprunte souvent le même chemin, à quelques exceptions près. Je quadrille le parc du nord au sud avec mon sifflet, je l'utilise pour indiquer aux visiteurs de quitter les lieux.

— Lors des deux ou trois nuits précédentes, vous n'avez rien remarqué de particulier ? Quelque chose sortant de l'ordinaire ? Un bruit de moteur, des phares, ou quoi que ce soit d'autre ? insista le flic.

— Non, rien, rétorqua Malik, sûr de lui. Mais le parc est tellement grand que d'ici (le doigt pointé sur le sol), je peux pas savoir ce qui se passe à l'autre bout (le bras tendu devant lui).

Le gardien interrogea du regard sa femme, qui secoua la tête.

Doloria releva la discrétion et le silence de Nassima. Elle ne put s'empêcher de noter leur similitude : les hommes parlaient, les femmes se taisaient.

— Et le matin, vous ouvrez vous-même le parc, non ? enchaîna Almeida avant de vider sa tasse.

— Oui, chaque matin, un peu avant 7 heures, je fais le tour des accès. Le parc possède six entrées principales et neuf secondaires, précisa-t-il.

— Vous avez constaté une anomalie ? Une serrure forcée, une grille abîmée ?

— Non, rien de tout ça. Mais si quelqu'un avait voulu entrer aux heures de fermeture, il aurait pu.

— Comment ça ? le pressa Doloria.

Almeida la fusilla du regard.

Malik tourna la tête vers elle, puis vers le flic, qui lui intima de poursuivre.

— Eh bien, il y a quelques mois, avant d'aller me coucher, j'ai surpris une vieille dame en train de nourrir les chats près de la cascade. J'avais pourtant fermé le parc depuis longtemps. J'ai jamais su comment elle s'était procuré un double des clefs de la porte ouest, mais elle en possédait bien un, elle me l'a montré.

Esperanza n'était pas surprise par ces déclarations. Elle savait que des doubles de la plupart des parcs existaient, des centaines étaient même en circulation dans les rues. C'était devenu un commerce et l'on pouvait s'en procurer facilement et à moindre coût. Elle se rappela un sans-abri qu'elle avait arrêté un jour, lors de ses classes, avec un trousseau de quatre clefs pour autant d'accès dans les jardins publics. Elle les lui avait laissées.

L'interrogatoire toucha à sa fin sans leur apprendre rien d'exploitable. Les deux flics saluèrent Malik et Nassima, et ils quittèrent le pavillon en silence.

Ils marchaient côte à côte en redescendant tranquillement vers le lac quand Almeida s'en prit brusquement à Doloria.

— Qu'est-ce que tu m'as fait, là ? lui lança-t-il en l'agrippant par le bras. Je t'avais demandé de te taire et d'observer !

— Je suis désolée, j'avais envie d'accélérer les choses, se défendit-elle, stupéfaite par sa virulence.

Après l'avoir fixée avec insistance, il libéra le bras de sa partenaire, qui se le tint aussitôt.

Il comprit qu'il y était allé un peu fort et esquissa un geste d'excuse ; il se mordit l'intérieur de la joue, alluma une cigarette.

Ils retrouvèrent les équipes toujours en action, certaines autour du plan d'eau, d'autres dans le sous-bois. Les experts de la police scientifique poursuivaient leurs prélèvements avec méticulosité ; une dizaine de petits plots jaunes occupaient la zone pour signaler les emplacements de preuves potentielles.

Plus tôt, Almeida avait missionné une poignée d'hommes pour interroger le voisinage.

Dans l'état de sécurité du pays, à cause des menaces d'attaques permanentes, certaines lois radicales étaient passées avec une facilité déconcertante ; et désormais, à toute heure du jour ou de la nuit, des policiers pouvaient débarquer à l'improviste chez des particuliers pour leur poser quelques questions.

Les agents revinrent au fur et à mesure, mais leurs interrogatoires n'avaient pas été concluants.

Almeida remontait vers la sortie du parc ; Esperanza le rattrapa au moment où il passait les grilles.

— Manny, je suis désolée pour tout à l'heure.

— OK, moi aussi, c'est de l'histoire ancienne, répondit-il sans se détourner. Mais fais ce que je te dis dorénavant. Partons de ce principe, et tout se passera bien.

— D'accord, partons là-dessus.

— Maintenant, rentre te reposer, lui conseilla-t-il. On se retrouve à la brigade à 7 heures.

Elle regarda sa montre : 3 heures 06.

— Quand tu y seras, rebondit-il en arrivant à son véhicule, lance une recherche des femmes disparues ces derniers jours dans la région. Des filles blanches, âgées de vingt à trente-cinq ans.

Avant de s'asseoir, il ajouta :

— Et sois en pleine forme, la semaine risque d'être chargée.

★

Le « ploc, ploc, ploc » durait depuis plusieurs minutes quand elle releva la jambe pour appuyer son pied sur le mitigeur, qui n'était pas entièrement enfoncé. Le goutte-à-goutte cessa aussitôt.

L'eau était tiède, plutôt froide que chaude. Et des nuages vermillon formés par des coulées plus denses nageaient à différentes profondeurs. Quand Esperanza remuait dans la baignoire, elle les faisait danser, tournoyer et grossir, jusqu'à se diluer totalement.

Plus tard, une serviette rêche autour de la poitrine, la jeune flic pansait la plaie sur son avant-bras, les yeux vides, ressentant encore dans sa chair la main de son partenaire l'agripper et le comprimer.

Elle ferma les yeux, se concentra sur le seul son de l'horloge du salon qui claquait contre ses tempes.

Dans sa chambre, elle resta nue dans l'obscurité, assise sur le vieux fauteuil déglingué face au lit, à bloquer sur les chiffres lumineux du radio-réveil qui brisaient la pénombre. 05 : 12.

La mousse vomie des accoudoirs démangeait ses avant-bras ; elle les ramena machinalement sur ses cuisses. Et les battements de la pendule qui résonnaient dans la pièce d'à côté… Cette vieillerie en chêne, vestige de la maison familiale en Andalousie où elle passait tous ses étés, enfant, entre collines brûlées par le soleil et lignes d'oliviers florissants, accompagnant ses parents, tous deux originaires de la région.

À la fin des années soixante, leurs familles respectives avaient fui le régime de Franco, intégrant cette dernière vague de réfugiés qui traversèrent les Pyrénées. Les deux familles – qui ne se connaissaient pas avant d'émigrer en France – s'étaient installées à quelques années d'intervalle en Normandie, comme bon nombre de leurs compatriotes à l'époque ; et c'est là-bas que ses parents s'étaient rencontrés lors de leur adolescence, avant de se marier et d'avoir Esperanza sur le tard.

Bien qu'inhabitée plus de trois cents jours par an, la vieille bâtisse avait été conservée au fil du temps par ses grands-parents, puis par son père ; cette maison en pierres recouverte de lierre et entourée d'oliviers, perdue dans la campagne du sud de la péninsule. 05 : 39.

Et tous ces étés dans la fournaise sur les bords du Guadalquivir, isolée dans ses songes et ses illusions de petite fille, avec cette horloge dans la cuisine qui faisait un tel boucan la nuit qu'elle l'empêchait de dormir et de rêver, toute focalisée sur son balancier régulier, cette agression sournoise qui rebondissait à chaque instant, sans trêve, pour lui rappeler le pire.

Un parfum d'oliviers se répandit insidieusement dans la chambre, ses effluves lui caressaient les narines.

Instinctivement, Esperanza agrippa son avant-bras ; ses doigts se crispèrent et elle serra le bandage, de plus en plus fort ; le sang perça à travers le pansement.

Le son de l'horloge,

le parfum des oliviers,

le sang qui s'agglomère.

Le corps massacré de cette fille repêchée aux Buttes-Chaumont. 06 : 01.

Elle continua de serrer.

3

Après avoir occupé pendant plus d'un siècle le mythique 36, quai des Orfèvres, la police judiciaire de Paris avait récemment déménagé dans le XVIIe arrondissement, au sud du quartier des Batignolles, au… 36, rue du Bastion, au cœur de ce qui était devenu la nouvelle Cité judiciaire.

Au magnifique monument historique trônant sur l'île de la Cité succédait aujourd'hui une tour contemporaine de dix niveaux tout de béton et de verre.

Aux légendaires cent quarante-huit marches gravies par les plus grands criminels du xxe siècle se substituaient des ascenseurs aseptisés et sans histoire.

Les petits bureaux mansardés s'étaient transformés en des espaces épurés et insignifiants.

Si l'objectif des hautes instances avait été de regrouper autour du nouveau palais de justice ultramoderne tous les pôles de la police jusque-là éclatés aux quatre coins de la capitale, la plupart de ses équipes avaient traîné les pieds et certains étaient encore nostalgiques de leur ancienne adresse.

Une page d'histoire s'était tournée, et c'était maintenant plus de mille sept cents fonctionnaires qui occupaient les trente mille mètres carrés de bureaux neufs du Nord-Ouest parisien.

Esperanza se gara dans une rue adjacente au « Bastion » et quitta sa voiture dans une tenue identique à celle de la veille – soit, de haut en bas : un pull marine en mérinos à col rond sous une veste noire, un pantalon foncé et une paire de derbies noires. Sa sacoche en bandoulière et son thermos à la main, elle avait cette fois les cheveux lâchés et tout ça donnait l'impression qu'elle ne s'était pas couchée. En s'imaginant son allure négligée, elle grimaça lorsqu'elle avança vers le bâtiment qui réfléchissait déjà les premières lueurs du matin.

Elle salua les gardes en faction devant l'entrée principale, pénétra dans le hall par un sas de sécurité (en brandissant sa carte devant la caméra intégrée), et dut présenter son badge magnétique à deux bornes d'identification avant d'accéder aux ascenseurs.

Là, en train d'attendre l'une des cabines, elle reconnut le flic qu'elle avait croisé la veille dans cet hôtel miteux. Les cheveux noirs en pétard, le jean brut porté bas sur les hanches et la chemise débraillée, il donnait l'impression d'avoir passé une bonne partie de la nuit dehors lui aussi.

Quand elle s'approcha, il tourna la tête vers elle et son regard pétilla.

— Tiens ! On a retrouvé son chemin, lui lança-t-il au moment où les portes s'ouvraient devant lui.

Il l'invita à passer d'abord.

— Vous ne me bloquez pas l'accès ce matin ?

— Ah ah ah, lâcha-t-il, sarcastique. Au fait, on n'a même pas eu le temps de se présenter hier soir. Capitaine Clément Choisy, dit-il, avant d'appuyer sur le bouton du sixième étage.

— Enchantée, capitaine. Lieutenant Esperanza Doloria.

— Ça, je le sais déjà.

Les portes se refermèrent et la cabine s'éleva en silence.

— Comment ça s'est terminé, à l'hôtel ? demanda-t-elle avec intérêt. La nuit a été courte, j'imagine ?

— La nuit n'est pas finie. On a arrêté un suspect y a une heure, on vient de le coffrer.

— Déjà ? lâcha-t-elle, surprise.

Il haussa les sourcils et secoua la tête.

— Une histoire de fous… La victime était une fille paumée, une pauvre gamine qui faisait du porno et quelques passes avec des réguliers. L'un d'entre eux s'est apparemment amouraché et a viré jaloux. Il a cru qu'elle était enceinte d'un autre. Et il lui a ouvert le bide pour vérifier.

Esperanza plissa le nez malgré elle.

— On a retrouvé son portefeuille par terre, à côté du lit, enchaîna-t-il. On est allé le cueillir, un détraqué. Il était là, comme s'il nous attendait, et il a tout balancé.

— C'est pas possible !

— Parfois, on a de la chance, admit-il dans un mouvement d'épaules. Et de ton côté, aux Buttes ?

— Une jeune femme, blanche, non identifiée.

— Ouais, j'ai entendu ça tout à l'heure. Les mains sciées et le visage en bouillie ?

Elle opina. L'ascenseur se stabilisa et les portes coulissèrent.

— C'est parfait pour une première affaire, lança-t-il avec ironie. Eh bien, bon courage. Et bienvenue parmi nous.

Elle sortit de la cabine, lui adressa un petit signe de la main, et leurs chemins se séparèrent.

Dans les couloirs de la BC, malgré l'heure matinale – 6 heures 52 à sa montre –, elle croisa plusieurs fonctionnaires à leurs tâches ; elle en dénombra une bonne vingtaine juste sur son chemin. La plupart des services – qui plus est la brigade criminelle qui comptait à elle seule environ cent trente postes permanents – tournaient sans interruption.

Et si, durant la nuit, les effectifs étaient quelque peu réduits, il n'en demeurait pas moins que la maison pouvait débiter à plein régime en continu.

Arrivée devant la pièce 607, elle vérifia les noms sur la fiche d'identité fixée à l'entrée : *Capitaine Manuel de Almeida*, et juste en dessous : *Lieutenant Esperanza Doloria*, ce qui lui procura une certaine fierté qu'elle ne put s'empêcher d'exprimer par un léger sourire en coin.

La porte était ouverte et elle entra dans un espace épuré d'environ vingt mètres carrés avec un éclairage intégré au faux plafond ; deux bureaux se faisaient face devant une grande fenêtre rectangulaire au verre fumé et blindé. Sur le mur de droite : un plan de la capitale et de sa petite couronne – la police judiciaire de Paris gérait aussi les départements de Seine-Saint-Denis, Hauts-de-Seine et Val-de-Marne –, agrémenté de plusieurs punaises de différentes couleurs, indiquant sans doute des endroits stratégiques. Le grand tableau au revêtement de liège accroché sur le mur de face était vierge, prêt à accueillir les premiers éléments de l'enquête.

Sans tarder, Esperanza s'installa au poste qu'elle déduisait être le sien – l'autre étant encombré de plusieurs dossiers empilés, de stylos en pagaille et de la photo encadrée d'une fillette hilare dans les bras d'une jolie blonde.

Vingt minutes plus tard, elle avait le nez plongé dans l'écran de son ordinateur quand Almeida débarqua dans le tableau.

— Bien dormi ? Tu veux un café ? proposa-t-il comme seule entrée en matière.

— Bonjour Manny. Non merci, c'est mon troisième, répliqua-t-elle en désignant la tasse en plastique à moitié pleine et le thermos posés près de son clavier. Comme tu me l'as demandé, j'ai cherché dans le fichier des disparus si un profil pouvait correspondre à notre cliente.

Almeida sourit à l'emploi du mot « cliente ». Il posa une fesse sur le bureau d'Esperanza, qui replongea les yeux dans l'écran.

— J'ai relevé deux cas qui pourraient coller, reprit-elle. Une femme de trente et un ans, mariée, mère d'un petit garçon, portée disparue depuis deux jours. La seconde, c'est une religieuse de vingt-sept ans. Elle a quitté son couvent mardi matin, et depuis, elle reste introuvable.

— OK, je me rencarde sur la maman, tu t'occupes du cul-bénit. Pas de café, sûre ?

— Certaine, merci.

Une trentaine de minutes s'étaient écoulées lorsque Doloria détourna la tête de son écran et dévissa son thermos pour se servir une nouvelle tasse. Le petit accrochage de la veille avec Almeida lui revint en mémoire et elle empoigna instinctivement son avant-bras. Elle réfléchit au caractère visiblement à fleur de peau de son partenaire avec lequel elle allait devoir jongler. Allait-il jouer au gentil flic/méchant flic avec elle à tout bout de champ ? Ou allaient-ils trouver rapidement leur rythme de croisière ? Elle ressentit soudain une pression inutile s'exercer sur elle, un poids lui compresser le cœur. Elle tentait de le chasser de ses pensées quand Almeida réapparut et se planta au milieu de la pièce.

— Alors, on en est où ? demanda-t-il en croquant dans une pomme.

— J'ai appelé le couvent. Elle n'a toujours pas donné signe de vie. La religieuse que j'ai eue semblait vraiment inquiète.

— OK, rebondit-il, la bouche pleine de fruit et du jus coulant sur son menton. De mon côté, la maman a eu un accident il y a deux jours, assez grave, piétonne contre voiture. Elle n'avait pas ses papiers sur elle quand on l'a renversée.

Il avala les morceaux qui encombraient sa bouche et s'essuya le bas du visage avant de poursuivre plus distinctement :

— Elle vient de se réveiller à l'hosto, elle n'est plus portée disparue. Alors, question : qu'est-ce qu'on fait maintenant, lieutenant ?

— On va au couvent pour en savoir plus ?

Il lança son trognon dans la corbeille comme un champion de NBA, puis il se tourna vers elle et lui adressa un clin d'œil.

— Prends ta veste, c'est moi qui conduis.

4

Dans la voiture qui roulait vers l'Est parisien, Almeida ne demanda pas à sa partenaire si la fumée la gênait. Il avait la cigarette aux lèvres quand il brisa le silence.

— T'es croyante, Esperanza ?

— Je ne suis pas pratiquante, rétorqua-t-elle en replaçant une mèche derrière son oreille. Mais je crois à certaines valeurs que prône la religion catholique.

— T'es espagnole, non ?

— D'origine espagnole, mes parents sont andalous, ils viennent tous les deux de la région de Séville.

— Les Espagnols sont très croyants. Les Ibères en général. Je suis d'origine portugaise, je sais de quoi je parle. Même si, pour moi, ç'a dû sauter une génération, précisa-t-il en jetant son mégot par la fenêtre.

Un ange passa.

— Tu penses qu'une religieuse aurait pu se retrouver dans cette situation ? demanda Doloria. Je veux dire, tu crois vraiment qu'il peut s'agir d'une bonne sœ…

— Franchement, non, Esperanza, la coupa-t-il. Mais aujourd'hui, je dirais qu'il ne faut jurer de rien.

Ils restèrent silencieux durant la suite du trajet, traversant la capitale vers le XXe arrondissement.

Sur le siège passager, Esperanza avait du mal à tenir en place. Il était encore tôt mais le soleil brillait déjà haut et la chaleur l'étouffait, si bien qu'elle tira sur le col de son pull pour s'aérer. Le manque de sommeil et la triple dose de caféine attisaient aussi sa nervosité ; elle cligna plusieurs fois des paupières pour recouvrer ses esprits.

Toujours muette, elle pivota sur sa droite ; elle était en train de fixer le paysage urbain à travers la vitre quand elle sentit soudain une rosée brûlante naître sur sa nuque et ses tempes ; puis elle se revit la veille au soir, au bord du lac, dans l'effervescence et l'effroi de cette scène de crime, les fusiliers marins remontant le corps massacré. Ce corps qui ne ressemblait plus à rien.

Tandis que Manuel effectuait une manœuvre pour éviter une voiture garée en double file et qu'ils approchaient de leur destination, Esperanza ne pouvait s'empêcher de penser à cette perte de temps précieux : il lui paraissait tellement évident qu'il ne s'agissait pas d'une religieuse – qu'une telle femme ne pouvait se retrouver dans pareille horreur –, que la frustration finit par l'emporter et elle souffla bruyamment de dépit.

Almeida se tourna légèrement vers elle, avant de reprendre sa position face à la route.

— Vérifier toutes les pistes, lieutenant, c'est aussi ça notre job, lâcha-t-il, comme s'il avait lu dans ses pensées.

Manny trouva une place à l'angle des rues de Ménilmontant et des Amandiers, à quelques pas de l'église Notre-Dame-de-la-Croix, derrière laquelle se dressait sur un pâté de maisons le couvent Saint-Jean.

À l'origine, il s'agissait d'une institution dominicain dée en 1252 par les jacobins. Elle perdura pendant des si puis, au fil des décennies, entre sa division en 1790 et sa dé lition partielle en 1800, la bâtisse ne cessa d'évoluer pour devenir à partir de 1919 la propriété des Sœurs-du-Partage, une communauté apostolique constituée aujourd'hui d'une dizaine de religieuses.

En quittant la voiture, Almeida alluma une cigarette et fit quelques pas vers le carrefour. Il semblait soucieux et Esperanza le remarqua tout de suite.

— Qu'est-ce qu'il y a ?

— T'as remarqué ? interrogea-t-il en retour, tirant sur sa clope.

— Quoi ?

— Si tu continues sur la rue de Ménilmontant et que tu bifurques sur celle des Pyrénées vers le nord, tu dois être… allez ! à cinq minutes des Buttes-Chaumont.

Dans le couvent, la température dégringolait ; Esperanza le trouva aussitôt sinistre.

Les deux flics parcoururent un vestibule peu accueillant aux senteurs de renfermé – ou de moisissure ? s'interrogea la jeune flic –, où ils furent reçus par une religieuse d'une soixantaine d'années, sœur Suzanne – avec qui Doloria s'était entretenue plus tôt au téléphone.

Elle les guida jusqu'à une salle lambrissée éclairée par deux rangées de néons jaunes. Des affiches qui louaient l'amour de Dieu et d'autres qui annonçaient des tombolas passées étaient punaisées sur le mur du fond. Des tables étaient poussées contre celui de droite, des chaises pliantes entassées sur elles. Sœur Suzanne en attrapa plusieurs et les déplia avec l'aide d'Almeida.

Ils s'installèrent tous les trois au milieu de la pièce ; sa voix tremblait quand la religieuse prit la parole.

— Nous prions tous les jours pour elle, se lamenta-t-elle. Nous prions depuis sa disparition pour qu'il ne lui soit rien arrivé, qu'elle soit saine et sauve.

Almeida fronça les sourcils et avança sensiblement le buste ; Esperanza resta en retrait, dans le rôle de spectatrice que son partenaire lui avait encore imposé.

— Mais… qu'est-ce qui aurait pu lui arriver ? interrogea le flic, perplexe. Est-ce qu'elle a l'habitude de quitter le couvent ?

— Il lui arrive de sortir, bien sûr, nous l'autorisons, répondit sœur Suzanne. Elle enseigne notamment au collège voisin, comme d'autres de nos sœurs. Mais une absence aussi longue et inexpliquée, non, ça n'est jamais arrivé. Jamais, répéta-t-elle. Sœur Marie-Hélène est une jeune religieuse très sérieuse. Nous sommes vraiment toutes inquiètes de cette absence, ça ne lui ressemble pas de déserter de la sorte, conclut-elle avant de baisser un visage accablé par la peine.

Discrète, Esperanza suivait l'interrogatoire sans quitter des yeux sœur Suzanne : elle avait les mains jointes, ses doigts fins étaient entrelacés, comme entravés. La jeune flic sentit soudain une ombre planer sur eux, elle se mordit le bout de la langue.

— Vous pouvez nous raconter la dernière fois où vous l'avez vue ? relança Almeida.

— C'était il y a trois jours, trois jours qui me paraissent aujourd'hui une éternité. Nous avons dîné toutes ensemble dans la grande salle, comme d'habitude, et le lendemain, elle avait disparu.

— Vous parlez donc de lundi soir ? intervint Esperanza.

Almeida se tourna vers elle et marqua sa désapprobation d'un regard noir.

— Oui, lundi soir, confirma sœur Suzanne.

Le flic toussa exagérément, autant pour signifier à Doloria de la fermer que pour attirer l'attention de la religieuse, qui tourna de nouveau la tête vers lui.

— Sœur Marie-Hélène a-t-elle de la famille ? enchaîna Almeida. Elle est peut-être retournée chez elle, ou chez un proche ?

— Non, inspecteur, rétorqua-t-elle avec toute la misère du monde sur les épaules. Elle n'a malheureusement plus personne. Sœur Marie-Hélène est orpheline. Elle a perdu ses parents et son jeune frère dans un accident d'avion, il y a cinq ou six ans, quelques mois avant de nous rejoindre.

Esperanza se rappela le crash d'un long courrier survenu au-dessus du désert algérien quelques années auparavant. Les cent quatre-vingts passagers avaient trouvé la mort à cause d'un problème électronique qui avait déréglé l'appareil. La moitié était des ressortissants français. Elle se demanda si les proches de la religieuse avaient péri durant ce triste événement.

Pour la première fois de l'interrogatoire, la jeune flic éprouva un doute : le schéma pouvait-il coller ? Même avec tous les efforts du monde, elle ne pouvait se faire à cette idée. Pourtant, sans qu'elle s'en rende vraiment compte, son jugement évolua ; et elle sentit au même moment une attention particulière chez son partenaire, un intérêt différent.

— Excusez ma question, poursuivit Almeida, mais est-ce que sœur Marie-Hélène a des ennemis ? Quelqu'un qui pourrait lui en vouloir pour n'importe quelle raison ?

— Non, pas du tout, répliqua la religieuse, catégorique. Sœur Marie-Hélène est une jeune femme d'une grande générosité, personne ne peut lui souhaiter du mal. Cette situation est tout simplement incompréhensible.

Esperanza tourna les yeux vers Manny. Elle se demandait quelle direction son partenaire allait donner à la suite, quand il creusa une question antérieure.

— Lors de ce dîner, lundi soir, comment vous l'avez trouvée ? Elle était préoccupée ? Vous avez constaté un changement d'attitude ou de comportement chez elle ?

La religieuse releva des yeux fatigués et secoua la tête.

— Sœur Marie-Hélène est d'humeur constante. Ce soir-là, elle paraissait peut-être un peu pressée, car elle devait retrouver frère Paul à la paroisse pour l'aider dans son étude.

— Vous parlez de l'église d'à côté ? interrogea Almeida en indiquant du pouce quelque chose derrière lui.

— Oui, Notre-Dame-de-la-Croix, confirma-t-elle. Nous sommes très proches des membres de la paroisse, et frère Paul est un jeune homme brillant qui apporte beaucoup à la communauté.

Buvant les paroles de la religieuse, Esperanza tenta d'imaginer un instant la vie de celles et ceux qui avaient choisi cette voie. Cette existence sage et réservée, que l'on supposait vouée à la foi et aux autres, à la bienveillance et à l'empathie ; épurée dans l'inconscient collectif de toute cruauté, de tout matérialisme, de toute jalousie et, logiquement, de toute tragédie.

— Frère Paul est-il disponible ? demanda Almeida. Nous aimerions aussi le rencontrer.

— Certainement, répondit la religieuse. Je vais me renseigner immédiatement.

Elle se leva et quitta la pièce sans rien ajouter.

Dès qu'elle eut disparu, Esperanza bascula vers son partenaire et écarquilla les yeux. Manny leva les siens au ciel en secouant la tête pour lui signifier, une fois de plus, qu'il n'approuvait pas du tout son intervention. Mais son expression à elle, insistante, presque inquisitrice, disait plus ; et après un instant, Manny parut finalement l'approuver à cent pour cent : quelque chose clochait ici.

— Frère Paul peut vous recevoir dès à présent, intervint sœur Suzanne en réapparaissant dans l'embrasure.

Durant le court trajet séparant le couvent de la paroisse, Esperanza marchait en retrait et ne prêtait pas attention aux banalités qu'échangeaient Manny et sœur Suzanne ; toute focalisée sur cet étrange pressentiment qui lui enflammait le cerveau depuis leur arrivée.

Elle ne le comprenait pas encore, elle n'arrivait pas à le déchiffrer, mais elle savait qu'il ne présageait rien de bon.

L'espace était confiné, les murs recouverts d'étagères remplies d'ouvrages, avec au milieu une table encombrée elle aussi de livres, dont la plupart étaient ouverts les uns sur les autres.

Arborant un pantalon et une veste anthracite sur un plastron noir, un prêtre d'une trentaine d'années à la calvitie prononcée se leva de derrière son bureau quand ses visiteurs pénétrèrent dans la pièce.

— Je vous présente frère Paul, annonça sœur Suzanne aux deux flics. Comme je vous l'ai dit, ces personnes sont de la police, précisa-t-elle cette fois à l'intention du religieux. Ils sont là pour sœur Marie-Hélène.

Tous se saluèrent ; Esperanza nota aussitôt l'inquiétude – ou la nervosité – de frère Paul. Il semblait ne pas avoir dormi depuis des jours et tenir sur les nerfs ; il affichait une mine livide et des yeux fiévreux qui ne parvenaient pas à se fixer ; elle pensa qu'elle devait ressembler à la même chose ce matin.

La voix du jeune religieux la fit sortir de ses pensées.

— Vous avez des pistes ?

Esperanza se redressa, tourna la langue dans sa bouche, regarda Almeida ; il parcourait le bureau des yeux, sans doute à la recherche d'une chaise où s'asseoir, en vain. Ils restèrent tous les quatre debout dans la modeste pièce.

— La dernière fois que vous avez vu sœur Marie-Hélène, c'était…, laissa le flic en suspens.

— Lundi soir. Elle m'a rejoint après le dîner pour avancer sur un texte, précisa le prêtre en montrant son bureau encombré d'écrits manuscrits et de livres ouverts.

— Et elle vous retrouve souvent la nuit pour vous filer un coup de main ? insista Almeida.

Frère Paul se troubla ; Esperanza le remarqua.

— Sœur Marie-Hélène est une jeune femme érudite avec qui je m'entends très bien, balbutia le religieux. Elle est brillante et son aide m'est précieuse.

— Comment s'est passée votre session de travail ce fameux soir ?

— Elle est arrivée vers 20 heures 30, nous avons corrigé quelques pages pendant au moins deux heures, puis elle a regagné le couvent.

— Donc, vers 22 heures 30, elle est repartie ?

— Absolument.

— Elle est repartie seule ? Elle vous a dit ce qu'elle allait faire ?

— Elle est repartie seule, et elle m'a dit qu'elle allait écrire un peu et se coucher.

— Et vous avez fait quoi après son départ ? demanda Almeida.

— J'ai continué à travailler ici, jusqu'à environ 1 heure, puis je suis allé me coucher.

— Vous étiez seul tout ce temps ?

— Oui, j'étais seul.

Almeida passa la main derrière son crâne et le frotta un instant, puis il se pétrit le front en affichant une mine contrariée.

De son côté, Esperanza observait frère Paul avec attention, détaillant chacune de ses réactions, cherchant à comprendre les émotions qui l'animaient ; et ce qu'elle ressentit fut de la compassion, car il était terrifié. Il donnait l'impression de vivre la peur de sa vie, là, juste sous ses yeux. Et ce qu'elle pressentait depuis le début, mais que lui ignorait encore, était que le pire restait à venir.

— Je ne veux pas vous inquiéter pour rien, reprit Almeida, mais à ce stade, je me dois de vous avertir que nous avons retrouvé un corps, toujours non identifi…

Muette jusque-là, sœur Suzanne poussa un cri si perçant qu'il provoqua un frisson immédiat chez Doloria.

Frère Paul se glaça dans la seconde et tomba à la renverse dans son fauteuil.

— Comme je vous le dis, insista Almeida, nous ne savons pas de qui il s'agit. La dépouille n'a pas encore pu être identifiée.

Une émotion difficile à définir creusa le visage grave de frère Paul. La transpiration s'égrenait sur ses tempes et son front ; les questions semblaient lui matraquer l'intérieur du crâne par rafales successives.

— Si vous voulez mon avis, lança Almeida pour tenter de calmer tout le monde, la probabilité qu'il s'agisse de sœur Marie-Hélène est vraiment très faible, mais on ne peut pas en être sûr…

Il observa un instant les deux religieux avant de poursuivre :

— Aussi, ça me gêne de vous demander ça ; mais, en l'absence de famille, il faudrait que l'un d'entre vous nous accompagne à l'Institut médico-légal pour identifier la dépouille. Comme ça, nous serions fixés.

Aucune réaction.

— Mon frère, vous seriez disposé à nous suivre ?

— Pardon ? réagit le jeune religieux en revenant à lui.

— Vous pouvez nous accompagner à la morgue ?

— Oui… je peux, bien sûr…, bredouilla-t-il.

— Très bien, alors préparez-vous et rejoignez-nous dehors, lâcha Almeida, avant de se tourner vers sa collègue : Doloria, préviens l'IML. Dis-leur de préparer le corps pour une identification, on y sera dans vingt minutes.

La jeune policière composa le numéro en se dirigeant vers la sortie.

— Et nous, qu'est-ce qu'on peut faire, inspecteur ? implora sœur Suzanne.

— Priez encore. Priez pour que ce ne soit pas elle.

Esperanza raccrocha en retrouvant la lumière, elle se frotta les yeux ; le ciel était éclatant et la transpiration ne tarda pas à perler sur son front mat.

— La dépouille sera prête à notre arrivée, confirma-t-elle quand Almeida la rejoignit.

Ils se dirigèrent tous les deux vers leur véhicule sous un soleil de plomb.

— Mais, Manny… tu penses vraiment qu'il pourra la reconnaître ? Le corps est juste impossible à identifier…

Il posa un coude sur le toit, l'autre sur le haut de la portière.

— Si tu veux le savoir, Esperanza, j'en ai absolument aucune idée. Aucune. Et très franchement, ça m'est complètement égal qu'il la reconnaisse ou non. Mais je veux voir sa réaction face au corps. Alors, s'il te plaît, ne le préviens pas de l'état du cadavre. Pour une fois, mets-la en veilleuse.

5

L'Institut médico-légal de Paris se dressait sur la rive nord-est de la Seine, le long du quai de la Rapée.

Installé entre le pont d'Austerlitz et le square Albert-Tournaire (baptisé ainsi en hommage à son architecte), c'était un bâtiment austère en briques rouges qui pouvait s'apparenter à une prison d'antan, où trimaient des dizaines de médecins, d'identificateurs et de techniciens, dépendant tous de la préfecture de police.

Sur le parking, Esperanza fut soulagée de sortir enfin à l'air libre. La tension accumulée dans la voiture et le silence qui s'était abattu avaient rendu le trajet suffocant. Un vent salvateur qui soufflait dans un bruissement enchanteur lui griffa les joues ; elle respira à pleins poumons, le surplus d'oxygène la raviva.

Les arbres en bordure étaient en fleurs, certaines branches plongeaient vers la Seine, le soleil baignait l'environnement d'une lumière diffuse ; et tout ça figurait un tableau pittoresque et bucolique à dix mille lieues du macabre de l'établissement.

En contournant l'Institut sur les pas de son partenaire et du jeune religieux, Esperanza remarqua une ambulance qui empruntait la rampe et s'engouffrait dans le sous-sol du bâtiment. Un mort de plus, pensa-t-elle ; un parmi la dizaine traitée ici chaque jour.

Dans le hall, ils descendirent tous les trois directement à la morgue sans passer par le secrétariat.

Des senteurs chimiques ne tardèrent pas à leur agresser les narines ; Esperanza se pinça même le nez furtivement, déclenchant une vive moquerie de la part d'Almeida.

Dans le couloir labyrinthique, la jeune flic fermait toujours la marche lorsqu'elle éprouva de légers picotements dans le cou ; comme si des pointes de cheveux fraîchement coupés lui démangeaient la nuque. Elle se frotta les cervicales pour chasser cette sensation désagréable, au moment où une impression de chaleur se manifestait subitement dans son bras gauche, cette brûlure qui annonçait toujours la future angoisse. Elle tressaillit.

Putain ! Pas maintenant !

Elle tenta de contenir cette frayeur naissante mais, au contraire, la panique l'enveloppa. La peur se matérialisa ; elle sentit les flammes croître et se propager, souffler de son bras vers sa main comme de la lave en fusion. Une sueur grasse inondait l'arrière de son crâne. Elle serra son poignet de toutes ses forces par réflexe, pour stopper la propagation ; elle leva les yeux pour trouver du réconfort, mais le plafond gris devenait rouge par endroits, des ronds cramoisis qui grossissaient, et bientôt ce furent des gouttes rutilantes qui perlèrent sur elle, une pluie écarlate qui allait tranquillement l'inonder.

Mon Dieu ! Le plafond pleurait des larmes de sang !

Le niveau montait ; Esperanza continuait de lutter en pataugeant, de l'hémoglobine jusqu'aux genoux, jusqu'aux cuisses, jusqu'à la taille.

Elle ferma les yeux, ralentit son allure, passa les mains dans ses cheveux comme pour expulser le mal qui la rongeait, parvint à faire le vide pour le maîtriser.

Au bout du couloir, Almeida poussa une porte à double battant si violemment que son claquement la fit sursauter, et Esperanza revint subitement à elle.

Tous les trois pénétrèrent alors dans une salle lumineuse aux murs laiteux, où un technicien de la morgue les attendait derrière une table en inox.

Esperanza remarqua tout de suite le corps recouvert et elle avança vers lui, hypnotisée.

À son niveau, elle enregistra les formes étranges du drap sur la dépouille ; elle détourna les yeux et regarda frère Paul, complètement désemparé, puis Almeida, le visage fermé.

Sans attendre, le flic intima à l'identificateur de soulever le linceul.

Dans un geste maîtrisé, le haut du corps leur fut dévoilé jusqu'à la taille et une forte odeur de décomposition se répandit.

Frère Paul gémit aussitôt dans un mouvement de recul instinctif.

Il ne s'était pas attendu à une telle boucherie. Personne ne pouvait être préparé à ça, à se retrouver face à pareille horreur. C'était tout simplement impossible à concevoir, alors à vivre, pour de vrai, voir de ses yeux l'inimaginable, cela dépassait l'entendement.

Le visage de la victime n'était que chairs en bouillie et cartilages éclatés entourés de touffes blondes et filasse. Son cou bleu et gonflé contrastait avec sa peau hyaline. De profondes cicatrices lui barraient la poitrine.

Esperanza se glaça ; elle avait elle aussi du mal à considérer le cadavre, elle le fixa pourtant avec insistance jusqu'à ce que sa vision se trouble et que l'image devienne floue.

Elle pivota vers frère Paul ; il avait le visage baissé et les yeux fermés, elle pouvait ressentir sa frayeur et sa détresse et entendre ses pensées hurler :

Ça ne peut pas être elle ! Pour quelle raison ? Ça n'a aucun sens ! Sœur Marie-Hélène est l'humanité incarnée. Elle doit être quelque part, au chaud bien à l'abri, mais pas ici sur cette table !

Affolé, le jeune prêtre se retourna, à la recherche d'un soutien.

— Je sais que c'est difficile, compatit Almeida. Mais regardez-la encore une fois, s'il vous plaît.

Frère Paul contracta ses paupières, libérant son émotion sur ses joues exsangues. Il releva la tête et reposa les yeux sur le visage détruit, avant de les détourner encore.

— Je ne sais pas ! Je ne peux pas ! siffla-t-il entre ses dents.

— Sœur Marie-Hélène a-t-elle un signe distinctif ? tenta le flic. Quelque chose qui pourrait la différencier d'une autre ?

L'atmosphère était irrespirable ; une énergie lourde s'abattit sur eux, Esperanza sentit ses poumons se broyer.

Frère Paul renifla bruyamment, frotta sa manche sous son nez pour essuyer la morve opalescente qui s'en échappait.

— Elle a une tache de naissance, répondit-il en essayant de se contrôler. Une marque brune sur la hanche gauche, elle a la forme de l'Afrique.

Almeida signifia au technicien de soulever complètement le drap et le tissu vola, révélant le bas de la dépouille et une tache foncée sur le haut de la cuisse.

Tous furent happés par cette vision accablante, et ils ne purent dès lors plus détacher leurs yeux de cette forme brunâtre qui ressortait sur la peau translucide.

Le temps s'était arrêté.

Frère Paul s'écroula sur le lino.

Esperanza n'entendit pas tout de suite ses cris inhumains. Elle les perçut d'abord en sourdine, puis se faire de plus en plus sonores, pour finalement exploser à ses tympans quand elle revint à la surface.

Almeida tenta de relever le jeune prêtre, mais il n'y eut rien à faire.

Doloria contemplait la dépouille avec apitoiement, bouleversée elle aussi par cette confirmation.

Sa première affaire serait donc celle-ci.

Le meurtre sordide d'une jeune religieuse.

6

DANS LES ESCALIERS EN CHÊNE. Des grincements effrayants. Thomas grimaça, se mordilla la lèvre inférieure.

Le directeur ne serait pas dans son bureau, pensa-t-il ; mais Jo s'y trouverait, ça c'était sûr, il devait même déjà l'attendre.

Le jeune garçon ralentit ; les images s'imposèrent, des figures sombres qui éclatèrent sans prévenir.

Les murs murmuraient, ils se plaignaient ; il les entendait se lamenter et pleurer autour de lui ; il pouvait même sentir leurs larmes l'éclabousser – un fourmillement sur le visage –, et le plafond lui tomber dessus, les ruines l'écrabouiller.

Arrivé au quatrième étage, il songea à déguerpir, à courir se cacher dans les toilettes sur le palier ou à redescendre à toute berzingue se réfugier dans la bibliothèque du premier.

D'instinct, il entoura et malaxa son poignet droit ; il ressentait encore cette douleur dans sa chair. Lancinante, persistante.

Tout effacer. Voilà ce qu'il aurait voulu. Que ces histoires n'aient jamais existé ; et surtout, que cette haine insidieuse le quitte.

Il plongea la main dans sa poche jusqu'au médaillon au fond – l'unique souvenir de sa mère.

Devant la porte du directeur, il frappa deux coups hésitants, avec à chaque fois l'impression de se casser les doigts contre le battant.

Une voix sourde lui ordonna d'entrer.

L'imposante silhouette de Jo se tenait là ; le visage empâté sous une barbe broussailleuse, le robuste bonhomme tirait sur une cigarette roulée qui empestait.

En voyant le gamin, il se redressa subitement et se racla la gorge.

Comme une ultime échappatoire, Thomas demanda avec une voix fluette où était le directeur ; il devait le voir tout de suite, il l'avait convoqué, ça semblait important.

Jo répondit que le directeur aurait du retard ; il ne fallait pas qu'il s'inquiète, tout allait bien se passer ; avant d'ajouter en tirant sur son mégot :

— Y paraît que tu sais pas tenir ta langue.

— C'est pas vrai, protesta Thomas. Je reste toujours tout seul, je dis jamais rien à personne.

— Tu me traites de menteur ?

Après un silence à le jauger :

— Allons ! Ferme la porte.

Thomas tituba, se retourna et s'exécuta.

— Ferme-la à clef.

Le jeune garçon obtempéra ; puis il leva les yeux vers le crucifix accroché sous le plafond : une toile d'araignée épaisse et poussiéreuse s'étirait entre les deux poings du Christ.

7

ELLE ACCÉLÉRA ENCORE ET DÉCIDA QUE, cette fois-ci, ses phalanges ne toucheraient pas la paroi en liner.

À deux mètres du bord, elle bascula le poids de son corps en avant, plongea en piqué avec vivacité et réalisa une culbute pour se remettre dans le droit chemin. Quand ses pieds entrèrent en contact avec le mur, elle tendit tous ses muscles pour se propulser comme un missile, laissant échapper une fine écume à son passage.

Une dizaine de mètres plus loin, après quelques ondulations sous-marines, son bonnet de bain bleu émergea ; Esperanza pivota rapidement la tête à droite, ouvrit la bouche en grand pour avaler une énorme goulée d'air – son pince-nez l'empêchant d'inspirer par voie nasale –, avant d'entamer un crawl puissant et régulier en dessinant une droite parfaite à la surface du bassin.

Malgré la fatigue engendrée par la nuit blanche précédente et cette journée éprouvante et interminable, elle avait besoin de relâcher la pression, d'éliminer tout ce qui lui restait d'énergie, jusqu'à épuisement total.

Manny – le « lunatique » Manny ! – lui avait conseillé de dormir douze heures et de revenir le lendemain pour assister à l'autopsie, mais il lui avait été impossible de rentrer se reposer tout de suite ; elle devait d'abord évacuer cette adrénaline brûlante qui l'animait depuis la découverte du corps et qui inondait toujours ses veines.

Et c'était ici, à la piscine municipale près de chez elle, qu'Esperanza trouvait cet apaisement dans l'effort, et surtout, comme maintenant, qu'elle venait pour s'abandonner.

Nouvelle culbute, flexion, propulsion.

Après l'identification, la machine judiciaire s'était emballée et le couvent s'était vite retrouvé totalement envahi.

La paroisse – surtout le bureau de frère Paul – avait elle aussi été passée au peigne fin par la police scientifique.

Les interrogatoires des religieuses et des membres de l'Église s'étaient éternisés jusque tard dans l'après-midi, le moment choisi par le labo pour confirmer l'identité de la victime.

Passée en urgence absolue, la comparaison ADN entre la dépouille et des cheveux de sœur Marie-Hélène récupérés sur une brosse ne laissait plus de place au doute : le cadavre repêché aux Buttes-Chaumont était bien celui de la jeune religieuse.

Esperanza moulina de plus belle ; elle était menue, son corps était fin et sec, mais il s'en dégageait une puissance et une résistance dans l'effort tout à fait remarquables pour son gabarit.

En dépit de l'accablement accumulé, la jeune policière se mouvait mécaniquement, sans réfléchir, habituée aux kilomètres engloutis lors d'entraînements intensifs pendant son adolescence, de ces interminables heures passées dans les bassins pour rapporter quelques médailles, fiertés paternelles depuis longtemps oubliées.

Comme lors de ses plus belles années de compétition, elle donnait aujourd'hui encore l'impression de voler littéralement sur l'eau ; elle enchaînait les longueurs en gardant sa ligne et sans baisser le rythme.

Les synapses en ébullition, elle était focalisée sur ses réflexions et ce moment où, un peu plus tôt au couvent, elle s'était retrouvée seule avec son partenaire dans la cellule de sœur Marie-Hélène.

Manny avait demandé à voir un portrait de la jeune religieuse ; sœur Suzanne lui avait alors confié un album photo. Le soleil illuminait la pièce quand le flic l'avait ouvert sur la table installée contre l'un des murs de la chambre ; Esperanza s'était approchée derrière lui, et, en le découvrant, elle avait été foudroyée par l'émotion.

Des photos de formats divers avaient été collées selon un ordre chronologique, et on assistait en direct à l'évolution de sœur Marie-Hélène sur une vingtaine d'années, de l'enfance à l'âge adulte. Sur certains clichés, elle était entourée d'autres personnes – notamment ses parents et son frère, avait songé Esperanza en notant la ressemblance –, pour autant de souvenirs capturés, d'instantanés de la vie de cette fille qui resplendissait.

Ce qui avait surtout retenu l'attention de la jeune flic à mesure que son coéquipier tournait les pages, c'était cette lumière intense dans son regard, quel que soit son âge. Elle était certes une ravissante blonde aux yeux bleus, mais elle possédait en plus cette lueur, cette énergie, ce magnétisme, qui la faisait rayonner.

Esperanza avait aussitôt pensé qu'elle avait dû faire quelques malheureux en s'engageant dans la voie qu'elle avait choisie.

Piqué, culbute, extension.

Elle repartit comme une fusée, en imaginant briser les molécules d'eau qui l'entouraient, séparant les atomes d'hydrogène et d'oxygène sur son puissant passage et les relâchant dans la nature de façon anarchique, libérés de leurs liaisons pour de bon.

Tandis qu'elle continuait de fendre la surface en forçant sur ses bras et en battant des jambes comme une forcenée, ses épaules en feu lui hurlaient de ralentir, mais elle ne faiblit pas.

Avant de ressortir de la cellule de la victime, Manny avait arraché une photo de l'album : un portrait de sœur Marie-Hélène, à l'époque où on l'appelait encore Hélène Dalencourt.

Âgée d'une petite vingtaine d'années sur le cliché, la jeune femme ne fixait pas l'objectif mais elle affichait ce regard solaire, comme si elle souriait à quelqu'un hors-champ ; pas pour le séduire, juste par empathie et tendresse. Ses longues mèches blondes entouraient un visage parfaitement symétrique et rosé ; sous ses yeux, de légères taches de rousseur.

À trois mètres du bord, Esperanza revint à elle et jugea qu'elle n'avait pas assez d'oxygène pour effectuer une nouvelle culbute, pourtant, elle contracta ses poumons et se lança quand même le défi.

Elle plongea et se propulsa en s'arrachant – faisant geindre ses muscles douloureux –, ses cuisses la brûlaient, des crampes s'amplifiaient dans ses orteils et ses mollets ; elle serra les dents et continua, mieux, elle accéléra ; elle donna tout, au-delà de la douleur, au moment où elle replongea dans ses pensées.

Frère Paul avait passé la journée en larmes dans la chapelle ; anéanti et incapable d'articuler la moindre parole. Même quand Manny avait insisté pour l'interroger à plusieurs reprises, il n'y avait rien eu à en tirer. Esperanza avait ressenti à ce moment-là une suspicion chez son partenaire – d'autant plus qu'ils avaient débattu plus tôt de cette tache intime connue du jeune prêtre, ce qui braquait évidemment les projecteurs sur lui –, mais elle avait du mal à se faire à cette idée. Elle, elle avait juste eu envie de prendre frère Paul dans ses bras, de l'étreindre et de le rassurer.

Elle aurait souhaité aller vers lui, le regarder au fond des yeux et le serrer de toutes ses forces ; qu'il pleure dans son cou, qu'il lâche sa détresse, qu'il perde pied, et elle, elle lui aurait soufflé qu'elle savait ce qu'il endurait, que la souffrance était terrible, presque inhumaine, mais qu'avec le temps, tout ça évoluerait, que même cette émotion insupportable, un jour, s'atténuerait.

Qu'une succession de prismes ferait évoluer cet horrible sentiment au fil des années ; et quand il y repenserait bien plus tard, ce drame terrible lui paraîtrait s'être passé dans une autre vie, et alors il ne faudrait pas qu'il en ait honte, car l'oubli était humain, l'autoprotection était nécessaire, l'instinct de survie surpassait tout.

Elle aurait simplement voulu lui dire ça, que le temps soignait les pires blessures, que c'était une réalité, qu'il fallait garder confiance, et que demain serait un autre jour.

Mais en fait… en repensant à tout ça, là, tout de suite, à cette putain de morale à la con qu'elle avait voulu lui sortir plus tôt, elle trouva ça grotesque et éprouva seulement l'envie de se foutre en l'air.

Elle sortit du bassin, se sécha rapidement, rentra chez elle à pied. Presque quarante heures qu'elle n'avait pas dormi.

Il était 21 heures 23 quand elle se colla 50 mg de Prazépam ; elle s'endormit en moins de dix minutes avec en tête le visage de sœur Marie-Hélène qui ne l'avait pas quittée de la journée.

8

APRÈS UNE PREMIÈRE MOITIÉ DE JUIN à la météo complètement pourrie – comme trois cents jours par an en Île-de-France –, où le ciel était gris et bas – soit en totale dépression –, l'été resplendissait enfin dans la capitale et les Parisiens semblaient sortir d'une longue léthargie.

Depuis deux jours, le soleil éclatait dès les premières lueurs de l'aube et la chaleur vous enveloppait aussitôt le nez dehors ; dans les rues, la saison était également manifeste – ça n'était que jupes courtes, bermudas et chemisettes tous azimuts –, les terrasses des cafés se remplissaient dès leur ouverture et les sourires légers avaient remplacé les tronches en biais.

Le merveilleux pouvoir des photons sur le psychisme humain n'avait décidément pas de prix, se répétait Esperanza en roulant vers le XIIe arrondissement.

Quand elle se gara sur le parking de l'Institut médico-légal, Manny l'attendait déjà, appuyé contre l'aile de sa voiture, en train de fumer une cigarette. Elle l'aurait parié.

Elle regarda l'heure à la pendule du tableau de bord – 8 heures 54 – avant de couper le contact et de quitter son véhicule dans le même accoutrement que les jours précédents

– à croire que sa garde-robe n'était composée que de pulls foncés et de pantalons noirs.

— Bien dormi ? demanda Almeida en jetant son mégot.

— Comme un bébé.

— T'as déjeuné ce matin ?

— Juste du café, pourquoi ?

— Avant une autopsie matinale, je conseille toujours de ne rien avaler, lâcha-t-il en replaçant ses lunettes de soleil avec son index.

Les deux flics se dirigeaient vers l'entrée de l'Institut en contournant le bâtiment sous une chaleur déjà suffocante, quand ils tombèrent nez à nez avec Clément Choisy et son jeune coéquipier qui en ressortaient.

— Tiens ! Salut Manny, lâcha Choisy avec son affabilité coutumière. Esperanza, ajouta-t-il en s'inclinant légèrement.

— Vous vous connaissez ? demanda Almeida, étonné.

— On s'est déjà croisés deux, trois fois, précisa Choisy.

Doloria se tourna vers Manny et acquiesça.

— En revanche, toi, tu ne connais pas mon petit Carl ? embraya Choisy en pivotant vers un grand roux à la coupe en brosse. Le lieutenant Carl Vinterberg, annonça-t-il en tendant un bras vers son bleu avec grandiloquence.

Tous se saluèrent. Manny s'alluma une cigarette, en proposa une à Choisy, qui l'accepta.

— C'est l'heure de votre repêchée ? demanda-t-il.

Almeida hocha la tête et tira sur sa clope.

— Absolument. Et vous, c'était quoi ?

— Le quatrième taxi. On a récupéré le dossier hier, merci du cadeau au passage, précisa-t-il, blasé. Et évidemment, aucun lien avec les autres.

— C'est Boissard qui l'a réalisée ?

— Naaan... tu sais très bien que le grand manitou t'est réservé. On a eu droit à un vacataire, plutôt efficace ; mais bon, en même temps, on connaissait la cause de la mort… Bref. Ton frangin aurait pas un tuyau, à tout hasard ? tenta-t-il sur le ton de la confidence avant d'aspirer bruyamment une épaisse taffe.

Le téléphone d'Almeida vibra dans sa poche. Il regarda le nom sur l'écran.

— J'en connais un qui va vivre longtemps, lâcha-t-il comme pour lui-même. Excusez-moi, ajouta-t-il en s'éloignant du groupe.

Carl, le costaud rouquin à l'attitude très militaire, n'avait pas ouvert la bouche et donnait même l'impression de ne pas être là ; Choisy semblait pour sa part amusé de retrouver Esperanza. Il manifestait un certain intérêt pour elle depuis leur première rencontre ; ça n'avait naturellement pas échappé à la jeune flic, et elle en eut encore conscience quand il lui adressa la parole.

— Alors, comment ça se passe, tes débuts avec le Capitaine Fracasse ?

Elle sourit en tournant légèrement la tête vers la Seine.

— C'est plutôt intense, je dois l'avouer. J'ai un peu de mal à le suivre, parfois, mais dans l'ensemble ça se passe bien.

— Ouais, il est spécial, le Manny…

Un court silence s'instaura, suffisamment gênant pour qu'il soit rompu par Choisy.

— Tiens, Carl, tu peux retourner à la voiture et appeler la vidéosurveillance pour savoir où on en est ?

— Affirmatif, capitaine, rétorqua le lieutenant avant de traverser le parking au pas de charge.

Esperanza s'attendait à la suite.

— J'imagine qu'avec cette première affaire, t'as pas beaucoup de temps pour toi ? demanda Choisy.

Nous y voilà, pensa-t-elle.

— Je ne sais même plus ce que signifie « avoir du temps ».

Choisy approuva du chef en souriant.

— Quand ça se tassera… Si jamais ça se tasse un jour, se reprit-il en grimaçant, on pourrait aller boire un café, si ça te dit ?

Almeida les rejoignit avant qu'Esperanza puisse répondre, ce qui, sur le coup, la soulagea.

— Alors, s'impatienta Choisy en se ressaisissant, il a une piste de son côté ?

— Quoi ? répliqua Almeida.

— Ton frère ? Il a un tuyau sur les tacos ?

— Ah ! percuta-t-il. Non, je crois pas. Mais je vais me renseigner, on sait jamais.

— OK, tu me tiens au jus alors. Nous, on va continuer de patauger. À plus tard les mecs, et bon courage.

Esperanza sentit le regard insistant de Choisy au moment de se séparer, mais finalement, elle trouvait plutôt du charme à son petit jeu, d'autant qu'il n'en manquait pas lui-même.

Une fois seule avec Manny, elle ne tarda pas à rebondir.

— C'est quoi, cette histoire ? demanda-t-elle, alors qu'ils avançaient côte à côte vers l'entrée de l'Institut.

— Quatre chauffeurs de taxi se sont fait dézinguer en deux mois, de quatre manières différentes. On se repasse tous la patate chaude de groupe en groupe depuis plusieurs semaines, personne n'y comprend rien.

— Non, je suis au courant de cette affaire, je parle de ton frère. T'as un frangin ?

— Ouais, Cris. Deux ans plus jeune.

— Et pourquoi il aurait des infos, il est flic lui aussi ?

— Aha ! Non, pas du tout, s'amusa-t-il. Et je plains la police si un jour il décidait de l'intégrer. Il est journaliste… enfin, plus fouineur que scribouillard. Et plutôt bon dans son genre.

— Attends ! s'écria-t-elle. Ton frère, c'est Cristian de Almeida ?

— Ouais, tu le connais ?

— Non, pas du tout, enfin, pas personnellement. Mais je lis le journal, quoi. Donc ça m'arrive de lire ses articles, répliqua-t-elle avec une pointe d'excitation. Almeida. J'avais pas du tout fait le rapprochement !

— Ben voilà. Comme ça, tu connais toute la famille.

Il écrasa sa cigarette dans le cendrier à l'entrée du bâtiment, puis il se tourna vers sa coéquipière avec cet air mystérieux qui intriguait la jeune flic.

Il fit claquer sa langue et relança le mouvement.

Largement dégarni mais la tête rasée de près, le docteur Simon Boissard affichait cinquante-huit ans à l'état-civil ; cependant, mince et entretenu par un exercice physique régulier, il en paraissait facilement dix de moins. Son surnom de « Monsieur Propre » – pour sa ressemblance toute relative avec le champion du détergent, mais aussi parce qu'il *cleanait* ses cadavres comme personne – ne lui déplaisait pas, même s'il ne l'aurait avoué pour rien au monde.

La blouse blanche toujours ouverte sur une chemise souvent tachée de café, il possédait ce côté singulier qui pouvait aussi bien le faire passer pour un génie que pour un fou.

Lorsque les deux flics arrivèrent en silence dans la salle d'autopsie, le légiste, plongé dans ses notes, leur tournait le dos. Il se tenait devant la dépouille de sœur Marie-Hélène qui reposait sur une table en inox. Formant un angle droit avec cette dernière, un évier plat la prolongeait et un éclairage scialytique la surplombait. Une balance au-dessus du robinet et un chariot contenant des outils de chirurgie complétaient le décor.

Comme la veille lors de l'identification, Esperanza fit face à ce corps nu et blafard, un peu moite et luisant, comme si une fine couche de moisissure avait déjà prospéré à sa surface.

— Bonjour Simon. Désolé du retard, déclara Almeida en désignant l'horloge sur le mur : 9 heures 11.

Boissard se retourna ; une odeur putride et froide les enveloppa.

— Je vous en prie, Manuel, j'ai juste eu le temps de préparer mon protocole et le matériel nécessaire.

Esperanza s'avança plus près du corps, elle détailla les deux avant-bras fins qui s'achevaient par des moignons.

— Vous avez pu estimer avec plus de précision l'heure du décès ? demanda Almeida en fixant les blessures qui barraient la poitrine de la victime.

— Absolument, capitaine. Je vous passe le calcul scientifique, mais en prenant en compte les hypostases et la rigidité cadavérique, on arrive à un meurtre exécuté il y a quatre jours.

Le légiste se racla discrètement la gorge avant de poursuivre :

— Même si l'immersion n'a pas vraiment aidé, je situe l'heure du décès dans la nuit de lundi à mardi, précisa-t-il.

— Les lundis, les Buttes-Chaumont ferment à 22 heures, intervint Doloria. C'est le seul soir où les guinguettes sont closes, où le parc est totalement vide.

À la différence de la veille, où elle éprouvait les plus grandes difficultés à examiner le cadavre sans détourner les yeux, la jeune flic promena cette fois son regard avec une certaine fascination sur le corps massacré qui ressemblait à une sculpture de Hans Ruedi Giger.

La rigidité cadavérique résulte d'une accumulation de calcium dans les cellules musculaires. Des filaments se forment autour des muscles et les immobilisent. Le phénomène débute au niveau du cœur, puis se manifeste dans ceux de la mâchoire, puis de la nuque, et ainsi de suite. En analysant cette propagation, on peut déterminer avec plus ou moins de certitude l'heure du décès.

Almeida jeta un coup d'œil à Doloria et l'interrogea du regard. Elle hocha la tête.

— Nous sommes prêts, lâcha-t-il.

Le médecin leur intima de se tenir à l'écart lors des prochaines manipulations et leur conseilla de porter un masque. Almeida en saisit deux dans une boîte sur une étagère, en tendit un à Doloria avant d'enfiler le sien.

— Comme je vous l'ai dit lors du premier examen, la victime est morte par asphyxie, leur confirma Boissard. Vous pouvez remarquer l'éclatement de l'os hyoïde, ajouta-t-il en appuyant dessus avec un doigt. Avez-vous retrouvé ses mains ?

— Non, pas encore, répondit Almeida à travers son masque. On a élargi la zone de fouilles, mais pour l'instant, on a fait chou blanc.

Le légiste déclencha l'enregistrement de son dictaphone. Il déclina son identité, la date, l'heure, le nom de la victime et le numéro de la session ; puis, de ses mains gantées, il s'empara d'une scie circulaire et plaça la lame dentelée sur le haut du sternum, parmi les cicatrices qui zébraient la poitrine.

Quand Boissard l'actionna, un bruit désagréable se propagea ; il pesa sur l'appareil afin de fendre l'os, puis guida la lame jusqu'à l'abdomen.

Les postillons de chair soulevèrent aussitôt le cœur d'Esperanza ; elle se tourna vers Manny : il plissait le nez dans une étrange grimace, concentré sur les manipulations du légiste, qui installait maintenant un écarteur dans l'ouverture.

Les blessures (qui avaient bien été effectuées post mortem, leur assura Boissard) avaient perforé le cœur et l'un des poumons. Quand le médecin les extirpa pour les peser, Esperanza se détourna un instant.

Elle tenta de réguler sa respiration en se concentrant sur les descriptions déclamées par le légiste à l'intention de son dictaphone.

Les paupières closes, elle inspira et expira lentement ; Boissard ouvrait alors l'abdomen de la victime.

Malgré son masque, Esperanza ne put échapper à l'odeur de mort qui l'enveloppa. Elle exsuda aussitôt abondamment, les gouttes perlèrent sur son front, ses yeux la brûlaient ; elle les braqua sur Almeida, et fut estomaquée de découvrir l'apparence de son partenaire.

Il était écarlate et en nage, se serrait le ventre à deux bras et vacillait par à-coups ; il paraissait être littéralement à l'agonie, en train de lutter contre une force invisible.

Il dut soudain sentir le poids de son regard sur lui car il pivota vers elle. De pivoine, il était maintenant livide. Esperanza l'interrogea d'un froncement de sourcils affolé. Il lui fit signe que ça allait, mais il avait l'air tellement mal.

Il s'épongea le front puis tira sur son masque pour respirer à pleine bouche, au moment où Boissard intervint.

— Tiens, tiens… Voilà qui n'est pas commun…

Esperanza reporta son attention sur le légiste.

Il était toujours penché sur le corps avec les doigts dans ses entrailles, quand il se redressa vers les deux flics.

— Étant donné la taille du fœtus, annonça-t-il en levant sa main pleine, je dirais que votre religieuse était enceinte d'environ douze semaines.

— Oh mon Dieu ! lâcha Esperanza en portant une main à sa bouche.

Elle se tourna vers Manuel, mais il quittait la pièce en trombe.

Il se rua dans le couloir en se cognant au mur, comme s'il retenait une gerbe brûlante qui refluait de son estomac en fusion.

En panique totale, Esperanza le poursuivit à grandes enjambées en criant son nom.

Dans les premières toilettes, Manny arracha le masque qui pendait sur son cou et se précipita dans une cabine avant de s'agenouiller et de vomir toute son angoisse dans la cuvette.

La jeune flic débarqua dans la foulée, stupéfaite, et lui hurla encore si ça allait, s'il avait besoin de quelque chose, mais elle n'entendait que son partenaire se vider à pleine gorge de l'autre côté.

L'odeur de mort dansait toujours sous ses narines, les éructations résonnaient contre la paroi ; Esperanza se prit la tête à deux mains et se laissa glisser jusqu'au sol, les yeux humides, les idées floues, avec la voix du légiste qui résonnait toujours dans ses oreilles :

« Votre religieuse était enceinte, votre religieuse était enceinte. »

9

LA SUITE DE LA MATINÉE ?

Elle ne fut que fièvre et douleur, confusion et chaos.

Après son imprévisible crise, Manny réémergea lentement, comme s'il sortait d'une bataille acharnée qui aurait duré l'éternité, en y ayant laissé la moitié de ses plumes qui plus est.

Il n'était plus que l'ombre de lui-même.

Sous le choc, Esperanza ne saisissait toujours pas ce qui s'était déroulé sous ses yeux. Elle restait sidérée, autant par les révélations de l'autopsie que par la réaction radicale de son partenaire.

Elle était seulement convaincue d'une chose : cette affaire les touchait au plus profond ; elle les bouleversait tous à sa manière sournoise et indicible, absolument tous, sans exception. La jeune flic pouvait le sentir, cette histoire allait les consumer à petit feu. De ça, elle était pleinement consciente quand ils arrivèrent au couvent en même temps que les renforts.

Personne ne chôma les heures suivantes. Outre des interrogatoires poussés, les équipes se répartirent en trois groupes, et les empreintes digitales et génétiques de tous les hommes de l'institution (religieux et personnel de maintenance, mais aussi celles des membres du collège voisin où sœur Marie-Hélène enseignait) furent prélevées à des fins de comparaison avant le milieu de l'après-midi.

Ce fut seulement quand ils s'isolèrent tous les deux dans la cellule de la victime qu'Esperanza reporta son attention sur Manny.

Il était assis au bord du lit branlant et couinant, les mains ramenées sur ses cuisses, le regard dans le vide, en train de réfléchir, ou de s'oublier, elle ne savait pas.

Elle s'inquiéta à nouveau de son état, mais il lui rétorqua que ça allait, une putain de baisse de tension due au stress et à la fatigue, mais que tout était rentré dans l'ordre ; ce qui ne la rassura qu'à moitié.

Elle fit quelques pas dans la modeste pièce, vint s'appuyer contre la table face au lit.

D'une superficie d'environ dix mètres carrés, la chambre contenait un mobilier archaïque : une couchette étroite en aluminium, une fine table de nuit contre sa tête, une armoire en bois sur le côté, une table qui servait de bureau, et une petite commode à trois tiroirs.

Il était 17 heures passées, mais le soleil brillait encore haut ; sous cet angle, ses rayons se projetaient de plein fouet par la grande fenêtre, plongeant la pièce dans une atmosphère presque mystique.

Avec cet éclat rasant qui découpait le décor, Esperanza remarqua tout de suite – à l'inverse de la veille, alors qu'ils avaient pourtant inspecté la cellule de fond en comble – l'empreinte laissée sur la table de nuit, contrastant avec la fine pellicule de poussière déposée par ailleurs.

En avançant vers la tablette, la jeune flic put définir distinctement une zone rectangulaire plus nette, comme si un objet avait été récemment ôté.

Elle inspecta les alentours, revint sur ses pas et s'empara des trois livres (dont l'album photo) qui traînaient sur le bureau.

Elle les compara l'un après l'autre au cadre formé par l'absence de poussière, mais aucun ne correspondait à l'empreinte – deux étaient trop petits alors que l'autre dépassait sensiblement. Elle afficha une moue circonspecte en reposant les ouvrages à leur place, toujours intriguée.

Elle jeta un coup d'œil à sa montre, s'appuya de nouveau contre la table, parcourut une fois encore la pièce du regard sans savoir vraiment ce qu'elle cherchait, puis baissa finalement les yeux sur Manny.

Spectateur distrait de la scène, il sembla soudain revenir à lui, comme réveillé par une alarme interne qui le fit presque tressaillir.

Il se ressaisit, s'empara mécaniquement d'une petite boîte dans sa poche, prit quelque chose à l'intérieur et l'avala.

Après quoi, il se redressa, s'étira de tout son long et relança le mouvement en silence.

★

L'institution Sainte-Geneviève se dressait à une centaine de mètres au nord du couvent Saint-Jean. Elle était composée de deux bâtiments séparés par une cour arborée : le principal, sur quatre étages, où l'on trouvait l'administration, la bibliothèque, les salles de cours, l'infirmerie, les quartiers du directeur et la loge du gardien ; et le secondaire, destiné à l'internat, avec ses dortoirs, ses sanitaires, ses cuisines et son réfectoire.

Depuis le milieu des années 1990, l'établissement accueillait une quarantaine d'élèves par an – exclusivement des garçons âgés de onze à quinze ans. D'après sœur Suzanne – qui avait renseigné plus tôt les deux flics –, ces enfants étaient tous en grandes difficultés à leur arrivée – orphelins ou abandonnés –, et pour la plupart d'entre eux dans des états particulièrement alarmants.

Recueillis au sein de l'institution, ils étaient alors pris en charge à tous les niveaux : santé, alimentation, éducation, vie quotidienne.

Lorsqu'Almeida et Doloria pénétrèrent dans la bâtisse du XIXe siècle, ils furent tous les deux surpris par la superficie des lieux.

Leurs silhouettes se reflétaient dans le marbre clair au sol ; des tableaux d'époque occupaient les hauts murs, apportant opulence et raffinement à un lieu qui n'en manquait déjà pas vu de l'extérieur.

Inauguré en 1868 pendant les dernières années du règne de Napoléon III, l'hôtel particulier de Concorde était une réalisation de l'architecte et ingénieur Camille de Lataulière, qui imagina un fastueux bâtiment de quatre étages (unique pour un édifice parisien de ce style) aux espaces immenses et aux matériaux précieux, agrémenté d'une « dépendance » – moins ostentatoire mais tout aussi élégante – de l'autre côté de la cour ; une cour qui possédait elle-même, toujours dans cet esprit de profusion, des airs de parc municipal avec ses bouleaux et ses chênes-lièges aujourd'hui bicentenaires.

Racheté au début du XXe siècle par l'État français, le Concorde fut de nouveau cédé, à la fin des années 1980, à un sombre organisme de charité pour une véritable fortune.

À l'accueil, Almeida se présenta et demanda à rencontrer le directeur. Après un bref échange téléphonique, une secrétaire leur indiqua les ascenseurs ; ils seraient directement reçus au quatrième.

À leur arrivée à l'étage concerné, les portes coulissèrent sur un corridor recouvert d'un épais tapis bordeaux ; un homme trapu au crâne rasé et à l'allure volontaire s'approchait à une dizaine de mètres.

Affichant une soixantaine d'années mais paraissant sérieusement affûté pour son âge – Esperanza s'en fit tout de suite la remarque devant sa carrure athlétique dans son costume clair –, il possédait des yeux perçants sous des sourcils broussailleux.

— Vos collègues ont déjà prélevé mes empreintes il y a au moins deux heures, lâcha-t-il en arrivant à leur niveau avant de se présenter : Bonjour, je suis Antoine de Saint-Bris, c'est moi qui dirige cette institution.

— Bonjour, monsieur de Saint-Bris. Oui, nous sommes au courant, mais nous ne sommes pas là pour ça, précisa Manny. Déjà, merci de nous recevoir. Je m'appelle Manuel de Almeida, je suis capitaine à la brigade criminelle. Je vous présente le lieutenant Doloria. Nous voudrions vous poser quelques questions au sujet de sœur Marie-Hélène.

— Bien sûr. C'est une tragédie. Mais je vous en prie, allons discuter dans mon bureau.

La pièce était vaste et lumineuse, digne du double salon d'une demeure bourgeoise du meilleur standing.

Deux tables laquées positionnées en angle droit servaient de coin bureau. Un espace salon-réunion occupait l'autre partie – à côté d'une bibliothèque remplie de vieux ouvrages et d'animaux empaillés.

Esperanza cogitait au coût d'un tel aménagement tout en avançant vers l'imposante cheminée où trônaient plusieurs photographies encadrées : on y trouvait le directeur entouré d'enfants ; d'autres plus anciennes le montraient habillé en militaire, sans doute lors de son service dans quelque pays exotique.

Elle ne s'y attarda pas et pivota pour découvrir la bibliothèque et ses étranges trésors : un jeune renard, crocs apparents, en position d'attaque ; un perroquet aux ailes déployées et au plumage multicolore ; des boîtes en verre contenant plusieurs insectes et autres curiosités épinglés.

Antoine de Saint-Bris s'installa dans son fauteuil et invita les deux flics à prendre place.

Il leur confirma que la défunte dispensait des cours de français et d'histoire depuis trois ans dans son collège, mais qu'elle était aussi très investie dans la vie sociale de l'établissement – passant beaucoup de son temps libre avec les internes en dehors des cours, et enfilant même parfois l'habit de mère pour certains.

— Vous connaissez frère Paul ? demanda abruptement Almeida.

Saint-Bris parut étonné.

— Pas plus que ça, répondit-il en joignant les mains sous son menton. Je l'ai déjà croisé, naturellement, mais il n'enseigne pas chez nous, il se consacre à ses propres travaux.

— Vous savez s'il était proche de sœur Marie-Hélène ?

Le directeur esquissa un rictus et avança sensiblement son buste.

— Où voulez-vous en venir, capitaine ?

— Quels rapports frère Paul entretenait-il avec la victime ? reformula Almeida.

— Je n'en ai aucune idée, capitaine, répondit Saint-Bris en se calant dans son fauteuil. J'imagine qu'ils devaient bien s'entendre.

— Pourquoi vous dites ça ? rebondit Esperanza.

Almeida se tourna vers elle, mais il semblait approuver son intervention, cette fois.

— Je ne sais pas, rétorqua le directeur en basculant lui aussi le regard vers elle. Peut-être parce qu'ils étaient les deux seuls de leur génération au couvent et au presbytère. J'imagine que ça doit rapprocher, conclut-il.

Quand Manny demanda à rencontrer certains des élèves de la jeune religieuse, Saint-Bris leur apprit qu'ils les avaient ratés de peu : tous les garçons de l'institution étaient partis à la campagne quelques heures plus tôt. Une petite mise au vert, le temps d'un week-end à deux heures de Paris, pour s'aérer l'esprit et sortir de cet environnement urbain anxiogène ; et surtout, pour les éloigner et les préserver du drame qui venait de se produire.

Mais, dès leur retour – si les enfants le souhaitaient et que leur état émotionnel le permettait –, ils pourraient évidemment s'entretenir avec certains d'entre eux.

★

Le ciel avait brusquement vrillé, sa couleur était passée du bleu clair au jaune orangé en un battement de cils ; la lueur crépusculaire qui découpait maintenant la ville soulignait sa beauté : Paris était bien un musée à ciel ouvert, pensa Esperanza sur le siège passager alors que la voiture traversait l'Est parisien vers la Seine.

Sur le parking de l'IML où elle avait laissé son véhicule après l'autopsie, Esperanza remercia Manny de l'avoir raccompagnée et claqua la portière avant de s'éloigner.

Arrivée à sa voiture, elle la débloqua au moment où son coéquipier lançait derrière elle :

— Bonne soirée, Esperanza !

Elle allait s'asseoir, mais elle s'arrêta dans son mouvement et se retourna : Manny était au volant, la fenêtre baissée, le coude sur son rebord, en train de la regarder.

— Merci Manny, répliqua-t-elle. Toi aussi !

Elle se baissa pour s'installer quand son partenaire se manifesta à nouveau.

— J'ai envie d'une bonne bière. Ça te dirait une bonne bière, lieutenant ?

Elle était assise mais n'avait pas encore claqué la portière. Elle se redressa, la clef toujours en main.

Elle dévisagea Manuel qui n'avait pas bougé, puis consulta sa montre.

— À cette heure-ci, j'ai plutôt envie d'un truc plus fort, finit-elle par lâcher.

— Je suis ton homme.

10

La nuit tombait et les rues commençaient à s'animer quand les deux flics pénétrèrent dans un bistrot des Batignolles qui n'était pas encore pris d'assaut.

Sombre et cosy, il rappelait ces vieux bars lounge new-yorkais dans lesquels on s'imaginait pouvoir croiser une femme fatale en talons de douze, ceinturée dans une robe haute couture, les yeux dissimulés par l'ombre d'un délicat chapeau, en train de tirer sur une cigarette au filtre souillé de rouge à lèvres.

Composé de matériaux bruts et industriels, l'établissement possédait une décoration épurée et efficace ; un long bar courbé en forme de S occupait la gauche de l'espace et une dizaine de boxes alvéolaires se réunissaient au centre de la salle, qui, quand elle était comble et animée, devait ressembler à une ruche en pleine activité.

Les deux flics prirent place dans l'un des boxes en velours noir. Pendant qu'elle s'installait, Esperanza observait Manny du coin de l'œil ; il semblait se détendre et prendre ses aises, ce qui la rassura définitivement quant à son état.

La petite gêne initiale due à cette intimité nouvelle disparut quand la serveuse débarqua pour prendre la commande – un gin tonic pour elle, un Lagavulin sans glace pour lui.

Avant qu'on leur ait apporté leurs verres, la jeune flic lança la discussion ; elle voulait approfondir la théorie que Manny lui avait exposée plus tôt et qui l'avait laissée sur sa faim.

Son partenaire ne se fit pas prier et parut même excité quand il se pencha sur la table pour partager le scénario qu'il échafaudait depuis le début de l'après-midi.

Pendant les interrogatoires au couvent, toutes les religieuses avaient confirmé le célibat et la chasteté de sœur Marie-Hélène – certaines avaient même été offusquées qu'on les remette en doute ou qu'on leur pose simplement la question –, néanmoins, lors de l'autopsie, l'analyse de ses organes génitaux avait révélé qu'elle avait une activité sexuelle régulière.

L'hypothèse de Manny : la malheureuse religieuse était la proie d'un membre de l'institution catholique, un proche qui la violait régulièrement et qui l'avait notamment fait trois mois plus tôt – date estimée du début de sa grossesse.

On leur apporta leurs verres.

Ils trinquèrent en se regardant droit dans les yeux.

Et le fait de connaître son agresseur aurait joué un rôle déterminant dans la mesure où elle s'était tue, n'avait pas déposé plainte ou cherché à lui faire du tort. « Une histoire de pardon, d'épisode où l'on tend l'autre joue et de foutaises de ce genre », comme il l'exprima, provoquant sa partenaire au passage.

Si l'on respectait cette logique, l'assassin était le même individu qui l'agressait depuis des mois, car, ne pouvant se permettre un « nouveau scandale au sein de l'Église », ironisa-t-il en lui adressant un clin d'œil, il l'avait « zigouillée » avant que sa grossesse ne devienne trop visible.

— Tu crois vraiment que personne au couvent n'aurait percuté, même un instant, qu'on violait l'une d'entre elles ? souleva Doloria, dubitative.

— Tu sais bien : pauvreté, obéissance, silence. Ce qu'ils appellent la force et la grandeur de l'esprit ! lui renvoya-t-il avec cynisme.

— T'es sérieux ?

Ils s'observèrent un instant en silence.

— Et naturellement, comme il semblait l'avoir déjà vue à poil avant l'identification, tes soupçons se portent sur ce pauvre frère Paul ?

Almeida vida simplement son verre, comme s'il n'avait pas besoin de répondre.

Il donnait l'impression que tout lui paraissait évident, comme s'il savait que ce n'était plus qu'une question de temps avant que les événements ne lui donnent raison.

Quand la serveuse passa à proximité, il commanda deux autres boissons. On les leur apporta rapidement, cette fois, et ils trinquèrent sans prêter attention au bar qui se remplissait et au bruit engendré.

Esperanza s'enfonça dans la banquette molletonnée, tourna son verre entre ses doigts en souriant.

— Je suis curieuse…

Manny leva les yeux vers elle.

— Mais encore ?

— Tu peux me parler de Cristian ? lança-t-elle. Ça fait quoi, d'avoir une star comme frangin ?

— Ah ça, je sais pas, faudrait lui demander, s'amusa-t-il en buvant une grande gorgée.

Sa partenaire sourit avant de l'imiter.

— Tu dis ça parce qu'il passe à la télé ? demanda-t-il à son tour en reposant son verre.

— Oui, enfin, parce qu'il est connu, quoi.

Il afficha un rictus et baissa les yeux sur sa boisson cuivrée.

— Tu sais, pour moi, c'est surtout mon petit frère. Il assure vraiment bien dans ce qu'il fait, mais je le vois pas du tout comme une *star* ! Et je pense que lui non plus se voie pas comme ça, ajouta-t-il en riant. Clairement pas. Mais tu le rencontreras sûrement, il passe souvent à la brigade nous faire chier et foutre le bordel un peu partout.

Les deux flics n'avaient pas besoin d'un troisième verre pour sentir l'ivresse les envelopper, mais ils continuèrent de boire avec plaisir et à se livrer l'un à l'autre.

— Giesbert a vraiment l'air d'être un type bien, lança Esperanza avant de boire une grande gorgée tourbée, étant passée elle aussi au whisky.

— Ouais, on a de la chance de l'avoir. Il est intègre, à l'écoute, tu peux aller le voir quand tu veux, il est toujours disponible. En ce moment, il traverse une passe terrible, et pourtant, il reste toujours le même, c'est hallucinant.

— Qu'est-ce qui lui arrive ?

— Sa femme est en train de crever d'un cancer, elle est en phase terminale.

— Merde, je savais pas.

— Ouais… Mais parlons pas de choses négatives ce soir ! lâcha-t-il en levant son verre.

Ils trinquèrent pour valider cette décision.

— Et son adjoint, Patrice Dorival ? C'est quoi son rôle dans tout ça ? lui demanda-t-elle avec un réel intérêt.

— Oh, lui, c'est un mystère… Il est aussi fun qu'une crise d'hémorroïdes. Concrètement, il sert pas à grand-chose. Enfin, si, c'est le beau mec qui passe devant les caméras, il présente bien, la cinquantaine rassurante et le verbe incisif. Il est parfait pour la population accro aux chaînes d'infos.

— Oui, j'allais le dire ! Quelle classe !

— Ah ! Je vois qu'on est déjà sous le charme !

— Nooon, pourquoi tu dis ça ? exagéra-t-elle.

Manny sourit ; Esperanza vida son verre.

— Tu sais, je veux pas te casser tes plans, reprit-il, mais je pense que j'ai plus de chances que toi de me le faire.

— Non ?! Il est gay ?

— Je sais pas, on n'est pas intimes. Mais ça saute aux yeux, non ? Il a pas d'alliance, il est précieux comme une vieille bourgeoise anglaise…

— Putain, le cliché ! s'étrangla-t-elle. Je peux pas croire que tu dises ça ! C'est un ancien militaire. C'est normal qu'il soit un peu… ordonné.

— On s'est quand même renseignée…

Esperanza piqua un fard et plongea le nez dans son verre vide.

Les barrières s'affaissaient, tout devenait plus facile, ils sentirent qu'une complicité était en train de naître.

— Je t'aime bien, Manny, lança-t-elle sans filtre, l'ivresse jouant son rôle.

Almeida remarqua ses yeux brillants.

— Moi aussi je t'aime bien, kiddo, répondit-il dans un sourire sincère. Et qu'est-ce qui te plaît chez moi ?

Esperanza s'affalait de plus en plus dans les coussins, elle s'en rendit compte et se redressa légèrement.

— Que tu me respectes, articula-t-elle avec exagération. Tu t'en branles que je sois une gamine de vingt-six ans. Tu prends pas de pincettes avec moi, et ça, j'adore. Et même si parfois t'es un putain de type chelou qui donne l'impression de pouvoir vriller d'une seconde à l'autre, je sais que je peux compter sur toi et que t'es un putain de mec bien.

— Ça fait beaucoup de « putains » tout ça, mademoiselle, mais je pense que j'ai saisi ton raisonnement.

Elle éclata de rire et fit un signe à la serveuse.

— J'imagine que je suis pas ta première bleue ? lança-t-elle en le regardant de biais.

— Effectivement, j'ai déjà connu ce plaisir, railla-t-il.

— Et alors ? Où tu me…

Il toussa bruyamment, la main devant la bouche.

— Pardon, tu disais ?

— Où tu me situes par rapport aux autres que t'as eus sous ton aile ?

Il leva vers elle des yeux mutins.

— C'est un peu tôt pour me prononcer, jeune femme… Mais, ce qui est sûr, c'est que tes prédécesseurs n'avaient pas ton dossier exceptionnel.

— T'as regardé mon dossier ?

— Évidemment. On n'a pas tous les jours l'occasion de bosser avec un génie.

— Ah ah ah.

— Je suis sérieux, il est très impressionnant. Beaucoup plus que celui du dernier, par exemple.

— Qu'est-ce qu'il avait, le dernier ?

Almeida laissa la question en suspens le temps que la serveuse leur apporte leurs verres ; il but une gorgée ; elle l'imita.

— Il m'a tiré dessus, ce petit enculé.

Doloria recracha aussitôt l'alcool en pouffant.

— Quoi ?? C'est pas possible ?

— Si, si.

— Attends, attends… Non pas que je doute que tu puisses inspirer ce genre de pulsion parfois, mais de là à la concrétiser ! Qu'est-ce qui s'est passé ?

Almeida recula dans la banquette en soufflant.

— C'était y a environ deux ans, on m'avait demandé de former un jeune type qui sortait de l'école. Aucune expérience sur le terrain, rien. Il avait dû faire deux heures de tir par mois sur une période de trois mois. Rien, en somme. On me le balance dans les pattes. Un mec arrogant, qui pensait tout savoir mieux que tout le monde.

Il fit une pause pour boire une gorgée.

— Un soir, on est appelés pour un vol dans une épicerie du XVIIIe. On est pas loin donc on y va. On sait pas si le mec est encore dedans, on sait juste qu'il est armé car des voisins ont entendu tirer. Bref, je décide d'entrer seul dans le local et je demande à Kevin – c'est le nom du petit enculé – de faire le tour du bâtiment, au cas où le type tenterait de se barrer. Donc, je suis entré. Le petit enculé a fait le tour. Le mec n'était plus là. Je suis ressorti par-derrière, et ce connard m'a tiré comme un lapin.

— Aïïïe…

— Je confirme.

— Tu l'as prise où ?

— Dans les côtes, juste là, précisa-t-il en lui montrant son flanc. La balle est ressortie aussi vite qu'elle était entrée, mais j'ai eu deux côtes pétées et un litre de sang en moins. Résultat : deux mois d'ITT pour ma gueule, et une mutation dans le trou du cul de la campagne auvergnate pour l'as de la gâchette.

Un cri aigu et soudain les fit sursauter simultanément sur leur banquette.

Ils se retournèrent en même temps vers un groupe de filles installées dans un box voisin.

Une jolie brune sérieusement éméchée se tenait debout sur la table, rigolant et titubant entre les verres ; elle semblait porter un toast à l'anniversaire d'une amie.

Esperanza et Manny se regardèrent, complices, puis la jeune flic voulut rebondir.

— Je comprends mieux pourquoi t'étais dur avec moi au début, voyou… T'avais peur que je t'en colle une moi aussi, avoue ! s'esclaffa-t-elle en le visant avec son index, le pouce relevé comme le chien d'un fusil.

Un ange passa.

— Je me suis jamais servi de mon arme, confia-t-il.

— Moi non plus.

— Je pars du principe qu'il faut pas s'en servir.

★

Elle enfonça à peine la lame, une simple petite pression, pour ainsi dire rien.

Sa peau s'étira d'abord avec douceur, comme un élastique dont on testerait la résistance, avant de se déchirer le long de la fine tranche.

Aucun frisson. La sensation fut paradoxale, entre douleur et soulagement ; elle n'éprouvait rien d'autre que ces deux émotions enchevêtrées dans son esprit enivré.

Combien de verres avait-elle bus ? Quelle heure était-il ?

Nue dans la salle de bains, Esperanza regarda le filé vermillon tracer sa route.

La première goutte écarlate fit tache dans le lavabo immaculé.

Elle l'observa glisser lentement jusqu'au siphon, dessinant comme un sourire rouge sur la paroi blanche.

Lorsqu'elle était gosse, en vacances avec ses parents dans la maison familiale en Andalousie, ce qu'elle préférait par-dessus tout, c'était quand arrivait l'heure du bain. Pas uniquement parce qu'elle prenait plaisir à se rafraîchir après une journée à courir sous le cagnard, mais parce que la baignoire y était immense, tellement spacieuse qu'elle pouvait se rouler dans l'eau de tout son long ; elle adorait barboter et éclabousser, c'était son grand truc.

En prévision, sa mère étalait toujours des tas de serviettes épaisses sur le sol avant son immersion, en sachant très bien qu'elles seraient détrempées une heure plus tard à la sortie du bain.

Ce délire avait duré des années – entre ses six ans et ses douze ans –, c'était dire la patience exceptionnelle de sa mère pendant cette heureuse période.

Aujourd'hui, et depuis une dizaine d'années, c'était son propre sang qu'Esperanza faisait gicler.

La lame toujours entre ses doigts, elle réitéra l'opération sans réfléchir, en appuyant un peu plus fort cette fois – la chair céda immédiatement –, et surtout en agitant doucement le tranchant dans son derme ; et là, la sensation fut bien différente ; là, elle pouvait la sentir, cette flamme qui chuchotait dans son bras, qui murmurait, qui hurlait, elle pouvait presque la toucher.

Elle appuya plus fort, une autre strate, puis encore une.

Le feu se propagea comme une traînée de poudre. Elle ferma les yeux et vibra un instant ; puis elle reposa la lame de rasoir sur le rebord du lavabo, une minuscule flaque empourprée se formant aussitôt sur la faïence.

Esperanza leva les yeux vers le miroir et fixa les deux billes noires qu'il lui renvoyait.

Elle resta un moment à se dévisager, l'esprit vidé.

Tout partira en fumée, de toute façon.

Elle courait comme une dératée sans savoir où elle allait.

Perdue au milieu des oliviers, sous un soleil de plomb qui l'éclaboussait à chaque nouvelle enjambée, la gamine sentait la chaleur griller son crâne déjà en éruption, bien aidé par la fièvre, qui n'arrangeait rien.

Mais elle continuait de cavaler, agrippant machinalement cet avant-bras qui l'élançait encore, qui l'avait tellement fait souffrir.

Elle s'arrêta net et se retourna, hors d'haleine et en nage ; elle dégaina son regard paniqué un peu partout, de façon saccadée, à trois cent soixante degrés ; des gouttes de transpiration brûlantes lui coulaient dans les yeux, cramant ses cornées ; elle frotta ses paupières, tenta de réguler sa respiration haletante pour essayer de percevoir le moindre son. Elle pantelait tellement qu'elle dut retenir son souffle pour y parvenir ; elle réussit finalement à se rassurer quand elle comprit qu'elle était seule.

Elle ne savait pas où aller, pas du tout, elle ne comprenait même pas où elle se trouvait, la direction à prendre, ou si elle avait seulement la force de continuer.

La panique qui l'enveloppait ne cessait de croître dans son ventre, une peur si primale qu'elle la glaça un moment, la figeant littéralement sur place pendant plusieurs secondes. Puis l'excitation s'y mêla et l'adrénaline gicla dans son corps.

Elle serra son poignet en sang, choisit une direction et s'y lança à toutes jambes.

Les hautes herbes de la vallée griffaient ses tibias nus, elle ne savait plus courir. Depuis combien de temps n'avait-elle pas galopé comme ça ? Elle se retourna sans ralentir pour vérifier qu'elle n'était pas suivie, mais dans ce basculement d'attention, elle se cogna violemment contre un arbuste et le choc la fit s'effondrer de tout son long.

Elle resta allongée dans la végétation sauvage, le nez plongé dans la terre, cette terre qu'elle voulait fuir plus que tout au monde.

Ses blessures continuaient de saigner, son bras dégoulinait le long de son corps, le cruor coulait jusqu'à sa cuisse, puis son genou, puis sa jambe ; Esperanza releva la tête vers l'image que lui adressait le miroir, mais en fait, elle ne se voyait pas.

Le son de l'horloge résonnait à côté, il claquait contre ses tempes comme un pic-vert massacrant une vieille branche. Esperanza commença à osciller au rythme du pendule.

Elle s'immobilisa, observa son bras en sang.

Elle était épuisée, apathique, elle ne pensait plus du tout aux dizaines de verres qu'elle avait ingurgités avec Manny, ni même à leurs discussions, elle s'en foutait, tout ça lui paraissait tellement loin.

Son visage se crispa comme si elle allait chialer, mais elle se ressaisit rapidement et étouffa son émotion.

C'est bien, t'es une grande fille.

Elle défia son avant-bras, elle saisit la lame.

11

*D*ANS LE DORTOIR CALME ET DÉSERT. *Allongé sur son lit. Depuis la veille, Thomas lisait* 1984, *de George Orwell. Au fil des pages, il en était terrifié ; avec l'impression de vivre lui aussi dans ce monde sans espoir, sous surveillance perpétuelle.*

La porte s'entrouvrit soudain ; un vieux prêtre passa la tête dans l'entrebâillement.

— Le directeur veut te voir dans la salle d'étude, grogna le religieux.

— Tout de suite ? balbutia Thomas.

— Oui, maintenant ! Qu'est-ce que tu crois ?!

Le garçon referma son livre et se leva ; le prêtre disparut.

Il retomba sur le matelas, pétrifié en anticipant la prochaine heure.

Il avait espéré y échapper, cette fois, passer entre les gouttes. Deux nouveaux venaient de rejoindre l'institution. Cette idée le rendait malade – il s'en voulait même qu'elle ait traversé son esprit –, mais il avait souhaité que l'un d'entre eux prenne le relais, qu'un autre élève soit à son tour dans le collimateur de la direction. Alors, lui, on le laisserait enfin tranquille.

Dans les escaliers en chêne, Thomas se sentit soudain étonnamment léger, presque vaporeux.

Plus il descendait les marches en plongeant vers le douloureux abîme, plus il éprouvait cette étrange sensation, une sensation inédite, celle de s'éparpiller progressivement, de lâcher des morceaux sans pouvoir lutter.

Sa conscience devint diffuse. Puis, subitement, pour la première fois et sans la voir venir, il vécut une illumination.

Il ne s'expliqua pas cette métamorphose inattendue, mais il en fut un spectateur fasciné. Et plutôt que de la redouter, il se surprit à avancer avec conviction.

Une émotion inconnue se manifesta alors. Une émotion si pleine, si puissante, qu'il la laissa le consumer, guidé par cette haine qu'il étouffait depuis des mois.

Sur le palier, Thomas accéléra encore, sacrifiant derrière ses pas le peu qu'il restait de lui.

Devant la salle d'étude, il entra sans frapper. Le directeur ne s'y trouvait pas ; seul Jo se tenait là, dans la pièce aux rideaux tirés.

Thomas claqua la porte avec tant de fracas que le bedonnant barbu sursauta en gueulant :

— Putain ! Pour qui tu t'prends, p'tit morveux ?!

Les traits de Thomas se durcirent ; son regard s'assombrit ; ses mâchoires se serrèrent à s'en faire péter les molaires.

Malgré leur différence de gabarit, le jeune garçon le défia du regard.

— J'te parle, Thomas ! s'exclama Jo. Tu crois qu'tu peux rappliquer comme ça, p'tit con ?!

— Thomas est pas là, rétorqua l'enfant d'une voix rauque.

— Qu'est-ce que tu m'racontes encore ? Tu veux tester un nouveau jeu, c'est ça ?

— Pas envie de jouer.

— Allons, Thomas, approche…

— Thomas est pas là, crétin, j'viens d'te l'dire.

Jo s'esclaffa en postillonnant alentour ; il se tapota les joues comme s'il n'en revenait pas.

— Tu veux jouer avec papa ? proposa-t-il en se baissant. Avoue, c'est ça, tu veux jouer, mon p'tit Thomas ? Alors on va jouer ! T'es qui, mon jeune ami ?

— Pas ton ami. Appelle-moi Virgile.

Les muscles tendus, le garçon se laissait guider par cette force nouvelle.

À cet instant, il se sentait invincible.

— Et t'es qui, alors ? demanda Jo. Tu sors d'où ? Où est Thomas ?

— Parti se coucher. Y m'a donné la torche. C'est moi qui gère tout maintenant.

Accroupi, les avant-bras sur les cuisses, Jo ne put esquisser le moindre geste quand Virgile s'empara d'une chaise et la lui éclata sur la tête avec rage.

Jo s'écroula. Une large entaille lui barrait le front, une coulée écarlate s'en échappait ; mais ça ne calma pas les ardeurs du jeune garçon qui en empoigna une autre et la fracassa encore sur la carcasse à terre, avant de se déchaîner à coups de pied comme un forcené.

Jo geignait ; du sang coulait de son nez, de sa bouche, de son front, mais Virgile continua de se défouler, possédé par des émotions qui se libéraient enfin avec frénésie.

12

Esperanza flottait dans une zone transitoire totalement trouble, entre deux eaux aux frontières mal définies, plongée dans un songe qui lui paraissait pourtant tellement sincère.

Sous l'insistance du supplice, elle émergea, stimulée par l'entêtante sonnerie de plus en plus présente. Elle s'était d'abord manifestée dans son rêve, mais c'était bien dans la réalité qu'elle semblait maintenant brailler.

Son esprit mit du temps à percuter ; elle ne parvenait pas à éclore, comme si on l'avait assommée ou droguée un instant plus tôt.

Noyée dans la confusion d'un demi-sommeil, la bouche pâteuse et les paupières collées, elle se redressa avec maladresse, réussit à jeter un coup d'œil inconscient au radio-réveil (07 : 23) et saisit l'appareil qui hurlait toujours sur la table de nuit.

— Ça va, Manny ? balbutia-t-elle dans un réflexe, avec une voix qui eut du mal à exister. Qu'est-ce qui se passe ?

— Frère Paul est mort.

Il avait répondu comme ça, sans détour. Esperanza se glaça dans l'instant. Elle resta bouche bée, crut avoir mal compris ; l'information monta finalement à son cerveau à moitié endormi, puis la tristesse perça.

Elle ferma les yeux et se frotta les paupières.

— Qu'est-ce qui s'est passé ?

— Il s'est pendu au presbytère la nuit dernière.

La jeune flic se redressa complètement, s'appuya contre le mur. Elle cligna plusieurs fois des yeux et s'étira en faisant le dos rond.

— Qu'est-ce que t'en penses ? interrogea-t-elle, reprenant difficilement ses esprits.

— Tu sais, je suis pas vraiment surpris. Comme je te l'ai dit, il était bouffé par la culpabilité…

— Tu déconnes ?

À l'inverse de son partenaire, Esperanza avait toujours du mal à imaginer le jeune prêtre comme un suspect potentiel.

— On a reçu un mail du labo, enchaîna Almeida. Les résultats des comparaisons ADN sont tombés.

— Joue pas les mystérieux, pas maintenant.

Almeida ne se fit pas prier pour envoyer le deuxième coup de massue.

— Elle portait l'enfant de frère Paul.

Esperanza éprouva un grand vide dans son estomac et la nausée affleura.

Elle passa sa main libre dans ses cheveux et les empoigna, complètement groggy, avec cette gueule de bois qu'elle détestait avoir les lendemains de cuite.

★

En débarquant à la brigade, elle trouva son coéquipier à son poste, occupé à rédiger un rapport.

Il tourna la tête à son arrivée et afficha la mine satisfaite de celui qui avait vu juste depuis le début.

— Je crois pas à sa culpabilité, Manny, lança-t-elle, essoufflée et impétueuse.

Bouleversée par le suicide du jeune religieux, elle resta plantée devant les deux bureaux, les yeux rivés sur le portrait de sœur Marie-Hélène que Manny avait punaisé sur le mur au centre du tableau, entouré d'autres documents et photos des lieux du drame.

— Calme-toi et laisse passer l'émotion, lui conseilla-t-il en replongeant les yeux dans son écran. Dans cet état, on ne réfléchit jamais sereinement.

— Mais il n'a pas du tout le profil, Manny !

Il releva le visage vers elle, agacé.

— Esperanza, c'était le père du gosse, le dernier à l'avoir vue vivante, personne ne l'a aperçu la nuit du meurtre, énuméra-t-il en articulant bien chaque mot. Il était au bord de la syncope à chaque fois qu'il nous voyait, putain !

Il se calma une seconde avant de reprendre :

— Les remords ont eu raison de lui, voilà. Ou il voulait simplement éviter de prendre perpète.

— J'y crois pas, Manny..., chuchota-t-elle en s'installant finalement à son bureau comme un zombie.

— Je suis désolé de te dire ça, kiddo, mais ce qu'on croit ou ce qu'on pense, on s'en fout, en l'occurrence, rétorqua-t-il, adouci. C'est pas ça l'important, ici, on joue pas aux devinettes, on se base sur des faits, pas sur des ressentis.

— Mais pourquoi la défigurer si c'était pour l'identifier dans la foulée ?!

Almeida s'enfonça dans son fauteuil en soufflant.

— Tu sais, les gens font des trucs qui nous dépassent, parfois, lui renvoya-t-il comme seule explication.

— Alors ça y est, c'est bouclé ?

— Ah non, ça commence à peine. Maintenant, il va falloir trouver des preuves concrètes, monter un dossier à charge, et je peux te dire qu'on n'est pas au bout de nos peines, s'ébroua-t-il, connaissant la masse de boulot que représentait cette deuxième enquête dans l'enquête.

Il inclina son buste de côté pour voir sa partenaire derrière son ordinateur.

En s'attardant sur sa tronche toute chiffonnée – séquelle de leurs excès de la veille –, il parut amusé.

— T'as pris un citrate de bétaïne ou un truc comme ça ? lui demanda-t-il en se levant.

— Déjà deux avant de venir…, rétorqua-t-elle en se massant les tempes.

— J'aurais dû te prévenir que t'étais pas obligée de suivre mon rythme…

— Putain, je sais pas combien de litres on a bus, j'ai l'impression qu'on m'a jetée du dixième étage la tête la première.

Manny sourit et contourna son bureau.

— Tu veux un café ? proposa-t-il en remarquant l'absence de son thermos.

— Avec plaisir, j'ai pas pris le temps de m'en faire avant de venir, ça t'ennuie pas ?

— Pas du tout, pose-toi cinq minutes, je te rapporte ça tout de suite.

Seule dans le bureau, Esperanza bloqua sur le portrait de la religieuse accroché sur sa gauche : sa blondeur solaire, son regard lumineux, la pureté qui s'en dégageait.

Sa vision se troubla, l'image devint floue ; elle se retrouvait complètement paumée.

Un cerf-volant virevoltant en pleine tempête.

Elle ne comprenait pas la tournure des événements, elle ne voyait aucune logique à tout ça. Elle n'imaginait pas une seconde le jeune religieux en violeur, encore moins en assassin ; et « assassin », ce n'était pas assez fort pour définir le genre de type qui avait massacré cette pauvre fille, un barbare, oui.

Pourtant, frère Paul n'avait rien d'un barbare, ou d'un psychopathe qui aurait pu péter les plombs et s'acharner de la sorte sur une innocente ; ça n'entrait définitivement pas dans ses cases.

Et Esperanza en était dévastée.

★

Durant le trajet silencieux en voiture, la jeune flic fixa le paysage urbain, l'estomac noué et les réflexions anarchiques.

Almeida se tourna vers elle comme s'il avait senti son malaise et lui jeta un coup d'œil plein d'empathie. Elle le lui renvoya, mais leurs sourires s'estompèrent lentement, et bientôt un nouveau silence désagréable s'abattit dans l'habitacle.

Quand ils débarquèrent à l'église Notre-Dame-de-la-Croix sous une chaleur suffocante, les équipes étaient déjà toutes reparties ; celle du légiste avait emporté la dépouille du jeune prêtre depuis un bon moment, les flics appelés sur les lieux étaient rentrés au commissariat pour rédiger leur rapport ; ils l'enverraient directement à Almeida une fois validé par leur supérieur. Seuls trois policiers en uniforme – deux hommes et une femme – se trouvaient encore là et s'apprêtaient à lever le camp.

Manny les interpella aussitôt.

— Le boulot est terminé ici ?

— Affirmatif, capitaine, répondit l'un d'entre eux. On vous attendait pour quitter le périmètre. Vous recevrez le déroulé des opérations en fin de matinée, mais comme je vous l'ai dit tout à l'heure, tout s'est passé normalement. Les astronautes (comme certains appelaient les membres de la médecine légale à la BC) m'ont confirmé qu'ils vous enverraient les résultats de l'autopsie dans la journée.

— Bien, bien, rétorqua Almeida en les dévisageant tous les trois. Avant de filer, vous pouvez me passer votre rouleau ? J'ai pas le mien sur moi.

Sans moufter, l'un des flics attrapa le ruban dans sa sacoche et le lui tendit.

En se dirigeant vers la cellule de frère Paul sur les pas de son coéquipier, Esperanza sentit un frisson glacé lui parcourir le dos. Elle se rendait à peine compte de ce qui s'était passé, mais elle éprouvait maintenant chaque secousse du drame dans sa chair.

Devant la porte, Almeida arracha les bandes de ruban jaune qui obstruaient le passage et les deux flics pénétrèrent dans la modeste pièce.

Manny savait très bien que le « ménage » avait été fait par les techniciens de la scientifique et qu'il n'y avait plus aucune preuve à y chercher – il l'avait expliqué à Esperanza –, mais il lui avait aussi confié qu'il aimait s'imprégner de l'atmosphère d'une scène, se refaire le scénario et imaginer en situation les différentes étapes des événements ; ce conditionnement lui était nécessaire.

Le tabouret était redressé au milieu de la pièce. Les premiers flics arrivés sur place avaient dû l'utiliser pour couper la corde ; elle était toujours nouée au crochet du plafonnier et pendait sur une cinquantaine de centimètres.

Esperanza resta plantée dans l'entrée, tenant avec fermeté son avant-bras qui chauffait. Elle tentait de contenir la panique qui perçait.

Elle se débattait dans l'eau comme si elle venait d'être frappée par la foudre, ses vêtements lui collaient à la peau. Affolée, elle hurlait vers cette berge du Guadalquivir, où ses parents et elle adoraient venir pique-niquer malgré la chaleur intenable et les bestioles dans l'herbe.

Le soleil andalou chauffait tellement, une vraie étuve, surtout à la mi-journée. Ce jour-là, ses parents, repus après leur déjeuner, avaient déployé une longue ombrelle et ils s'étaient tous les deux assoupis. La gamine avait voulu voir des poissons, elle s'était avancée vers le fleuve, s'était approchée trop près…

Ses cris déchirants avaient heureusement réveillé son père. La petite famille avait échappé à la pire des tragédies.

Esperanza avait quatre ans à l'époque, mais elle pouvait sentir aujourd'hui encore le tissu trempé l'envelopper et l'emprisonner.

Dès le lendemain, elle avait appris à nager, et depuis, elle ne s'était plus arrêtée.

Quand elle releva la tête vers Manny, il faisait un tour sur lui-même, les yeux plissés, comme s'il photographiait mentalement chaque recoin de l'espace.

Revenu à sa position initiale, il toussa bruyamment dans son coude et chopa la petite boîte dans sa poche ; il ramassa quelque chose à l'intérieur qu'il avala dans la foulée.

Les deux flics quittèrent la cellule en silence ; Manny étira de la rubalise en travers de la porte avant de sceller le tout.

— En route, mauvaise troupe !

13

DANS LE BUREAU D'ANTOINE DE SAINT-BRIS, Esperanza contourna comme la veille l'imposante cheminée sur laquelle reposaient de nombreux souvenirs encadrés, quand son attention fut attirée par une photographie qui y trônait en bonne place. On y reconnaissait le directeur de l'institution à une autre époque. Il prenait la pose au côté d'un homme trapu et barbu dont il semblait très proche. Ils possédaient tous les deux un front prononcé, le même regard perçant et de fines lèvres qui se crispaient en un rictus similaire.

— Qui est l'homme à vos côtés sur cette photo ? demanda la jeune flic en s'approchant du bureau.

Déjà installé, Saint-Bris releva la tête.

— C'est mon frère, Joseph, répondit-il en comprenant à qui elle faisait allusion.

— Et il travaille au collège, lui aussi ? enchaîna-t-elle en s'asseyant sur le fauteuil à côté de Manny, ce dernier lui ayant signifié plus tôt de mener la danse, cette fois.

— Non, pas du tout, rétorqua le directeur. Mon frère a eu une existence… plutôt compliquée, voyez-vous. Il a exercé différents métiers, notamment dans l'immobilier, le gardiennage. Il a même fait le chauffeur pendant quelques années.

— Pourquoi parlez-vous de lui au passé ?

— Parce qu'il est mort, il y a une vingtaine d'années. Cette photo a été prise quelques semaines avant son décès.

— Je suis désolée de l'apprendre.

— J'imagine que nous ne sommes pas là pour parler de ma famille et ressasser de mauvais souvenirs, lieutenant, coupa court Saint-Bris. Alors, que puis-je pour vous, aujourd'hui ?

— Comme vous le savez déjà, nous voudrions rencontrer certains des élèves de sœur Marie-Hélène, dit-elle en tournant la tête vers les fenêtres.

Le bourdonnement des enfants qui chahutaient dans la cour leur parvenait en sourdine.

— Vous avez de la chance, ils viennent de rentrer.

— Alors, profitons-en.

Saint-Bris s'enfonça dans son fauteuil et ramena ses mains sous son menton, entremêlant ses doigts et tendant ses deux index devant sa bouche. Son silence suggérait une réflexion, ou un refus.

Esperanza ne se fit pas prier pour en remettre une couche, avec sa diplomatie habituelle.

— Nous voulons les voir maintenant, monsieur de Saint-Bris, j'insiste.

Manny gigota sur son fauteuil ; le directeur la dévisagea longuement, surpris par son ton et ses directives.

Doloria entendit un chien aboyer au-dehors, elle pivota instinctivement la tête vers la fenêtre ouverte. Elle réalisa qu'elle n'entendait plus les enfants.

Saint-Bris vérifia l'heure à sa montre.

— Les internes vont prendre leur collation. Vous pourriez effectivement en profiter pour en voir quelques-uns dans une dizaine de minutes, si cela vous convient.

— Cela nous convient, confirma Doloria.

— Alors, suivez-moi. Je vais vous installer dans une salle où vous pourrez les voir au calme.

Saint-Bris lança le mouvement ; les deux flics lui emboîtèrent le pas.

Dans les méandres de l'établissement, Almeida attira l'attention de sa partenaire, tapota discrètement son nez en une grimace de dégoût.

Elle était à cent pour cent d'accord avec lui.

Au deuxième étage du bâtiment secondaire, Saint-Bris les guida dans un large couloir ; les fenêtres de gauche amenaient la lumière, cinq portes s'étalaient sur la droite.

En passant devant l'une des chambres entrouvertes, Esperanza nota la qualité du mobilier ; elle fut étonnée d'y découvrir cette harmonie, ce souci du détail dans la moindre finition. On avait l'impression que le ménage venait d'être fait dans chacune des pièces ; et on pouvait observer une véritable cohérence, une sorte de transcendance qui semblait ravir le maître des lieux.

— Comment vous financez ? questionna-t-elle en revenant à son niveau.

— Pardon ? réagit Saint-Bris en tournant légèrement le visage vers elle sans ralentir.

— Tout ça : l'hôtel particulier, les cours, la pension, les uniformes des gosses. J'imagine que ça n'est pas donné, et que ce ne sont pas les familles de ces orphelins qui règlent la note.

Le directeur toussota.

— Eh bien, nous avons la chance de bénéficier de plusieurs aides de l'État, expliqua-t-il avec un sourire modeste. Quelques mécènes sont également sensibles à notre cause. Et, bien sûr, l'Église est très généreuse avec nous, car depuis des décennies l'institution a permis à des enfants abandonnés de se construire et de réussir leurs vies. Nous affichons des résultats stupéfiants, et ceux qui nous soutiennent sont fiers de leurs contributions.

— Depuis combien de temps dirigez-vous cet établissement ? demanda Doloria.

— Depuis bientôt vingt-cinq ans. J'ai pris la tête de l'institution à sa création, en 1994.

Au bout du couloir, Saint-Bris s'arrêta devant la dernière porte et les invita à entrer dans la salle d'étude déserte. Plusieurs tables-duo remplissaient la classe ; une petite estrade s'élevait sur la droite, où trônait le bureau de l'enseignant ; derrière, un grand tableau noir occupait la moitié du mur, sur l'autre partie, des outils de géométrie disproportionnés – règle, équerre, compas – étaient accrochés.

— Installez-vous. Je vais prévenir quelques élèves de votre présence. Souhaitez-vous les voir ensemble ou séparément ?

— Séparément, merci, rétorqua Doloria.

Seuls dans la salle d'étude, les deux flics échangèrent un regard en silence ; ils pensaient la même chose : malgré son confort apparent et son emballage clinquant, cet endroit ne dégageait rien de rassurant.

Le téléphone d'Almeida vibra dans sa poche ; Esperanza l'observa qui lisait le message, son cœur sembla se serrer.

Il lui tendit l'appareil.

> De : Clément CHOISY
> La femme de Giesbert est morte cette nuit.
> Il est *out* pour quelques jours.
> C'est Dorival qui prend la main.
> Il veut tous nous voir rapidement.

Esperanza porta la main à sa bouche. Elle connaissait à peine Giesbert, mais il l'avait recrutée. Elle fut aussitôt peinée pour lui et se sentit creuse, comme une poupée russe dépourvue de petites sœurs.

Manny envoyait une réponse à Choisy au moment où Saint-Bris réapparut dans la salle avec un jeune interne.

Julien était petit pour son âge ; il affichait une coupe au bol un peu ratée, avec des cheveux plus longs d'un côté. Il rongeait ses ongles ; il ne lui en restait plus beaucoup. Abandonné à la naissance, il avait grandi dans plusieurs orphelinats avant de rejoindre l'institution deux ans plus tôt.

Quand Almeida l'interrogea sur sa proximité avec la religieuse, le jeune garçon lui expliqua qu'ils ne se fréquentaient pas en dehors des cours, qu'il n'avait pas besoin d'une maman, qu'il n'en avait jamais eu et qu'il pouvait s'en passer.

Il leur confia cependant que plusieurs élèves gravitaient autour d'elle, réclamant sans cesse son attention ; comme Nicolas, un garçon « bizarre » qui se mettait à l'écart, devenu la tête de Turc de certains internes.

Saint-Bris intervint pour leur apprendre que Nicolas, arrivé à l'institution quelques mois plus tôt dans un état alarmant, avait connu une enfance des plus traumatisantes. Il se reconstruisait lentement grâce à un traitement spécifique et une thérapie appropriée, et, avec le temps, le directeur était convaincu qu'il s'en sortirait.

Almeida remercia Julien et réclama de rencontrer un autre enfant ; puis un autre ; et encore un autre.

Les élèves se succédèrent ainsi jusqu'à la fin de l'après-midi, répétant à qui voulait l'entendre tout le bien qu'ils pensaient de sœur Marie-Hélène.

Si pas un n'avait entendu parler de frère Paul ou d'un quelconque confident, pour la plupart leurs déclarations se recoupaient : ce rapprochement entre la nonne et le jeune Nicolas. Certains étaient même jaloux qu'il l'accapare autant.

Almeida demanda aussitôt à le rencontrer.

— Il est souffrant depuis quelques jours, leur apprit Saint-Bris. Il est dispensé de cours et reste au calme dans sa propre chambre.

— Eh bien, nous vous suivons, intima le flic.

— Non, vous m'avez mal compris. Ce que je veux dire, c'est que Nicolas n'est pas en mesure de vous voir actuellement, il doit impérativement se reposer.

— Non, je crois que c'est vous qui m'avez mal compris, monsieur de Saint-Bris. Une de vos bonnes sœurs s'est fait massacrer, couper les mains et jeter dans un lac. Alors, merci de nous laisser faire notre travail et de nous emmener voir ce jeune garçon. On ne s'imposera pas longtemps.

Offusqué par la virulence du flic, Saint-Bris ravala sa surprise et tourna les talons sans rien ajouter.

Dans la chambre d'environ quinze mètres carrés, deux fenêtres au verre dépoli donnaient sur la cour arborée et amenaient une lumière diffuse. Deux lits se faisaient face ; sur les matelas, les mêmes couvertures marron et oreillers beiges. Un lit était vide et parfaitement fait ; le second était occupé par Nicolas.

Son visage moite brillait dans la lueur pastorale de cette fin de journée. Il n'avait pas spécialement l'air souffrant, ce qui surprit Doloria ; mais il donnait l'impression d'être absent, même quand il leva la tête à leur arrivée.

Le directeur les avait prévenus de l'éventuel mutisme du jeune garçon, et les premières questions d'Almeida ne trouvèrent pas d'écho.

Nicolas fixait le policier de ses yeux marron, les paupières mi-closes.

Dans un mouvement lent et découpé, Doloria s'accroupit près du lit et posa sa main sur la sienne. L'enfant s'empara de ses doigts et les serra.

Le contact était établi.

— Nicolas ? relança le flic pour attirer son attention. Nous aimerions parler avec toi de sœur Marie-Hélène.

Le jeune interne tourna vers lui un regard apathique, opina du chef en émettant un son guttural.

— Alors, comme ça, tu étais très proche d'elle ? Tu l'aimais beaucoup ?

— Oui…, murmura-t-il.

Doloria lui caressa la main pour l'encourager.

— Tu la voyais souvent en dehors des cours ? poursuivit Almeida.

— Tous les soirs.

— Tous les soirs ? Vous étiez vraiment intimes alors ?

— Elle manque.

Almeida s'accroupit à son tour.

— Et vous discutiez où ? chuchota-t-il comme un secret.

— Ici… ou le réfectoire.

— Pourquoi dans le réfectoire ?

— Seuls.

— C'était important d'être seuls ?

— Mieux, seuls.

— Pourquoi ?

Au fil de ses réponses, Nicolas s'était redressé ; il fixait maintenant ses mains ramenées sur ses cuisses, ses doigts qui s'entrelaçaient.

— L'autre… méchant, marmonna-t-il avant de détourner la tête.

Almeida pivota vers Doloria avec un regard qui en disait long.

Debout derrière eux, Saint-Bris paraissait meurtri par ces déclarations.

En baissant la tête sur sa droite, le flic remarqua un dessin dépassant d'un cahier sur le tabouret qui servait de table de chevet.

— C'est toi qui as fait ça ? demanda-t-il en s'emparant d'un tas de feuilles.

Nicolas resta silencieux, mais pour la première fois depuis leur arrivée, son visage s'illumina.

— C'est très joli, dis donc, très… moderne, jugea Almeida en détaillant les monstres sur le papier. Alors, Nicolas ? Ce sont tes dessins ?

— Oui…

Ils semblaient tous représenter le même personnage. Manny s'attarda sur le plus détaillé : un être répugnant, le visage en sang, des cicatrices partout, une jambe plus courte que l'autre.

— Tu dessines souvent le même bonhomme, hein ?

Le jeune interne resta hébété devant l'intérêt du flic.

— Qui est cet homme, Nicolas ? Ce personnage que tu dessines ?

L'enfant noua plus fermement ses doigts comme pour ne rien lâcher, tenta un coup d'œil furtif vers le directeur, mais se ravisa en battant des paupières dans un réflexe compulsif.

— Monsieur de Saint-Bris, lança Almeida sans se détourner, vous pouvez faire visiter le reste de l'institution au lieutenant Doloria ? On est pressés par le temps et il nous faut un aperçu complet des lieux fréquentés par sœur Marie-Hélène.

Si le directeur fut surpris de cette requête, il ne s'y opposa pas. Esperanza ne saisit pas tout de suite pourquoi on l'excluait subitement, et c'est dans l'incompréhension qu'elle suivit Saint-Bris sans rien ajouter.

14

À CETTE HEURE, les artères parisiennes étaient aussi bouchées que celles d'un alcoolique en fin de vie. Bloquée derrière un camion, Esperanza surveillait Manny, qui avait du mal à garder son calme. Le feu était vert une vingtaine de mètres plus loin, mais personne n'avançait.

Les klaxons retentissaient alentour ; Manny souffla en serrant le volant quand son portable vibra dans le vide-poches.

Il lut le message, puis il s'adressa à sa partenaire sans détourner les yeux.

— Quand on arrivera à la brigade, commença-t-il en reposant son mobile, j'aurais un petit truc à faire, ça me prendra dix minutes, je te rejoindrai après.

— Aucun problème, Manny.

Devant eux, le mouvement s'enclencha et le flux se décanta, Almeida put alors manœuvrer et sortir de ce cauchemar en déclenchant sirène et gyrophare.

Les voitures s'écartèrent au fur et à mesure sur son passage et les deux flics regagnèrent les locaux de la police judiciaire en moins de temps qu'il ne fallait pour le dire.

Quand les portes de l'ascenseur coulissèrent au septième étage, Esperanza tomba nez à nez avec Clément Choisy et le jeune Carl qui attendaient la cabine.

— Décidément, tu me poursuis ! lui lança Choisy.

Esperanza sourit par politesse à son trait d'humour.

— On doit voir Dorival pour le briefer, se justifia-t-elle.

— Ouais, je sais, tout le monde y passe, on vient d'en sortir.

— Comment va Giesbert ? demanda-t-elle. Vous avez des nouvelles ?

— Je lui ai envoyé mes condoléances, mais il a pas répondu. En même temps, j'attendais pas de retour. Il doit avoir autre chose à foutre en ce moment. D'après Dorival, les obsèques auront lieu après-demain.

Transparent, le jeune Carl restait muet, le bras tendu pour bloquer la fermeture des portes.

Choisy avait pour sa part l'œil qui frisait en contemplant Esperanza. Elle ne lui renvoya aucun signal encourageant, mais ça ne l'empêcha pas de retenter sa chance.

— Si tu sors pas trop tard et que je suis toujours dans les parages, on pourrait aller boire un verre pour décompresser.

Esperanza leva les yeux vers lui.

— Avec plaisir, se surprit-elle à lâcher. Je passe à ton bureau dès que je sors de celui de Dorival.

— Parfait ! Alors à tout à l'heure, s'enjoua-t-il en entrant dans la cabine.

La jeune flic secoua légèrement la main, avant de s'engager vers les bureaux de la direction de la Criminelle.

Devant la porte du chef adjoint, elle frappa deux coups secs ; une voix de l'autre côté l'invita à entrer et elle pénétra dans la pièce.

Le commandant Dorival terminait une conversation téléphonique ; il fit un geste vers elle pour lui signifier d'approcher.

Esperanza avança de quelques pas tout en détaillant la pièce étonnamment vide. Aucune décoration parasite, aucun bibelot personnel. Trois cartons étaient toujours entreposés dans un coin, les uns sur les autres.

Même si la police judiciaire avait déménagé voilà plusieurs mois, certains semblaient avoir encore du mal à accepter ce changement d'environnement, pensa-t-elle, et le grand déballage n'était pas terminé pour tout le monde.

— Vous êtes venue seule ? s'étonna Dorival en raccrochant.

— Bonsoir, mon commandant. Le capitaine de Almeida va nous rejoindre dans cinq minutes.

— Bon. Et comment ça se passe de votre côté, cette première semaine ? Avec cette affaire de bonne sœur, j'imagine qu'elle n'a pas été de tout repos.

— Effectivement, commandant, acquiesça Esperanza, toujours debout, mais c'est justement pour ça que j'ai choisi la Criminelle, pour apprendre et apporter au maximum.

— Très bon esprit, lieutenant, mais je n'ai pas trop de doutes vous concernant, j'ai déjà eu de très bons retours. Le capitaine de Almeida ne tarit pas d'éloges à votre égard.

Malgré les événements récents et la peine qu'il devait éprouver pour son supérieur et ami, Dorival dégageait toujours autant d'allure et de sérénité.

Son costume n'affichait aucun faux pli, sa mèche grise se portait à merveille, ses yeux pâles reflétaient sa vivacité.

— Où en êtes-vous dans cette enquête ? reprit-il en reculant dans son fauteuil.

— Vous ne préférez pas attendre le capitaine de Almeida pour le brief ?

— J'ai vu tout le monde, lieutenant, vous êtes les derniers à passer. Je ne voudrais pas que ça s'éternise, lui précisa-t-il en faisant pivoter la petite pendule sur son bureau qui indiquait 21 heures 22.

Esperanza appela son coéquipier. La sonnerie retentit dans le vide ; elle rangea l'appareil.

— Il ne répond pas, commandant, je vais le chercher.

— Faites vite, Doloria, je n'ai pas toute la soirée.

Elle tourna les talons ; une fois dans le couloir, elle se précipita vers les ascenseurs, tous occupés, s'engouffra dans la cage d'escalier et descendit d'un étage.

Elle croisa plusieurs collègues sur son chemin avant d'arriver devant son bureau. La porte était ouverte ; Manny ne s'y trouvait pas ; à la place, un autre homme se tenait de dos, penché sur le poste de son partenaire.

— Je peux vous aider ? lança-t-elle en pénétrant dans la pièce.

Le type se retourna et leurs regards s'attrapèrent. Esperanza reconnut tout de suite Cristian de Almeida, le frère de Manny ; elle l'avait souvent vu à la télé, sur des plateaux de chaînes d'info.

Charmant et souriant – presque lumineux, songea-t-elle furtivement –, il possédait des yeux clairs, une tignasse châtain en pagaille et une barbe de quelques jours. Ses manches de chemise retroussées dévoilaient les tatouages qui habillaient ses avant-bras.

Elle fut surprise – et en même temps ravie – de tomber sur lui par hasard, ce qui lui provoqua un drôle d'effet, une excitation à laquelle elle ne s'attendait pas.

Elle se demanda si son expression la trahissait.

— Bonsoir, lieutenant. Vous devez être Esperanza ? dit-il en lui tendant la main.

— Absolument. Et vous êtes ?

— Je m'appelle Cristian, je suis le frère de Manuel. Je passais dans le coin, alors je suis venu prendre quelques nouvelles, précisa-t-il avec un sourire franc.

Dans un état second, Esperanza sursauta presque quand son partenaire se manifesta derrière elle.

— Ah ! Vous vous êtes présentés ? lâcha Manny en débarquant subitement dans le tableau.

— On vient de le faire, rétorqua Cristian.

— Parfait. Tiens, ton café, enchaîna-t-il en lui tendant un gobelet fumant.

Cris s'en empara en le remerciant.

— Je suis désolée de vous presser, s'immisça Doloria, surtout dans une réunion de famille, mais le commandant Dorival tient absolument à nous voir ensemble, maintenant.

— Aucun souci, j'étais sur le départ, répliqua Cristian en portant le gobelet à sa bouche.

Il sembla se brûler et grimaça en le reposant sur le coin du bureau.

— Toujours aussi bon, votre jus, ironisa-t-il.

— Personnellement, j'apporte le mien la plupart du temps, s'amusa Esperanza.

— Choix judicieux, estima Cristian en faisant une moue qui abondait dans son sens. Allez ! Je file ! Lieutenant…

Il adressa un signe de tête à Esperanza et ramassa l'épais dossier qui traînait sur le bureau de son frère. Ce dernier le mit en garde :

— Fais gaffe à toi.

— T'en fais pas pour moi, ma poule, et encore merci, répliqua-t-il en lui adressant un clin d'œil.

★

Almeida et Doloria s'installèrent en face de Patrice Dorival. Ses cheveux parfaitement peignés et son teint subtilement hâlé achevaient de lui donner une allure magistrale.

— Comme vous le savez, entama leur supérieur, Jean-Jacques Giesbert vient de perdre son épouse des suites d'une longue maladie. Afin de respecter son deuil et de lui permettre d'affronter cette épreuve, je vais le suppléer le temps nécessaire.

Il laissa flotter ces derniers mots.

— Je ne suis pas au fait des évolutions de toutes les enquêtes, reprit-il. C'est pourquoi je souhaitais vous voir rapidement, afin que les informations circulent et que vous me fassiez un topo complet. Alors ? Où en êtes-vous avec cette religieuse ?

Manny se tourna vers sa partenaire. Il lui fit signe d'y aller, ou peut-être préférait-elle que ce soit lui qui s'y colle ?

D'un signe de tête, elle passa son tour ; et Almeida exposa pendant les vingt minutes suivantes toute la chronologie de l'enquête, en n'omettant aucun détail.

— Un curé qui engrosse une bonne sœur et la massacre avant de se suicider..., résuma Dorival comme s'il ne réalisait pas. Mais où va-t-on ?

— C'est pas très catholique, je vous l'accorde.

— Épargnez-moi vos sarcasmes, capitaine. Et vous avez des preuves solides le compromettant ?

Esperanza gigota sur son fauteuil, Dorival le remarqua.

— Nous allons monter un dossier, commandant, précisa Almeida, la piste est fraîche, l'enquête débute.

— Hum... Le crime remonte quand même à près d'une semaine, capitaine...

Doloria s'avança légèrement.

— On va aussi poursuivre notre enquête au collège, intervint-elle avec une pointe d'excitation dans la voix. Je sens que notre salut passera par là.

— Qu'est-ce qui vous fait dire ça, lieutenant ?

— Je ne sais pas... Une sorte d'instinct. Les enfants craignaient de nous parler, mais je pense qu'on peut en tirer quelque chose et qu'ils ont beaucoup à nous apprendre.

— Très bien, alors allez-y. Si vous avez besoin de quoi que ce soit, n'hésitez pas à revenir vers moi. Et tenez-moi au courant au quotidien de chaque évolution notable, leur ordonna-t-il.

Les deux flics se levèrent et se dirigèrent vers la sortie.

— Lieutenant Doloria, relança Dorival, pouvez-vous rester un instant, je vous prie ?

Esperanza s'arrêta net, imitée par Manny, qui, une main sur la poignée, se retourna vers elle ; il semblait surpris, mais elle l'était tout autant que lui.

— Oui, bien sûr, répondit-elle en se réinstallant.

15

L'APRÈS-MIDI, le mercure était monté jusqu'à trente-deux degrés ; tous les déchets avaient macéré pendant des heures sous le cagnard en pourrissant, rendant leur tâche d'autant plus désagréable.

L'un des deux ripeurs avait prévu le coup – un masque de protection qui lui recouvrait le nez et la bouche –, l'autre non, et il était dégoûté de ne pas y avoir pensé.

De leurs marchepieds au cul du camion, ils sautèrent tous les deux quand le véhicule s'arrêta. Chacun avait son trottoir et ramassait les ordures devant chaque immeuble. Quand les poubelles étaient légères, ils les vidaient par-dessus leur épaule en les faisant basculer sur leur hanche – comme un O Goshi en judo –, ce qui leur évitait d'utiliser le monte-charge et de perdre un temps fou. Mais parfois, elles étaient si lourdes – notamment celles des restaurants et des supérettes –, qu'ils devaient s'y mettre à deux pour les installer sur les crans et les retourner mécaniquement.

Leur tâche exécutée, ils rejoignirent le chauffeur dans la cabine et s'engagèrent vers l'Est parisien et la porte de Pantin.

Le jour pointait quand le camion freina devant un portail rouge ; le conducteur actionna une télécommande et la grille glissa sur un rail.

Devant une enfilade de locaux en préfabriqué, il s'arrêta à nouveau et les deux éboueurs descendirent vers une douche bien méritée.

Le chauffeur redémarra ; les pneus crissèrent sur les graviers qui se délitaient sous le poids du véhicule ; puis il roula vers la zone de décharge au fond du terrain.

Aucun autre camion-benne à l'horizon ; il en fut soulagé, encore du temps de gagné.

Ayant l'habitude, il n'eut aucun mal à se positionner en marche arrière et à nicher les roues dans les cales. Il actionna le piston et la benne se leva, renversant les ordures avec fracas dans une immense fosse en forme d'entonnoir.

On trouvait là tous les déchets de la semaine du Nord-Est parisien, qui attendaient gentiment d'être triés à mesure que la fosse se vidait vers un bâtiment en contrebas.

Dans ce hangar en tôle, les détritus se déversaient sur un tapis roulant d'une vingtaine de mètres autour duquel on trouvait une dizaine d'ouvriers. Deux équipes qui trimaient huit heures par jour en décalé pour séparer le carton du plastique en les jetant dans les puits dédiés.

Quand le sac-poubelle apparut au début du tapis, l'ouvrier de tri le remarqua tout de suite.

Il avait beau être posté une dizaine de mètres plus loin, il l'avait immédiatement discerné – peut-être à cause de sa couleur qui se détachait vraiment du reste.

Les premiers à pouvoir l'intercepter, employés à plier des morceaux de carton, ne s'en préoccupèrent pas.

Lorsque le sac passa devant lui, il le ramassa sans réfléchir.

En le soupesant, il fut surpris par son poids et la texture de son contenu.

Le nœud était serré fort, mais il réussit à l'ouvrir, par pure curiosité.

Il en écarta les bords, jeta un coup d'œil à l'intérieur.

Il le laissa retomber dans un mouvement de recul instinctif.

16

Esperanza ouvrit les yeux sur un plafond qu'elle ne connaissait pas, les idées complètement désordonnées. Ses oreilles bourdonnaient ; elle avait une barre au milieu du front. Le contact de la couette lui paraissait inconnu lui aussi. Elle se rendit compte qu'elle était nue sous les draps ; et le constat l'effraya : elle se réveillait, mais elle n'était pas chez elle.

Des images saccadées lui revinrent en mémoire, des souvenirs qui tournaient comme dans un kaléidoscope ; puis elle se rappela la soirée avec précision : la sortie du bureau, la discussion dans l'ascenseur, le bar bondé, ces dizaines de cocktails, le trajet en taxi, lui qui la pelotait à l'arrière, l'arrivée dans l'appartement, les vêtements qui volaient, et cette baise torride, vraiment torride.

Elle sentait encore ses coups de boutoir contre son cul, ses mains qui tiraient violemment ses cheveux, ses doigts puissants encerclant son cou et forçant sa bouche.

Plus tard, alors qu'il la pilonnait comme un taré, elle l'avait imploré du regard et il l'avait giflée. Encore, et encore. La bouche ouverte, il lui avait craché à l'intérieur, et elle le lui avait rendu au visage. Il l'avait alors giflée, plus fort que les fois précédentes, et elle était entrée en transe. Elle avait joui comme jamais.

Esperanza ferma les yeux et grimaça. Elle tourna lentement la tête vers la droite : Dorival dormait à côté.

Il avait les paupières closes, la respiration régulière, une sorte de sourire discret sur le visage.

Il se réveilla subitement et la fixa sans broncher ; elle détourna aussitôt le regard.

Il se redressa et jeta un coup d'œil au-dessus d'elle.

— Je suis pas en avance..., lâcha-t-il en vérifiant le réveil.

— Il faut que j'y aille, moi aussi.

— Tu passes en premier sous la douche ?

— D'accord, répondit-elle en interprétant qu'il voulait la sortir de son lit.

Elle se leva et se rappela qu'elle était nue. Malgré la beauté de son corps délicat aux jolies proportions, elle en fut gênée – d'autant plus maintenant qu'elle était sobre – et elle ne s'éternisa pas dans le secteur.

Dans la salle d'eau, elle se planta devant la glace qui occupait la moitié d'un mur : ses cheveux étaient en bataille, ses seins et ses fesses légèrement rougis, ses joues aussi.

Le visage entre ses mains, elle glissa les doigts sur ses tempes et dans ses mèches foncées ; elle étouffa une petite plainte.

L'eau brûlante giclait sur ses épaules ; la vapeur l'enveloppait en remontant. Elle pensait à ce qu'elle allait dire à son patron en ressortant, quand la silhouette de Dorival s'avança à travers la vitre embuée. Il était nu, exhibant une musculature sèche et entretenue.

Il ouvrit brusquement la cabine et s'y engouffra en encerclant la jeune femme de ses deux bras fermes. Instinctivement, elle entoura sa taille marquée et rassurante.

Le jet bouillant les fouettait ; elle remarqua pour la première fois le tatouage sur son biceps, pas plus grand qu'un timbre-poste : une petite tête de renard, la rousseur prononcée et l'œil rusé.

Elle s'apprêtait à le caresser, mais Dorival relâcha son étreinte. Il saisit le pommeau et le passa sur la tête de la jeune flic. Des deux mains, elle se lissa les cheveux en arrière, dévoilant un visage ravissant et juvénile.

Il baissa subitement le jet et elle poussa un petit cri de surprise en fermant les yeux. Les doigts sur sa nuque, il l'attira et l'embrassa à pleine bouche ; leurs salives se mêlèrent à l'eau qui les aspergeait. Il la serra encore ; elle sentit son désir palpiter contre son ventre. Il appuya ses hanches plus franchement, mais elle lui fit comprendre qu'elle devait y aller.

La frustration se lut furtivement sur son visage ; puis il l'embrassa encore, avant de la laisser sortir en l'informant qu'il y avait du café chaud dans la cuisine.

★

Dans la rue, Esperanza cherchait un taxi pour la ramener à sa voiture (restée garée devant le bar depuis la veille) ; mais en fait, elle ne surveillait pas vraiment le trafic, transportée par des pensées érotiques qu'elle ne cessait d'attiser et qui lui chauffaient toujours le bas-ventre.

Elle visualisa Dorival, entièrement nu, en train de s'astiquer sous la douche, puis en ressortir tout mouillé, les gouttes ruisselant tranquillement sur sa peau virile – cette peau qu'elle avait adoré lécher de la tête aux pieds –, se sécher face au miroir en gonflant ses muscles saillants.

En quittant la salle d'eau avec une serviette autour de la taille, et s'imaginant Esperanza en train de boire un café quelque part dans l'appartement, il l'aurait interrogée à l'aveugle à propos de sa journée ; mais il n'y aurait pas eu de réponse.

Il serait alors passé dans la cuisine, elle aurait été déserte ; le pot de café fumant toujours intact.

En retournant dans la chambre et en remarquant ses vêtements disparus, il aurait compris qu'elle était partie.

La sonnerie de son téléphone la fit subitement sortir de sa rêverie. Elle décrocha aussitôt en voyant qui l'appelait.

— T'es au bureau ? lâcha d'entrée Manny.

— Pas encore, je suis en route, rétorqua-t-elle, prise de court. Je devrais y être dans une trentaine de minutes max.

— Non, laisse tomber. Rejoins-moi directement à l'IML, je t'attendrai sur le parking.

— À l'IML ? Mais qu'est-ce qui se passe, Manny ?

— Ne perds pas de temps, kiddo, abrégea-t-il. Raboule illico, je t'expliquerai quand tu seras là.

Puis il raccrocha.

17

Dans le bureau de Simon Boissard, les deux flics patientaient en silence. Si Manuel – familier des lieux – était assis et visiblement dans ses songes, Esperanza resta debout, encore secouée par ce que venait de lui apprendre son coéquipier un instant plus tôt. L'adrénaline giclait tellement dans ses veines qu'elle ne tenait pas en place.

Elle pivota sur elle-même, détailla cet environnement qu'elle découvrait pour la première fois.

Elle s'étonna de la présence de diplômes encadrés sur le mur de gauche. Il arrivait parfois aux médecins d'exhiber leur réussite pour rassurer leurs patients – une femme ou un homme ayant étudié tellement d'années, ayant travaillé avec autant d'acharnement, ne pourrait que les soulager et les retaper –, mais en ce qui concernait Boissard, aussi brillant soit-il, cette vitrine demeurait un mystère puisque tous ses « patients » étaient déjà morts.

Esperanza se posait encore la question de cet étalage superflu tout en poursuivant son exploration.

Elle baissa les yeux sur un massif bureau en bois à plusieurs tiroirs qui occupait la majeure partie de la pièce ; on y trouvait un ordinateur, des rapports imprimés, plusieurs classeurs, un cendrier plein.

Manny alluma une cigarette ; Esperanza le fusilla du regard, mais son partenaire n'y prêta pas attention.

Même isolée dans cet espace clos avec l'odeur de tabac froid, la jeune flic reniflait les senteurs de mort. Elle se demandait comment Boissard pouvait y bosser sans vomir régulièrement son petit déjeuner, quand le légiste fit son apparition.

Il jeta un dossier rouge sur la table en contournant le bureau pour s'installer face à eux.

— Ce sont bien les mains de votre religieuse, attesta-t-il en préambule.

Les deux flics échangèrent un regard perçant ; cette confirmation galvanisa Almeida.

— Quand vous les avez réceptionnées, elles étaient exploitables ?

— Absolument, capitaine, acquiesça « Monsieur Propre ». Les gars de la déchetterie ont eu la bonne idée de ne pas les manipuler et de prévenir aussitôt le service adéquat. J'ai donc pu les analyser dans de bonnes conditions. Et ce que je peux vous dire en premier lieu, c'est qu'il s'agit d'un vrai boulot de baltringue. Je l'avais déjà noté au vu de l'état des moignons lors de l'autopsie, précisa-t-il en regardant son rapport antérieur. L'amputation a été réalisée avec une scie à métaux ou équivalent. Pour la main droite, on constate trois entames différentes pour fendre le poignet. Un baltringue, je vous dis.

Doloria baissa la tête ; elle déglutit plus bruyamment qu'elle ne l'aurait souhaité.

— Vous avez trouvé quelque chose qui pourrait nous être utile ? enchaîna Almeida, impatient.

La réponse tomba, au-delà de ses espérances.

— Eh bien… Trois doigts de la main droite sont fracturés et présentent des ongles cassés ou retournés.

— Elle s'est débattue ? lâcha le flic en se redressant.

— Comme une acharnée, apparemment, confirma Boissard. Mais ce n'est pas tout. Si l'individu qui lui a scié les poignets est un barbare, c'est aussi un abruti sans nom.

Doloria tourna la tête vers son partenaire sans comprendre.

— Il aurait dû les faire disparaître définitivement, ou les calciner avant de s'en débarrasser. Car, sous deux ongles, j'ai retrouvé quelques résidus.

Esperanza tressaillit comme si elle venait d'être frappée par la foudre.

— Vous voulez dire… vous voulez dire qu'on possède l'ADN de son assassin ?

— On possède vraisemblablement l'ADN de son assassin, approuva Boissard en sortant un tube scellé de la poche de sa blouse. Je vous ai préparé un échantillon pour vos pièces à conviction et j'en ai envoyé un autre au labo il y a environ une heure.

Almeida rapprocha l'échantillon de son visage ; il plissa les yeux en le scrutant avec avidité.

De son côté, Esperanza se sentit vibrer, presque euphorique à l'idée qu'ils seraient bientôt fixés sans l'ombre d'un doute : soit frère Paul était l'assassin de sœur Marie-Hélène, comme le suggérait Manny depuis le début, soit un innocent s'était pendu pour d'obscures raisons et le tueur courait toujours.

La science parlera, pensa-t-elle. Mais quoi qu'il arrive, dans un cas comme dans l'autre, il s'agissait bien là d'une évolution considérable. Elle se dandina sur son siège en serrant son bras en feu.

Comment le tueur avait-il pu laisser traîner une preuve aussi compromettante ?

Elle s'interrogeait en boucle, sans réellement chercher de réponse, elle s'en foutait même sacrément à cet instant ; ce qui l'intéressait dans l'immédiat, c'était que ce progrès significatif – pour ne pas dire ce miracle ! – allait résoudre bien des problèmes qui la perturbaient depuis le suicide du religieux.

Et c'est le cœur léger comme rarement elle l'avait eu ces derniers jours qu'elle se leva et suivit Manny, lui aussi remonté à bloc.

★

La rue des Batignolles, axe linéaire qui démarrait du boulevard au sud-est et s'achevait au nord-ouest par l'église et le square du même nom, était le centre névralgique du quartier, et plus généralement du XVIIe arrondissement.

Constellé de bars et de restaurants plus ou moins branchés, et de boutiques et de shops éphémères plus ou moins bobos, le coin était extrêmement fréquenté à l'heure du déjeuner ; d'ailleurs, les deux flics ne trouvèrent pas de place alentour et durent se garer dans la rue Truffaut, de l'autre côté de la mairie.

En marchant rue de la Condamine, Manny alluma une cigarette ; Esperanza avançait à son côté, toujours excitée par cette tournure inattendue. Même si son cerveau passait son temps à osciller entre doute et certitude, elle ressentait une euphorie vivifiante, une ivresse qui s'estompa finalement quand de nouvelles questions lui matraquèrent l'esprit.

Son ventre se mit soudain à gargouiller et elle posa machinalement une main sur son estomac.

— Et qu'est-ce qu'il a de si particulier, ce sandwich ? demanda-t-elle à son coéquipier qui accélérait le pas, sans doute stimulé par la faim lui aussi.

Il tira sur sa clope et la dévisagea.

— C'est pas *ce* sandwich, répliqua-t-il comme s'il lui donnait la leçon. Ne blasphème pas, s'il te plaît. C'est *le* sandwich. Tu l'as jamais goûté, vraiment ?

— Non.
— Comment c'est possible ?
— Je suis pas fan de junk food.
— C'est pas de la « junk food », lieutenant ! protesta-t-il, choqué. Là, on parle de gastronomie, d'une association de goûts absolument divine, d'un véritable orgasme gustatif.

En entendant ces derniers mots, les visions porno qui l'obsédaient depuis son réveil lui revinrent instantanément en pleine face, et Esperanza tressauta en repensant au pied qu'elle avait pris la nuit précédente.

— Parler de gastronomie pour un kebab, t'y vas pas un peu fort ? rétorqua-t-elle en revenant à elle.

Ils arrivaient dans la rue concernée quand Manny s'arrêta net. Il jeta sa cigarette d'une pichenette, et se pencha sur sa partenaire en la dévisageant comme si elle avait perdu la tête.

— Tu ne sais pas ce que tu dis, kiddo. Une fois que tu l'auras goûté, ça va devenir une de tes routines préférées. Tu en rêveras la nuit, tu peux me croire.
— Je suis pas sûre, mais je veux bien prendre le risque…
— Écoute, faisons un marché : c'est moi qui t'invite, mais si ça te fait sortir les yeux de la tête, c'est toi qui m'invites.
— Deal.

Esperanza ne fut qu'à moitié surprise en découvrant l'échoppe qui faisait tant saliver son coéquipier : un local de quatre mètres carrés à tout casser, qui contenait uniquement une « cuisine » où deux types s'occupaient l'un de la bouffe et l'autre du cash ; car ils devaient clairement en brasser, ces deux-là. La file d'attente pour « déguster » leurs kebabs « exclusivement à emporter » s'étalait encore sur une vingtaine de mètres le long du trottoir alors qu'il était presque 15 heures. Les deux flics patientèrent une dizaine de minutes avec une dalle de tous les diables, avant que vienne enfin leur tour ; Almeida commanda deux sandwichs complets, avec sauce blanche, crudités et frites, et deux bouteilles d'eau. Il régla en liquide, récupéra le sac de provisions, et ils se dirigèrent tous les deux vers l'église Sainte-Marie-des-Batignolles à une cinquantaine de mètres au nord.

Devant le parvis, ils montèrent quelques marches et s'installèrent sur le petit muret à droite de l'entrée de la paroisse. Esperanza prit place en s'asseyant de biais, elle sortit de sa poche son téléphone qui la gênait et le déposa sur la pierre devant elle ; Manny lui tendit son repas et sa bouteille d'eau. Il n'attendit pas plus longtemps pour croquer dans le sien, laissant échapper plusieurs frites qui tombèrent dans le papier alu étendu comme nappe de fortune.

— On sera fixés quand, selon toi ? demanda Doloria en faisant référence aux comparaisons ADN.

Almeida, la bouche pleine, déglutit avant de répondre.

— Ça dépend de pas mal de paramètres, kiddo, d'un peu de chance aussi. Mais vu qu'on n'en manque pas en ce moment, je suis assez optimiste. On devrait avoir des réponses dans la journée, ça peut même tomber d'une minute à l'autre.

— Ah oui ?! Si rapidement ? s'exclama-t-elle, l'excitation ne l'ayant pas quittée depuis leur départ de l'IML.

— On est au top de la technologie, aujourd'hui, s'amusa-t-il sans entrer dans les détails, concentré sur son sandwich qu'il voulait clairement dévorer sans qu'on l'interrompe.

Esperanza saisit le message et le laissa se délecter de son déjeuner et, visiblement, il y prenait beaucoup de plaisir.

De son côté, la jeune flic trouvait ça juste dégueulasse. C'était mangeable, d'accord, mais c'était rien d'autre qu'un kebab qui n'apportait rien de plus ou de moins qu'un autre kebab. Complètement survendu, le truc. Aussi raffiné que les excréments de la reine des fées. Si bien qu'elle ne comprit pas le mystérieux engouement pour cette adresse qui persistait apparemment depuis des années.

Elle n'en était qu'à la moitié de son déjeuner quand Manny acheva le sien comme un glouton ; il but une gorgée d'eau pour se rincer le gosier et, repu, il soupira d'aise, ce qui fit sourire sa partenaire.

— Alors ? C'est pas du bonheur ?

— Délicieux, rétorqua-t-elle en remballant ses restes dans le papier alu après en avoir extrait une poignée de frites.

Elle les grignotait tranquillement, giflée par une brise revigorante, lorsque son téléphone – toujours posé sur le muret – vibra et s'illumina entre eux.

Manny jeta un coup d'œil instinctif à l'écran et lut le message qu'elle venait de recevoir.

> De : Patrice DORIVAL
>
> On pourrait varier les plaisirs et se retrouver chez toi ce soir ?

Almeida ressentit un trou d'air, comme s'il était dans un long-courrier au-dessus du Pacifique et que l'avion piquait soudain du nez à cause d'une baisse de pression trop brutale.

— T'es sérieuse ?! interrogea-t-il, presque mauvais.

Esperanza avala ses dernières frites et s'empara de l'appareil.

Manny la dévisagea longuement, comme jamais il ne l'avait fait ; elle en fut terriblement mal à l'aise. Elle eut l'impression qu'il la jugeait en silence et le poids de son regard lui fit baisser les yeux un instant.

Ils restèrent muets à se jauger pendant quelques secondes ; puis elle se leva, toute penaude, rangea son portable, et tendit un billet de vingt euros à Manny.

Le flic fixa encore sa partenaire d'un air accusateur, reluqua l'argent qu'elle lui présentait, et soupira bruyamment en secouant la tête.

Il empocha le billet au moment où son téléphone se manifesta à son tour.

C'était le labo.

Certains résultats venaient de tomber.

18

Sur la route en direction de Saint-Denis et des services de l'INPS, Almeida et Doloria n'échangèrent aucune parole, comme deux étrangers en covoiturage qui partiraient pour un week-end de merde au pays de la tronche à l'envers.

Le périphérique était bondé ; malgré son impatience manifeste et sa colère contenue, Manny n'enclencha ni sirène ni gyrophare, visiblement toujours affecté par ce qu'il venait d'apprendre.

Esperanza se faisait toute petite sur le siège passager, même si, concrètement, elle n'avait rien à se reprocher. Aussi, elle avait du mal à interpréter la réaction si offusquée de son partenaire ; il était presque scandalisé, comme s'il se sentait trompé, ou trahi.

Dans la salle du labo où ils attendaient l'analyste, les deux flics avaient pris place côte à côte sur deux chaises inconfortables, toujours plongés dans un silence de mort.

Au bout de quelques minutes interminables, Manny gigota près d'elle ; les questions l'assaillaient depuis un moment

– c'était ce que se disait Esperanza en inclinant le visage vers lui –, et il donnait l'impression de vouloir réagir.

— Alors ? lâcha-t-il simplement.

— Alors quoi ? rétorqua-t-elle sur un ton blasé.

Il écarta les bras en grand et fit des yeux ronds comme si c'était une évidence.

Après un bref instant, Esperanza répondit sans se détourner.

— Ben, il est pas gay du tout.

Manny se frotta le front en soufflant, puis il pivota la tête vers elle ; c'était la première fois qu'il posait franchement les yeux sur sa partenaire depuis leur arrivée.

Elle leva un visage fermé, remarqua l'éclat de fureur qui brûlait dans sa rétine ; elle ne saisit pas d'où lui venait cette émotion – *Qu'est-ce que ça pouvait bien lui foutre avec qui elle s'envoyait en l'air ?* –, pareille à celle d'un enfant possessif et capricieux ; ce qui, finalement, la toucha.

Quand l'analyste débarqua dans la salle avec son rapport entre les mains, Manny et Esperanza se redressèrent simultanément.

Le premier coup ne se fit pas attendre, et il fut particulièrement brutal pour Almeida, qui s'attendait à une simple formalité : on leur apprit sans équivoque que l'échantillon prélevé sous l'ongle de la victime ne correspondait pas au profil génétique de frère Paul.

Esperanza regarda aussitôt son coéquipier.

Une chute libre, sans fin. Manny donnait cette impression.

Il avait l'air de ne pas en croire ses oreilles. Après la première couche Esperanza/Dorival au déjeuner – comme une mise en bouche pour le préparer au plat de résistance –, il se prenait en pleine gueule un autre scud, encore plus dévastateur et inattendu.

Les yeux écarquillés, il était totalement sonné, dans un état second, comme s'il venait de perdre ses plus intimes convictions en un claquement de doigts. Le château de cartes de sa théorie – celle qu'il jugeait implacable depuis le début de l'enquête – s'écroulait avec fracas, et la déflagration était totale.

Il se tourna vers sa partenaire, ils échangèrent un regard, il n'en revenait pas, littéralement déconfit. Il plongea machinalement la main dans sa poche, empoigna sa petite boîte et avala quelque chose.

Déconcertée elle aussi, Esperanza ne savait plus quoi penser. Elle avait des sensations plein le cul, et ce cul entre deux chaises : son coéquipier semblait perdu, oui, ses traits s'étiraient, elle en avait mal au ventre pour lui ; pourtant, d'un autre côté, elle était tellement soulagée de l'innocence de frère Paul qu'elle parvenait à peine à dissimuler son allégresse. Son instinct ne l'avait pas trahie. Et c'est l'esprit délesté de ce poids qu'elle se concentra à nouveau sur les explications de l'analyste.

Ce dernier leur apprit qu'en parallèle des comparaisons réalisées il avait pu dresser le profil génétique du suspect en utilisant la technique Y-STR. Esperanza avait appris durant sa formation scientifique que cette méthode consistait à isoler le potentiel chromosome Y, et ainsi permettait de savoir si le sujet analysé était féminin ou masculin.

Cette opération, surtout réalisée dans les cas de viols, avait permis d'affirmer ici à cent pour cent que l'ADN retrouvé sous les ongles de la religieuse était celui d'un homme. Mais ça n'était pas tout.

Si, d'un point de vue éthique, la législation française interdisait toute analyse approfondie pour déterminer par exemple la couleur de peau d'un individu, la police judiciaire profitait cependant des dernières évolutions technologiques dans le domaine pour avancer. Et c'était bien sûr le cas quand on possédait comme ici l'ADN d'un assassin présumé.

Il existait alors des processus spécifiques permettant – avec un seul échantillon codant – d'établir certains détails physiques du sujet ; en l'occurrence, le tueur de la religieuse était à quatre-vingt-neuf pour cent de probabilités : un homme blanc aux cheveux bruns et aux yeux marron.

Restait maintenant à savoir si son profil matcherait avec un autre déjà présent dans la base de données.

Le fichier national automatisé des empreintes génétiques (FNAEG) avait été créé en 1998 sur décision du ministère de l'Intérieur, sous le contrôle de celui de la Justice. Les hautes instances étaient alors fières de mettre en place ce nouvel outil révolutionnaire, lancé après l'arrestation d'un tueur en série qui sévissait dans la capitale et qui fut confondu grâce à son ADN : le tristement célèbre Guy Georges, « le tueur de l'Est parisien », qui viola et assassina sept personnes avant d'être arrêté en 1998.

L'affaire Guy Georges contribua donc à cette évolution, même si certains historiens ont depuis fait remarquer qu'à la fin des années 1990 l'utilisation des empreintes génétiques à des fins d'investigation était dans l'air du temps, notamment à l'international, encouragée par le Conseil de l'Europe et déjà mise en œuvre à grande échelle dans la plupart des pays anglo-saxons.

Toujours est-il que, depuis une vingtaine d'années que le FNAEG était opérationnel et exploité par la police judiciaire, il avait permis d'arrêter et d'écrouer quantité de criminels de tous bords.

Si sa création fut une entreprise complexe et coûteuse, son fonctionnement était pour sa part clair comme de l'eau de roche. Il s'agissait d'une source de données informatiques qui centralisait l'ADN de millions d'individus :

— certaines personnes « non identifiées » (dont les empreintes génétiques avaient été prélevées sur les lieux d'une infraction ou d'un crime sans qu'on puisse les associer à un individu connu) ;

— mais aussi des personnes « identifiées » (c'est-à-dire qu'elles avaient été condamnées ou mises en cause dans une procédure pénale, et que leur ADN correspondait donc à un individu déjà familier des services de police).

C'était évidemment dans ce dernier sous-fichier que les deux flics espéraient maintenant trouver une correspondance. Et cette perspective acheva de les motiver ; car si l'ADN concordait avec un profil existant dans le FNAEG, la machine leur cracherait aussitôt un nom et une adresse, et ils n'auraient alors plus qu'à aller cueillir le suspect.

En quittant le labo, Esperanza fut éblouie par le soleil qui brillait comme jamais, elle porta la main à son front en visière pour s'en protéger.

Manny sortit ses lunettes de soleil en même temps que son portable et appela le service de la gendarmerie nationale qui gérait le FNAEG ; il tomba sur un agent qu'il connaissait, qui lui apprit que l'ordinateur moulinait et que ça pouvait durer un bon bout de temps vu le nombre de comparaisons à réaliser – des milliards de combinaisons devaient être analysées.

Manny raccrocha, alluma une cigarette et leva les yeux au ciel en se dirigeant vers sa voiture.

Esperanza lui emboîta le pas, l'esprit soulagé et des papillons plein le ventre.

19

La nuit avait été fiévreuse, sauvage ; un véritable incendie.

Esperanza était encore en feu et recouverte de sueur et de jus quand les premières lueurs de l'aube pointèrent le bout de leur nez.

Depuis combien de temps on ne l'avait pas baisée comme ça ? Il y avait eu la veille, d'accord, mais c'était encore plus intense et violent cette fois. Elle en conclut rapidement qu'on ne l'avait *jamais* baisée comme ça.

En miettes, elle sortit du lit et réussit à se hisser sur ses jambes flageolantes.

Dans la cuisine, pendant que les tasses se remplissaient de café, elle détailla son corps avec délice : les hématomes sur ses bras et ses hanches qui allaient encore noircir durant la journée, les rougeurs qui parsemaient sa peau, les griffures qui étaient à vif ; et à l'intérieur elle se sentait volcanique, comme si chacune de ses cellules dansait de bonheur, crapahutait de joie, ravie – mieux ! –, extasiée, se sentant plus vivante que jamais. Esperanza les entendait se réjouir et lui hurler toute leur reconnaissance.

Quand elle réapparut dans la chambre avec deux mugs fumants, Dorival s'était redressé dans le lit, adossé contre le mur. Esperanza lui tendit l'une des tasses avant de se réinstaller près de lui. Il la reposa aussitôt et encercla la jeune flic de ses deux bras musclés ; elle poussa un petit cri spontané et faillit renverser la sienne. Il l'embrassa à pleine bouche, avant de lécher son cou, de mordre son épaule et de gober l'un de ses tétons, toujours aussi dur.

— Attends, faisons une petite pause, souffla-t-elle pour calmer ses ardeurs. J'ai vraiment besoin d'un café.

Compréhensif, il desserra son étreinte et récupéra sa tasse fumante. Tout en soufflant dessus, il détailla la chambre : sur la droite, on trouvait un placard en miroir, l'une des portes coulissantes était entrouverte sur le vide qu'elle devait dissimuler normalement ; une vieille commode en bois sur laquelle s'empilaient quelques bouquins trônait face au lit ; un fauteuil déglingué (recouvert de fringues) occupait le côté gauche ; au-dessus, Esperanza avait encadré une affiche, un événement qui s'était tenu en 2012 au musée d'Art moderne de Stockholm.

— T'as vu cette expo ? demanda-t-il en buvant une première gorgée trop chaude.

— Oui, répondit-elle simplement.

— Tu aimes Picasso ?

— Bien sûr, mais j'aime surtout Duchamp, et l'association des deux était vraiment dingue. Tu connais ce musée, à Stockholm ?

— Non, pas du tout, j'ai jamais mis les pieds en Suède, avoua-t-il en s'étirant bruyamment.

— Il est incroyable. Et j'adore Stockholm. Elle est composée de plusieurs petites îles, comme des arrondissements parisiens. Chaque île a son atmosphère : il y a la vieille ville tout en pavés, une autre c'est le coin bobo, tu as aussi l'île de la monarchie avec le palais royal, celle des boutiques et des restos, et celle des musées. Je simplifie, mais c'est comme ça que je m'y repère.

— T'y vas souvent ?

— J'ai pas mal voyagé à cette période (en faisant un signe de tête vers l'affiche), quand j'avais vingt ans. J'avais une amie là-bas, mais depuis qu'on s'est perdues de vue, je n'y suis pas retournée.

Elle porta la tasse à sa bouche et la but d'un trait ; Dorival en profita pour s'attarder sur les nombreuses cicatrices qui rayaient son avant-bras. Il les avait déjà remarquées la veille, sans aborder le sujet. Certaines paraissaient dater de plusieurs années, alors que d'autres semblaient récentes, presque fraîches.

— On prend soin de soi, à ce que je vois, signifia-t-il en observant les boursouflures.

Esperanza cacha instinctivement son bras sous le drap, avant de comprendre dans la seconde l'inutilité de sa démarche et de le ressortir dans le même mouvement.

— Accident de randonnée, se justifia-t-elle. Saloperies de ronces.

Elle savait qu'il savait qu'elle disait n'importe quoi, mais il n'insista pas ; à la place, Esperanza en profita pour l'interroger sur le petit renard tatoué sur son biceps droit.

— Délire de jeunesse, lâcha-t-il à son tour comme seule explication.

Il vida sa tasse en deux gorgées avant de la reposer par terre près du lit ; leurs regards se nouèrent – l'excitation ne les avait pas quittés – et ils se jetèrent l'un sur l'autre pour satisfaire encore le désir qui les consumait.

★

Le « Bastion » possédait un sous-sol de dix-sept mille mètres carrés. Si des parkings en occupaient la majeure partie, on y trouvait aussi deux salles de sport et un stand de tir de vingt-cinq mètres de long aux murs insonorisés.

Quand Esperanza pénétra sur le stand, elle aperçut Manny une dizaine de mètres plus loin, lunettes sur le nez et casque sur les oreilles, en train de vider son chargeur en rafale dans un vacarme assourdissant.

Il actionna un levier et la cible glissa sur un rail suspendu. Quand elle arriva à son niveau, il la saisit et détailla la précision de ses tirs – tous réunis en deux groupes : dans la tête et la poitrine.

Il renvoyait une cible intacte au bout de la zone de tir au moment où Esperanza se rapprocha de lui.

Il retira son casque et se tourna vers elle, son arme à la main.

— Salut Manny, comment tu te sens aujourd'hui ? lui lança-t-elle avant qu'il n'ait ouvert la bouche.

Le flic plissa les yeux derrière ses lunettes aux verres fumés.

— Je vais très bien, pourquoi ?

— Pour rien, par pure sympathie, rétorqua-t-elle en haussant les épaules. Tu vas à l'enterrement tout à l'heure ?

— Oui, bien sûr, répondit-il, de nouveau surpris par cette question qui appelait une réponse évidente.

Esperanza se tortillait à côté de lui ; pataude, elle ne parvenait pas à lancer une conversation de manière naturelle – ce qui agaçait fortement Manny – quand elle reprit finalement la parole.

— Écoute, pour Dorival, je voulais te dire que…

— Ça me regarde pas, lieutenant, la coupa-t-il en replaçant le casque sur ses oreilles. C'est ton histoire, je veux rien savoir.

Esperanza resta plantée à côté de lui quand il se tourna vers la cible en armant son pistolet. Il inspira longuement par la bouche avant de recracher l'air qui gonflait ses poumons.

Il leva son arme devant lui et la déchargea en continu, faisant sursauter Esperanza à chaque détonation.

Il allait actionner le rail pour faire revenir sa cible quand son téléphone vibra dans sa poche.

C'était le labo. On venait de terminer les analyses et les résultats étaient sans appel : l'ADN retrouvé sous les ongles de la religieuse ne matchait avec aucun profil présent dans le FNAEG.

Et comme une mauvaise nouvelle n'arrivait jamais seule : il n'y avait aucune correspondance non plus avec les empreintes génétiques des hommes de l'institution.

★

À l'église Saint-Jean-Baptiste de Neuilly-sur-Seine, Esperanza et Manny étaient noyés parmi des centaines de personnes de chaque côté de la nef ; l'enceinte était bondée. La jeune flic remarqua le cercueil surélevé devant l'autel et les couronnes fleuries qui l'entouraient.

Jean-Jacques Giesbert se tenait au premier rang, entouré de ses proches. À cinquante-quatre ans, le chef de la Criminelle était un homme dur, parfois sévère, mais fédérateur, brillant, et surtout, fier de son métier. Il dégageait force et respect, et faisait l'unanimité au sein de la police judiciaire. Naturellement, sa popularité se manifestait encore en ce triste jour.

Esperanza et Manny bifurquèrent sur la droite pour aller s'installer au fond de la nef.

— Qui sont les trois garçons à ses côtés ? demanda-t-elle.

— Ce sont ses fils, murmura Almeida en s'installant debout près d'un pylône.

Après la messe, l'assemblée quitta la paroisse pour laisser la famille se recueillir dans l'intimité.

Manuel allumait une cigarette sur les marches du parvis quand Dorival débarqua avec la deuxième vague.

— Dure matinée, hein ? lâcha-t-il en arrivant à leur niveau.

Almeida et Doloria acquiescèrent.

La foule dense de l'église se déversait maintenant copieusement sur les marches et le trottoir ; ils étaient si nombreux à se coller les uns aux autres pour papoter que Manny manqua de brûler la robe en soie d'une femme avec son mégot.

— Giesbert va prendre quelques jours pour régler certains détails, reprit Dorival. Il ne sera pas de retour avant la semaine prochaine. D'ici là, c'est toujours avec moi que vous traitez directement.

— Très bien, chef, articula Almeida malgré la clope qui cramait au bord de ses lèvres.

— Où vous en êtes, justement ?

— Les résultats des analyses sont tombés, répondit Manny. Ils ne sont pas concluants.

— Merde ! s'emporta son supérieur en baissant aussitôt la voix. J'espère que vous avez d'autres cartes dans votre manche, Almeida. Ça fait trop longtemps que cette histoire patine. La brigade passe pour une bande de branquignols aux yeux des médias, et les politiques et l'Église nous mettent une pression de dingue, alors vous allez vous sortir les doigts du cul et avancer, maintenant !

Almeida le fixa en silence, il bouillonnait à l'intérieur ; Dorival lissa sa mèche grise et se calma.

— Bon, tenez-moi au courant de la suite, conclut-il avant de rejoindre le préfet de police un peu plus loin.

Manny et Esperanza se regardèrent en silence ; la colère brûlait les yeux du flic.

— Et bien sûr, c'est pour moi le vieux coup de pression, lâcha-t-il entre ses dents. Pas un mot pour toi et ton joli petit cul qui va se faire défoncer ce soir.

Abasourdie par les mots de son partenaire et cette haine qui se lisait dans son regard, la jeune flic pivota et fendit la foule, sentant elle aussi monter la rage en elle.

Manny lui emboîta le pas, stimulé par la fureur qui explosait maintenant dans tout son corps.

— Hey ! Je te parle ! aboya-t-il en accélérant derrière ses pas. C'est juste ton patron, et vous avez quoi ? Trente ans d'écart ? Qu'est-ce que t'es en train de foutre, bordel ?!

Elle se retourna.

— Tais-toi ! Tu ne sais pas de quoi tu parles ! Alors tais-toi ! Tu l'as dit toi-même ! C'est pas ton problème, putain !

— Toi, ferme-la ! T'es juste en train de me pisser sur le dos en me disant qu'il pleut ! Espèce de bouffonne !

Des gens autour d'eux les observaient, offusqués par cette scène déplacée en pareille circonstance. Esperanza reprit sa marche, bousculant légèrement ceux qui se trouvaient en travers de sa route.

Manny la suivit ; il traversait la rue en direction du parking et s'apprêtait à la rattraper quand il sentit une boule de chaleur naître et grossir dans son estomac.

Oh non ! Le démon !!!

Le monde s'écroula et les ruines l'écrabouillèrent avec une violence inouïe. Tout se mit à tourner et valdinguer à lui en faire péter le crâne ; ses jambes flageolantes allaient le lâcher d'une seconde à l'autre ; des senteurs nauséabondes – son propre corps en train de pourrir – lui firent plisser le nez, il affichait une mine de dégoût, il retenait tout ; il lutta pour avancer entre les voitures stationnées en se tordant de douleur.

Doloria, qui traçait toujours sa route, n'avait rien remarqué, quand le cœur d'Almeida se souleva et qu'une série de crampes lui bloqua la poitrine, comme s'il faisait un infarctus.

Il allait crever !

Il ralentit et la machine infernale tournoya dans ses entrailles ; d'épaisses gouttes lui coulaient dans les yeux et lui brûlaient la cornée. Il était à bout de souffle. Il ouvrit sa petite boîte ; il la fouilla à l'aveugle, elle était vide.

Sans en avoir conscience, il mouilla son pantalon et la chaleur humide inonda ses cuisses. Le démon se matérialisa et prit son envol définitif, déchaîné comme jamais.

Manny s'accroupit à quelques mètres de sa voiture au moment où Doloria se retourna finalement vers lui ; la colère avait atteint son paroxysme, mais elle se mêla à la peur quand elle découvrit son partenaire à l'agonie sur le bitume.

— Manny ! Merde ! Qu'est-ce qui t'arrive ?! lâcha-t-elle en se précipitant vers lui.

Il était poisseux, il suffoquait. L'odeur de mort, l'humidité de l'air, le monstre qui déchiquetait ses tripes ; tout lui fit perdre pied lorsqu'une nausée en fusion explosa dans sa gorge, et il gerba toute son angoisse sur sa partenaire dans d'affreux sons gutturaux.

— Putain ! Manny ! C'est dégueulasse !!! hurla-t-elle en s'écartant trop tard.

Il était trop concentré sur son effort, sur sa lutte contre le démon, contre cette pourriture qu'il expulsait de son âme, et il continua de dégueuler toute sa peur et sa colère.

Exténué, il s'écroula sur la chaussée brûlante, les yeux exorbités et le visage écarlate.

Il cracha plusieurs fois une bile épaisse, inclina le visage et cracha encore, puis il leva les yeux vers Doloria qui l'injuriait, furieuse et couverte de vomi.

Elle l'abandonna sur le parking en vociférant alors qu'il cherchait toujours son second souffle.

20

Après les obsèques de la femme de Giesbert, les flics rentrèrent progressivement au « Bastion » dans un silence oppressant et une peine palpable.

Si l'atmosphère appelait plus au recueillement qu'à l'agitation, Doloria avait les nerfs à vif et ne décolérait pas.

Dans les toilettes du septième étage, elle essayait toujours de nettoyer son pantalon plein de gerbe quand, furieuse et excédée, elle étouffa un cri de rage.

La porte du bureau de Dorival était ouverte, elle passa une tête à l'intérieur.

— Je peux te voir une minute ?

— On se tutoie au bureau ? lui renvoya-t-il avec étonnement.

Sur le seuil, elle resta immobile à le fixer, le visage grave.

— Entre et ferme la porte.

Elle s'exécuta et s'installa en face de son supérieur, qui remarqua tout de suite sa nervosité. Il esquissa un sourire forcé pour la détendre. Elle le lui rendit subrepticement, mais son visage se referma aussitôt ; il fallait que ça sorte.

— Tu connais Manny depuis combien de temps ? lui demanda-t-elle en gigotant.

Il sembla interloqué de sa question.

— On n'est pas proches, si c'est ce que tu veux savoir. Donc je ne risque pas de lui parler de nous. D'ailleurs, si tu pouvais en faire autant, ce serait parfait.

Elle acquiesça comme une évidence ; il poursuivit.

— On se fréquente depuis quelques années. Il fait du bon boulot, j'ai rien à lui reprocher à ce niveau-là.

— Y a jamais eu quelque chose qui t'a... je sais pas, titillé chez lui ?

Dorival ne parut toujours pas saisir ce qu'elle sous-entendait.

— Qu'est-ce qui se passe, Esperanza ? Je pensais que ça marchait bien entre vous.

La jeune flic serra machinalement son avant-bras. Elle fulminait, elle essayait de peser ses mots, mais ils jaillirent finalement sans qu'elle ait aucune prise sur eux.

— C'est un vrai malade ! Je ne connais pas sa vie plus que ça, mais il est complètement givré, ce type !

Le chef adjoint fut surpris de sa virulence ; Esperanza était paniquée, littéralement hors d'elle.

— Qu'est-ce qu'il a fait ?

La flic resta muette et baissa la tête, ne comprenant pas comment ils en étaient arrivés là, comment la situation avait pu dégénérer aussi vite ; elle ne parvenait pas à relier les points.

Une transpiration brûlante émergea sur son crâne, elle avait le cerveau en ébullition.

— Je sais pas, j'arrive pas à le cerner, lâcha-t-elle en tentant de se calmer. Il peut être vraiment adorable, parfois, t'as pas idée à quel point, il est souvent plein de petites attentions, mais dans la seconde suivante, il peut complètement partir en couilles et se comporter comme une merde avec moi.

— C'est un nerveux, le Almeida, un sanguin, on le sait tous ici, relativisa Dorival. Il est toujours au taquet, ça fait aussi partie de son tempérament.

Doloria souffla bruyamment ; son supérieur ne semblait toujours pas percevoir ce qu'elle suggérait.

Elle passa une main dans ses cheveux, presque plus accablée qu'en entrant.

— Je pense qu'il peut être dangereux, lâcha-t-elle. En tout cas, il ne m'inspire plus confiance.

Elle se tut un instant, puis :

— Et surtout, je crois…

— Quoi ? l'incita Dorival.

— Je sais pas…

— Tu ne sais pas quoi, Esperanza ?

Elle baissa encore les yeux, se frottant frénétiquement les mains l'une contre l'autre. Pouvait-elle aller sur ce terrain-là ? Ce n'était qu'un ressenti, une supposition… En même temps, ça lui paraissait tellement logique.

— Je crois qu'il se défonce.

— Oh là là… jeune femme, je t'arrête tout de suite ! réagit Dorival en sortant de ses gonds. Fais très attention à ce que tu dis, vraiment. Tu risques de foutre un sacré bordel ici si tu pars sur cette voie-là, surtout en t'en prenant directement à Almeida.

Il laissa passer un ange, pour être certain d'avoir bien saisi ce qu'elle avait balancé.

— Esperanza, t'es sûre de ce que t'avances ?

Elle bascula la tête vers la gauche, étudia le plan de Paris accroché au mur, puis la photo encadrée sur sa droite : un renard prêt à bondir, shooté au téléobjectif.

— Oui. Je suis sûre, finit-elle par lâcher en plantant ses yeux dans les siens.

S'ensuivit un silence pesant, durant lequel Dorival se laissa aller contre son fauteuil. Il donnait l'impression d'être confronté à un dilemme. Il avait sans doute espéré un intérim sans accroc.

— Sûre, sûre ? insista-t-il.

— Certaine.

— Et quelles sont ces preuves irréfutables ?

— T'es pas à ses côtés H24, moi, je passe ma vie avec lui ! s'emporta-t-elle de nouveau. Il s'agite toute la journée comme un toxico en manque, il est tellement flippant, je te jure. Je l'ai surpris plusieurs fois à prendre des trucs en cachette. Il est imprévisible et aujourd'hui… il me fait peur.

Dorival inspira profondément. Si ces révélations sortaient de ce bureau, elles allaient créer un véritable cataclysme à la brigade.

Les sourcils froncés, il réfléchissait aux conséquences que cette nouvelle provoquerait, quand finalement, en fin stratège, il comprit les avantages qu'il pourrait en tirer.

— Écoute, ce que tu m'apprends est très… délicat. On parle de Manuel de Almeida, bon sang !

— J'en ai conscience. Sache que si…

— Je n'ai pas terminé, la coupa-t-il.

Il laissa passer quelques secondes en l'observant avec gravité.

— Tout ce que je peux faire pour l'instant, c'est le convoquer, et, selon ce qui se passe, l'envoyer en évaluation psychologique. Comme ça, ne tu l'auras plus dans les pattes pendant quelques semaines, ce qui devrait te rassurer.

— Est-ce que…

— Je n'ai pas terminé, lieutenant ! enchaîna-t-il sèchement. C'est un sujet très sensible. Alors, je ne le dirai qu'une fois : tu n'en parles à personne. Tu me laisses gérer ça avec Almeida, avec Giesbert, avec tous les autres. Tu continues ton enquête en solo en me tenant au courant de tout. Et si t'as besoin d'un coup de main, tu sais où me trouver.

Esperanza finit par s'apaiser, satisfaite de cette décision.

— Ah, au fait, tant que j'y pense, poursuivit Dorival en sortant un trousseau de clefs de sa poche et en le lui tendant. J'ai bien fermé en partant ce matin, ajouta-t-il dans un sourire.

— Merci, chef, lâcha-t-elle, plus détendue. Mais tu peux le garder, c'est un double.

Elle ressentait de nouveau cette impression de flotter. Tous ses sens étaient en éveil et ses soucis lui parurent soudain lointains et superflus.

La respiration courte, elle leva les yeux vers son supérieur ; son désir pour lui bouillonnait toujours, il ne l'avait pas quittée de la journée.

Elle se pencha sur le bureau, trouva un stylo et écrivit sur le bloc près du téléphone avant de se retourner pour sortir.

— À plus tard, chef ! lança-t-elle par-dessus son épaule.

Dorival la suivit du regard ; ses yeux se posèrent ensuite sur le feuillet qu'elle avait noirci, il le fit pivoter et lut ses mots.

Ils étaient crus.

21

En se remémorant la dernière heure, maintenant que sa furie était retombée, Esperanza s'en voulut à mort. Cette colère, cette peur, comment avait-elle pu les laisser prendre le contrôle ? Comment avait-elle pu la lui faire à l'envers à ce point ?

Ils étaient suffisamment proches – enfin, c'est ce qu'elle pensait à présent, avec le recul – pour qu'elle puisse se permettre d'aller le voir, de lui parler de ce qui la perturbait depuis quelques jours, de le prendre entre quatre yeux et de lui demander des comptes. Mais non, elle avait encore laissé la rage mener la danse, et maintenant, elle se sentait complètement conne.

En pensant aux futures répercussions, elle accéléra l'allure, se maudissant. Pourquoi était-elle allée se plaindre à Dorival, putain ?! Se serait-elle comportée de la même façon s'il ne la baisait pas, ou aurait-elle tenté de crever l'abcès directement avec Manny ?

Nager pour fuir, nager pour s'oublier.

Arrivée au bout du bassin, elle s'immobilisa et s'accrocha au bord. Elle inspira une grande goulée d'air et se laissa couler en battant des bras jusqu'à ce que ses pieds touchent le fond à plus de trois mètres sous la surface. C'est là, au tréfonds de l'abîme, qu'elle hurla toute sa haine et fit jaillir sa culpabilité en même temps qu'un tourbillon d'oxygène qui fuyait son mal. Elle éprouva l'intense besoin de se mettre des baffes, de se faire souffrir, de se voir saigner. Elle se détestait, elle avait trahi son partenaire, son allié, elle se dégoûtait. Elle avait honte, elle voulait s'abîmer, se déchirer en plusieurs pièces et ne plus jamais remonter à l'air libre.

Une voix féminine résonna dans les haut-parleurs et lui parvint en sourdine : « La piscine ferme ses portes dans quinze minutes. Merci de vous diriger dès maintenant vers les vestiaires. »

En sortant du bassin et en le contournant d'un pas habitué sur le sol glissant, elle passa la main sur son visage humide pour soulager ses yeux piqués par le chlore et retira dans un même geste son bonnet de bain ruisselant. Elle longea le petit bassin, vide à cette heure avancée ; les enfants devaient déjà être couchés ou en train de dîner, pensa-t-elle en jetant un coup d'œil à la grosse horloge accrochée au-dessus du passage (20 : 48) quand elle se dirigea vers les douches.

Sous le jet d'eau tiède, elle se savonnait pour atténuer l'odeur chimique qui empestait sur sa peau ; elle repensa à Manny et à cette putain de situation – *Non, mais quelle conne !*

Il avait déjà dû voir Dorival à cette heure-ci. Elle frissonna à l'idée de leur face-à-face et frotta son avant-bras, sentant les boursouflures sous sa paume.

Son bras gauche attaché au barreau l'élançait sans trêve, elle souffrait le martyre ; enfin, c'était ce qu'elle croyait, car en fait, pour être tout à fait honnête, elle ne le sentait même plus tellement il était endolori, comme s'il avait été jeté et oublié dans un coin.

D'ailleurs, si la gamine avait pu trancher son poignet pour s'enfuir, elle n'aurait pas hésité une seconde. Mais elle n'avait malheureusement aucun outil à portée de main pour réaliser une telle prouesse. Cependant, à supposer qu'elle ait eu la possibilité de le faire, serait-elle parvenue à réunir le courage et la force nécessaires ? Imaginer s'amputer la main était une chose, le vouloir plus que tout était du même acabit, mais le faire vraiment, sentir la souffrance, l'interminable douleur ; car ça devait prendre du temps de se trancher la main, ça ne devait pas se faire en cinq secondes, et il n'aurait pas fallu s'arrêter à la moitié, non, non, ç'aurait été tout bonnement impossible ; malgré l'insupportable supplice, elle aurait dû aller jusqu'au bout.

Après réflexion, elle était convaincue qu'elle l'aurait fait, sans l'ombre d'un doute.

L'instinct de survie dépassait tout.

Le bras maintenu et les yeux fermés, elle s'était déconnectée. Son esprit et son corps s'étaient totalement dissociés, et elle subissait son nouvel assaut sans en avoir conscience.

Elle sentait cependant son poids, sa chaleur, son haleine. Ses gouttes de transpiration dégueulasse qui atterrissaient sur son front moite. Ses râles qui annonçaient bientôt la fin.

Esperanza n'avait pas prévu de se laver les cheveux, mais elle profita d'être sous la douche pour le faire.

La même voix féminine se manifesta à nouveau, plus clairement que la première fois : « La piscine ferme ses portes dans cinq minutes. Merci. »

Quand elle se rinça et rouvrit les yeux, un homme d'une trentaine d'années se savonnait en face d'elle et la reluquait, ce qui la mit aussitôt mal à l'aise. Il était pas mal, plutôt bien bâti, mais l'insistance de son regard était désagréable. Elle le dévisagea un instant, il ne détourna pas les yeux, au contraire, il lui sourit. Elle ne l'imita pas et s'engagea vers le vestiaire des femmes.

Quand elle quitta la piscine, le soleil était couché, mais ses dernières lueurs luttaient pour offrir un semblant de lumière naturelle, comme si une force surréaliste tentait de repousser au maximum les ténèbres de la nuit. Esperanza n'avait pas attaché ses cheveux et la brise les faisait voler dans tous les sens, si bien que de loin on pouvait penser qu'elle était une folle échappée d'un asile.

Elle sentit soudain une présence derrière elle et pivota la tête. Le garçon de la douche sortait sur ses pas et s'engageait dans la même direction qu'elle. Elle reprit sa marche, instinctivement sur ses gardes, d'autant plus qu'elle eut l'impression qu'il accélérait la cadence, elle pouvait presque sentir son souffle sur sa nuque. Était-il l'un de ces pervers qui fréquentaient les piscines municipales pour se rincer l'œil et assouvir ses fantasmes ? Allait-il l'aborder, lui sauter dessus, l'agresser ?

Elle plongea la main dans sa sacoche, effleura la crosse de son arme. Elle l'entendait juste derrière elle se hâter encore, presque se précipiter ; la tension se manifesta dans son corps, la transpiration et le stress émergèrent au moment où elle eut l'impression qu'il n'était plus qu'à quelques centimètres d'elle, qu'il pouvait presque tendre le bras pour la toucher. La main toujours posée sur son flingue, elle éprouva une haine féroce quand elle se retourna brusquement.

Personne.

Le désert.

En balayant frénétiquement la rue du regard, elle le repéra une trentaine de mètres plus loin, sur le trottoir opposé, en train d'ouvrir sa voiture sans lui prêter la moindre attention.

Elle relâcha son arme en retirant la main de sa sacoche, avant de baisser la tête de dépit et de se grouiller de rentrer chez elle.

Les cinq cents mètres qui séparaient la piscine de son domicile furent engloutis en quelques minutes. Durant son trajet inconscient, les réflexions s'étaient télescopées et le visage de sœur Marie-Hélène s'était imposé distinctement dans son esprit :

son regard lumineux,

sa pureté,

son innocence.

Lorsqu'elle arriva dans son quartier, des images de la religieuse la hantaient encore et elle sentit la fureur l'envahir.

Elle se jura de la venger.

Coûte que coûte.

Elle grelotta, comprit que la température avait chuté ; et avec l'humidité dans l'air, elle fut convaincue que la pluie allait bientôt tomber, voire un redoutable orage éclater.

L'esprit obnubilé et se protégeant d'un vent féroce, Esperanza traversa distraitement l'espace de jeux attenant à son immeuble sans remarquer la voiture de Manny garée à l'angle sur sa gauche.

Elle leva les yeux vers le ciel assombri ; des nuages noirs s'agglutinaient ; une première goutte lui tomba sur le nez, puis une autre sur la joue. Elle accéléra vers l'entrée de l'immeuble au moment où le ciel tonna.

Après s'être emparée du courrier, elle prit l'ascenseur jusqu'au cinquième étage et sortit son trousseau en avançant dans le couloir.

Sa sacoche sur l'épaule, elle déplia le journal qu'elle avait reçu comme chaque jour et remarqua en première page un article signé Cristian de Almeida.

À sa grande surprise, elle n'eut besoin de tourner la clef qu'une seule fois pour ouvrir la porte.

En entrant, elle sentit immédiatement une présence inhabituelle dans le salon.

Et, à partir de là, tout se déroula comme dans un film.

Elle n'eut pas le temps de distinguer la silhouette que le coup de feu résonnait déjà dans tout l'appartement.

Esperanza fut projetée en arrière sous la puissance de l'impact, ses pieds se décollèrent du sol, puis son corps se fracassa sur la porte d'entrée restée ouverte, avant de s'étaler de tout son long sur le carrelage froid.

Fondu au noir.

Deuxième épisode

CRIS

22

Qu'est-ce qu'il foutait là ? Comment il s'était traîné jusqu'ici ? Il avait rendez-vous avec l'autre, d'accord, mais il était chez lui pas plus tard qu'il y a dix minutes, non ? Enfin, c'est ce qu'il pensait. Et quelle heure il était, là, au fait ?

Il regarda son poignet : 23 heures 21, ça allait. Il était juste un peu à la bourre ; il fallait pas trop glander mais ça allait. Il était plus très loin, en plus ; il avait juste fait une petite pause en chemin pour recharger ses batteries, rien de grave, un petit break bien mérité, et l'autre allait pas le faire chier, de toute façon.

Il se revit soudain chez lui dans son confortable canapé en train de téter tranquillement sa bouteille ; et l'instant d'après il était là, sur ce tabouret qui aurait eu besoin d'une cale ou d'un bon coup de lime sous les pieds tellement il bringuebalait.

S'il ne se souvenait pas d'avoir roupillé, il en avait pourtant bien l'impression, d'autant plus qu'il ne se rappelait pas du tout être sorti de chez lui, avoir marché ou pris le métro ou sa bagnole pour venir se poser jusque-là.

En y réfléchissant bien, il avait simplement dû rêvasser ; agir mécaniquement comme il le faisait depuis quelques jours – à moins que ce ne soit des semaines ?

Penser à dormir, cocha-t-il dans sa liste virtuelle de priorités.

Il posa son verre, se frotta les yeux, reprit son godet et le vida d'un trait. Il pivota pour regarder ce qui l'entourait : la lumière tamisée plongeait le bistrot dans une ambiance apaisante malgré la dizaine de clients bruyants qui occupaient quelques tables.

Il se réinstalla mieux sur son tabouret, appuya ses coudes sur le bar, tendit de nouveau son verre vide.

La jolie serveuse derrière le comptoir le défia du regard avant de le resservir, encore une fois.

Né en France, comme son frère, de parents immigrés portugais, Cristian de Almeida était à trente-six ans un homme racé et séduisant.

Brièvement marié par le passé – une histoire de fou qui aura duré quelques mois et lui aura pourri la vie quelques années –, il était aujourd'hui attaché à la liberté que lui procurait son célibat et il en profitait pleinement.

Si Manny avait choisi d'intégrer la police judiciaire, Cristian exerçait autrement ses talents de limier : journaliste spécialisé en affaires criminelles, il travaillait pour un grand quotidien et s'était fait un nom quatre ans plus tôt en permettant le démantèlement d'une cellule djihadiste qui opérait en région parisienne.

À l'époque, il enquêtait pour le journal sur une autre affaire – une histoire de viols en série qui n'avait rien à voir de près ou de loin avec une quelconque association terroriste –, mais par un étonnant concours de circonstances, il avait eu vent de ce commando et de sa localisation. En faisant remonter l'information, Cris avait empêché un terrible attentat en préparation depuis plusieurs mois de se perpétrer dans la capitale. Un coup de filet magistral qui n'avait cependant pas contrecarré d'autres desseins tragiques, qui se succédèrent à Paris l'année suivante, en 2015.

Toujours est-il que, grâce à cet épisode plutôt chanceux – ce qui n'enlevait néanmoins rien à son talent –, Cristian avait été encensé par de grands noms de la police et de la politique, et il était rapidement devenu une figure médiatique récurrente, intervenant régulièrement sur des chaînes d'infos ou des plateaux de JT pour apporter son expertise à différents sujets d'actualité.

Si l'on pouvait penser (pour ceux qui ne le connaissaient pas intimement) que cette soudaine notoriété – et les portes qu'elle lui ouvrait désormais – avait joué un rôle dans ses excès en tout genre, la manifestation de son mal-être n'était pourtant pas la conséquence d'une quelconque griserie ; sa souffrance muette et inconsciente était bien plus profonde, bien plus charnelle, presque organique ; et malgré son intelligence et sa sensibilité, il ne parvenait pas toujours à prendre le recul nécessaire pour la comprendre, si bien qu'il donnait parfois l'impression de subir les événements, comme si on lui imposait certaines épreuves ; et il aimait alors à penser dans ces moments-là qu'il était une sorte de martyr.

Il passa ses doigts dans sa tignasse châtain, gratta sa barbe de quelques jours.

Ses idées se bousculaient quand il porta le verre à sa bouche. Ses yeux verts se plissèrent ; il le but en une gorgée. Après une brève toux, il le tendit devant lui. Il était déjà en retard, mais il n'avait rien contre un petit dernier pour la route.

Dehors, il vérifia son téléphone ; plusieurs appels en absence, il n'y prêta pas attention.

La nuit devenue fraîche, il regretta d'être sorti en simple sweat, même une stupide veste en jean aurait fait l'affaire ; il accéléra le pas pour se réchauffer, mais l'ivresse n'aidait pas vraiment.

Cinq minutes plus tard, il trouva la voiture garée à l'adresse prévue. Il avait passé l'âge de jouer la provoc, d'être rentre-dedans et agressif dans son rapport aux autres (l'une de ses grandes spécialités à une époque), mais comme il était soûl et qu'il n'aimait pas cette enflure de ripou sans éducation, le naturel reprit le dessus et il décida d'y aller à fond avec lui.

Il jeta sa cigarette, toqua à la vitre et monta côté passager ; Victor l'attendait au volant.

— Putain ! Almeida ! On avait rendez-vous y a... plus d'une demi-heure, bordel ! lança le conducteur, énervé, en vérifiant sa montre. Qu'est-ce que tu foutais, connard ? !

— J'étais en train de sauter ta femme pour lui apprendre à jouir.

— Putain ! T'es vraiment qu'une petite merde !

Cristian éclata de rire.

— T'as vraiment de la chance d'avoir ton frangin derrière toi !

— Ça va, ça va, détends-toi... On est entre amis, ici.

Le journaliste étira les bras en bâillant, puis il plongea la main dans sa poche arrière et en sortit une enveloppe pliée en deux.

— Bon, t'as ce que j'ai commandé ? demanda-t-il avec un calme olympien.

Victor lui tendit la clé USB qu'il avait déjà dans la main et que Cristian n'avait pas remarquée. Elle était gris et noir et ne portait aucune inscription.

Le journaliste s'en empara en échange de l'enveloppe. Il considéra le petit objet et ressortit sans rien ajouter, impatient d'en découvrir le contenu.

★

Son appartement lui ressemblait. Une sorte de bordel organisé. Un bordel dans le sens où l'on y trouvait toutes sortes d'objets de styles et d'origines différents, et organisé parce que Cris était un maniaque depuis toujours. Pour avoir les idées claires, il était primordial que son environnement le soit aussi, enfin, à sa manière à lui ; que chaque meuble, chaque accessoire, chaque livre, chaque œuvre, se trouve exactement à la place qu'il lui avait assignée ; c'était uniquement ainsi qu'il pouvait évoluer sereinement, c'était comme ça qu'il avait trouvé son équilibre, construit son refuge.

À sa majorité, il avait touché l'argent des assurances (bloqué depuis le décès précoce de sa mère), et il l'avait investi quelques années plus tard dans des chambres de bonne en enfilade situées au dernier étage d'un bel immeuble montmartrois. Au vu de leur état général au moment de l'achat, il avait pensé faire une bonne affaire sur le coup, mais c'était sans compter les monumentaux travaux à réaliser et qu'il avait sous-estimés. Avec ses gènes de portos, il s'était dit naïvement que la maçonnerie devait couler dans ses veines et qu'il rendrait son nid très douillet en moins de temps qu'il ne fallait pour le dire ; jusqu'à ce qu'il se rende compte que, malgré ses connaissances toutes relatives et sa bonne volonté, il n'était définitivement pas né avec une truelle dans la main.

Après six mois de travaux intensifs réalisés par des professionnels, ces quatre chambres de bonnes s'étaient transformées en un confortable appartement d'une soixantaine de mètres carrés, agencé avec efficacité et décoré avec goût. En dégageant les combles, il avait même apporté un cachet supplémentaire grâce à la charpente visible et gagné une hauteur non négligeable – ce qui accentuait encore cette impression d'espace qui lui était indispensable.

Quand on pénétrait à l'intérieur, on tombait directement sur une grande pièce à vivre de quarante-cinq mètres carrés (composée de gauche à droite d'une cuisine ouverte équipée, d'une salle à manger design et d'un salon vintage), et tout ça donnait à l'opposé sur un impressionnant mur vitré qui surplombait la ville. Une vue incroyable qui se perdait à l'horizon au-dessus des toits parisiens ; *la plus belle vue de la capitale*, jugeait-il à chaque fois qu'il se plantait devant ce spectacle grandiose. C'était même la principale raison qui l'avait poussé à investir ici. Jamais il n'aurait imaginé un tel panorama possible dans cet accablement urbain où l'on se sentait perpétuellement écrasé.

Une extraordinaire impression d'infini, mais aussi une extrême sensation de vide.

La plupart des meubles composant son intérieur avaient été soigneusement chinés chez des brocanteurs spécialisés ou aux puces de Saint-Ouen, où Cris avait ses habitudes depuis l'adolescence. Il avait ainsi réuni au fil du temps plusieurs pièces qui participaient à l'atmosphère de sa tanière et dont il était particulièrement fier – bien qu'il ne soit pas matérialiste pour un sou. Un paradoxe, oui, pourtant c'était un fait : il n'était pas attaché aux objets, il pouvait quitter n'importe quel endroit en trente secondes chrono avec ce qu'il avait sur le dos ; il l'avait déjà prouvé à deux reprises par le passé. Il appréciait ce confort et ce décor, bien sûr, tout en les jugeant superflus. Il était conscient d'avoir besoin de peu pour vivre ; et il appréciait la liberté que cette réalité lui procurait.

Pour en revenir à son intérieur, en déambulant entre la chambre et le salon, on pouvait aussi bien tomber sur des consoles à trois tiroirs en aluminium de la maison Harvey Guzzini que sur un parfait buffet anglais en bois de hêtre datant des années 1960, mais aussi sur la fameuse lampe « champignon » de Luigi Massoni, ou sur une grande table à manger italienne des années 1950 entourée de six fauteuils orange Airborne parfaitement conservés.

Si le mobilier (bien qu'intemporel) était donc tourné vers le passé, la modernité s'affichait quant à elle sur les murs, où l'on trouvait notamment des œuvres d'art contemporain réalisées par des street artists réputés, comme un triptyque de Hush représentant de superbes geishas aux yeux noircis, plusieurs prints encadrés de Shepard Fairey et de Vhils, et deux œuvres de Swoon, dont la célèbre maman en train d'allaiter.

En débarquant, Cristian s'empara de la bouteille entamée qui traînait sur l'îlot central de la cuisine ouverte. Il longea le mur vitré en jetant un coup d'œil à la nuit parisienne, puis s'installa au salon devant l'ordinateur portable posé sur la table basse Frattini.

Il récupéra ses lunettes près du clavier et inséra la clé dans la prise USB. Un dossier s'afficha aussitôt sur l'écran dans un tintement aigu ; à l'intérieur, il trouva deux fichiers nommés par des dates : 12avril18 et 28avril18.

— Quel fils de pute..., murmura-t-il.

Il remplit son verre, but une gorgée, attrapa son téléphone.

— Bordel ! Almeida ! lâcha Victor en décrochant. T'es taré de m'appeler sur ce numéro !

— Y a pas tout...

— T'es complètement con, mon pauvre !

— Y a pas tout, répéta-t-il. Il manque deux fichiers.

— OK, mec, j'ai pas eu le temps de sortir le reste.

— Tu te fous de ma gueule ?

— Va te faire mettre ! Tu sais ce que je risque avec ces conneries ?!

— C'est pas mon problème.

— Putain, mais si on l'apprend, moi je suis fini, connard !

— T'as eu ton fric. Je veux les autres fichiers.

Aucune réaction à l'autre bout.

— Hey ! relança Cristian.

— Quoi ?

— Embrasse ta femme et mes gosses, lâcha-t-il avant de raccrocher.

Le téléphone toujours en main, le journaliste fixait l'écran et les deux icônes qui semblaient l'implorer.

Sans plus tergiverser, il cliqua sur le premier fichier. L'application VLC s'ouvrit et une vidéo se lança dans une nouvelle fenêtre.

Ces deux derniers mois, quatre chauffeurs de taxi s'étaient fait assassiner en région parisienne.

Les flics en charge de l'enquête pédalaient tous dans la semoule, ils n'avaient aucun indice probant, aucun début de piste solide. Ils cavalaient dans tous les sens en espérant que ça paierait, mais leur vision était faussée depuis le départ, selon Cris : ils partaient du principe que les quatre meurtres étaient indépendants, car perpétrés apparemment par quatre tueurs différents ; et que le point commun entre les victimes – à savoir leur profession – était un pur hasard.

L'instinct de Cristian le guidait vers une autre théorie. Dès le deuxième meurtre, il avait pensé qu'il était relié au premier. Quand le troisième, puis le quatrième furent commis, il en était convaincu : tous ces assassinats étaient d'une façon ou d'une autre rattachés les uns aux autres. Selon lui, cette série suivait une logique, et les tueurs nourrissaient un même dessein.

Le premier avait été perpétré le 12 avril. On avait retrouvé au petit matin un taxi garé dans une ruelle du nord-ouest de la capitale, le chauffeur abattu d'une balle dans la tête tirée à bout portant par son dernier passager.

Les informations concernant l'affaire étaient limitées depuis l'ouverture de l'enquête, et la seule annonce officielle avait été une description du suspect : un homme blanc d'une quarantaine d'années, sans plus de précisions.

En découvrant les images de vidéosurveillance, Cristian maugréa devant son écran : elles étaient sombres et granuleuses. La caméra, sans doute placée dans un lampadaire, filmait fixement et en légère plongée un carrefour nocturne. La date et l'heure – 2 heures 21 – occupaient le bas de l'image.

À 2 heures 23, un taxi se garait le long d'un trottoir à l'arrière-plan. La scène était trop éloignée pour distinguer quoi que ce soit, mais *a posteriori* on savait que le client était en train de flinguer le chauffeur. Cristian crut même déceler l'éclair de la détonation.

Après quelques secondes, le passager descendait et claquait la portière : un homme dans la force de l'âge, en costume et attaché-case, mesurant environ un mètre quatre-vingts. Il s'éloignait vers la droite et sortait du cadre en laissant le cadavre derrière lui.

Cristian se gratta le menton devant le champ de nouveau désert. Il alluma une cigarette et remplit son verre.

Le regard plongé dans l'écran, il visionna trois fois la vidéo en intégralité ; puis il se repassa les dernières secondes et l'assassin en train de quitter la voiture.

En se concentrant sur sa silhouette, il eut l'impression qu'il était ivre. Même si l'angle et la distance n'aidaient pas vraiment, il crut déceler une démarche hésitante, presque titubante, comme celle d'un pilier de bar quittant son rade au milieu de la nuit.

L'analogie le fit sourire.

Il regarda sa montre : presque 2 heures ; il vida la bouteille dans son verre et lança l'autre vidéo.

On avait retrouvé le deuxième chauffeur une quinzaine de jours plus tard dans une rue du XIIIe arrondissement, égorgé au volant de son véhicule.

D'après la police, la suspecte était une femme d'environ quatre-vingts piges. Cristian ne comprenait pas comment une dame aussi âgée avait réussi à trancher la gorge d'un homme avec un couteau de cuisine. C'était pourtant bien ce qui s'était passé.

L'image était sensiblement meilleure, plus lumineuse, mais l'optique sale de la caméra la rendait un peu floue.

Quand le time-code indiqua 1 heure 41, un taxi entrait dans le champ et se garait au fond du cadre, devenant minuscule à l'arrière-plan.

Deux minutes plus tard, une portière s'ouvrait et ce qui ressemblait à une petite vieille en descendait. Elle portait un manteau, on croyait aussi distinguer un chapeau et un sac à main ; et elle repartait tranquillement, un peu voûtée, avec l'allure d'une dame toute cabossée qui a vécu mille vies.

Cristian fixa la silhouette frêle qui disparaissait en pensant au chauffeur saigné comme un porc gisant dans son cercueil en métal.

Il vida son verre et bascula dans son fauteuil.

Visionner les vidéos manquantes n'était pas nécessaire pour dresser un premier bilan qui ne présageait rien de bon : comme l'avançait la police, il s'agissait bien de tueurs différents.

23

LA NUIT ÉTAIT NOIRE ; froide et funèbre.

Des flocons tombaient par millions. Ils dansaient dans les rayons des réverbères.

Une épaisseur duveteuse s'accrochait maintenant aux trottoirs, aux toitures, aux bas de fenêtres.

Au pensionnat, un climat inquiétant se répandait depuis quelques semaines ; et la vieille religieuse qui s'était défenestrée cinq jours plus tôt n'atténuait pas cette angoisse diffuse.

Les autres internes craignaient Thomas, désormais ; tous, sans exception ; plus aucun n'osait l'approcher.

La plupart des enseignants l'évitaient eux aussi – le garçon ne suivait plus aucun cours –, et la petite communauté n'attendait plus qu'une chose, tous priaient pour le même dénouement : que ce jeune démon s'en aille et ne revienne jamais.

Isolé dans une chambre d'où il ne sortait quasiment plus, Thomas percevait la musique deux étages plus bas – elle remontait étouffée du réfectoire où la fête battait son plein –, et les voix sourdes des autres internes qui s'amusaient en attendant minuit.

Il les entendait, pleins de joie et de liesse, comme une célébration de couleurs vives qui explosaient et coulaient devant ses yeux vides.

Nu sur son lit, il observait les brûlures sur son corps.

Jo s'était vengé. Les blessures cicatrisaient à peine.

Il passa son doigt près d'une lésion purulente sur sa poitrine, puis au bord d'une autre sur son ventre. La chair avait cramé sur une certaine profondeur ; elle mettrait du temps à guérir, celle-là.

À cause du frottement de la corde, ses poignets avaient cuit eux aussi quand il s'était débattu ; sa peau était râpée, la chair croûtée.

En pensant à Virgile, il se tourna sur le flanc, adopta la position fœtale.

Il ne s'expliquait pas cette absence prolongée. Son guide s'était volatilisé aussi subitement qu'il était apparu ; abandonnant la torche et disparaissant du décor.

Trahi. Voilà. C'était exactement ça. Thomas se sentait trahi. Et au pire des moments, celui où il en avait le plus besoin.

Il se retourna de l'autre côté.

Virgile existait-il seulement ? Ou n'était-il qu'une illusion lui aussi, comme celles qui se manifestaient depuis plusieurs jours ?

En enfilant son pyjama, il entendit le décompte en dessous ; des dizaines de voix criaient.

Il regarda l'horloge à gauche : 23 heures 59. Il se leva en entendant les enfants hurler : « Bonne année ! ».

Dans les sanitaires attenants, il fut choqué de découvrir son reflet, complètement abasourdi. Il se passait vraiment des trucs bizarres ici, quelque chose ne tournait décidément pas rond.

Il termina de se brosser les dents, cracha dans le lavabo, releva la tête face au miroir : une fois encore, il se retrouva devant un inconnu.

Il se frotta les yeux : toujours le même visage. Celui d'un garçon d'une douzaine d'années ; alors qu'elle, elle était une jeune femme de trente-deux ans.

Elle ne saisit pas ce qu'on lui renvoyait ; elle n'y vit aucune explication rationnelle. Elle essuya le dentifrice qui avait moussé aux coins de ses lèvres, retourna dans sa chambre.

La lumière éteinte, elle se coucha au moment où la voix de Thomas s'immisça à son insu : « Fais de beaux rêves, Béatrice. »

Elle resta ébahie.

C'était donc ainsi qu'elle s'appelait ? Béatrice ?

Elle n'eut qu'une seule réaction à cette manifestation : sa voix à elle, douce et féminine, qui perça comme un écho.

— Merci Thomas, toi aussi, fais de beaux rêves.

24

Si le mur vitré de son appartement – qui se prolongeait jusqu'à sa chambre – avait des avantages évidents, il possédait aussi quelques inconvénients non négligeables, comme lorsque Cristian oubliait de baisser les volets électriques ou de tirer les rideaux opaques avant de se coucher. Il était alors réveillé par les premières lueurs de l'aube qui explosaient jusqu'à son lit et lui incendiaient les paupières.

Il tira la couette sur son visage en grognant, mais il était bien ressuscité et les idées qui affleuraient achevèrent de le sortir du sommeil.

Les yeux mi-clos, il se leva au radar en se massant la nuque ; il passa à la cuisine et se prépara un café en regardant le jour pointer à l'horizon ; *la journée allait être sensationnelle*, pensa-t-il.

Ses paupières avaient du mal à se décoller, il se frotta les yeux pour émerger définitivement.

Une fois la dernière goutte tombée, l'appareil se tut et il fila se réinstaller sous la couette avec sa tasse.

Adossé au mur, il observait le soleil croître gentiment face à lui dans un ciel dégagé et déjà clair ; *il devait faire une cha-*

leur de dingue dehors, le mercure allait sans doute atteindre des sommets aujourd'hui, battre des records.

Son téléphone en main, il regarda l'heure sur l'écran.

Une fois son café terminé et sa tasse reposée, il composa un numéro.

— Comment ça va, mon biquet ? lâcha-t-il dès que son frère eut décroché.

— Toi, tu vas vivre très longtemps, rétorqua aussitôt Manny à l'autre bout de la ligne. On était justement en train de parler de toi.

— Ah oui ? T'es où ? demanda Cris en se renfonçant dans son lit.

— Je viens d'arriver à l'IML.

— Pour l'autopsie de ta repêchée ?

— Absolument.

— Et vous l'avez identifiée ?

— Oui, on l'a identifiée.

— Et ?

— T'es assis ?

— Je suis couché, voyons, il est à peine 8 heures.

À l'autre bout, Manny marqua un silence pour accentuer son effet.

— C'est une religieuse de vingt-sept ans.

— Tu déconnes ?!

— Je te préviens, tu la fermes, Cristian. On va l'annoncer cette après-midi, donc t'attends au moins que ce soit officiel, pour une fois, avant de balancer l'info.

Le journaliste sourit du fond de son lit.

— Ouais, t'en fais pas, le rassura-t-il, de toute façon je t'appelle pas pour ça. Qui s'occupe des taxis chez vous ?

— Décidément, t'as un sonar dans la tête ce matin. C'est Choisy qu'a récupéré le dossier. Je viens justement de le croiser sur le parking et il m'a demandé si t'avais pas un scoop à lui refiler.

— Non, j'ai rien. Mais il en est où, lui, de son côté ?

— À ton avis ? Tu m'écoutes quand je te parle ? Il est prêt à te soudoyer pour une croquette.

— OK, OK... Écoute, j'ai peut-être une théorie, mais pour la vérifier j'aurais besoin d'un service.

— Ça commence mal.

Cristian s'étira bruyamment en affichant une mine réjouie ; il prévoyait la réaction de son frère une fois qu'il lui aurait soumis sa requête.

— Il me faudrait le dossier de l'enquête.

Elle ne se fit pas attendre.

— Tu te fous de moi ?! s'étrangla Manny. La dernière fois, t'as failli nous griller avec tes conneries. Et là, c'est même pas mon enquête, Cris.

— Manny... Je veux juste vérifier quelque chose qui me tracasse.

Aucune réponse à l'autre bout.

— Manny ? T'es toujours là ?

— Je suis toujours là, Cris.

— Et donc ?

— Et donc, je réfléchis.

Après un silence :

— Rappelle-moi demain, et je verrai ce que je peux faire pour ton foutu dossier.

Même si leurs rapports avaient connu au fil du temps des hauts et des bas, aussi loin qu'il puisse se rappeler, Cristian et son frère avaient toujours été fusionnels ; et le drame qui avait marqué leur enfance avait achevé de les souder.

Arrivé au monde en début d'année, Cristian avait commencé sa scolarité en avance, et comme il avait aussi sauté une section de primaire, il s'était rapidement retrouvé dans la même classe que Manuel malgré leurs dix-huit mois d'écart. Et dans ce schéma peu commun, loin d'une quelconque rivalité, les deux garçons trouvèrent au contraire une sorte de salut, car ils avaient alors besoin de cette proximité, d'être ensemble. La présence de l'un était essentielle à l'équilibre de l'autre à cette époque.

Quand ils perdirent leur mère, Cris avait quatre ans, Manny six. Élevés par leur père, Sebastião de Almeida – l'un des chirurgiens cardiovasculaires les plus réputés, aujourd'hui âgé de soixante-douze ans et profitant d'une retraite méritée –, les deux garçons avaient connu une enfance semée d'embûches.

Si leur père noya son chagrin dans leur éducation, parfois maladroitement, mais toujours avec la même générosité, transférant tout son amour sur ses deux fils, d'autres accidents de parcours – provoqués ou subis – noircirent encore leurs jeunes années ; certains contribuant même à engendrer progressivement un malaise entre les deux frères, jusqu'à une rupture radicale à l'adolescence.

Cristian, le rebelle de la famille, s'émancipa alors et profita d'une partie de son héritage pour s'envoler à dix-neuf ans et voyager à travers le monde. Une expérience de vingt mois qui le fit vivre sur cinq continents et qui bouleversa une fois encore sa vie, mais pour le meilleur.

À son retour à Paris, les retrouvailles furent chaleureuses et les deux frères ne se perdirent plus.

Manny passa ses derniers examens pour intégrer la police judiciaire. Cris savait lui aussi ce qu'il voulait dorénavant faire de son temps ; il cibla quelques rédactions parisiennes et trouva rapidement son bonheur.

Même s'ils n'en avaient pas conscience, il n'y avait pas de hasard : ils exerçaient deux métiers d'investigation et d'investissement total ; deux vies passées à résoudre des crimes, à comprendre l'âme humaine, à essayer de faire le bien.

Avec une mère assassinée dans des circonstances particulièrement horribles, quelle autre voie auraient pu choisir les frères Almeida ?

25

CRISTIAN NE REGARDAIT JAMAIS DEHORS avant de s'habiller – la couleur du ciel n'influençait pas ses choix vestimentaires –, mais il jugea sa tenue parfaite pour cette après-midi : une chemise claire aux manches retroussées, un jean délavé et une paire de Stan Smith.

Il devait retrouver Victor en début de soirée pour récupérer les fichiers manquants, mais en attendant, un peu de présence à la rédaction ne serait pas un luxe.

Les cheveux en bataille, il marchait vers les bureaux du journal en se grattant l'arrière du crâne quand il passa devant un fleuriste ; sans ralentir, il s'empara d'une rose à la volée qui baignait avec d'autres dans un seau et poursuivit sa route.

Dans l'immeuble moderne qui abritait deux sociétés, en plus du quotidien, il traversa le spacieux hall d'accueil, hocha la tête vers le type de sécurité gaulé comme un coffre-fort près des tourniquets, et s'engouffra dans l'un des ascenseurs qui par chance attendait au rez-de-chaussée.

Le journal occupait les deux derniers étages et possédait ses archives au sous-sol.

Au cinquième, la cabine se stabilisa, les portes coulissèrent et Cristian pénétra sur un immense plateau d'au moins mille mètres carrés, cloisonné selon les différents métiers de la publication.

Lorsqu'il passa devant le secrétariat, Élisabeth leva les yeux sur lui.

— Cristian ! lui chuchota-t-elle. Bernard te cherche depuis des heures. J'ai fait ce que j'ai pu, mais il est furieux contre toi !

— Oui, oui, j'imagine. Merci encore, Liz.

Il déposa devant elle la rose dérobée un instant plus tôt, et s'engagea dans le gigantesque espace dédié aux services du quotidien.

Il longea les pages culture, dépassa la rédaction sports et bifurqua vers le sacro-saint service politique. Quand il traversa la zone réservée au site Internet, Camille Devesa – une jolie rousse doublée d'une journaliste revêche – l'interpella aussitôt :

— Dis donc, Cristian, je sais pas ce que t'as fait à Lagache mais il a une sacrée dent contre toi aujourd'hui.

— Je vois pas en quoi ça te concerne, marmonna-t-il sans dévier de sa trajectoire.

— Pardon ? Qu'est-ce que t'as dit ?

— Ma langue va trop vite pour toi ?

— Hum… De mémoire, pas vraiment…

Cristian ne releva pas, il tourna à gauche et s'engouffra dans les toilettes.

Cinq minutes plus tard, il se tenait devant la porte du directeur.

Il frappa deux coups rapides. Une voix sèche lui ordonna d'entrer. Il ôta ses baskets et les déposa l'une à côté de l'autre contre le mur extérieur avant d'appuyer sur la clenche.

À la vue du journaliste, Bernard Lagache, le visage buriné par des années de tabac, de manque de sommeil et de stress, cessa toute activité. Le téléphone contre l'oreille, il s'adressa au combiné en fixant Cristian de ses yeux perçants.

— Je te rappelle dans dix minutes.

Puis il raccrocha.

La veste tombée, la cravate ballante et les manches de chemise retroussées, il croisa ses doigts devant lui sans décoller les yeux de son visiteur.

— Tiens, tiens, tiens, monsieur Cristian de Almeida en personne ! Mais quelle surprise ! Je peux pas le croire ! C'est bien toi ? Que me vaut cet honneur impromptu, quatre putains d'heures après l'horaire de notre réunion ?

— Quatre heures ? répéta Cris en tapotant sa montre comme si elle s'était arrêtée.

— Te fous pas de ma gueule.

— Oui, bon, je sais, désolé, Bernard, mais j'ai essayé de te joindre. Et j'ai même laissé un message à Élisabeth qui devait…

— Arrête tes conneries, Cris ! s'emporta-t-il. Je sais trèèès bien que t'en fais qu'à ta tête ! Comme toujours ! Et je sais pas ce que tu fais à Liz pour qu'elle t'ait à la bonne comme ça, mais ça marche pas avec moi ! Tu fais bien ton boulot, j'ai rien à dire, et tu gères ton temps comme tu veux, mais quand on doit se voir, on se voit ! Tu joues pas à Bip-Bip et le Coyote toute la journée avec moi ! Tu peux juste pas-faire-ça (ces trois derniers mots distincts et appuyés). C'est compris ?!

Lagache n'attendit pas la réponse. Il continua de le fustiger en une sorte de routine, conséquence des perpétuelles libertés prises par le journaliste. Et ce petit rituel amusait Cristian. Qui ne moufta pas. Il permit ainsi à Lagache de jouer sa partition jusqu'au bout. Il respecta la performance. Il lui laissa tout donner, jusqu'à son dernier souffle. Puis, sans respecter le silence habituel après une fausse remise en question, il embraya aussitôt.

— Je comprends ta position. N'en doute pas. Mais j'étais pas chez moi en train de me la taper sur le lavabo, si tu veux savoir. J'ai récolté de nouvelles informations qui me permettent de…

— Attends, attends, attends. De quoi tu m'parles, Cristian ?! Quelles informations ? On avait rendez-vous pour te briefer sur les terroristes syriens. Qu'est-ce que t'es en train de me raconter ? Sur quoi t'enquêtes encore ?!

Cris étouffa un rire en détournant le regard.

— Non, non, non. Me dis pas que t'es sur ta putain d'histoire de taxis ? Surtout pas, mon p'tit Cristian ! Je te préviens ! Parce que ça va être un massacre ! Y en a marre de tes histoires de complots et de secte tueuse de taxis ! Tu comprends ?! Tu perds ton temps ! Tu nous fais perdre notre temps ! Tu laisses tout de suite tomber ce truc sans queue ni tête ! Et quand je dis tout de suite, c'est immédiatement ! Et surtout, tu laisses faire la police. Je te paye pas pour jouer au Cluedo, bordel ! J'ai besoin de toi sur des sujets concrets !

Il était reparti. Pendant deux minutes, Lagache dégueula tout ce qu'il avait emmagasiné de frustration et de tension durant la matinée.

Cristian, qui avait décroché, reprit en cours de route.

— La question n'est pas là, Cris ! criait Lagache comme s'il réagissait à une invective. Tu me dois des comptes, d'accord ? Je suis censé faire tourner un journal. Enfin ! Je t'apprends rien !

Après un instant à le jauger, Lagache alluma une clope et poursuivit plus calmement.

— Je suis pas ici pour remettre en cause tes magouilles avec ton frangin, vous gérez votre petite cuisine comme vous voulez. Mais tu peux pas te comporter comme ça avec moi.

— T'as de nouveaux poissons ? demanda Cristian en désignant l'aquarium sur le mur de droite.

— Va te faire foutre !

Cris éclata de rire.

— Je suis sérieux ! Ça me passionne aussi, la faune aquatique japonaise.

— Dehors ! Dégage ! beugla Lagache avec de grands gestes. Je t'ai assez vu !

Le journaliste se leva et se dirigea vers la sortie.

— Et vois avec Jacques pour les Syriens ! hurla encore Lagache alors que la porte se refermait.

26

Quand ils étaient gosses, Cris et Manny étaient toujours fourrés ensemble : chez eux, à l'école, en dehors, ils avaient les mêmes fréquentations, exerçaient plus ou moins les mêmes activités ; si bien qu'ils étaient quasiment tout l'un pour l'autre.

Après la mort brutale de leur mère, et malgré tous les efforts de leur père pour s'occuper au mieux de leur éducation, ce dernier dut avoir recours aux services d'une jeune fille au pair pour garder les deux garçons.

La première à décrocher le job fut une Italienne qui leur plaisait beaucoup et faisait l'unanimité au sein du foyer. Chiara était douce et s'occupait bien d'eux. Elle allait les chercher à l'école, préparait leur goûter, les mettait ensuite à leurs devoirs (même si elle ne les vérifiait pas derrière), concoctait le dîner et veillait sur eux jusqu'au retour souvent tardif de leur père – quand il n'était pas en plus appelé en urgence à l'hôpital. La jeune Italienne vécut ainsi avec les deux garçons pendant deux ans et demi ; Cris avait entre six et huit ans à cette époque, mais il se la rappelait comme si c'était hier – il était la mémoire collective de la famille.

Lorsque Chiara les quitta dans des adieux aux grands pleurs – surtout ceux du jeune Cristian qui éprouvait alors ses premiers émois – pour retourner vivre chez elle à Milan, Sebastião rencontra plusieurs prétendants pour le poste et le proposa à un jeune étudiant en droit bien sous tous rapports.

Si ce choix entraînait une absence de présence féminine pour ses deux garçons, il jugea le futur avocat parfait pour le rôle et ses horaires tellement flexibles que tout cela acheva de le convaincre de l'embaucher.

Cristian avait huit ans la première fois que l'étudiant posa la main sur lui. C'était un jeudi, en fin d'après-midi.

Tout s'était passé avec un naturel désarmant. Le jeune homme l'avait déculotté et masturbé, en douceur, comme s'il n'y avait rien de grave, qu'il voulait juste lui faire plaisir parce qu'il l'aimait beaucoup ; ça serait juste un petit secret entre eux deux.

Aucun jus n'était sorti de son sexe prépubère. Cristian n'avait ressenti aucun plaisir ; au contraire, un immense malaise l'avait envahi, une pudeur souillée qu'il avait détesté éprouver. Il avait juste été choqué, il n'en avait pas envie, pas du tout, mais il avait été incapable de dire non, et il s'était laissé faire, tétanisé par cette figure d'autorité d'une quinzaine d'années de plus que lui. Il n'avait pas su comment réagir, quoi dire ; même le soir venu, seul avec cette plaie ouverte, il n'avait pas osé y faire la moindre allusion devant son frère ou son père lors du dîner.

Le lendemain, un vendredi, vers la même heure, profitant encore de l'intérêt de Manny pour une série télévisée, l'étudiant avait proposé au petit Cristian de l'aider dans ses devoirs. Alors qu'ils étaient isolés dans sa chambre, il lui avait demandé de lui rendre la pareille et Cristian s'était exécuté sans réfléchir, acceptant les directives mécaniquement, ayant basculé dans un mode inconnu. Quelque chose en lui hurlait que ça n'était pas normal, que cela ne devrait pas se passer, pourtant, incapable de se défendre autrement qu'en obéissant, sous influence, ou apeuré, ou curieux, il était allé jusqu'au bout.

La semaine suivante, l'étudiant de vingt-trois ans avait passé la vitesse supérieure. Dans la chambre avec le jeune garçon, il avait d'abord joué avec son petit sexe au repos, comme la première fois. Cristian en était resté paralysé. Tout le week-end, il avait redouté que la suite arrive, que d'autres épisodes se produisent, il en avait eu la boule au ventre pendant deux jours ; mais dès le lundi suivant, son sexe était aspiré dans la bouche d'un adulte.

Il ne comprenait pas ce qui lui arrivait, il ne parvenait à saisir pourquoi ce grand gaillard voulait faire ça avec lui.

Quand l'étudiant en avait eu assez de le sucer en vain – Cris était resté mou durant ces cinq minutes interminables –, il lui avait demandé de lui faire la même chose.

Pour la première fois, Cristian s'était rétracté, et il avait même réussi à manifester son refus. Le futur avocat avait alors insisté, d'abord gentiment, mettant en avant le naturel de la situation, qu'ils se faisaient juste du bien, qu'il n'y avait rien de mal à ça. Lui, il aimait lui faire plaisir, il fallait que Cris le fasse aussi, sinon, ça voulait dire qu'il ne l'aimait pas.

Devant le manque d'entrain du garçon, et comprenant que la manière douce n'aurait aucun effet, l'étudiant avait haussé le ton comme jamais auparavant, même physiquement ; il s'était imposé en saisissant Cristian et en lui ordonnant de s'activer.

Terrifié, perdu, sans arme pour affronter pareille situation, Cristian n'avait eu d'autre choix que de faire ce qu'on lui demandait.

Le soir venu, au dîner, la nouvelle éclata sans prévenir.

Sebastião était installé de son côté de la table, ses deux fils côte à côte en face de lui comme d'habitude, quand Manny lâcha entre ses dents que son frère était un « pédé ».

Pourquoi avait-il dit ça ? Pour Cristian, ça n'était pas une insulte, mais la façon dont son frère l'avait prononcée provoqua aussitôt en lui une culpabilité qu'il n'avait jamais éprouvée.

Sous l'impulsion de leur père, Manny raconta alors que son petit frère s'enfermait dans sa chambre avec leur nounou et qu'il entendait des bruits bizarres.

Cristian ne savait plus où se mettre ; il aurait voulu se trouver à dix mille kilomètres de là, mais pas ici et maintenant.

Lorsque dans la foulée leur père lui demanda des explications, la gêne, le dégoût, l'humiliation, toutes ces émotions le bloquèrent, empêchant littéralement les mots de sortir. Puis, sous l'insistance paternelle, Cristian finit par lâcher le morceau ; l'incompréhension et la peur que cela engendrait depuis quelques jours, et la honte qui ne le quittait pas. Il déballa tout avec ses mots, bien sûr, avec les mots et les réflexions d'un garçon de huit ans.

Si Sebastião devait être animé par la pire des fureurs, sentir la culpabilité croître à tout rompre et s'en vouloir d'avoir laissé une telle horreur se produire, qui plus est sous son toit, il n'en laissa rien paraître. Il releva à peine ce que lui avait raconté son fils, même s'ils ne revirent plus jamais l'étudiant en droit.

Bien des années plus tard, alors qu'il avait longtemps considéré l'attitude de son père comme de la lâcheté, Cristian l'avait interprétée comme une preuve d'amour. En agissant ainsi et en ne donnant pas plus d'importance à ce qui s'était passé, son père avait pensé éviter un traumatisme supplémentaire à son fils. En fermant les yeux sur cet événement malheureux, il pensait que le temps jouerait en faveur de Cristian et que tout cela glisserait finalement sur lui. C'était un point de vue. Le revers de la médaille, c'était qu'en le minimisant, en ne le nommant jamais et en en faisant un sujet tabou – à l'instar du décès de leur mère qu'ils n'évoquaient pas et auquel il était presque interdit de penser –, son père avait déclenché une bombe à retardement.

En rayant définitivement de la carte ce que Cristian avait traversé, la bonne volonté paternelle eut l'effet inverse de celui escompté, et Cristian commença à traîner durant les années suivantes une peur palpable, un mal-être insidieux, un manque de confiance qui se manifestaient par une agressivité exacerbée, une sensibilité à fleur de peau qu'il ne parvenait pas à contenir. Même si sa fougue naturelle, son énergie à revendre et sa joie de vivre apparente donnaient souvent le change, il connaissait des moments de souffrances intimes et silencieuses, profondes et inexpliquées, qu'il ne pouvait partager avec personne.

À la suite de ces agressions, et plus par bêtise que par méchanceté, son frère s'était fait l'écho à l'école de ce qui s'était passé, et la plupart des garçons de la cour de récré avaient surnommé Cristian « le pédé » pendant les mois suivants, une réputation qui allait le poursuivre encore, une odeur persistante dont il ne se débarrasserait pas de sitôt.

Avec le temps, en réalisant sa stupidité et ce qu'elle avait causé comme dégâts supplémentaires, Manny s'en était terriblement voulu.

Et, bien des années plus tard, au retour de Cristian de son long tour du monde, alors que ce dernier avait vingt et un ans et son frère vingt-trois, les deux frangins s'étaient retrouvés pour l'un de ces moments qui marquent une vie. Manny s'était excusé. Pas seulement pour les bruits qu'il avait fait circuler à l'école quand ils étaient gosses, mais surtout pour ce qui s'était passé chez eux.

Il n'avait pas été là pour lui, il savait qu'il le regretterait toute sa vie.

Cristian lui avait pardonné.

27

Accessible vingt-quatre heures sur vingt-quatre et sept jours sur sept, la rédaction du quotidien était beaucoup plus calme passé minuit. Les bureaux se vidaient, l'effervescence retombait, en attendant le nouveau rush du matin.

Cette nuit-là, si le numéro était bouclé et la maquette partie à l'imprimerie, une petite poignée de journalistes occupaient toujours leur poste, parmi lesquels Cristian.

Au départ, il s'était interdit de visionner les vidéos ailleurs que chez lui, mais comme il venait de les récupérer dans le quartier, il avait pensé qu'à cette heure-ci il serait tranquille pour les mater à son bureau. De fait, seul dans son service, Cris n'attendit pas plus longtemps pour insérer la clé USB dans la prise de son ordinateur ; un dossier s'ouvrit avec deux fichiers : 16mai18 et 29mai18.

Une sonnerie retentit ailleurs et il releva instinctivement la tête : plus loin, deux rédacteurs étaient attablés face à leurs écrans, l'un d'eux décrocha le combiné qui braillait. Ils allaient surveiller toute la nuit des sites Internet et filtrer les informations pertinentes ; ils resteraient jusqu'à l'arrivée de l'équipe du matin, à laquelle ils feraient un brief complet des événements de la nuit par ordre de priorité.

Une fois rassuré quant à sa tranquillité, Cristian cliqua sur la première vidéo.

L'image présentait un angle de rue désert, situé près de la place Stalingrad, au niveau du métro aérien dont on apercevait au loin les rails surélevés. On n'observait aucun mouvement quand soudain, un taxi faisait son entrée dans le cadre par la gauche et se garait dans l'obscurité au fond du tableau. Deux minutes et vingt-sept secondes plus tard, un homme en descendait – un type qui paraissait jeune, au look hippie, avec de longs cheveux noirs maintenus par un bandeau. Il venait de fracasser le crâne du chauffeur – treize coups de marteau, selon la police – et tenait encore l'outil dans sa main gauche tandis qu'il s'éloignait du véhicule en chaloupant, comme s'il était un peu stone.

Cristian fut de nouveau interrompu ; il se redressa : l'un des « veilleurs » quittait son box et se dirigeait vers le foyer, sans doute pour se faire un café et tenir la nuit. Quand Cris perçut le grondement de la cafetière au loin, il replongea dans l'écran et cliqua sur le second fichier.

Selon les informations que le journaliste avait pu glaner à propos de ce dernier meurtre – le plus récent, qui datait de moins de deux semaines –, l'assassin avait utilisé du fil de pêche pour étrangler sa victime ; il avait serré tellement fort que la gorge du chauffeur avait été incisée sur une dizaine de centimètres.

À l'instar des vidéos précédentes, on observait là encore une silhouette floue et lointaine quitter le véhicule après avoir commis son crime : il s'agissait cette fois d'une jeune femme en escarpins, chapeau et imperméable – car il pleuvait cette nuit-là, rendant encore plus difficile la vision de la scène.

Le journaliste se repassa plusieurs fois la fin de la séquence. Il bâillait quand il nota que la meurtrière ne semblait pas très à l'aise dans ses souliers ; la chaussée glissante avait dû jouer un rôle dans sa démarche chancelante.

Il fit craquer ses doigts en s'imaginant déambuler sous la pluie sur des talons de douze ; il galérerait lui aussi.

Après avoir cliqué sur la croix du lecteur pour fermer l'application, il se leva et se dirigea vers le foyer en longeant la rédaction Web déserte et « l'aquarium » (comme tous surnommaient la salle de réunion centrale – cube de verre dressé au milieu de l'espace).

Dans la salle de repos, il choisit une capsule et installa sa tasse sous la trompe de l'appareil.

— Tu fais des heures sup' ? entendit-il derrière lui.

Il se retourna ; Camille était dans le renfoncement.

Il fut surpris de la trouver là à cette heure-ci, tranquillement posée sur un fauteuil, les jambes croisées, en train de boire un Coca Light en feuilletant un magazine.

Camille Devesa, tout un poème…

Formée dans une école de province, la journaliste avait enchaîné les piges dans quelques feuilles de chou régionales, écrivant à l'époque aussi bien sur la disparition inexpliquée d'un troupeau de vaches près d'Auxerre que sur l'ouverture d'un nouveau salon du vin à Dijon. L'ambition l'avait poussée à « monter sur Paris », comme elle disait. Insupportable. Après un passage éclair sur une chaîne d'info pour présenter les flashs du week-end – Cristian soupçonnant que son physique avait plus joué en sa faveur que ses compétences du moment –, Camille et ses beaux nichons avaient tout tenté pour intégrer le site du quotidien. Son acharnement avait fini par payer et Lagache l'avait nommée en début d'année responsable d'une partie du flux digital, mission qu'elle accomplissait parfaitement, il fallait bien l'avouer.

— Toi aussi, apparemment, répliqua-t-il avant de se concentrer sur sa tasse qui se remplissait.

— J'ai une interview en call à 2 heures et demie, une star américaine. Grâce au décalage horaire, je passe un vendredi soir super sexy…

— Ça ira mieux demain…, chuchota-t-il pour lui-même.

— Au fait ! T'as vu pour la fille repêchée aux Buttes-Chaumont ? Les flics ont déclaré tout à l'heure que c'était une bonne sœur…, annonça-t-elle, apparemment encore choquée par la nouvelle.

— Oui, oui, j'ai vu ça.

Les dernières gouttes tombèrent et la cafetière se tut.

— Eh bien, bon courage pour ton call, lança-t-il en s'emparant de sa boisson, prêt à retourner à son poste.

— Et toi, tu fais quoi à cette heure-ci ?

— Je m'occupe de mes affaires.

— Et tu vas t'en occuper longtemps ? Tu veux pas qu'on se retrouve après mon coup de fil ?

Cristian s'arrêta sur le seuil. Il regarda sa montre : 2 heures 11.

— Ça risque de faire un peu tard pour moi.

Devant son écran, il se brûla le palais, souffla sur sa tasse, et relança les vidéos l'une après l'autre.

Il les détailla encore en tentant d'y déceler un indice, quelque chose qui pourrait le faire avancer et lui donner un début de piste.

Il s'étira bruyamment, se frotta les paupières, jeta un coup d'œil en bas de l'écran : 2 heures 53. Il resta un moment le regard dans le vide, à réfléchir à différentes hypothèses. Puis il éteignit l'ordinateur et empocha la clé USB.

En marchant tranquillement vers les ascenseurs, il passa devant la rédaction Web ; Camille interviewait dans un anglais parfait sa popstar californienne.

L'entretien touchait à sa fin et la jolie rousse remerciait son interlocutrice avec cette exagération propre aux Américains.

Quand elle raccrocha, elle sentit une présence et se retourna vers Cristian qui la fixait, immobile.

— T'as changé d'avis ? lui demanda-t-elle.

— Tu lis dans mes pensées.

— J'ai terminé, tu veux faire quoi ?

— Allons tout de suite vérifier la vivacité de cette langue.

28

Cristian était parti début janvier, juste après les fêtes, juste avant son anniversaire. Il fêterait ses vingt ans quelques jours plus tard à Rio, première escale de son périple au retour indécis.

Même si sa grand-mère maternelle – qu'il avait peu connue – était originaire de Salvador, il n'avait jamais mis les pieds au Brésil, il ne savait pas à quoi s'attendre.

Dans la cité carioca, il atterrit chez Anna, une photographe d'une cinquantaine d'années qui l'hébergea dans sa maison de Santa Teresa, sur les hauteurs de Rio. Mariée un temps à un Français (avec qui elle avait une fille de vingt et un ans, Sophia, partie faire ses études à São Paulo) et ayant vécu quelques années à Paris, Anna maîtrisait parfaitement la langue de Molière, si bien qu'ils jonglaient tous les deux entre le français et le portugais.

Cristian ne resta qu'un mois chez la photographe, mais un lien particulier s'était rapidement noué. La gentillesse et la générosité débordaient de ce bout de femme à l'énergie si positive, et ils partagèrent suffisamment de choses pour devenir de vrais amis, pas uniquement un copinage de passage. Elle lui présenta les siens, lui fit visiter son Rio ; de la plage d'Urca (loin des foules entassées de Copacabana ou d'Ipanema) aux couchers de soleil d'Arpoador (en sirotant plusieurs caïpirinhas et en fumant quelques joints), des nuits à boire encore dans le bistrot de Gomez aux promenades sportives à Vidigal et Dos Irmaos (durant lesquelles Cristian crapahutait dans la jungle et crachait ses poumons à tout-va), des journées à lézarder au parc Lage aux soirées à la maison à refaire le monde – souvent avec d'autres artistes étrangers en vacances ou en mission à Rio –, Cris s'était senti comme un poisson dans l'eau chez sa nouvelle amie.

Après cette romance carioca – ressentie comme une parenthèse enchantée –, Cristian eut du mal à faire ses bagages, si bien qu'il resta encore quelques semaines dans la région, d'abord à Ilha Grande, où il vécut comme un Robinson pendant quelques jours (et chopa sur la plage de Lopes Mendes l'insolation de sa vie, qui le cloua au lit pendant vingt-quatre heures), puis à Paraty, où le cadre et le calme de ce petit port bucolique l'inspirèrent.

Il commença alors à écrire, d'abord par envie, puis par besoin, avant de percevoir finalement l'effet thérapeutique de son entreprise. Il accoucha de sa vie en revivant les événements en différé, en prenant pour la première fois de la hauteur, dans la peau du narrateur. Dans ce texte, il formulait des idées et soulevait des questions, et souvent il trouvait des réponses. C'est aussi à cette époque que son goût tardif pour la lecture se développa et il engloutit livre sur livre, principalement des essais de psychologie et des ouvrages de droit, mais aussi parfois des romans pour se détendre.

Quand son périple brésilien toucha à sa fin, il savait qu'un retour prochain serait inévitable, que l'attachement à ce pays était désormais indéfectible.

Le coup de foudre avec la Costa Verde fut si intense, que l'étape suivante, Lima, ne pouvait que le décevoir. Hormis un quartier à l'atmosphère plaisante, la capitale ne lui laissa pas un souvenir impérissable – excepté les ceviches dont il ne se lassait pas. À l'opposé, il trouva extrêmement accueillante la famille qui l'hébergea sur Amantani, une île émergeant à l'ouest du lac Titicaca, où Cristian, à plus de quatre mille mètres d'altitude, ne dormait que trois heures par nuit, le manque d'oxygène le poussant à mâchouiller des feuilles de coca à longueur de journée, remède apparemment miracle selon les locaux mais inefficace sur lui.

Après un passage par Cusco où il s'en mit plein le nez (il goûta là-bas la meilleure cocaïne possible), il s'en prit plein les yeux au Machu Picchu, pour un rêve de gosse qui devenait réalité.

À son arrivée en Nouvelle-Zélande, un autre vieux désir se concrétisa. Il atterrit en soirée à Queenstown, sur l'île du Sud. Il faisait nuit noire, il n'y avait rien alentour à part des champs, de la nature à perte de vue, des moutons par milliers. La sensation qu'éprouva Cristian au réveil à la vision de cette plénitude le bouleversa. Il écrivit intensément durant cette période. Petit à petit, les nœuds se défaisaient. Il roula beaucoup en voiture aussi (galérant au début pour se faire à la conduite à gauche), visitant tout le sud de l'île, de Wanaka Tree à Milford Sounds (l'une des plus grandes claques sensorielles de sa vie), de Glenorchy (où il cavala sur le dos d'un cheval nommé Merlin) à Mirror Lake, pour à chaque fois un ravissement, un émerveillement qui le réconciliait avec lui-même, avec la nature et la grâce.

Il avait l'impression que plus son voyage avançait, plus le sien, intérieur et spirituel, faisait son chemin lui aussi. Même si les nuages étaient encore présents (et le seraient sans doute toujours), sa vision se faisait de plus en plus claire, il acceptait ce qu'on lui avait imposé, sans rechigner. Il n'avait pas le choix. Il devait faire avec ces événements, passer outre et évoluer ; trouver le moyen de le faire, c'est de cela qu'il se convainquit surtout. Il n'était pas une victime, il ne voulait pas en être une.

Juste bouger un peu, faire à peine un pas, même très léger, de côté, et alors le point de vue différait ; il suffisait d'un rien pour accepter et tourner la page, en tirer du positif et se sentir encore plus fort. Il y avait des leviers à tout, il existait des réponses, comme une mécanique, il suffisait d'avoir la clé, d'en avoir le pouvoir et l'envie, et heureusement, il se trouvait que Cristian possédait tout ça. Il était conçu de telle façon qu'il maîtrisait ces outils et en tirait profit ; la suite fut donc logique et attendue : progressivement, il sortit des ombres. Il continua d'écrire, des pages et des pages, et de voir des merveilles, encore et encore.

À chaque nouvelle étape de son périple, des névroses enfouies se débloquaient. Il se découvrait la capacité de rebondir, cette force de caractère, cette personnalité en mouvement, qui avançait, et cela le rassurait sur qui il était aujourd'hui, sur ce qu'il était devenu malgré tout.

Quand il débarqua à Byron Bay, sur la côte est australienne, à environ une heure d'avion au nord de Sydney, il ressentit immédiatement une impression d'osmose, comme s'il avait atteint une sorte de paradis perdu. Tout lui paraissait parfait : le climat, la population, l'esprit, l'énergie, l'environnement ; il eut pour la première fois l'envie de ne plus jamais bouger.

Il resta un mois et demi chez Nicoletta, une femme formidable qui vivait dans une adorable maison avec deux chiens et quatre chambres, qu'elle louait aux *backpackers* et autres touristes.

À l'image de Cristian – qui achètera quelques années plus tard son logement parisien avec l'héritage de sa mère –,

Nicoletta avait financé l'achat de sa maison avec celui de son père et l'argent des assurances – le pauvre homme ayant fini brûlé dans sa voiture après un dysfonctionnement électronique des freins (dont la faute incombait au constructeur), alors qu'il roulait sur une route sinueuse dix ans auparavant.

Comme avec Anna à Rio de Janeiro trois mois plus tôt, Cristian se prit rapidement d'affection pour Nicoletta. Elle aussi débordait de *good vibes* et elle partagea beaucoup de son temps avec lui. Ce fut d'ailleurs lors d'une escapade ensemble que Cris vécut son premier miracle.

Il avait demandé à sa nouvelle amie de l'emmener sur sa plage préférée. Elle n'avait pas hésité une seconde. Ils avaient emporté quelques provisions pour le déjeuner et s'étaient rendus à Brays Beach, au sud de Byron Bay, une bande de sable déserte en forme de croissant de lune accessible uniquement après avoir traversé un bout de jungle sauvage et dévalé une falaise abrupte. Quand ils étaient arrivés dans cet endroit coupé du monde, Cristian n'en avait pas cru ses yeux. Il n'avait jamais vu un théâtre pareil, il n'y avait personne à perte de vue, ils se retrouvaient tous les deux complètement seuls, tels des naufragés.

Pendant que Nicoletta goûtait l'océan, Cristian préparait le pique-nique en lisière de la jungle.

Il se tenait à genoux sur le drap étendu et déballait le poulet rôti acheté une heure plus tôt, quand subitement et sorti de nulle part, un varan de quatre mètres de long se dirigea droit sur lui, attiré par l'odeur de bouffe et visiblement affamé.

Dans un réflexe instinctif, Cristian lui balança la volaille grillée, qui atterrit à un mètre de l'animal ; le dragon la chopa entre ses mâchoires avant de se retourner brusquement et de rebrousser chemin avec son butin.

Plus par appréhension d'un éventuel retour de la créature que par une réelle envie de se baigner, Cristian retira tee-shirt et baskets et s'élança vers la plage ; Nicoletta sortait de l'eau au même moment.

Quand il la croisa sur le sable, elle lui conseilla de faire très attention, l'océan était de mauvaise humeur, des courants forts et contraires traînaient ici et là, ça pouvait être dangereux.

Cristian prit plaisir à courir vers son immensité, la sensation des vaguelettes claquant contre ses tibias le fit retomber en enfance ; il cavala au moins cent mètres vers le large comme un gamin insouciant, avec toujours de l'eau jusqu'aux genoux. Quand soudain la pente s'accentua radicalement sous ses pieds et, sans le voir venir, il fut immergé jusqu'à la taille.

Les vagues étaient surréalistes, venues d'un autre monde. En cette période où tous les surfeurs venaient squatter les plages australiennes, ces déferlements ressemblaient à de véritables murs qui vous tombaient dessus et vous écrabouillaient ; et à cet instant, sur cette plage précisément, elles mesuraient jusqu'à quatre ou cinq mètres quand elles chargeaient Cristian avant de s'échouer des dizaines de mètres derrière lui.

Il s'amusait comme un fou, il se revit gosse en vacances dans l'Algarve ; il y avait un côté régressif à tout ça, une futilité, une désinvolture, une liberté totale à se ruer dans les vagues, à s'épuiser en plongeant dedans et à se laisser rouler par elles, ne sachant alors plus où il se trouvait, les sens totalement confus, se faisant aspirer par les courants, ces rips terribles contre lesquels on ne pouvait pas lutter.

Lorsqu'il se retourna une première fois, la terre paraissait vraiment loin, peut-être à cent cinquante, deux cents mètres. Quand les vagues ne lui passaient pas dessus, il avait maintenant de l'eau jusqu'aux épaules, or elles semblaient redoubler d'efforts et se répéter à une vitesse ahurissante.

Bientôt, il se retrouva sur la pointe des pieds, la tête basculée en arrière pour tenter de capter des soupçons d'oxygène ; un frisson glacial lui parcourut le corps, comme un mauvais pressentiment. Il tenta de nager vers le rivage, mais il n'avait plus de force dans les bras, plus du tout d'énergie, ses jambes étaient même prises de crampes. Pourquoi s'était-il épuisé autant à chahuter dans les vagues ? Il leva les bras et les agita pour appeler au secours, tandis que les courants l'emmenaient toujours plus loin.

L'instant d'après, le pire s'imposa et la panique affleura.

C'était donc ainsi que ça se terminerait ? Il allait mourir ici, loin des siens ?

Entre deux noyades à ingurgiter des tasses d'eau salée, il crut apercevoir Nicoletta qui courait sur le sable, complètement affolée ; elle ne pouvait rien faire d'autre, il lui était impossible de parvenir jusqu'à lui pour l'aider, c'était trop dangereux ; Cristian était pris au piège, dans une machine à laver qui le broyait et l'entraînait vers le large.

Il n'avait plus de vigueur, plus du tout, et alors, il fut convaincu que c'était la fin, que tout s'achevait ici pour lui, maintenant, de cette façon, que son corps gonflé dériverait jusqu'au Japon, qu'on ne le retrouverait pas et que son père serait inconsolable.

À bout de forces, priant sa bonne étoile avec toute la conscience qui lui restait, Cristian se laissa sombrer ; la chute lui parut longue et douce, comme si le temps s'était arrêté, et le miracle put débuter.

Perdu dans l'océan, en train de couler comme un corps mort, avec uniquement une femme apeurée et impuissante qui s'époumonait, hystérique, sur la plage, Cristian buta par hasard contre un rocher immergé. Il sentit aussitôt une entaille sur sa face et, instinctivement, ses orteils à tâtons, puis la moitié de son pied, s'inscrivirent dans la fêlure, et la lumière apparut. Littéralement. Elle traversa la surface de l'océan et plongea vers lui, comme dans les films, ou sur la scène d'un théâtre quand le projecteur se braque sur l'acteur seul en scène. Cristian comprit qu'avec cette prise, les courants puissants et imprévisibles ne l'emmenaient plus, il se rendit compte aussi qu'il pouvait tenir. Et il sortit progressivement de sa torpeur. Il se hissa sur la jambe qui le maintenait et parvint à émerger le visage en tirant sur ses cervicales, et même à prendre des goulées d'air malgré ses poumons inondés.

Suffisamment lucide, il regarda autour de lui et remarqua la pointe d'un rocher à trois mètres sur sa droite qui dépassait du tumulte, son seul espoir à deux cents mètres à la ronde. En y mettant ses dernières forces au bon moment, il pourrait sans doute l'atteindre, il n'avait pas le choix de toute façon. C'était sa seule issue, il ne tiendrait pas une minute de plus comme ça, avec ces vagues qui le submergeaient toutes les cinq secondes. L'instinct de survie dépassait tout.

Avec l'énergie du désespoir et l'impression de jouer sa vie à quitte ou double, il attendit qu'une déferlante passe sur lui puis il se jeta vers le rocher qui dépassait du chaos. Il s'y écrasa violemment en s'écorchant la poitrine et les bras sur le corail tranchant. Il dénicha encore en lui des ressources insoupçonnées pour se hisser et se protéger des assauts de l'océan.

Agrippé à la roche comme un rapace à sa proie, il gerbait des litres d'eau salée qui se mélangeaient au sang dégoulinant sur son corps ; il leva les yeux au ciel : un uraète aux ailes déployées tournait à trois cents mètres au-dessus de sa tête – on lui apprit plus tard que les locaux interprétaient la danse de cet aigle majestueux comme un phénomène exceptionnel, la célébration d'un accomplissement surnaturel.

Entre-temps, Nicoletta avait trouvé du réseau et contacté les secours. Ils étaient habitués à intervenir dans cette zone. Sur cette plage perdue et sauvage où l'océan se déchaînait plus qu'ailleurs, on comptait en moyenne un mort par semaine alors qu'elle n'était visitée que par une poignée d'inconscients.

L'heure de Cristian n'était pas venue, il était sous le choc, il ne se l'expliquait pas. Mais quelque chose d'extraordinaire s'était produit, un alignement des planètes ; ce rocher sous son pied, cet autre sur lequel il s'était hissé alors qu'il n'y avait rien un instant plus tôt. Comme si une puissance invisible les avait fait apparaître, tel un champignon caché dans un jeu vidéo permettant au héros de poursuivre l'aventure. Ces deux hasards pouvaient-ils vraiment en être ? Il avait vu une partie de sa vie défiler, il avait hurlé « non ! » d'une façon déchirante avant de couler. Perdre tout espoir avait-il été la solution ?

Un quart d'heure après avoir atteint le miraculeux rocher et moins de dix minutes après l'appel de Nicoletta, un hélicoptère apparut à l'horizon et Cristian fut hélitreuillé.

Il était vivant. Et il n'allait pas gâcher ça.

29

MÊME S'IL AVAIT CETTE FOIS PENSÉ à tirer le long rideau sur le mur vitré de sa chambre, Cristian, stimulé par des questions qui lui matraquaient le crâne et auxquelles il ne trouvait pas de réponses, émergea aux aurores d'un sommeil tourmenté.

Entre les différentes pistes qu'il explorait, son cerveau avait bazardé ses incertitudes les unes contre les autres comme une boule de flipper prise au piège entre plusieurs buzzers et qui rebondirait indéfiniment entre eux.

Il se passa la main sur le front, le pétrit un instant pour faire le vide et tenta de se recentrer sur l'essentiel.

Les images de vidéosurveillance ne lui ayant fourni aucune piste sérieuse à propos des tueurs, le journaliste décida de changer son fusil d'épaule et de se concentrer cette fois sur les victimes.

Il enchaîna les allers-retours entre son ordinateur et la cafetière, et après trois heures de recherches intensives sur le Web, de coups de fil judicieusement passés et d'un bon litre de café brûlant ingurgité à jeun, il avait réuni suffisamment d'éléments pour esquisser leurs profils.

Le premier chauffeur assassiné avait soixante et un ans. Divorcé, il vivait seul dans un petit deux-pièces en Seine-Saint-Denis.

Avant de se prendre une balle derrière la tête, il avait conduit plus de trois décennies sans connaître le moindre incident.

En détaillant la photo dénichée sur Facebook, Cris ne releva rien de particulier : un type banal, avec une calvitie et une corpulence qui suggérait un manque évident d'exercice ; mais conduire la nuit et dormir le jour ne lui avait sans doute pas permis d'enchaîner les squats sous les motivations d'un coach.

Lorsque le journaliste joignit son ex-femme par téléphone, elle ne lui apprit rien d'exploitable. Elle était tombée des nues en apprenant deux mois plus tôt son assassinat. Elle ne le fréquentait plus depuis leur séparation trois ans auparavant, mais il avait toujours été un homme sans histoires ; elle ne s'expliquait donc pas cette mort aussi soudaine que brutale.

La victime numéro deux était célibataire, aucune famille connue. Il venait d'avoir soixante ans une semaine avant d'être égorgé par la petite vieille avec son couteau de cuisine.

Cristian n'avait trouvé personne à contacter, mais noté qu'il fréquentait un cours de danses de salon.

Il jeta un coup d'œil à sa montre, se leva pour se préparer un vingtième café.

Quand il se replanta devant l'écran en soufflant sur sa tasse, il détailla le portrait du chauffeur : un gros nounours à la barbe épaisse et aux tempes grisonnantes.

Il éprouva les plus grandes difficultés à l'imaginer danser une valse avec grâce.

Après une douche tiède, Cristian enfila un jean brut et un tee-shirt blanc brodé « The Dude » et se réinstalla à son poste. Il fit craquer ses doigts, les passa dans sa tignasse encore humide.

Lorsqu'il porta son attention sur le troisième cas, il composa le numéro qu'il avait trouvé. Il était 15 heures passées et la veuve décrocha après une seule sonnerie.

À sa voix sépulcrale, Cris comprit qu'elle ne s'en remettrait pas de sitôt. Elle lui apprit qu'ils n'avaient pas d'enfant – son mari n'en avait jamais voulu. Son travail nocturne avait rendu leur vie difficile au début ; mais plus tard, avec le temps, elle s'y était habituée. Elle ne lui connaissait pas d'ennemi. Il devait s'agir d'un client déséquilibré ; elle ne voyait que ça : il avait été au mauvais endroit au mauvais moment, et il s'était fait exploser la tête à coups de marteau.

En l'écoutant s'épancher sur l'homme qu'on lui avait arraché, le journaliste comprit qu'elle était l'une de ces nombreuses victimes collatérales dont on ne parlait jamais, qui restaient dans l'ombre avec comme unique droit celui de souffrir en silence.

Quand il se pencha sur le quatrième chauffeur assassiné, Cris éprouva un sentiment étrange – une impression de déjà-vu.

Il détailla les informations sur l'écran mais ne trouva rien qui renforçait cette sensation. Il était cependant convaincu d'entrevoir une piste. Il ne savait pas quoi, certaines similitudes se dégageaient ; il n'en était pas sûr ; son esprit avait capté une idée, puis une autre, et encore une autre, pour finalement déboucher sur cette intuition qui lui chuchotait qu'il tenait quelque chose.

Il écarta l'ordinateur, s'empara d'une feuille dans le bac et dressa un tableau avec les noms des victimes, leurs adresses et leurs caractéristiques physiques.

Il regarda le document et se massa les tempes en réfléchissant, les coudes appuyés sur la table en noyer Borsani Osvaldo. Il ne parvenait pas à décoller son regard de la feuille. Avec ces données sous les yeux, il réfléchit à la probabilité que les chauffeurs assassinés soient tous les quatre des hommes blancs qui aient tous quasiment le même âge.

De plus en plus excité par ces corrélations, il trépida sur son siège, se redressa et replongea dans l'écran. Il fallait prendre de la hauteur, sortir du nuage, et alors, tout deviendrait explicite.

Il continua de détailler les profils ; l'adrénaline pulsait dans ses veines. À force de gigoter sur son fauteuil, il finit par se lever, alluma une clope, pensa aux victimes, à ces quatre hommes ; ça n'était pas un hasard, ça ne pouvait pas en être un.

Les coïncidences n'existaient pas !

Et soudain, la lumière se fit.

Elle traversa son esprit comme une balle tirée à bout portant.

Tout lui parut alors clair comme du cristal : les quatre chauffeurs n'avaient pas été tués au hasard comme l'avançait la police.

Ils avaient tous été choisis, sélectionnés selon leur profil, un même profil.

Ça ne sautait pas aux yeux si l'on n'y prêtait pas une attention particulière, mais ils se ressemblaient tous : quatre barbus de soixante piges en surpoids et à moitié chauves.

Comment les flics avaient-ils pu passer à côté de ça ?

Cristian se posait encore la question au moment où son téléphone vibra sur la table. Il l'ignora.

Les portraits des victimes s'affichaient toujours sur l'écran quand il disparut dans sa chambre.

Il en sortit un instant plus tard en enfilant une chemise avant de quitter son appartement en trombe.

30

Le soleil se couchait avec délicatesse sur le paysage urbain ; le ciel rouge feu par endroits découpait à merveille les silhouettes des immeubles et des monuments et créait comme un majestueux spectacle d'ombres chinoises grandeur nature.

Au volant de sa vieille Golf GTD – un modèle de 2002 gris métallisé et rouillé dans lequel on pouvait aussi bien trouver une brosse à dents usagée qu'un gobelet de café datant d'une quinzaine de jours, et même un soutien-gorge déchiré –, Cristian roulait tranquillement vers l'ouest de la capitale sur les boulevards des Maréchaux.

Dans l'habitacle, sa playlist tournait par habitude : Sufjan Stevens achevait de chuchoter *le mystère de l'amour*, puis ce fut à Ben Harper d'*attendre un ange* à son tour.

Cristian augmenta le volume, *Waiting on an Angel* le ramenait inévitablement à elle.

Dès qu'il entendait les premiers accords de guitare – d'une simplicité inouïe – et cette voix éraillée reconnaissable entre toutes, il ne pouvait s'en empêcher : son visage se dessinait aussitôt. Alors, porté par cette mélodie, il replongea un moment dans ses souvenirs, sans remords ni regrets. Même s'il était triste de ne plus être triste en pensant à elle, au moins avaient-ils la chance de ne pas être des étrangers.

Sébastien Tellier lançait sa *Ritournelle* au moment où Cristian trouva une place libre sur le boulevard Berthier.

Il sortit de sa voiture et alluma une cigarette en se dirigeant vers l'entrée du « Bastion ».

Une fois son identité vérifiée, il récupéra un badge visiteur, passa les postes de sécurité et se dirigea vers les ascenseurs avant d'être guidé jusqu'au sixième étage.

Quand les portes coulissèrent, Manny l'attendait, adossé au mur d'en face ; il paraissait soucieux mais son visage se détendit en apercevant Cristian.

Dans le bureau du flic, le journaliste fit comme chez lui ; il contourna le fauteuil de son frère, regarda la photo de sa femme et de sa fille encadrée près de l'écran d'ordinateur.

— Comment vont ta reine et ta petite princesse ?

— Louise prépare sa prochaine expo, et Laura est en pleine forme, bientôt les grandes vacances pour elle.

— Tu les embrasseras pour moi. Et ça avance, avec votre religieuse ? enchaîna-t-il en remarquant son portrait accroché sur le tableau à sa droite.

— Lentement, mais on en verra le bout.

Cristian balaya la pièce des yeux.

— Ta partenaire est pas là ?

— Je vais la retrouver dans cinq minutes chez Dorival.

— Pourquoi chez Dorival ? Qu'est-ce qui se passe ?

— Giesbert a perdu sa femme la nuit dernière, c'est lui qui reprend la main, rétorqua Manny en ouvrant le placard sur sa gauche.

— Ah merde, je savais pas. En même temps, je crois qu'elle était vraiment mal ces derniers temps.

— Bref, coupa court Manny en passant derrière son frère et en posant un épais dossier sur la table.

— C'est ce que je crois ?

— C'est ce que tu crois.

— Merci, Manny.

Le journaliste parcourut rapidement quelques-unes des trois cents pages de documents. Il prendrait le temps de les détailler plus tard chez lui. On y trouvait des photocopies de tous les éléments de l'affaire des taxis : témoignages, chronologies, illustrations, cartes ; c'était complet.

— Il va sans dire que tout cela doit rester confidentiel, prévint le flic. Et qu'aucune de ces informations ne doit sortir, sous aucun prétexte, c'est bien compris ?

— Mais oui, t'inquiète pas…

Cristian referma le dossier et releva la tête vers son frère. Manny avait soudain l'air ailleurs.

— Qu'est-ce qu'il y a ?

— Rien, répondit-il en revenant à lui.

— Je vois bien que ça va pas, insista Cristian.

Manny regarda son frère, puis il détourna les yeux.

— Tu veux un café ?

— Oui, mais attends…

Et le flic disparut.

Seul dans le bureau, Cristian en profita pour feuilleter à nouveau le dossier de l'enquête. Il s'attarda d'abord sur les profils des quatre victimes. Avec leurs portraits sous les yeux et en passant de l'un à l'autre, il en fut convaincu : tous ces hommes se ressemblaient physiquement. Les flics l'avaient-ils relevé ou était-ce passé sous leur radar ? Rien ne l'indiquait dans leurs conclusions et cela l'étonna vraiment.

Cristian tourna encore quelques pages ; il détaillait l'horrible photo d'une scène de crime quand il entendit derrière lui :

— Je peux vous aider ?

Il referma aussitôt le dossier. Avec un naturel désarmant, il se retourna et attrapa le regard braqué sur lui. C'était celui d'une petite brune. Elle était habillée tout en noir – pantalon et pull –, ses mèches sombres coupées au carré encadraient un joli visage.

— Bonsoir, lieutenant, répondit-il dans un sourire. Vous devez être Esperanza ?

★

La nuit était tombée ; Cristian roulait dans les artères parisiennes encore bien encombrées pour rentrer chez lui.

George Harrison grattait *While my Guitar Gently Weeps* qui soufflait dans les enceintes et plongeait l'habitacle dans une atmosphère apaisante.

Stoppé à un feu rouge dans la rue Caulaincourt, il tomba sur la une de son journal placardée sur la devanture d'un kiosque. Un portrait de sœur Marie-Hélène occupait toute la première page avec l'accroche :

« LA RELIGIEUSE MASSACRÉE AUX BUTTES-CHAUMONT ÉTAIT ENCEINTE ».

Il resta bloqué devant ce visage beau et pur et lumineux en se demandant où allait le monde.

31

Le calme régnait chez lui. C'était l'un des autres avantages de son appartement niché sous les toits : l'altitude étouffait la cacophonie urbaine et toute pollution sonore. Même les yeux fermés et l'ouïe en éveil, un silence lénitif enrobait son refuge.

Cette vue dégagée et cette tranquillité étaient essentielles à son quotidien. Sans elles, vivre à Paris aurait été compliqué ; ses besoins psychiques reposaient sur ces deux ingrédients : un accès à l'horizon, dans le silence le plus total.

Malgré le respect de ces règles, Cristian éprouvait souvent le besoin de s'évader. Son goût pour le voyage et l'aventure n'était plus à prouver, et même à deux heures de Paris, il prenait toujours plaisir à quitter la capitale pour respirer au grand air, dans la nature, cette nature qu'il vénérait plus que tout autre chose ; tellement indispensable à son bien-être qu'il l'avait recréée entre ses murs.

Si l'on trouvait plusieurs genres et variétés de plantes dans son appartement – moins que dans une pépinière mais beaucoup plus que chez le commun des mortels –, Cristian avait ses préférences, et parmi toutes, les calathéas remportaient la palme. Il n'en possédait pas moins d'une dizaine d'espèces rien que dans son espace principal.

Il avait découvert ces plantes lors de son premier périple au Brésil, d'où elles étaient originaires. Très développés en Amérique du Sud, les calathéas avaient d'abord été popularisés par les pêcheurs brésiliens, qui utilisaient les grandes feuilles de certaines espèces pour emballer et préserver le poisson fraîchement sorti de l'océan et destiné au transport.

Dans d'autres populations, comme certaines tribus de Colombie, les feuilles épaisses et robustes étaient utilisées pour l'artisanat, notamment pour la fabrication de carquois, à l'instar du peuple Nukak (ethnie nomade du nord-ouest de l'Amazonie) qui s'en servait encore aujourd'hui.

Leur utilité en tant que contenant s'exporta aussi en Asie, mais pour l'alimentation et la cuisine. Que ce soit en Thaïlande ou en Indonésie – surtout sur l'île de Bali –, les feuilles de calathéas enroulées d'une certaine façon servaient à présenter le riz quand il était servi, un peu à l'image d'un bol végétal. Dans certaines zones touristiques de ces pays, ces objets locaux représentaient une manne financière importante pour les habitants en étant vendus aux complexes hôteliers, aux restaurants et aux étrangers de passage comme souvenirs.

Mais le feuillage des calathéas servait aussi la nature elle-même. Il était source de nourriture pour certains herbivores, comme les chenilles de Caligo Beltrao qui s'alimentaient exclusivement des feuilles de *calathea zebrina*.

Ces plantes recelaient également des vertus méconnues, comme l'apaisement qu'elles inspiraient malgré elles ; et aussi, de façon moins poétique et plus concrète, la purification de l'air qui les entourait grâce à la photosynthèse.

Capricieuses, comme la plupart des plantes tropicales, elles avaient besoin de peu de lumière, d'être légèrement arrosées deux fois par semaine, et surtout de beaucoup d'amour. Cristian partageait ainsi avec elles sa passion pour la musique classique et il aimait à penser qu'elles appréciaient ce qu'elles écoutaient ; il en était même venu à se convaincre que certaines avaient leurs préférences : Odette adorait Chopin, par exemple, alors que Simone était plutôt sensible aux opéras de Mozart, et que dire de Madeleine, qui frétillait à chaque mouvement de Bach ?

Si elles s'ouvraient délicatement durant la matinée à la recherche des premières lueurs du jour pour s'épanouir, à la nuit tombée, leurs tiges se resserraient dans des claquements de feuilles successifs, comme pour annoncer leur coucher imminent et souhaiter une bonne nuit en musique ; et dès qu'il les entendait s'endormir, Cristian ne pouvait s'empêcher de leur répondre avec tendresse.

La cendre s'écrasa sur la photo d'un cou égorgé en gros plan. Le journaliste dirigea aussitôt sa cigarette au-dessus du cendrier, mais le mal était fait.

Il souffla sur le cliché et les résidus volèrent, dévoilant à nouveau la coupure franche qui avait tranché la carotide.

Depuis son retour chez lui, Cris détaillait chaque mot, chaque image, chaque plan du dossier d'enquête.

Les inspecteurs Caron d'abord, et Choisy ensuite, avaient fait du super boulot : tout était clair, carré, précis. Le seul outil qui leur manquait pour résoudre cette affaire, selon lui, était ce sixième sens qu'il possédait ; cette aptitude qui lui permettrait, grâce à cette masse d'informations sous les yeux, de soulever les bonnes questions.

Son téléphone sonna ; il se servit un verre et replongea dans le dossier.

Pour le premier meurtre, le tueur avait été au plus simple en se servant d'un flingue.

Rapide. Efficace. Aucun contact physique avec la victime. On appuie sur la détente. Et bim !

L'arme n'avait pas été retrouvée mais l'étude balistique avait déterminé qu'il s'agissait d'un Glock 17 – un pistolet semi-automatique de calibre 9 mm que Cristian connaissait car il était l'un des plus courants, utilisé par les armées et les polices de dizaines de pays dans le monde. Il pouvait donc aussi bien appartenir à un militaire allemand des années 1980 qu'à l'actuel combattant d'un sombre groupuscule du Moyen-Orient. En d'autres termes, il était compliqué de remonter sa piste et, de fait, les inspecteurs ne s'y étaient pas attardés.

Cependant, en concentrant ses recherches sur son usage par les services français, Cristian découvrit que, depuis le début des années 1990, le Glock 17 était l'arme préférée de quasiment tous les corps d'élite de notre chère patrie : le GIGN, la Légion étrangère, mais aussi le commandement des Opérations spéciales, la BRI et le RAID l'avaient utilisé ces dernières années, et certains s'en servaient encore aujourd'hui.

Son téléphone sonna de nouveau ; il le mit en mode muet. Il avala trop vite une gorgée et toussa comme s'il allait en crever.

Il regarda l'heure – 23 : 42 – et tourna quelques pages.

À l'instar des flics, Cristian tiquait toujours sur le deuxième meurtre. L'arme avait elle aussi disparu mais, d'après les analyses du légiste, la mamie avait utilisé un banal couteau de cuisine, avec une lame effilée d'une quinzaine de centimètres.

Selon les conclusions concernant les deux dernières armes, il en allait de même pour le marteau et le fil de pêche (seul accessoire à avoir été retrouvé), qu'on pouvait se procurer dans n'importe quelle quincaillerie ou magasin de bricolage.

Cris alluma une cigarette en pensant à la jeune femme coupable du dernier crime.

Comme pour la vieille et son couteau, celle-ci n'avait pas choisi la facilité en utilisant une ligne en nylon, jugea-t-il, les yeux plongés dans la photo et ce fil pendouillant à chaque extrémité de la plaie ouverte.

Il releva trois points qu'il nota dans un carnet :

1 – Glock 17 : Ancien gendarme ? Membre d'une brigade d'élite ?

2 – Vieille dame : Mystère ??

3 – Jeune femme : Force physique + volonté hors-norme.

Il se frotta vivement le visage des deux mains, se mit de petites claques sur les joues.

Il repassa sur les premières pages du dossier et trouva la partie consacrée aux trajets des taxis.

Grâce aux relevés GPS des quatre véhicules, la police avait pu retracer leurs parcours en temps réel. Cristian sauta toutes les premières entrées pour se consacrer aux dernières courses.

Le premier chauffeur avait chargé son assassin rue de Palestine.

Cristian ouvrit Google Maps sur l'écran, tapa l'adresse et la situa dans l'Est parisien.

Il se gratta sous le menton en réfléchissant, puis il mouilla son doigt et tourna les pages. D'après ses données de localisation, le deuxième taxi avait pris son dernier client rue de Bellevue.

Cris releva les yeux et trouva le lieu concerné, proche de la rue de Palestine.

Le sang pulsa contre ses tempes comme une décharge ; il cligna plusieurs fois des yeux.

Il feuilleta nerveusement le dossier et mit le doigt sur l'adresse de la troisième prise en charge : rue du Soleil.

Il l'identifia rapidement sur le plan et sentit des fourmillements dans ses doigts et sa nuque.

Quand il trouva l'ultime course du quatrième chauffeur – démarrée à l'angle des rues des Envierges et des Couronnes –, ses paupières furent prises de convulsions et il se leva brusquement : les quatre tueurs avaient tous pris leur taxi dans le même quartier, autour de la rue des Pyrénées.

Les yeux écarquillés, il fixait le plan et les distances infimes qui séparaient ces adresses.

Il vida son verre, passa un coup de fil sans réponse et laissa un message.

En remarquant l'heure, il fut gêné d'avoir appelé si tard.

32

Il était encore tôt, mais les rayons rasants obligèrent Cristian à enfiler ses Ray-Ban en quittant sa voiture. La nuit avait été courte et ses lunettes de soleil lui permettaient aussi de dissimuler sa pauvre tronche chiffonnée, pensa-t-il en claquant la portière.

Il pénétra dans le garage par une porte coulissante qui donnait sur un immense atelier. Outre une vingtaine de véhicules imbriqués les uns dans les autres sur la gauche, une voiture était soutenue par un bras articulé qui la maintenait dans les airs ; juste en dessous, un jeune mécanicien travaillait dans une fosse, un pot d'échappement rutilant reposant à ses pieds.

— Salut ! lança Cristian en surplombant le gars les mains dans le cambouis.

— Bonjour, m'sieur !

— J'ai rendez-vous avec Ben, il est dans le coin ?

— Ouais, il est là, il doit être à son bureau, répondit-il en indiquant une direction derrière lui.

Cristian connaissait Benjamin Carbone depuis un peu plus de six ans. Au printemps 2012, alors que le journaliste enquêtait sur une affaire de vols de voitures – un gang qui braquait des berlines allemandes et des bolides italiens avant de les maquiller et de les revendre –, il avait eu besoin au fil de son enquête de l'expertise d'un garagiste spécialisé. Un mec de son réseau lui avait alors présenté ce fameux Ben, type ô combien sympathique dont la famille était dans le métier depuis des générations et qui connaissait son business sur le bout des doigts.

Cristian n'avait pas regretté leur rencontre ; le garagiste l'avait aiguillé vers un fabricant de peintures pour bagnoles de luxe, et après moult péripéties, la piste avait permis de retrouver le dernier fournisseur de la chaîne et d'arrêter les malfaiteurs, ce qui avait valu au journaliste les félicitations du préfet en personne.

Cristian pensa que cette fois encore, avec un peu de chance, il pourrait en retirer quelques lauriers ; même si ce qu'il s'apprêtait à demander à son ami n'était pas très orthodoxe.

Il traversa le vaste atelier et croisa plusieurs mécanos – il en dénombra huit en plus de la taupe de l'entrée – qui s'activaient dans tous les sens.

Il sourit à pleines dents en apercevant Benjamin, installé à son bureau dans un box un peu plus loin.

— C'est devenu une vraie multinationale ici ! Carbone-Corporation-Worldwide ! s'exclama le journaliste en débarquant.

— Eh oui, la famille s'agrandit, mon p'tit Cristian. À l'atelier, il y a mes deux frères, mes cousins, mon neveu, le frère de ma femme, et bientôt mon aîné qui va s'y mettre aussi, il serait temps. Et à la compta, comme tu vois, c'est ma chère et tendre, ajouta-t-il en faisant coucou à travers une vitre.

De l'autre côté, une petite femme ronde avait levé la tête de son écran et leur souriait. Cristian la salua d'un hochement de tête.

— Mais t'as pas traversé tout Paris pour que je te présente ma tribu, n'est-ce pas ?

— Tu te rappelles ma vieille Golf GTD ?

— Elle roule encore ??

— Elle roule très bien, oui.

— Ça me surprend ! s'esclaffa Benjamin. Alors, où est le problème ?

— Je voudrais que tu la transformes en taxi.

Un silence médusé.

— Euh, OK, c'est possible, réfléchit le garagiste. Mais pourquoi tu t'achètes pas directement une licence de taco et le matos qui va avec si tu veux changer de carrière ?

Cristian resta coi.

— Je plaisante, Cris ! Évidemment qu'on va te faire ça. Je me doute bien que tu vas pas signer perpète pour rester le cul dans un taxi !

— C'est super, merci Ben.

— Et sinon, c'est légal, ton histoire ?

— Légal, illégal, tant que ça fait avancer l'enquête, personne ne verra rien à y redire.

— Bon, bon, aucun souci. C'était juste pour savoir où je mettais les pieds, mais je te l'aurais fait de toute façon !

— Si je te la laisse aujourd'hui, ça peut être prêt dans combien de temps ?

— Ce sera rapide, mon Cristian. Avec un compteur en cabine et un joli lanternon sur le toit, ça devrait le faire. Reviens demain en fin de journée, elle sera comme neuve.

Benjamin le raccompagna vers la sortie en lui racontant une anecdote, mais Cris se contenta de hocher la tête sans écouter son ami, obnubilé par le plan qui se dessinait.

— Et comment tu vas rentrer chez toi ? lui demanda le garagiste une fois dehors.

— Je vais appeler un taxi.

— Attends, t'es fou ?? Tu me demandes de transformer ta caisse en taco et tu veux en commander un autre pour rentrer ? On marche sur la tête ! Prends la BM, proposa-t-il en lui tendant un trousseau. Elle vient d'être retapée et personne l'utilise. Tu la ramèneras demain en récupérant ton carrosse.

33

DEPUIS PRESQUE DEUX SEMAINES, le traitement s'était intensifié, si bien que progressivement il ne sut plus s'il était dans un rêve ou dans la réalité. D'autant plus que lui, Thomas, tel qu'il se connaissait depuis toujours, disparaissait inexorablement du tableau ; sa conscience était dorénavant habitée la plupart du temps par Virgile, qui gérait les épreuves récentes avec plus d'efficacité, et qui allait surtout être bien plus utile pour celles qui devaient arriver.

Lorsque Virgile émergea, l'avion volait toujours ; le bruit des moteurs qui l'avait perturbé dans son sommeil grognait dans la cabine ; tout vibrait autour de lui.

La plupart des garçons dormaient encore ; leurs ronflements sonores perçaient eux aussi dans la rangée.

Hormis celui qui pionçait à côté et qu'il avait déjà croisé une fois à la cave, tous les autres gars lui étaient inconnus. Il se demandait d'où ils pouvaient tous sortir quand le capitaine arriva par-derrière en s'agrippant aux sièges pour garder l'équilibre. Virgile l'observa qui rejoignait le premier rang, lâchant au passage deux-trois mots au Toubib.

Il restait quelques heures de vol ; la fatigue se manifesta à nouveau ; il se frotta les yeux et décida de ne pas lutter.

Il ne savait pas ce qui l'attendait, mais ça ne l'effrayait pas ; au contraire, ça l'excitait, il allait bientôt leur prouver de quoi il était capable, que tous ces investissements n'étaient pas vains.

Avant ce long voyage, le Toubib avait seulement évoqué un entraînement ; mais Virgile n'avait pas besoin d'explications ; le mystère faisait partie de sa vie dorénavant et les questions étaient proscrites. Il fallait juste obéir, comme la machine qu'il était devenu au fil des mois.

Malgré lui, il ferma les yeux, sombra au milieu des ruines et du carnage, en attendant de les découvrir bientôt dans la réalité ; étourdi autant par le bruit des moteurs dans l'avion que par les furieuses explosions dans sa tête.

34

Cristian avait connu Chloé trois ans auparavant, pendant les attentats parisiens de 2015 ; le journaliste avait été omniprésent à l'antenne durant plusieurs semaines à cette époque, à révéler aux millions de Français tout ce qu'il savait sur Daech, son organisation et les djihadistes français partis en Syrie.

Chloé était maquilleuse à BFM-TV et s'occupait de lui à chaque fois qu'il venait débattre d'un sujet depuis cette triste période.

Elle le matifiait en loge et le nettoyait après son passage, lors de moments de détente et d'intimité qui leur permirent au fil du temps de nouer un lien ; et il leur arrivait même parfois d'aller boire des coups ensemble après les directs.

Ce fut justement lors d'une de ces soirées arrosées qu'elle lui avait confié que son boulot à la télé n'était qu'alimentaire, qu'il ne servait qu'à payer son loyer et remplir son frigo ; et que sa vraie passion, c'était une frange un peu plus artistique de son activité. Ce soir-là, elle lui avait montré un album de ses œuvres : des photos de visages monstrueux, d'autres ensanglantés, ou vieillis de plusieurs décennies ; pour à chaque fois un effet des plus saisissants. On appréciait d'autant plus la qualité de son travail que l'album était présenté sur des doubles pages, comme des avant/après de chaque métamorphose.

Passionnée par les travaux de Rick Baker et Rob Bottin, Chloé rêvait de percer un jour dans le cinéma fantastique, un genre trop peu considéré en France, selon elle. Cristian lui avait alors conseillé de partir tenter sa chance à Hollywood. Elle lui avait ri au nez.

Cris pénétra dans l'appartement pour la première fois sur les pas de la pétillante jeune femme.

Chloé possédait de longs cheveux raides couleur corbeau, ses deux avant-bras étaient tatoués de symboles sombres et sataniques, et quand on lui parlait, elle promenait souvent son sublime regard noir partout autour de vous comme si elle était perdue. Cristian l'avait toujours trouvée jolie et sexy, et même fascinante dans son genre.

Elle vivait seule et l'espace principal de son deux-pièces ressemblait à un véritable institut de beauté : des produits, des pots, des ustensiles s'étalaient partout sur les tables et les étagères ; on en trouvait même sur le bar de la cuisine semi-ouverte.

Les fins rideaux en tulle rose, la décoration délicate, l'ambiance tamisée et les murs pastel dépareillés accentuaient le côté *girly* de l'ensemble, même s'ils contrastaient avec les posters encadrés de Sepultura, Korn, Marilyn Manson, Rammstein et d'autres groupes de *metal* que Cristian ne connaissait pas.

Enfoncés l'un contre l'autre dans un canapé trop mou, les deux amis évoquèrent des banalités pendant quelques minutes en descendant quelques bières – cela faisait des semaines qu'ils ne s'étaient pas vus –, avant que le journaliste n'entre finalement dans le vif du sujet.

Chloé rigola aussitôt – exactement comme quand il lui avait proposé de rejoindre la Cité des Anges pour gagner un Oscar. Cette fois-ci, pourtant, ça n'était pas un rire sarcastique. Cette fois, elle avait seulement hâte de voir le résultat.

Après une autre bière chacun et un joint partagé, toujours plus avachis sur le canapé en mousse, Chloé se leva tout excitée et demanda à Cristian de se mettre torse nu. Puis elle lui indiqua une chaise près d'une table couverte de fonds de teint et de lotions, sur laquelle trônait aussi un grand miroir. Collées sur ses bords, on trouvait une dizaine de photos de visages métamorphosés. L'une d'entre elles surtout retint l'attention du journaliste : une vieille femme plus vraie que nature, qui n'était pas loin d'avoir un siècle. Il se pencha sur le cliché, le maquillage était si réussi qu'il douta même un instant.

— C'est Sabine, ma meilleure amie, lui confia Chloé. Elle a mon âge.

Elle attendit sa réaction ; elle en sourit.

Après avoir mis de l'ordre sur son plan de travail, la jeune maquilleuse lui précisa que l'opération risquait de durer un peu, mais que le résultat serait tout aussi bluffant que sur cette photo (en indiquant le portrait de Sabine).

Elle s'empara d'un tube de silicone pour préparer sa petite cuisine. Sur une plaque de verre qu'elle épousseta, elle créa des flaques de tailles diverses qui s'étalèrent sur la surface plane en des ronds d'un millimètre d'épaisseur.

Pour patienter, Cristian roula un autre joint. Deux minutes plus tard, il l'allumait et dégageait d'épaisses volutes tandis que Chloé tapotait du doigt les rondelles de silicone.

Elle promena le sèche-cheveux au-dessus des flaques pour accélérer leur séchage.

En moins d'une minute, les prothèses cutanées s'étaient suffisamment solidifiées tout en gardant une certaine souplesse.

— Je te mettrai aussi des pièces plus épaisses sur les bajoues et sous les yeux, lui expliqua-t-elle. Entre quarante et soixante ans, un homme prend en moyenne une quinzaine de kilos. Je te recouvrirai tout ensuite, t'inquiète pas.

Mais Cristian ne s'inquiétait pas, il se savait entre de bonnes mains. Aussi, il obéit sans moufter : « Ferme les yeux, tourne la tête, l'autre côté, ne respire plus, lève les yeux, non, comme ça ! »

Quand il le pouvait, il suivait l'évolution de son visage dans le miroir. Le travail effectué était démentiel. Sous les coups de pinceaux et les poses de prothèses, son visage vieillissait, il prenait une année à chaque nouvelle retouche. Les poches émergèrent et les rides se creusèrent avec un naturel désarmant grâce au remarquable talent de Chloé ; il se vit à cinquante ans, puis à soixante.

Lorsqu'elle eut achevé son œuvre – environ deux heures et demie après l'avoir entreprise –, Chloé lui lissa les cheveux en arrière avec de la cire et lui installa une perruque poivre et sel légèrement dégarnie.

Une fois les retouches effectuées sur les jointures afin de les fondre avec sa peau, le résultat était stupéfiant et Cristian n'en crut pas ses yeux : il sut à cet instant que son plan pouvait fonctionner.

Il resta immobile devant le miroir à apprivoiser sa nouvelle image, à détailler ce visage inconnu mais familier ; la jeune maquilleuse affichait un large sourire.

— C'est hallucinant ce qu'on peut faire, hein ? glissa-t-elle.

— C'est juste hallucinant.

En baissant les yeux, il nota que ses mains étaient toujours jeunes et vigoureuses ; il allait devoir porter des gants, ou les dissimuler d'une façon ou d'une autre.

Pendant que Chloé fouillait sa chambre à la recherche d'un truc qui semblait l'exciter en créant un chahut de tous les diables, Cristian roula un joint au salon.

Elle réapparut quelques minutes plus tard en trimballant une combinaison aux bras rembourrés et au ventre proéminent.

— *And*… voilà ! lâcha-t-elle en lui présentant sa trouvaille.

Elle attrapa le joint qu'il lui tendait, puis ajouta :

— Je savais bien que je l'avais quelque part.

— Et qu'est-ce que je dois faire de ça, au juste ? demanda-t-il en s'en emparant.

— Bah, tu l'enfiles, chéri ! Tu peux pas te faire passer pour un vieux de cent kilos avec ton corps d'athlète. Alors, tu fous ça sous tes fringues.

— Mais je vais crever de chaud !

— Faut souffrir pour être beau, conclut-elle en lui recrachant la fumée au visage.

35

MALGRÉ CETTE JOURNÉE CANICULAIRE, la nuit était fraîche et Cristian en fut soulagé. Avec les coussins qui entouraient ses bras et son abdomen, plus l'épaisseur de maquillage sur son visage et son cou, il aurait étouffé si elle avait été aussi brûlante que les précédentes.

Dans son faux taxi garé en bas de chez Chloé, le journaliste dévisageait encore sa trogne dans le petit miroir intégré au pare-soleil. Il inspira profondément comme pour se regonfler à bloc et se donner du courage.

Il baissa le regard sur l'horloge : bientôt minuit et demi. D'après le dossier de l'enquête qu'il avait épluché ces deux derniers jours, les prises en charge fatales s'étaient toutes déroulées après 1 heure 17.

Benjamin Carbone et son équipe avaient réalisé du super boulot eux aussi : sa vieille Golf était vraiment crédible en taco. Le garagiste qui s'était chargé de la transformation était visiblement pointilleux car il avait même pensé à fixer les autocollants transparents annonçant les tarifs sur les vitres arrière.

Le compteur tournait correctement ; seules les lumières sur le toit ne variaient pas, la verte restant continuellement allumée et donnant l'impression qu'il était toujours libre. Mais c'était un détail, et il valait mieux ça plutôt que l'inverse.

Cristian releva le pare-soleil, accrocha sa ceinture et mit le contact.

C'est de la folie..., se répétait-il en allumant les phares. Il enclencha la première et déboîta.

On était samedi soir, les grands axes étaient naturellement animés ; même en traversant des quartiers supposés morts, il fut surpris par la densité de noctambules dans les rues.

En arrivant dans le XIXe arrondissement, il roula plus lentement. Sa respiration devint soudain capricieuse à cause du maquillage qui obstruait ses narines et du stress qui accélérait son pouls ; si bien qu'au bout d'un moment, il suffoquait tellement qu'il dut reprendre son souffle en inspirant de grandes bouffées d'oxygène par la bouche.

Il s'arrêta à un feu, tira sur son col en dégageant sa gorge et chercha à calmer son rythme cardiaque.

Plus tôt dans la journée, il avait méticuleusement étudié les zones des dernières prises en charge, traçant sur un plan des lignes et des courbes reliant les quatre adresses en un périmètre restreint. Il avait alors élaboré un trajet couvrant une bonne partie de ce secteur, qu'il répéterait autant de fois que nécessaire lors des prochaines nuits.

Dans la rue de prise en charge du premier tueur, il n'y avait pas une âme ; seules quelques fenêtres éclairées en façade y apportaient une lueur de vie.

La nuit s'était subitement réchauffée ; des gouttes de sueur perlaient sur ses sourcils, prêtes à lui couler dans les yeux. Cristian ôta ses lunettes à grosses montures, essuya délicatement son front en tapotant avec sa manche, puis vérifia dans le rétroviseur : son maquillage tenait toujours.

Il ouvrit la fenêtre, un vent salvateur sécha son début d'angoisse. Plongé dans une sorte d'état second et focalisé sur la mission qu'il s'était fixée, il profita de ces gifles de fraîcheur pour réguler son souffle et sortir de sa torpeur.

Stoppé à un nouveau feu, il leva la tête vers la lune ; elle était jaune et pleine et brûlait les fins nuages gris qui s'en approchaient. Il se demanda quel temps il ferait le lendemain.

Le feu passa au vert et il tourna à droite, se rapprochant du lieu de prise en charge du deuxième tueur.

Il éprouva une terrible envie de fumer et s'apprêtait à l'assouvir au moment où il aperçut une jeune femme en train d'agiter un bras dans sa direction, une trentaine de mètres plus loin. Elle se tenait au bord du trottoir et sa longue chevelure claire offrait des reflets roux sous le réverbère.

Quand Cristian s'arrêta à son niveau, elle avait toujours une main tendue en l'air ; l'autre occupée à tenir un sac idéal pour y cacher un couteau de cuisine.

— Bonsoir monsieur, le salua-t-elle en montant à l'arrière. Au 15, rue Guisarde, s'il vous plaît.

Des sueurs froides se manifestèrent alors : Cristian n'avait pas du tout songé à modifier sa voix. Il lui marmonna d'épeler le nom de la rue sur un ton qu'il jugea catastrophique.

Il entra l'adresse dans le GPS de son portable ; un plan s'afficha et dévoila la destination : c'était rive gauche.

Fait chier ! Il allait perdre une plombe pour rien ; il n'imaginait pas une seule seconde cette fille capable de lui planter un couteau dans le dos. *Bordel !* Un coup dans l'eau.

Après lui avoir offert la course malgré de légères protestations, Cris reprit sa route vers le XXe arrondissement.

Il souffrait de plus en plus sous son maquillage ; sa peau le brûlait ; sa perruque lui compressait le crâne.

Il s'arrêta un instant pour prendre l'air, tira nerveusement sur sa clope en faisant quelques pas. Des noctambules le croisaient, mais son apparence n'attirait pas l'attention : il devait toujours être crédible.

Il jeta son mégot et se remit en selle.

Il était presque 2 heures moins le quart lorsqu'il s'engagea rue du Soleil. Il vit aussitôt un bras se lever dans l'obscurité.

En s'approchant, il distingua un jeune couple qui se tenait par la taille. Il les dépassa sans ralentir, regarda dans son rétroviseur et comprit que le type l'insultait.

Il contourna le pâté de maisons, poursuivit sur la rue de Belleville et tenta un nouveau passage dans la rue du Soleil.

En imaginant le maquillage couler et les prothèses s'affaisser, une nouvelle montée de panique l'enveloppa. Son cerveau bouillonnait ; il avait le visage en feu. La buée apparut sur ses lunettes, il les retira et les essuya avec un bout de sa chemise.

Quand il les replaça sur son nez, il le repéra tout de suite : il arborait un costume foncé et tenait une mallette en faisant de grands gestes pour attirer son attention.

Cristian mit son clignotant et s'arrêta contre le trottoir.

L'homme d'une quarantaine d'années grimpa et lui indiqua sa destination ; ce n'était qu'à dix minutes de là.

Et alors Cris comprit que bientôt, il serait peut-être mort.

Il n'avait pas mesuré les risques de son opération, obnubilé par cette folle idée de prendre en flagrant délit l'un des tueurs.

Mais si cet homme assis derrière était l'assassin au Glock, rien ne l'empêcherait de l'exécuter. Dans les dix minutes.

Il y songeait encore quand il baissa son pare-soleil – le maquillage restait en place ; *merci Seigneur !* –, avant de démarrer.

Cristian roulait lentement en scrutant à travers le rétroviseur son passager occupé à fouiller dans sa mallette.

L'homme assis derrière lui semblait nerveux, il mettait de l'ordre dans ses affaires, bruyamment, en accomplissant de petits gestes brusques.

Remonté à bloc, Cris continuait de le guetter quand il manqua emboutir une voiture garée contre un trottoir. Son client lui conseilla de conduire plus prudemment.

Cristian suffoquait, sa respiration devenait de plus en plus difficile ; l'impression que le maquillage fondait et obstruait complètement ses narines à présent. Une odeur âcre et brûlante émanait de sa carcasse en ébullition.

Son passager referma brutalement sa mallette et le transperça d'un regard noir.

— Il y a un problème ? demanda-t-il, irascible.

— Quoi ? Mais pas du tout ! marmonna le journaliste avec une voix improbable.

— Alors cessez de m'observer à travers votre truc.

Cristian détourna aussitôt les yeux et accéléra ; ils se rapprochaient de leur destination.

Les secondes suivantes, il continua de le surveiller avec discrétion, sur ses gardes, s'attendant à ce qu'il frappe à n'importe quel moment. Cris épiait avec l'acuité d'un fauve affamé près de fondre sur sa proie. Quand il vit soudain son client passer la main sous sa veste, il réagit immédiatement : il lâcha le volant en se retournant et agrippa brusquement le bras de son passager.

Stupéfait et ne comprenant pas du tout ce qui lui arrivait, ce dernier se redressa complètement paniqué avec son portefeuille entre les doigts.

Sans conducteur à son volant, la voiture dévia progressivement de sa trajectoire et franchit la ligne blanche.

— Hé ! Mais attention !!! hurla le client en voyant à travers le pare-brise un scooter débouler en face.

Cris n'eut pas le temps de pivoter et de reprendre le contrôle du véhicule ; la voiture tapa le deux-roues dans un vacarme assourdissant, le scooter frotta sur toute l'aile gauche avant de se coucher quelques mètres plus loin dans un horrible bruit de tôle froissée.

— Mais vous êtes un grand malade ! s'insurgea son passager.

— Merde ! balbutia Cristian en retrouvant ses esprits et en pilant aussitôt. J'ai cru que…

— Qu'est-ce que vous avez cru, bordel ? Vous êtes complètement cinglé, mon pauvre !

Affolé, Cris bondit de son véhicule et jeta un coup d'œil derrière lui : le scooter couché sur la chaussée dégageait une épaisse fumée noire ; son conducteur affichait une position étrange, sa jambe gauche créant un angle anormal avec le reste du corps.

Après le silence du choc, le blessé étalé sur le bitume prit sans doute conscience de ce qui s'était passé car il se mit à gueuler à pleins poumons ; Cristian se précipita pour constater les dégâts. Il se serait mis des baffes ; il tenta de le rassurer.

Les immeubles s'illuminèrent ; les fenêtres s'ouvraient à différents étages et des têtes se penchaient, comme autant de petites commères réveillées par l'odeur du sang.

Le passager de Cristian sortit à son tour, hébété par l'accident et le comportement de son chauffeur. Il resta derrière le véhicule à prendre la mesure de la situation, avant d'appeler les secours, qui arrivèrent rapidement.

Des curieux s'agglutinèrent. Les ambulanciers prirent en charge le blessé. Il ne fallut pas longtemps aux policiers pour douter de l'état psychologique de Cristian. Les frottements répétés sur son visage avaient réduit en pâte le maquillage et les prothèses, et il ressemblait maintenant à une sorte de zombie en décomposition.

Dépité, il se laissa tomber sur le trottoir avec le même regard que celui du rescapé étonné d'un désastre nucléaire ; assis sur le bitume, entourant ses genoux de ses bras ; les gyrophares bleus griffaient sa silhouette en tournoyant.

Comment avait-il pu se laisser aller à une telle paranoïa ?

Il s'était bien monté la tête, c'était sûr ; mais avec cet inconnu sur la banquette, il avait vraiment senti sa fin toute proche.

Sous l'impulsion virulente des flics, il se releva difficilement et se laissa menotter.

On le guida ensuite avec âpreté à l'arrière d'un fourgon, au moment où une image s'imposa : il était au volant de sa Golf trafiquée, sous une pluie de sang et de verre brisé, le rétroviseur maculé de son tissu cérébral, le visage en bouillie et une balle derrière la tête.

36

ILS S'ÉTAIENT ÉCROULÉS après cette journée exténuante ; ils dormaient tous à poings fermés, comme des bébés.

Lorsque le capitaine débarqua sous la tente à 3 heures en hurlant comme un forcené, Virgile sursauta sur sa paillasse sans comprendre ce qui se passait.

Les gamins furent brutalement tirés de leurs couches ; certains enfilaient encore leurs treillis quand ils quittèrent le campement au pas de charge, complètement déboussolés.

La nuit était brûlante, l'air d'une sécheresse inouïe.

L'un des garçons s'écroula et fut roué de coups par deux soldats avant d'être emmené ailleurs.

Assoiffé, Virgile déglutit plusieurs fois.

On leur ordonna de s'aligner.

Une fois injectée à chacun une dose de sérum directement dans le cou, on leur distribua des poignards et des bidons d'eau tiède.

Virgile n'attendit pas la permission pour se soulager et soigner ses crampes.

L'écume au bord des lèvres, il se concentra ensuite sur les instructions du capitaine.

L'exercice était simple : cinq minutes plus tôt, on avait relâché trois prisonniers dans la nature.

L'objectif des garçons : ramener au campement deux oreilles et deux yeux avant le lever du soleil.

Les trois à réussir ce test profiteraient d'une journée de repos.

Le capitaine n'avait pas fini d'expliquer les règles du jeu que Virgile bondissait déjà vers les dunes et disparaissait dans l'obscurité.

37

Dans la cellule de dégrisement, la porte se débloqua soudainement. Cristian se redressa aussitôt sur la banquette, avec la tronche de celui qui n'a pas fermé l'œil de la nuit.

Sur le seuil, Manny remarqua les résidus de colle et de silicone sur le visage de son frère.

— C'était donc vrai, lâcha-t-il d'un air désabusé tout en montrant la sortie.

— Épargne-moi, pitié ! répliqua Cris en se traînant dehors.

Ce matin-là, les artères parisiennes étaient désertes, loin des embouteillages permanents de la semaine. Une autre ville. Malgré cette fluidité, Manny respecta la limitation à la lettre.

— Et je risque quoi ? demanda Cristian entre deux taffes, vautré sur le siège passager.

— Ils vont fermer les yeux sur ta sombre histoire de taxi…, répondit Manny en se tournant vers lui avec un sourcil relevé. En revanche, tu vas devoir assumer l'accident… Tu lui as quand même bien niqué la guibole, au gamin.

— Ouais, bien sûr, c'est normal, rétorqua le journaliste avec désolation. T'as de ses nouvelles, d'ailleurs ?

— Il est sorti du bloc ce matin, tout s'est bien passé…

— Bon, c'est déjà ça…

Un court silence.

— Mais tu vas devoir m'expliquer ta petite sortie, mon coco. Et tes méthodes… Putain, Cris ! Qu'est-ce que tu foutais déguisé et peinturluré au volant d'un faux taxi, bordel ?!

— Je faisais ce que tes collègues devraient faire plus souvent ! J'enquêtais !

— Putain, Cristian ! Personne te demande de jouer au super-héros dans l'illégalité la plus totale ! T'es pas bien, hein ? Ça va pas dans ta petite tête ! Imagine si j'étais pas venu te chercher ! Imagine que tu sois tout seul sur ce putain de coup foireux, tu moisirais en cellule à l'heure qu'il est ! Dans l'attente de ton procès !

— J'ai merdé.

— Ouais, t'as merdé ! En beauté !

Un bout de silicone était passé entre les mailles et pendouillait sur la joue de Cristian ; Manny lâcha le levier pour l'arracher, sous les protestations de son frère.

Puis ils éclatèrent de rire.

— Si tu te voyais… T'as vraiment l'air con…

Cristian baissa le pare-soleil, contempla les stigmates de cette nuit. En plus de la fatigue, son visage était rougi, des résidus de colle l'irritaient et donnaient l'impression qu'il pelait de partout.

Il s'appliquait à les détacher et à en faire de petits boudins entre ses doigts, quand Manny intervint à nouveau.

— Et ça t'a servi à quoi, cette histoire, au juste ?

— À avoir la peur de ma vie !

— Si t'es à la recherche de sensations fortes, je t'emmène sauter en parachute, ce sera moins risqué.

Manny s'arrêta à un feu rouge et alluma une cigarette.

— Où t'avais la tête ?! La probabilité était proche de zéro, mais tu te rends compte si t'étais tombé sur l'un des tueurs ?

— C'était bien mon intention.

Manny tourna un visage affligé vers son frère, puis il reprit sa position face à la route et souffla sa fumée en secouant la tête.

— Mais… à part ça, oui. Ça m'a servi à quelque chose, reprit le journaliste. Et une idée a germé, elle m'était complètement passée à côté…

Le flic pivota vers lui et l'interrogea du regard. Un air qui voulait dire : *Accouche !*

— Eh bien, la prochaine fois que tu vois Choisy, conseille-lui de fouiner du côté des maquilleurs professionnels. Tous ces mecs qui peuvent en deux coups de pinceau transformer ton apparence. La liste risque d'être longue, mais si c'est bien ciblé…

— Pourquoi ça ?

— Cette nuit, quand j'étais déguisé en vieux, entama Cristian en réalisant à peine ce qu'il avait entrepris, j'ai repensé à la mamie. Y a toujours eu un truc qui me tracassait avec elle, que je m'expliquais pas.

— Vous auriez fait un joli couple.

Cris bloqua sur son frère, dépité ; il jeta sa cigarette par la fenêtre.

— Ce que je veux dire, c'est que je suis peut-être pas le seul à avoir changé d'apparence.

Il alluma une clope avant de poursuivre.

— Si la petite vieille qui manie la lame comme une pro n'était pas… une petite vieille, tu vois ?

Il se tut un instant, le temps que son frère digère l'information.

— La mamie soulève des questions depuis le début, insista le journaliste. On se demande tous comment une femme de quatre-vingts piges a pu égorger un type comme une putain de djihadiste.

Cristian se frotta le front et poursuivit son raisonnement.

— Et si c'était pas une petite vieille ? Si c'était une femme plus jeune, plus forte, qui s'était vieillie pour berner son monde ? Envoyer les flics vers une fausse piste ?

Manny jeta sa clope, fit claquer sa langue et rebondit à son tour.

— Et si c'était pas une femme, mais un homme déguisé en vieille ?

Les deux frères restèrent silencieux à réfléchir à cette nouvelle hypothèse, puis Manny reposa ses yeux sur le bitume et accéléra.

38

Une fois chez lui, Cristian se déshabilla aussitôt ; une sueur rance le recouvrait ; il se sentait crade d'avoir passé la nuit dans cette cellule dégueulasse.

Il fonça sous la douche et s'astiqua un long moment avant d'en ressortir propre comme un sou neuf.

Au salon, il regarda son téléphone (que les flics lui avaient rendu) ; la batterie était quasi vide. Il nota quatre nouveaux appels de Lagache et deux messages qu'il n'avait toujours pas pris le temps d'écouter : les flics avaient prévenu le patron du journal qu'un de ses scribouillards – et pas n'importe lequel – avait cumulé les infractions au volant d'un faux taco ; quand Lagache en avait déduit que Cristian poursuivait son délire autour des taxis, il était entré dans une rage folle et avait dégueulé toute sa colère sur sa boîte vocale. Deux fois.

Cristian se prépara un café en repensant à cette putain de soirée de cauchemar. Comment avait-il pu en arriver là ? À se convaincre à ce point de la pertinence d'un plan aussi foireux ? Il n'en revenait pas, ne se l'expliquait tout simplement pas.

Cela faisait certes deux semaines que le dernier meurtre avait été commis et on arrivait au début d'un nouveau cycle ;

mais, avec la tête froide et en prenant du recul, la probabilité pour qu'il tombe sur l'un des tueurs était si infime qu'il ne se remettait pas d'avoir agi de la sorte ; mécaniquement ; sans plus de réflexion ; guidé par cet instinct d'habitude infaillible qui lui faisait faux bond depuis quelques semaines – il en avait conscience –, comme s'il n'était plus lui-même, plongé dans une insomnie perpétuelle, la douceur malhonnête d'un demi-sommeil entre corps léthargique et esprit trompeur, sans savoir vraiment s'il s'agissait de la vie ou d'un songe.

Penser à dormir, vraiment, se répéta-t-il avec acrimonie en contournant la table à manger pour se planter devant le mur vitré qui surplombait la capitale.

Il contempla un instant la ville en plein éveil ; l'agitation urbaine était déjà effervescente malgré l'heure matinale.

Il pensa que Paris ne dormait jamais.

★

Les grands rideaux étaient tirés ; vautré dans la pénombre, seulement éclairé par les images changeantes d'une série documentaire diffusée sur l'écran, Cristian ressassait le coup de fil qu'il venait de passer et le savon mémorable qu'il venait de se prendre.

Lagache avait frappé fort en l'excluant temporairement de toute activité pour le journal. Cristian savait qu'il avait dépassé les bornes, il le reconnaissait, il avait même fait son mea culpa en affichant profil bas. Mais ça n'avait pas suffi : il s'était fait lourder en beauté.

Il s'affalait de plus en plus contre les coussins quand la discussion qu'il avait eue avec son frère le matin même dans la voiture lui revint en mémoire.

Il se redressa d'un coup et s'installa devant son ordinateur ; il tira deux taffes sur un joint éteint et lança la vidéo du deuxième meurtre.

Les sens en alerte, il visionna trois fois les images avec la plus grande méticulosité, mais il ne put déceler s'il s'agissait d'un homme déguisé en petite vieille.

Il bascula dans son siège, s'étira en faisant craquer ses os ici et là, gratta sa barbe dense de plus en plus épaisse.

Songer à me raser avant la Saint-Glinglin, cocha-t-il dans sa liste virtuelle des priorités.

Il se traîna jusqu'au salon en chopant la bouteille au passage, s'écroula sur le canapé, roula un joint ; il était épuisé.

Il était passé par tellement d'émotions ces dernières heures, de vraies montagnes russes.

Na zdorovie !

En tirant d'épaisses bouffées, il s'avachit encore. Un coussin lui défonçait le dos ; il grogna et le dégagea à l'autre bout de la pièce.

Il attrapa son verre, but une gorgée en se contorsionnant. Il tira deux taffes, toussa bruyamment – une toux grasse – avant de fixer l'écran de télévision accroché au mur : un gourou indien s'installait aux États-Unis avec ses disciples ; ils créaient une ville de dix mille habitants dans le trou du cul de l'Oregon et foutaient un bordel pas possible en rendant fous tous les *rednecks* du bled.

Il sursauta en marmonnant quelque chose d'inintelligible, il crut s'être endormi. La télé tournait toujours mais ça n'était plus le même épisode, enfin, c'est ce qu'il pensa en bloquant sur l'écran d'un œil amorphe.

Il tendit le bras vers la télécommande et mit un terme au programme.

Après une douche brûlante, il était humide lorsqu'il erra jusqu'au lit ; il se sécha au contact de la couette.

Sa dernière pensée fut pour son frère.

39

Cristian errait toujours chez lui à moitié à poil, traînant son spleen depuis deux jours qui en paraissaient mille.

Avachi devant une chaîne d'infos qui rediffusait en boucle le même sujet depuis la mi-journée – une attaque mortelle dans un immeuble d'habitation la veille au soir, en proche banlieue, qui avait fait deux victimes dont apparemment une flic –, il ne suivait que d'une oreille quand le présentateur répéta qu'il s'agissait d'un attentat.

Cristian leva les yeux ; les photos des deux terroristes présumés s'affichèrent dans un split-screen : ils étaient jeunes, de type moyen-oriental, et la fureur animait leurs regards.

Depuis son réveil et la prise de connaissance de cette attaque, il avait essayé de contacter son frère pour en savoir plus, mais Manny était resté injoignable toute la journée. Cristian essaya à nouveau de le contacter et retomba directement sur sa messagerie. Cette fois, il ne laissa pas de message.

Il se pencha sur la table basse ; le petit tas de coke dans l'assiette avait fondu comme neige au soleil.

Il s'appliqua à réunir les quelques miettes qu'il restait à l'aide de sa carte Vitale. Les narines endolories, il se pencha, aspira ; une morve acide coula dans sa gorge et l'anesthésia elle aussi.

L'esprit embué, il se servait un nouveau verre quand on sonna en bas de l'immeuble ; il n'attendait personne. Il se traîna d'un pas maladif jusqu'à l'interphone et fut surpris d'entendre sa voix. Il débloqua la porte du sas et entrouvrit la sienne.

Quand Camille passa la tête dans l'entrebâillement, Cristian avait enfilé un jean et s'était réinstallé au salon.

— C'est sympa de passer prendre des nouvelles d'un paria ! lança-t-il.

— M'en parle pas, répliqua-t-elle en avançant, une bouteille emballée dans du papier de soie entre les mains. C'est vraiment n'importe quoi, cette histoire. Même si j'hallucine encore de ce que t'as fait, enchaîna-t-elle avec mansuétude en le rejoignant, je comprends pas pourquoi il a pété les plombs…

— L'ego, j'imagine…

Ils s'embrassèrent. Elle s'installa près de lui sur le canapé.

— C'est logique, quelque part, reprit-il. Je suis son employé, j'ai désobéi. Il marque son territoire.

— Ouais, mais c'est tellement débile de riposter comme ça. Surtout en ce moment, il nous met grave dans la merde. Tu sais quand tu reviens ?

— « Jusqu'à nouvel ordre ! », rétorqua-t-il en imitant Lagache.

Il s'éloigna et réapparut avec un tire-bouchon et deux verres ballon.

— Merci pour le vin, dit-il en ouvrant la bouteille.

— Je vous en prie, monsieur.

— Et comment ça se passe alors, vous vous en sortez avec tout ça ? demanda-t-il en montrant la télévision et une vue de l'immeuble où s'était tenue la fusillade.

— C'est de la folie. Entre la religieuse enceinte, les violences policières et maintenant cette attaque, je t'avoue qu'on ne sait plus où donner de la tête. D'ailleurs, je suis pas très sérieuse, je devrais encore y être..., précisa-t-elle en regardant sa montre. Lagache a débloqué du budget, j'ai pu embaucher deux pigistes pour nous filer un coup de main sur le desk, mais ça va pas te remplacer... Cela dit, une des deux te plairait beaucoup à mon avis, tout à fait ton style !

— Ah bon, j'ai un style ?

Camille lui prit la main, ils entremêlèrent leurs doigts. Elle tourna la tête vers la table basse.

— J'allais te demander comment tu te sentais, mais tu dois être au taquet, mon cochon, le taquina-t-elle en remarquant l'assiette et le billet enroulé.

— Je noie mon désespoir comme je peux.

— S'il te reste une petite trace, je suis preneuse.

— Aïe ! rétorqua-t-il en grimaçant. Mais attends...

— Non, non, c'était histoire de t'accompagner, n'en commande pas pour moi.

Plus tonique que son état le suggérait, Cristian s'éjecta du canapé et chopa son téléphone. L'appel dura à peine dix secondes et il se réinstalla en allumant une cigarette.

— J'aurai pas écrasé cette clope qu'on sera déjà livrés.

Trois minutes plus tard, on sonna à l'interphone ; il tendit son mégot à Camille.

Quand il ouvrit, une jeune et ravissante Chinoise arrivait sur le seuil ; il la paya en échange d'un gramme avant qu'elle reparte comme elle était venue.

— C'est quoi, ce service express ? s'étonna Camille en buvant une gorgée de vin.

— Pratique, hein ?

La conférence de presse de Dorival tournait maintenant sur l'écran. Le chef adjoint avait le visage grave quand il annonça que l'attaque avait fait deux morts – sans préciser cependant leur identité ni confirmer la nature de l'attaque.

Cristian éclata le petit paquet en forme de Mentos au-dessus de l'assiette ; la poudre immaculée s'effrita sur la porcelaine blanche.

— Non mais, sérieusement ? insista la jolie rousse. La petite Chinoise vit dans l'immeuble ou quoi ?

Appliqué à dresser deux lignes épaisses, Cristian mit du temps à répondre.

— Quand t'es arrivée, t'as dû remarquer le salon de massage en bas de chez moi ?

— Avec le rideau rouge baissé et la jolie guirlande multicolore qui clignote… Mais, Cris, un salon de massage ? interrogea-t-elle en levant un sourcil.

— Ouais, OK, je te l'accorde, admit-il en léchant la tranche de sa carte. Mais bon, si elles préfèrent secouer des bites à Paris plutôt que de faire des manucures à Shanghai, je suis qui moi pour leur dire que c'est pas bien ? Je connais pas leurs vies, je suis qui pour les juger ? Elles font ce qu'elles veulent, ces filles, et surtout, c'est pas mon histoire. Et puis… pour un petit billet, elles soulagent une certaine misère sexuelle, alors où est le problème ?

— Très bien, mais quel rapport avec ce qui vient de se passer ?

— Eh bien, Kim, la petite qui est montée, elle bosse là-bas.

— Ah génial, ton dealer, c'est aussi un tapin. Elle a d'autres cordes à son arc peut-être ?

— Je vois pas pourquoi tu réagis comme ça. Déjà, c'est pas une pute, elle tient la caisse…

— Tu m'as l'air bien au courant, s'amusa-t-elle.

— Et puis, c'est pas une dealeuse non plus, enchaîna-t-il sans relever. C'est le business de son cousin, elle fait que du dépannage avec moi. Et c'est pas comme si je me défonçais, j'avais pas tapé depuis des mois.

— Et elle est bonne, gringo ?

— À toi l'honneur, Daisy !

Deux heures plus tard, ils étaient tous les deux à bloc en train de mâchouiller leurs gencives.

BFM-TV tournait toujours en boucle ; des interviews de résidents de l'immeuble où s'était tenue la fusillade se succédaient – même ceux absents au moment des faits. Mais on devait meubler à n'importe quel prix, jusqu'à la prochaine info juteuse qui serait elle aussi pressée jusqu'à l'overdose.

Cristian n'écoutait plus Camille, elle était défoncée et blablatait comme une pipelette.

Tu vois qu'elle était bonne, cette coke !

Quand il émergea, elle déboutonnait son chemisier ; on discernait des tétons durs à travers sa lingerie.

Elle secoua les mains comme deux éventails, se pencha vers lui et l'embrassa à pleine bouche.

En lui grimpant dessus à califourchon, elle attrapa sa tête, l'appuya contre la sienne, se frotta avec frénésie sur lui.

Les paupières mi-closes, elle dégagea un sein qu'elle guida jusqu'à sa bouche ; il l'aspira avec gourmandise ; il avait un goût de cerise ; il s'appliqua à le triturer pour le faire durcir encore.

Les yeux révulsés, elle se laissa lentement glisser, mordilla son cou contracté, embrassa sa poitrine saillante en soulevant son tee-shirt et continua de descendre en lui léchant le nombril.

À genoux entre ses jambes, elle lui déboutonnait le jean quand il la retint subitement.

— Attends… Je crois que je suis un peu trop chargé pour l'instant, balbutia-t-il en désignant l'assiette vide.

Elle se redressa sans cacher sa déception.

— Mais je peux te faire des trucs avec la bouche et les doigts si tu veux ?

— C'est toujours ça de pris.

40

LES VOLETS ÉLECTRIQUES baissés aux trois quarts plongeaient l'appartement dans une pénombre morte.

Les heures – les jours ? – s'enchaînaient toujours au ralenti et Cristian zonait chez lui comme un mort-vivant, les idées embrouillées et sans motivation pour rien.

Camille l'avait appelé un peu plus tôt : Lagache n'était pas disposé à le réintégrer de sitôt. La rédaction avait beau être débordée, le patron du journal s'en foutait complètement, il voulait le faire payer, et cher.

En levant les yeux vers la série qui tournait, il eut l'impression que le même épisode passait en boucle.

Il se frotta la tête en se levant, vêtu d'un slip gris et d'un tee-shirt Thrashers aux lettres enflammées ; il enfila le jean noir qui traînait sur un fauteuil.

Le premier mouvement de la *Sonate pour piano en ut majeur* D. 840 de Franz Schubert s'échappait des enceintes et envahissait délicieusement l'espace.

Bercé par ce moderato au souffle épique et tout en lyrisme nostalgique, Cristian arrosait Janine avec délicatesse, un *calathea macoyana* qui adorait le compositeur autrichien, et tout particulièrement cette dernière sonate inachevée qui imposait une atmosphère de sérénité et de paix profonde.

La raison de cet abandon soudain, trois ans avant sa mort et alors qu'il était encore très productif, restait un mystère pour tout le monde. Des musicologues émirent l'idée qu'il avait peut-être eu l'intention de réaliser une publication couplée avec d'autres sonates, l'œuvre présentant de nombreux liens et concordances thématiques et structurels avec la D. 845 par exemple, qui proposait elle aussi un mouvement initial en moderato et un final en rondo. Cependant, même en étudiant méticuleusement cette période avec les connaissances actuelles, rien ne permettait aujourd'hui à cent pour cent de confirmer une telle hypothèse.

Si elle était donc restée inachevée sans que l'on sache vraiment pourquoi, la sonate D. 840 comptait malgré tout ses quatre mouvements – les deux premiers (le magistral moderato et l'andante qui le suivait) étant même totalement aboutis, alors que le troisième (le menuetto) comptait quatre-vingts mesures et le dernier (le rondo) seulement cent vingt, arrêté avant même d'arriver à mi-chemin.

Cristian nettoyait à présent les feuilles de Janine avec une éponge imbibée – il savait qu'elle adorait ce moment intime et il s'y appliqua. Le troisième mouvement résonnait dans l'espace et, bien qu'incomplet à sa création, se poursuivait pourtant au-delà de ses quatre-vingts fameuses mesures.

La D. 840 avait certes été abandonnée avant d'être terminée, mais elle était suffisamment avancée dans son élaboration – notamment le trio du menuetto que Schubert avait largement développé – pour que certains pianistes (qui se comptaient sur les doigts d'une main) puissent recréer eux-mêmes la sonate entière avec les indications laissées par maître Franz, agrémentées évidemment de leur talent et de leur sensibilité.

À ce petit jeu, le compositeur autrichien Ernst Krenek était clairement au-dessus du lot et son interprétation unique touchait presque au divin. C'était naturellement cette version d'une ampleur peu commune qui se jouait en ce moment dans l'appartement et qui faisait frétiller Janine de toutes ses feuilles.

★

Vaseux et vanné, il se tenait depuis vingt minutes debout derrière le canapé, statique comme un mannequin de vitrine en train de bloquer dans le vide. Son ventre gargouilla bruyamment. Depuis combien de temps n'avait-il pas mangé ?

En contournant l'épaisse table italienne, il jeta un coup d'œil à l'assiette vide près de l'ordinateur. Il passa un doigt sur le fond, le porta à sa bouche avant de rallumer un joint ; sa langue et ses gencives pétillèrent.

Sans vraiment de raison, il s'installa devant les vidéos des meurtres ; il les avait ouvertes toutes les quatre en même temps et elles étaient en arrêt sur image sur différentes parties de l'écran.

Le coude sur la table et le menton dans la main, il laissa son regard apathique se poser longuement sur ces quatre images fixes.

Après deux dernières taffes, il écrasa son joint et passa un bref appel en allumant une clope.

Il n'en avait pas fumé la moitié quand l'interphone retentit.

Une minute plus tard, Kim se tenait sur le seuil. En robe courte et légère à fines bretelles, la jeune Chinoise lui offrait son traditionnel sourire.

— Salut Cristian. Comment ça va, aujourd'hui ?

— Ma foi, bien, et toi ? répondit-il avec la tronche de celui qui n'a pas dormi depuis deux jours.

— On fait aller, rétorqua-t-elle dans un adorable mouvement de tête. T'as besoin de quoi, cette fois ?

— Oh, comme d'habitude, mais je t'en prie, entre si t'as cinq minutes, proposa-t-il en s'écartant.

C'était la première fois qu'il l'invitait à franchir le pas de sa porte ; elle n'hésita pas une seconde.

L'appartement était accueillant. Sans les volets baissés, la lumière l'envahissait et le rendait encore plus agréable ; mais à l'heure actuelle, c'était un énorme foutoir.

Des fringues et des restes de bouffe traînaient partout, rien ne semblait être à sa place ; comme si une tornade était passée par là et avait tout ravagé.

— T'es pas sorti depuis combien de temps ? demanda-t-elle sans lâcher son sourire.

— On est en quelle année, au fait ?

— Est-ce bien raisonnable alors ? ajouta-t-elle en déposant un petit paquet sur la table basse.

Cristian lui sourit et lui proposa de s'asseoir.

— Tu veux boire un truc ? J'allais me servir un verre.

— Il est 16 heures…

— Tu préfères un soda ? Un café ?

— Je veux bien un thé, si t'as.

— Vert, ça te va ?

— C'est parfait.

Quand il réapparut au salon avec une théière et un mug à l'effigie de lady Diana, Kim était assise sur le canapé, le regard plongé dans l'écran de télévision.

Il la servit et se posa dans le fauteuil à côté. La bouteille de Glenlivet traînait déjà ; il remplit son verre.

— J'adore cette série, lança-t-elle. J'ai vu tous les épisodes.

— Ah ouais ? Moi, j'y comprends rien, grogna-t-il en buvant une lampée. Je sais pas qui est qui, et j'ai l'impression de voir à chaque fois les mêmes scènes.

— Ça doit être une question de génération, s'amusa-t-elle en tournant la tête vers lui.

— Pffff…, souffla-t-il en sortant des billets de son portefeuille. T'as quel âge, jeune princesse d'Orient ?

— Vingt ans tout pile, répondit-elle avec un sourire ingénu en s'emparant de l'argent. Et vous, vieux sage ?

— Trente-six… Profite, ça passe vite.

Elle glissa les billets dans son soutien-gorge.

— Je t'en aurais donné trente, max. T'es super canon.

— Ah, merci, lui renvoya-t-il en écrasant la poudre dans l'assiette avec sa Visa. Tu veux une trace ?

— Non merci, j'y touche pas.

Cristian dressa quand même deux lignes et les aspira, une dans chaque narine. Il recula dans son fauteuil, se lova tranquillement avec son verre et le téta en silence.

— Je peux rester un peu ? demanda-t-elle. J'adore cet épisode.

— *Mi casa es tu casa*.

Et, sans le voir venir, il sombra.

41

LORSQUE CRIS ÉMERGEA FINALEMENT, il lutta pour ouvrir les yeux.

Il resta un instant végétatif avant que le voile s'atténue progressivement ; *Sense 8* tournait toujours à la télé, un épisode qu'il n'avait jamais vu.

Au ralenti, il tourna la tête : la place qu'occupait Kim avant son roupillon était vide ; elle avait dû partir.

Il s'étira bruyamment quand une voix se manifesta derrière lui.

— Ça y est ? Bien dormi ? – suivi d'un ricanement.

Dans la salle à manger, Kim était installée devant l'ordinateur ; et à l'entendre mâchonner comme ça, elle grignotait des biscuits secs ou un truc du genre.

— Ah oui, désolé… Je suis un peu crevé en ce moment, marmonna-t-il. Ça fait longtemps ?

— Je sais pas… Assez, oui. Mon mec aussi, il s'endort devant cette série, gloussa-t-elle.

Il avait la tronche toute chiffonnée, il se pencha et aspira un trait d'illusion.

— Je t'ai piqué quelques chips.

— Aucun problème, dit-il avant de renifler.

En se redressant, il eut un flash : les vidéos en arrêt sur image sur l'écran de son ordinateur.

— Euh… Kim, je peux savoir ce que tu fais avec mon portable ?

— Rien de particulier, Cristian, t'inquiète pas. Je suis curieuse, je regardais juste tes vidéos, rétorqua-t-elle sans aucune gêne. C'est quoi exactement ?

— Ah, désolé ma chérie, mais je peux pas t'en parler, précisa-t-il en arrivant à son niveau.

Les vidéos étaient toujours en pause, comme il les avait laissées, mais elles n'étaient plus arrêtées sur les mêmes images.

— C'est top secret ? glissa-t-elle en lui donnant un coup de coude dans la hanche.

— On peut dire ça.

Il alluma une cigarette.

— OK. Mais je peux savoir qui ça intéresse de voir une famille de tordus sortir d'un taxi ?

Il tirait sur sa clope en pensant à autre chose, il n'entendit qu'à moitié sa question.

— Excuse-moi. Qu'est-ce que t'as dit ?

— Ça intéresse qui de voir une putain de famille sortir d'un putain de taxi ?

— Quoi ?

Il fronça les sourcils. Intrigué, il se colla derrière elle et se pencha sur l'écran.

— Pourquoi tu dis que c'est une famille ?

— Ben tu vois, la grand-mère, le père, le frère, la sœur…, énuméra-t-elle en montrant l'écran divisé en quatre.

Le journaliste fixait les images sans comprendre.

— Non, pourquoi tu parles de « famille » ?

— Mais je sais pas, Cris, lâcha-t-elle avec un soupçon d'agacement. Enfin, tu vois bien. Ils boitent tous de la même façon !

Les informations se bousculaient et il n'y voyait aucun sens. *De quoi parlait-elle, bordel ?!*

— Je comprends pas, avoua-t-il en tournant la tête vers elle.

Elle le regarda fixement, autant affligée que déçue qu'il ne saisisse pas où elle voulait en venir.

— Roooo… Bon, regarde !

Elle lança la première vidéo au moment où l'homme d'affaires quittait le taxi avec sa mallette en titubant légèrement.

Cristian tapota l'épaule de Kim pour qu'elle s'écarte un peu et lui permette une meilleure vision. Il avait remarqué cette démarche singulière dès le visionnage initial, mais il avait jugé que l'assassin était sans doute ivre au moment du meurtre.

— Là, regarde, tu vois ce déhanchement bizarre ? poursuivit-elle en pointant son doigt sur l'image. C'est insupportable, j'ai eu ça vers douze-treize ans, j'ai pas pu marcher pendant des mois. C'est un éclatement du cartilage. Si c'est traité à temps et dans de bonnes conditions, y a aucune séquelle. Sinon, tu marches comme ça à vie.

La vidéo n'était pas finie, mais Kim la mit en pause et lança aussitôt la deuxième : la petite vieille s'éloignait du taxi en claudiquant.

— Tu vois ce que je veux dire ? interrogea-t-elle en montrant cette fois la démarche particulière de la mamie.

Cristian s'imposa un peu plus devant l'écran, poussa Kim involontairement avec son épaule. Sans attendre plus longtemps, il lança la vidéo suivante ; tous ses sens étaient en éveil quand il porta son attention sur le jeune hippie qu'il pensait être stone : il semblait boiter lui aussi.

Sur la dernière, il ne s'agissait pas d'une gonzesse en escarpins galérant sur un trottoir humide. Elle possédait elle aussi ce handicap, comme si sa jambe gauche était plus courte que la droite.

Cristian ne tenait plus en place ; les idées giclaient dans son esprit agité, les hypothèses se succédaient, les images s'enchaînaient, mais rien ne se détachait vraiment de manière évidente.

Et une idée affleura. Elle était encore floue, abstraite, et il refusa d'y croire, il pensa qu'il s'agissait d'un canular ou d'une plaisanterie de mauvais goût, ou qu'il était tout simplement en train de devenir fou.

Et finalement, il percuta.

— Ma petite Kim… T'es une putain de génie ! s'exclama-t-il, les yeux rivés sur l'écran.

— Quoi ? Pourquoi ?

Il lui attrapa la tête à deux mains, la regarda droit dans les yeux et l'embrassa sur le front.

— Je te le dirai si ça se confirme ! hurla-t-il en disparaissant dans sa chambre. Mais tu viens peut-être de résoudre l'un de mes plus gros problèmes !

42

La série se diffusait toujours sur l'écran accroché au mur quand Cristian remit le son, brisant le silence instauré depuis le départ de Kim une dizaine de minutes plus tôt.

À l'image, deux femmes au look punk – une Black tatouée et une Asiatique avec une coupe iroquoise – s'embrassaient à pleine bouche en se frottant l'une contre l'autre.

Ses synapses bouillonnaient, il se planta devant le mur vitré. Les volets étaient entièrement remontés et il surplombait la nuit parisienne et ses lumières multicolores qui clignotaient ici et là telle une mosaïque animée.

Il avait déjà tenté à maintes reprises de joindre Manny durant la soirée ; à son oreille, la ligne sonna encore dans le vide. Il laissa cette fois un message :

« Manny, bordel ! Qu'est-ce que tu fous ? Décroche, putain ! Faut vraiment que je te parle… » Il laissa passer un blanc comme si son frère allait soudain répondre, puis : « Les chauffeurs de taxi, Manny. J'en reviens toujours pas mais j'ai enfin compris ! Accroche-toi bien : y a qu'un seul tueur, mon pote ! C'est un seul et même mec qui se déguise, tu piges ? ! Rappelle-moi ! »

Durant les deux dernières heures, Kim lui avait raconté en détail cette maladie qui avait marqué son adolescence, les moqueries de ses camarades qui l'avaient surnommée « RoboCop » à l'école à cause de sa boiterie, et la détresse ressentie par cette différence.

L'année de ses treize ans, elle avait subitement souffert de la jambe gauche, comme ça, sans prévenir, sans choc ni traumatisme particulier. Elle avait mis ça sur le compte de la fatigue musculaire – liée au sport qu'elle pratiquait assidûment. La douleur était d'abord apparue dans le genou avant de remonter le long de la cuisse et de se fixer dans la hanche.

Heureusement, même si l'on n'en parlait pas vraiment à l'époque et qu'elle était plutôt marginalisée, la maladie avait été diagnostiquée assez tôt chez elle ; Kim avait pu être soignée et retrouver une motricité normale après quelques mois.

Au fur et à mesure qu'elle lui avait raconté son calvaire, Cristian s'était renseigné sur le Web, n'ayant jamais entendu parler de cette pathologie au nom barbare qui touchait peu d'individus, et uniquement au moment de la puberté. D'après l'article qu'il avait eu sous les yeux, seulement un adolescent sur cinquante mille en était atteint en France selon une étude officielle établie sur les trente dernières années.

La hanche est l'articulation qui joint le fémur au bassin. Ce fémur possède une forme particulière, avec une tête convexe appelée épiphyse qui s'emboîte parfaitement dans la cavité cotyloïde du bassin. La pathologie est simple : c'est la destruction progressive de cette épiphyse. Le phénomène entraîne un glissement de l'os de la cuisse vers le bas et en arrière, car sa tête ne tient plus dans la cavité adaptée. Le sujet accuse alors, entre autres, une asymétrie des membres inférieurs, ce qui provoque une démarche douloureuse, voire impossible selon l'évolution de la maladie.

Pour la soigner et empêcher des complications importantes, il n'y avait qu'un seul moyen : l'opération chirurgicale. Il était également indispensable que la maladie soit diagnostiquée dès les premiers symptômes pour ne pas prendre de risque au niveau vasculaire, et éviter notamment une coxarthrose, une arthrose de la hanche visible vers soixante ans chez un sujet sain, et qui pouvait apparaître dès trente ans chez un patient atteint.

Mais, depuis le début des années 1990, quasiment cent pour cent des cas étaient traités à temps en France ; ce qui rendait d'autant plus improbable le fait qu'un adulte présente des caractéristiques avancées de la maladie.

Cristian était bien conscient à présent, totalement sorti de sa léthargie. Stimulé par ces récentes découvertes et focalisé sur ces nouvelles évolutions, il se massa la nuque en tirant sur sa clope, le regard de nouveau plongé dans l'écran de son ordinateur.

Plus il se familiarisait avec les témoignages de médecins et de patients, plus il était convaincu que l'assassin souffrait de cette maladie non diagnostiquée à temps.

Dans son cas précis, et au vu de sa claudication qui lui paraissait maintenant si évidente, le glissement de la tête fémorale avait dû être important, peut-être avait-il même écrasé une partie des vaisseaux sanguins qui irriguaient la cuisse et paralysé de fait une partie de son membre.

Une maladie rare qui ne touche que des adolescents. Toujours diagnostiquée assez tôt pour être soignée à temps.

Mais pas cette fois.

Combien d'adultes atteints existait-il, alors ?

43

Après le miracle australien, quelque chose s'était enclenché, comme un déclic ; quelque chose d'impalpable et d'indescriptible, mais qu'il pouvait ressentir au plus profond de lui.

Les changements se manifestèrent les semaines suivantes. En ouvrant les yeux chaque matin, Cristian éprouvait maintenant cette sensation nouvelle. Non pas qu'il se sentait invulnérable – même si, un peu, d'accord, il fallait bien l'avouer –, mais il était devenu plus vivant que jamais, c'était ça, il se sentait vraiment *vivant*. Pas comme l'un de ces hallucinés qui échappait à la mort et devenait mystico-bizarre, non, il avait juste conscience d'avoir atteint une sorte de sérénité qu'il n'avait jamais éprouvée jusqu'ici. Et ce sentiment influait naturellement sur son quotidien, provoquant souvent une joie exacerbée, parfois même une euphorie si intense qu'il avait alors l'impression d'être en totale harmonie avec les éléments.

Il tomba rapidement sous le charme du Japon, de ses rites, de son efficacité, de sa gastronomie, de sa folie. Il resta trois semaines à Tokyo et autant à Kyoto, reliant les deux grâce au Japan Rail Pass avec un petit stop obligatoire pour immortaliser le mont Fuji.

Après un mois et demi passé à manger des shabu-shabus, des sashimis et des tonkatsus, à boire des bières et whiskys locaux dans des bars à hérissons, à chanter des karaokés endiablés avec des Nippons imbibés, et à faire des courses de Super Mario Kart grandeur nature et en pleine ville, Cristian avait l'impression d'avoir véritablement traversé un autre monde quand il quitta le pays du Soleil levant pour atterrir à Bangkok.

Dans la capitale thaïlandaise, son adaptation fut tout aussi évidente et il se sentit rapidement comme à la maison. Le côté urbain surpeuplé et grouillant contrastait avec le calme des parcs, temples et autres espaces naturels dispatchés en pleine ville, et cette dichotomie lui convenait parfaitement. Il avait le beurre et l'argent du beurre. Et il ne se priva pas non plus pour se farcir aussi le cul de la crémière.

Il profita pleinement de la vie nocturne délurée de la mégalopole asiatique pour expérimenter en matière de sexe (un cliché qu'il assumait) ; il fuma de l'opium pour la première fois et il trouva cela à son goût.

Durant son séjour bangkokien, il vécut la plupart du temps la nuit – hormis une promenade inoubliable en bateau express sur les khlongs un jeudi matin –, se perdant dans les quartiers de Patpong et Soi Cowboy, écumant les petits bars à tapins et autres shows peu communs où l'on pouvait aussi bien halluciner devant une jeune femme tirant des fléchettes avec sa chatte et crevant des ballons que devant une autre sortant de son intimité des lames de rasoir affûtées, telle une périlleuse guirlande de Noël avant l'heure. Les shemales se mêlaient aux touristes, qui eux-mêmes se mélangeaient entre eux ou aux putes locales, hommes ou femmes, dans un joyeux bordel qui dura ce qu'il dura.

Ivre de nuits à boire sans soif et à forniquer sans désir, Cristian décida après deux semaines de débauche de faire ses adieux à la capitale thaïe. Il s'enfuit dans un train de nuit qui l'emmena sur la côte sud du continent, d'où il prit ensuite un bateau pour rejoindre la merveilleuse Koh Phangan, île paradisiaque à l'environnement encore préservé – malgré de plus en plus de constructions hôtelières –, émergeant au sud-est de la Thaïlande en plein cœur du golfe du Siam, à quelques dizaines de minutes en bateau rapide de Koh Samui, une autre île beaucoup plus bétonnée et fourmillante.

Là-bas, durant presque un mois, Cristian se ressourça dans la nature luxuriante. Installé dans son modeste mais confortable bungalow du Sunset Cove, sur la plage et face au coucher de soleil sur la mer, il passait ses journées à lire au bord de la piscine, ses soirées à manger des poissons grillés sur la plage ou à se promener sur l'île en scooter, buvant avec des touristes jusqu'au petit matin. Il poursuivit son long texte, aussi, achevant son trajet et parvenant finalement là où il en était aujourd'hui, fin prêt à écrire de nouveaux chapitres de son histoire.

Depuis son départ de Paris voilà maintenant plus de dix-huit mois, il avait l'impression à chaque nouvelle étape de son périple de tomber encore plus amoureux du pays qu'il visitait que du précédent. L'impression se répétait indéfiniment. Et ce fut encore le cas lorsqu'il arriva à Hanoï.

Logé chez « Daniel » – comme son hôte lui avait demandé de l'appeler par souci de simplicité –, un local qui l'avait accueilli à bras ouverts et qui parlait français (« Daniel » s'occupait depuis dix ans d'organiser des circuits et autres visites locales pour le personnel Air France en transit au Vietnam), Cristian avait découvert la sublime Hanoï avec un guide privilégié, qui lui fit visiter la cité dans tous les sens, loin des cohues touristiques, lui permettant de goûter le meilleur phở de sa vie, lui offrant le massage le plus bouleversant qui puisse être, le familiarisant avec le taï-chi en face du lac Hồ Hoàn Kiếm.

Ce fut aussi à Hanoï que Cristian tomba vraiment amoureux pour la première fois, éperdument.

Thuy était une jeune femme de son âge, aux cheveux ébène et à la peau nacrée. Son prénom signifiait « doux » et « modeste » en vietnamien. Et ça lui allait bien.

Sa sensualité n'avait pas d'égale. Fine et délicate, elle possédait des seins fiers et sucrés, des fesses rebondies et moelleuses, des yeux en amande qui n'inspiraient que tendresse et douceur. Et elle l'était, tendre et douce ; elle l'avait aimé comme jamais il ne l'avait été. Avec elle, il découvrait vraiment la sexualité, dans son sens le plus intime et généreux, comme un (aban)don total à l'autre.

Quand ils étaient réunis, ils n'avaient presque pas besoin de se toucher pour planer tant l'alchimie était incandescente. Mais, loin de se limiter à ce plaisir tantrique, ils passèrent des jours et des nuits à faire l'amour, à ne former plus qu'un seul et même corps, qu'une seule et même âme, sans paroles – ils ne pouvaient de toute façon pas communiquer par ce biais –, profitant pleinement de cette passion charnelle tombée du ciel qu'ils savaient tous les deux éphémère ; un rapport à l'autre que Cristian ne connaîtrait qu'une seule autre fois. C'était dire si Thuy l'avait marqué à jamais.

Il resta deux mois à Hanoï, quatre fois plus longtemps que prévu, et elle en était l'unique raison.

Au moment de son départ pour le Cambodge, Cristian et Thuy s'étaient juré de se retrouver rapidement.

Quinze ans plus tard, et même s'ils se suivaient discrètement sur les réseaux sociaux aujourd'hui, ils ne s'étaient jamais donné l'occasion de revivre une telle fusion. Cristian savait que ç'aurait de toute façon été différent, que les planètes avaient été alignées à cet instant précis et qu'ils ne revivraient plus pareille passion cannibale. Des années s'étaient écoulées ; mais il y repensait souvent, ravivant à chaque fois son désir pour celle qu'il jugeait toujours comme l'un des amours de sa vie, bien à l'abri dans son temple.

Après un dernier trip de trois semaines le long du Mékong en mode *backpacker*, Cristian décida presque de façon impulsive de rentrer au bercail.

Il réserva un vol Phnom Penh-Paris assuré par Qatar Airways, une nouvelle compagnie aérienne qui venait de se lancer à l'époque et qui cassait les prix, si bien qu'il avait pu s'offrir un vol de nuit en classe business et dormir comme un bébé.

Il atterrit sur le tarmac de l'aéroport Roissy-Charles de Gaulle à 8 heures 24, un mardi ; il pleuvait. Son frère vint l'accueillir à sa descente d'avion. Malgré ses cheveux aux épaules, sa barbe jusqu'au cou et ses bras entièrement tatoués, Manny le reconnut tout de suite.

Les retrouvailles furent bouleversantes ; Cristian avait traversé tant d'événements ces deux dernières années, vécu tellement de rencontres qui l'avaient transformé, qu'il avait l'impression que son absence avait duré une éternité.

Il n'était plus le même. Ou plutôt, il était le même, mais il avait évolué. Quelque chose avait éclos au début de son périple, puis avait été soigneusement poli durant son voyage, pour arriver aujourd'hui à maturité au moment de son retour ; il rayonnait de mille feux, comme se le dit Manny en le découvrant : Cristian s'était trouvé, il était en harmonie, à la fois avec la nature et avec la grâce.

Après quelques jours de tranquillité pour le laisser atterrir en douceur, l'aîné organisa un autre voyage ; et ils partirent tous les deux pour une semaine au Portugal, sur les traces de leur famille.

Les frères de Almeida passèrent leurs journées à voyager dans la vallée du Douro, de Miranda à Porto en passant par Cercio, le village maternel au nord-est du pays, proche de la frontière espagnole ; et leurs longues nuits à discuter et refaire le monde en buvant de l'*agua ardente* et en fumant des joints. Cristian ne manqua pas de raconter en détail ses aventures à son frère qui, pendu à ses lèvres, buvait chacune de ses paroles.

À la fin de leur séjour lusitanien, Cristian se sentait mieux que jamais, comme une renaissance enfin achevée. Il était en paix.

Manny lui avait assuré que dorénavant, quoi qu'il arrive, il serait toujours là pour lui.

44

CRISTIAN NE TENAIT PLUS EN PLACE, tout s'était accéléré ces dernières heures et l'adrénaline giclait maintenant dans son corps à en faire exploser ses veines.

Depuis le passage de Kim la veille au soir, ses réflexions autour de cette maladie ne cessaient de le stimuler et il n'avait pas fermé l'œil de la nuit.

Après de longues et vaines recherches sur le Web, il avait fini aux aurores par contacter son père – Sebastião, qui avait exercé durant plus de trente ans dans plusieurs hôpitaux parisiens et qui connaissait le système de santé et ses ressorts sur le bout des doigts. Avec sa bienveillance habituelle, et sans poser trop de questions – plus par pudeur que par désintérêt –, ce dernier lui avait conseillé de se rendre à l'Observatoire des maladies rares ; il y trouverait sans doute les réponses à toutes ses questions. Même si le site était interdit aux particuliers, Sebastião connaissait quelqu'un sur place qu'il allait prévenir de son passage et qui lui permettrait d'y accéder.

En arrivant devant le bâtiment vétuste en briques marron – qui n'avait rien à voir avec un laboratoire ultramoderne comme il se l'était bêtement imaginé –, il appela le numéro que son père lui avait donné et, deux minutes plus tard, une femme d'une cinquantaine d'années lui débloqua la porte dans un claquement qui résonna longtemps.

— Bonjour, vous devez être Cristian.

Elle avait les cheveux châtains (sans doute une couleur) réunis en chignon, elle portait des lunettes à épaisse monture que Cristian trouva tout de suite très cool, et affichait une allure générale de bibliothécaire.

— Bonjour madame, vous devez être Laurence, lui renvoya-t-il dans un sourire.

— Je vous en prie, entrez.

Elle se dégagea pour le laisser passer ; ils arrivèrent dans un hall aseptisé et désert, avant de s'engager dans un couloir sans vie et de pénétrer dans un bureau sans âme. Cristian marcha tout le trajet sur les pas de son hôtesse dans un silence de mort.

Dans la pièce étroite, le journaliste prit place sur une simple chaise en métal et plastique beige, identique à celles que l'on empile dans les salles des fêtes de province.

L'atmosphère froide et la décoration impersonnelle lui donnèrent aussitôt l'impression d'être en face d'une conseillère Pôle Emploi.

— Votre père m'a dit que vous étiez journaliste et que vous aviez besoin de quelques conseils, entama Laurence en s'installant à son poste. Alors, en quoi puis-je vous aider, jeune homme ?

Il lui offrit son plus beau sourire.

— Déjà, merci de me recevoir aussi rapidement, et désolé de débarquer à l'improviste, s'excusa-t-il platement. Je suis en train de préparer un dossier spécial sur les maladies rares pour mon journal, et je cherche à contacter des patients en particulier. Je me disais que votre service pourrait peut-être m'aider.

— C'est-à-dire ?

— Les patients atteints de maladies rares et soignés en France sont bien recensés ici, n'est-ce pas ?

— Dans la mesure du possible.

Cristian inspira et pria pour que son baratin fonctionne.

— Alors, voilà ce que j'aimerais, Laurence. Il me manque un dernier témoin pour mon article : un patient adulte atteint d'épiphysiolyse fémorale. J'ai déjà vu des adolescents malades, avant et après leur guérison, poursuivit-il en s'avançant comme s'il lui faisait une confidence, mais j'aurais aussi besoin de rencontrer un sujet adulte, non soigné, et qui traînerait encore cette foutue maladie.

— Je vous arrête tout de suite, Cristian. Les données que nous conservons ici sont confidentielles et gardées sous le sceau du secret. Les patients qui sont répertoriés dans nos fichiers le sont à des fins précises : pour des études, des analyses et des statistiques. Les informations sur eux ne sont certainement pas là pour être divulguées à n'importe qui.

Et bim ! Il se prit cet uppercut en pleine face sans le voir venir.

— Je suis vraiment embêté, souffla-t-il avec une mine de chien battu. Mon rédac chef me tanne depuis deux semaines pour finir ce dossier, et il me manque uniquement ce témoignage.

— Et si vous arrêtiez de me prendre pour une conne, Cristian ?

Il resta bouche bée. Elle le fixait d'un air espiègle.

— Qu'est-ce que vous voulez dire ? demanda-t-il en se ressaisissant.

— Pourquoi vous ne me dites pas directement que vous enquêtez sur quelqu'un qui serait atteint de cette maladie, lâcha-t-elle en s'enfonçant dans son siège, plutôt que de me baratiner votre histoire de dossier à la con pour votre canard.

Cristian baissa la tête en la secouant légèrement, il la releva en affichant le sourire de celui qui s'était fait prendre la main dans le sac.

— Excusez-moi, Laurence, je ne voulais pas vous prendre pour une conne.

— Ce n'est pas aux vieilles guenons qu'on apprend à faire la grimace.

Ils se regardèrent un moment en silence, un échange complice. Il sut qu'il pouvait y aller franco. Et elle lui fit même comprendre clairement en se tournant vers son écran et en lui lançant :

— Rappelez-moi le nom de cette maladie ?

— L'épiphysiolyse fémorale, répondit-il avant de l'épeler.

Elle entra le nom de la pathologie dans un moteur de recherche et une liste de départements classée par ordre alphabétique s'afficha sur l'écran.

— On a recensé des patients dans une quinzaine de régions, lui apprit-elle en regardant les lignes de données.

— Ciblons l'Île-de-France, s'il vous plaît.

La main sur la souris, Laurence cliqua sur le département et un chiffre s'afficha sur l'écran (257) ; en dessous, on trouvait une zone de renseignements permettant d'affiner la recherche.

Pour le sexe, Laurence cocha la case *masculin* avant de valider, et le nombre décrut : 133.

Quand elle filtra les origines ethniques selon les indications de Cristian, il tomba à 96.

Après deux autres ciblages (les traitements suivis par les patients, puis la jambe concernée – la gauche en l'occurrence) ayant fait descendre le nombre à 47, Laurence entra la fourchette d'âge demandée (entre trente et quarante ans).

Le journaliste sursauta en découvrant le chiffre définitif : 2.

Sidéré, il resta un moment à fixer le nombre qu'il avait sous les yeux sans vraiment réaliser. Et rapidement, il ne parvint plus à contenir son enthousiasme. Tout se resserrait.

— Pouvez-vous m'imprimer les noms et les coordonnées de ces deux patients, s'il vous plaît, Laurence ? Après ça, promis, je ne vous embête plus.

Une fois le document craché par l'imprimante, elle s'en empara, griffonna quelque chose et le tendit à Cristian.

— Merci infiniment, Laurence. Et encore désolé de vous l'avoir fait à l'envers tout à l'heure.

— Allez, c'est oublié… Mais motus et bouche cousue, hein ?

— Vous avez ma parole. Je ne sais pas comment vous remercier.

— Embrassez votre père pour moi, ça suffira.

Dehors, Cristian inspira profondément malgré l'air pollué qui lui brûlait les poumons.

Il ne tarda pas à trouver un taxi dans la circulation dense de la mi-journée.

Sur la banquette du véhicule qui l'emmenait vers l'Ouest parisien, il détaillait le document en gigotant.

L'un des malades vivait dans le XVIIe arrondissement, c'était là-bas qu'il se rendait en premier car le second habitait en banlieue est, littéralement à l'opposé.

Porté par son euphorie avec ces deux noms sous les yeux, il eut l'intime conviction qu'il toucherait bientôt au but ; et à la question : *L'assassin était-il l'un de ces deux hommes ?* il était maintenant sûr de la réponse.

En bas de page, il remarqua un ajout fait au stylo.

Laurence avait écrit : *Embrassez bien Sebastião pour moi.*

Il se surprit soudain à penser que son père avait peut-être connu une vie sentimentale après sa mère.

Il en sourit.

45

Après sa visite au premier malade, Cristian remontait à pied le boulevard Pereire en fumant clope sur clope. Il avait fait chou blanc. Le type avait beau souffrir de cette pathologie, ça n'était clairement pas le bon cheval.

C'était une question de mécanique : le pauvre homme n'avait plus posé un pied par terre depuis quinze ans et ne se déplaçait qu'en fauteuil.

En allumant sa quatrième cigarette en moins d'une demi-heure, il tenta encore d'appeler son frère.

Il tomba sur sa boîte vocale et laissa un nouveau message :

« Manny, bordel, je sais pas ce que tu fous, ma poule, mais moi, j'avance ! Tu vas peut-être pas me croire mais… je crois que j'ai identifié notre tueur de tacos, lâcha-t-il avec une fierté cristalline dans la voix. Dès que tu me rappelles, je t'explique tout, mais rappelle-moi, putain ! Là, j'ai plus de bagnole, c'est toujours tes cow-boys qui me la gardent au chaud, donc je vais prendre un taxi pour aller voir ce fameux mec. Essaye de me rejoindre là-bas direct, je t'envoie tout de suite l'adresse, mais bouge-toi ! » Il allait raccrocher quand il pensa à ce silence anormal. « Au fait, j'espère que tout va bien de ton côté. Je t'ai déjà laissé plusieurs messages. Ça commence presque à m'inquiéter. Alors, raboule ! »

Dans le taxi qui l'emmenait à Montreuil, le paysage urbain défilait à travers la vitre, flou et confus. Cristian songea au filé de cinéma : cet effet de panoramique ultra-rapide qui permettait, par un subterfuge de montage, de placer une coupe discrète pour créer une ellipse et berner le spectateur.

Il se remémorait des exemples de son utilisation quand il releva la tête : le taxi ralentissait dans une rue déserte où se succédaient des pavillons tout droit sortis du même moule.

— Et voilà, jeune homme, ça vous fera trente-sept euros, lança le chauffeur en appuyant sur deux boutons de son compteur.

Cristian lui en tendit quarante en lui signifiant de garder la monnaie et sortit sur un chemin caillouteux.

Pendant que le véhicule s'éloignait, il resta devant la petite propriété clôturée par un grillage rouillé aux vieilles mailles tordues. Une rangée de thuyas fournis qui n'avaient sans doute pas été taillés depuis une décennie encerclait aussi le terrain.

Sur la barrière était accrochée de traviole une boîte à lettres déglinguée en fer gris. Sous sa fente, on pouvait lire, dans une écriture manuscrite et maladroite, le nom de son propriétaire inscrit au marqueur noir.

Sur la pointe des pieds, Cristian jeta un coup d'œil pardessus. Il y avait la place pour garer deux voitures de l'autre côté, mais une seule était stationnée ; un gros tas de sable, des sacs de ciment, des parpaings et une bétonnière occupaient l'autre emplacement.

Derrière tout ce fatras se dressait un insignifiant pavillon de plain-pied aux murs en crépi brunis par la terre et à la toiture recouverte de mousse et de fientes de moineaux.

Le soleil brillait haut et l'environnement se reflétait sur les trois fenêtres de la façade.

Cristian poussa la barrière grinçante et pénétra dans le jardinet clairsemé de mauvaises herbes, de terre sèche et de pavés à moitié cassés.

Il avança entre la vieille Citroën et le tas de sable, manqua écraser une poule qui surgit de derrière un parpaing. Il en remarqua une deuxième sur sa gauche, à l'ombre d'un bouleau.

À travers l'une des fenêtres, il décela du mouvement quand il s'avança vers l'entrée de la maison en montant deux petites marches abîmées.

Il entendit quelque chose tomber à l'intérieur au moment où il frappa à la porte.

46

AUCUNE RÉPONSE.

Il tendit le cou vers la fenêtre qui s'était animée ; la silhouette avait disparu.

Cristian frappa à nouveau, plus fort cette fois ; on grogna de l'autre côté.

— Je suis pas intéressé !

— Monsieur Duchesne, j'ai rien à vendre !

— Qu'est-ce que vous voulez, alors ?

— J'aimerais juste vous parler un instant, monsieur Duchesne, ça ne sera pas long, je vous assure.

Le cerveau en éréthisme, Cristian entendit qu'on débloquait une serrure, puis une deuxième, et la porte s'entrouvrit sur un jeune homme aux yeux noirs si fatigués qu'il donnait l'impression de se réveiller à peine.

— Parler de quoi ? demanda-t-il en se frottant le nez.

— Bonjour, je suis désolé de vous déranger. Vous êtes bien monsieur Duchesne ?

— C'est marqué sur la boîte, bafouilla-t-il en faisant un signe de tête.

— Je m'appelle Cristian de Almeida, je suis journaliste. Je vais aller droit au but : je prépare un article sur les maladies rares pour mon journal, et je cherche des patients particuliers pour me parler de leur handicap.

Les cernes creusés et les cheveux tout en fouillis, Duchesne se tenait toujours derrière la porte, tendu malgré son regard vide.

Cristian ressentit tout de suite une suspicion à son égard, mais il y avait autre chose – une sorte de décrépitude – qui le mit aussitôt mal à l'aise.

— En quoi ça me concerne ? répliqua le jeune homme en plantant ses yeux dans ceux du journaliste.

Cristian ne cilla pas.

— Je cherche un témoin primordial, monsieur Duchesne, le dernier et le plus important pour mon article : un sujet adulte, souffrant d'une épiphysiolyse fémorale qui n'aurait pas été soignée. On m'a dit que c'était votre cas.

— Qui ça « on » ?

— Plusieurs médecins, répliqua Cris du tac au tac. Certains qui ont même essayé de vous traiter par le passé. Vous savez, la plupart des malades sont recensés dans différents services. Ça n'a pas été très compliqué de vous trouver.

— J'ai pas beaucoup de temps. Ça consiste en quoi ?

— Pouvez-vous m'inviter à entrer ? Et je vous explique tout !

Duchesne le scruta encore, puis il s'écarta en gueulant contre une poule qui avait eu le malheur de glousser.

L'entrée du pavillon était sombre, pourtant Cristian remarqua tout de suite sa boiterie. Même s'il la maîtrisait par habitude, son hôte traînait la patte comme un poids mort.

Il fut guidé dans une pièce meublée d'un canapé en cuir et d'un énorme fauteuil en tissu qui occupait à lui seul un tiers de l'espace. Une affreuse table basse en bois qu'il avait dû fabriquer lui-même trônait au milieu, recouverte de coupures de presse et de gobelets en plastique.

— Vous lisez le journal à ce que je vois ! lança Cristian en indiquant les articles découpés.

— Bon, j'ai pas toute la journée.

Cris n'osa pas s'asseoir mais on ne l'y invita pas non plus ; son estomac gargouilla, lui rappelant qu'il n'avait pas mangé depuis deux jours, il posa instinctivement la main dessus pour tenter de l'apaiser.

Il balaya rapidement la pièce des yeux ; on n'y trouvait aucune décoration – hormis quatre cadres avec des insectes sous verre tous plus terrifiants les uns que les autres accrochés sur un mur –, aucune personnalité, aucun caractère ; elle avait tout d'une maison-témoin arrangée avec mauvais goût.

La tension monta d'un cran quand Cristian posa franchement les yeux sur Duchesne. Et alors, il se projeta : il le visualisa en homme d'affaires, déguisé en vieille dame, puis en jeune hippie, et enfin en blonde en escarpins.

À mesure de ces visions, son sang pulsait contre ses tempes ; il entendait son cœur frapper fort contre sa poitrine ; le malaise s'effaça devant l'angoisse, les émotions se télescopèrent et la peur affleura.

— Excusez-moi d'abuser de votre hospitalité, monsieur Duchesne, mais avant d'entrer dans le vif du sujet, pourrais-je utiliser vos toilettes s'il vous plaît ? demanda-t-il dans un sourire gêné.

Debout près de la table basse, Duchesne le dévisagea.

— Ouais. Mais essayez de laisser l'endroit dans le même état que vous l'avez trouvé ! railla-t-il. Vous retraversez l'entrée, c'est au bout du couloir.

Cristian revint sur ses pas, contourna un recoin et emprunta le couloir moquetté long de six ou sept mètres.

Des fourmis se manifestèrent dans ses doigts quand il tenta de rappeler son frère, pour le même résultat.

Si celle du fond était destinée aux toilettes, il y avait deux autres portes – une de chaque côté du chemin.

Cris se retourna, ne remarqua rien de suspect.

Il ouvrit celle de droite : une salle de bains dans un état déplorable, avec des serviettes humides jonchant le sol et un lavabo qui servait visiblement de poubelle. Des mouches volaient un peu partout dans un grésillement désagréable et Cristian grimaça. Il referma la porte et pivota vers celle d'en face.

La main sur la poignée, il regarda encore derrière lui, crut entendre Duchesne allumer la télévision au salon.

La chambre était vaste, environ quinze mètres carrés ; Cristian fut assailli par un parfum féminin.

Le lit était défait et des dizaines de fringues jetées dessus à la va-vite.

Des boîtes de chaussures – il en compta une vingtaine à vue d'œil – s'entassaient de part et d'autre du sommier.

Une penderie débordante à portes coulissantes occupait le mur adjacent ; à l'intérieur : des costumes, des pantalons, des pulls, mais aussi des robes, des tailleurs, des chemisiers.

Sur l'étagère du haut, une dizaine de chapeaux s'empilaient en trois colonnes de tailles différentes.

Du bruit !

Il sursauta et se retourna en écarquillant les yeux.

Personne.

Il était tendu comme jamais, son cœur cognait, ses veines étaient renflées, il étouffait ; sa petite voix intérieure lui criait de vite dégager d'ici.

Il fit volte-face et remarqua dans le coin opposé une coiffeuse encombrée de maquillage et de pinceaux ; une poubelle pleine de cotons et de mouchoirs usagés poussée en dessous.

Dans l'instant, il se revit chez Chloé, planté devant le miroir et prêt à se transformer en vieillard.

La sueur s'éjecta de tous ses pores.

Sur une petite table à côté, quatre têtes en plastique servaient de supports à autant de perruques différentes.

Tétanisé, Cristian leva une main devant sa bouche.

Il exécuta un pas en arrière et sentit une présence derrière lui : Duchesne débarquait en trombe avec une barre de fer.

Le coup fut sec et brutal. Cristian vacilla en hurlant autant de stupeur que de douleur ; il tituba en se rattrapant à la coiffeuse et renversa toutes les perruques, qui s'étalèrent sur la moquette râpée.

Encore un râle quand un nouvel éclat plus puissant résonna dans sa boîte crânienne ; il bascula sur le lit de tout son poids.

Il sentit le goût du sang dans sa bouche. Il ouvrit les yeux mais ne trouva pas ses repères.

Sa tête en feu fit couler les larmes. Une chaleur inondait son cou ; il porta les doigts à son crâne : il pissait le sang au-dessus de l'oreille.

Il cligna des yeux convulsivement, secoua la tête pour retrouver ses esprits, mais il voyait toujours des étoiles.

Quand elles se dissipèrent, Duchesne le surplombait et affichait un visage diabolique.

Il brandit la barre et s'apprêtait à frapper.

— Attends ! Bordel ! Fais pas ça ! implora Cris en levant un bras devant lui pour se protéger.

Mais Duchesne, gagné par l'extase, n'entendit pas ses supplications et il cogna de toutes ses forces.

Cristian se défendit comme il put mais ses os craquèrent dans un bruit abominable.

Il beugla sa douleur en lâchant un cri déchirant : « Mannyyyyyyy ! »

Troisième épisode

MANNY

47

UN CRI STRIDENT LES FIT SURSAUTER ; Manny et Esperanza se retournèrent tous les deux en même temps : dans un box derrière eux, une jeune femme complètement ivre, debout sur une table, titubait en portant un toast à une amie pour son anniversaire.

Les deux flics se regardèrent avec complicité et sourirent en silence, mais Esperanza voulut rebondir sur ce que venait de lui raconter son partenaire.

— Je comprends mieux pourquoi t'étais dur avec moi au début, voyou… T'avais peur que je t'en colle une, moi aussi, avoue ! s'esclaffa-t-elle en le visant avec son index.

Le regard de Manny se troubla.

— Je me suis jamais servi de mon arme, confia-t-il.

— Moi non plus.

— Je pars du principe qu'il faut pas s'en servir.

Le flic interpella la serveuse qui passait à proximité pour commander une nouvelle tournée.

— Et pourquoi t'as choisi ce bistrot ? demanda Esperanza, les yeux toujours plus brillants sous l'effet de l'alcool. Tu vis dans le coin ?

Manny leva le bras pour éternuer, mais il parvint à se contrôler, inspira finalement par la bouche et cligna des yeux.

— Excuse-moi.

— Allergie au whisky ? demanda-t-elle, visiblement ravie de sa vanne.

Plutôt que de la relever, il poursuivit.

— Je l'ai choisi parce que je le connais et que je le trouve sympa, répondit-il, faisant tourner son verre vide entre ses doigts. Et je vis pas très loin, juste de l'autre côté du périph', à Levallois.

— Y a pire comme endroit.

— Ouais, ça va, on n'est pas mal.

Esperanza était vautrée sur la banquette, totalement détendue à présent.

— Vous avez des enfants ? demanda-t-elle.

— On a une petite fille qui s'appelle Laura, elle a huit ans.

— Et que fait ta femme dans la vie ?

— Mais c'est un véritable interrogatoire, lieutenant ! s'amusa-t-il en plantant ses yeux malicieux dans les siens. Elle est responsable d'une galerie, elle expose surtout des photographes que personne connaît. C'est son grand truc, découvreuse de talents… Et toi ? Mariée, divorcée, veuve ?

— Aucun des trois, je suis célibataire. Et si tu veux savoir, ça fait déjà un looong moment.

— Sérieusement ? Je suis étonné. Même si t'es pas… facile tous les jours, je suis vraiment surpris. T'es une fille ravissante.

— Arrête ton char, je vais rougir et ça sera pas à cause de l'alcool.

— Pas d'enfant, du coup ?

Elle hésita un instant.

— Si, j'ai une fille moi aussi.

— Ah oui ?

Esperanza attendit que la serveuse dépose leurs verres et s'en aille avant de préciser :

— Elle a dix ans, elle s'appelle Mia.

— Dix ans ? ! Mais t'as vingt-six ans, non ?

— J'ai vingt-six ans.

— Tu l'as eue très jeune !

— Je l'ai eue très jeune.

Manny leva sa boisson devant lui.

— Eh bien, à une jeune et jolie maman !

★

Sa montre indiquait 2 heures 38 quand Manny referma la porte de chez lui en prenant garde de ne réveiller personne.

Dans la salle de bains, il était en train de déboutonner sa chemise quand une douleur foudroyante explosa subitement au niveau de son estomac ; une souffrance si vive qu'il étouffa un cri et se plia en deux.

Le visage déformé et les poings enfoncés dans le ventre, il se précipita sous le lavabo, fouilla le placard et trouva la plaquette cachée derrière le siphon.

Hagard, avec deux cachets en bouche, il se pencha et but à même le mitigeur. Il tenta d'étouffer la peur qui s'immisçait en reprenant lentement le contrôle de sa respiration, puis il passa son visage sous l'eau froide, à la recherche d'un soulagement.

Il éclata le reste de la plaquette, versa une dizaine de pilules dans sa petite boîte.

Sous une douche tiède, l'eau claquait sur sa trogne exténuée. Le jet appuyait fort sur ses paupières, comme deux gros pouces qu'on tente de vous enfoncer dans les orbites ; une sensation qu'il trouvait apaisante. Il laissa ainsi l'accalmie se diffuser en lui, puis il inclina la tête et les gros pouces disparurent.

À l'aide d'une serviette qui traînait, il sécha les dernières gouttes d'angoisse sur son front et ses tempes, puis il détailla son reflet – ses yeux gonflés par la fatigue, rougis par le stress et l'alcool.

Il passa sa langue sur sa dent abîmée. À force de serrer les mâchoires en dormant, un petit morceau s'était cassé durant la nuit précédente et ça l'avait rendue tranchante. Toute la journée, il avait frotté malgré lui sa langue contre l'émail aiguisé, et maintenant, un aphte s'y était formé, mais il n'avait pas pu s'en empêcher.

Sous les draps, Louise ne tarda pas à venir se blottir à la conscience de sa présence ; il lui embrassa le haut du crâne.

Avant qu'il trouve le sommeil, le visage de sœur Marie-Hélène s'imposa dans son esprit, sa pureté, son innocence ; puis, à la limite de l'inconscience, il sentit le démon s'immiscer lentement en lui, là, juste là ; la fusion était en marche.

Et elle était inexorable.

48

Accroupi près du lit occupé par Nicolas, Manny tenait plusieurs feuilles entre ses mains et détaillait les croquis. Les dessins semblaient tous représenter le même personnage. Il s'attarda sur le plus détaillé : un être répugnant, le visage en sang, des cicatrices partout, une jambe plus courte que l'autre.

— Tu dessines souvent le même bonhomme, hein ? demanda-t-il.

Le jeune interne fut surpris de l'intérêt du policier.

— Qui est cet homme, Nicolas ? Ce personnage que tu dessines ? insista Manny.

L'enfant noua ses doigts comme pour ne rien lâcher, tenta un coup d'œil furtif vers le directeur qui se tenait debout derrière le flic, mais se ravisa en clignant des paupières dans un réflexe compulsif.

— Monsieur de Saint-Bris, lança Almeida sans se détourner, vous pouvez faire visiter le reste de l'institution au lieutenant Doloria ? On est pressés par le temps et il nous faut un aperçu complet des lieux fréquentés par sœur Marie-Hélène.

Si le directeur fut surpris de cette requête, il ne s'y opposa pas. Esperanza ne saisit pas pourquoi son partenaire l'excluait subitement, et c'est dans l'incompréhension qu'elle suivit Saint-Bris sans rien ajouter.

— C'est un homme que tu connais ? reprit le flic une fois seul avec Nicolas. Sur tes dessins, c'est quelqu'un que t'as déjà vu ?

Même s'il s'agitait toujours un peu, animé par quelques tics nerveux, Nicolas semblait plus serein ; il leva les yeux vers le flic et approuva d'un signe de tête.

— Et c'est qui ? le pressa Manny, qui regretta aussitôt son ton et l'adoucit dans la foulée : Qui est cet homme que tu dessines ?

Le garçon épia autour de lui, comme s'il avait peur de voir débarquer quelqu'un. Il hésita un instant, la bouche entrouverte.

— C'est l'Épouvantail.

Le flic plissa aussitôt les yeux ; puis il les reposa sur le dessin de l'horrible personnage.

— Et c'est qui, cet Épouvantail ?

Nicolas baissa la tête avec l'impression d'en avoir déjà trop dit.

— Écoute, reprit Almeida, je vais peut-être pouvoir t'aider, mais il faut me parler, pour ça.

Il marqua une pause ; puis il reposa la question :

— Qui c'est, cet Épouvantail ?

Le garçon releva la tête, résista encore en serrant les lèvres, comme si une force invisible l'empêchait de s'exprimer. Et il ne sut comment il trouva le courage de répondre.

— Le monstre.

— Le monstre ? Quel monstre ?

Nicolas ferma les yeux de toutes ses forces.

— Il fait mal.

Manny se pencha un peu plus vers l'enfant, qui paraissait terrifié ; il posa sa main sur son épaule, mais Nicolas sursauta et il l'ôta aussitôt.

— Nicolas, qui est ce monstre ?

Mais le silence demeura. Malgré les tentatives de Manny pour le faire parler, il n'y eut pas de réponse ; l'enfant se referma totalement, bloqué par une peur qui imprégnait visiblement tout son être, pour finalement basculer sur le côté et replonger dans son aphasie.

Le flic resta lui aussi silencieux, à fixer l'affreuse créature sur le papier. Il feuilleta les autres croquis et revint sur le plus précis.

Puis il s'adressa de nouveau au garçon qui lui tournait le dos :

— Nicolas, je t'emprunte ce dessin pour quelques jours. Je te promets de te le rendre bientôt.

★

Après une nouvelle journée sous haute tension – achevée en début de soirée par un brief de Dorival qui allait reprendre la main sur toute la brigade –, Manny était exténué quand il arriva chez lui pour retrouver les siens et basculer dans son autre vie, celle qui valait le coup qu'il se batte chaque jour pour elle.

Sa petite poupée blonde en pyjama rose lui sauta dessus dès la porte d'entrée franchie.

— Coucou princesse, tu fais pas encore dodo ? lui demanda-t-il en regardant sa montre.

— J'allais me coucher mais je t'ai entendu rentrer, répliqua Laura.

— Alors, direction le lit ! s'exclama-t-il en la portant à travers le couloir avant d'entrer dans sa chambre et de la déposer délicatement sur sa couette.

La gamine se faufila dessous et Manny la borda avec application.

— Maintenant tu vas te reposer, il est tard, chuchota-t-il en lui déposant un baiser sur le front.

— Je voulais t'attendre parce que tu me manques, murmura la petite Laura.

Manny se pencha à nouveau sur sa fille, plein d'une tendresse débordante.

— Je suis désolé de te manquer, mon cœur.

— C'est pas grave, maintenant t'es là, rétorqua-t-elle en se blottissant contre Billy, son hippopotame en peluche.

— Bonne nuit ma chérie.

— Bonne nuit papa.

Il éteignit la lumière et quitta la chambre en tirant la porte.

— Ferme pas entièrement, s'inquiéta Laura depuis son lit.

— Non, t'en fais pas, la rassura-t-il en laissant un jour.

Isolé dans son bureau, Manny avait le front moite en ressassant ces dernières heures harassantes. Les visages se bousculaient : sœur Marie-Hélène ; frère Paul ; Antoine de Saint-Bris ; Nicolas ; l'Épouvantail.

Mais déjà, cette créature existait-elle vraiment ou sortait-elle seulement de l'imagination du jeune garçon ? Et quel était ce lien qui lui échappait et qui donnait un sens à tout ça ?

Il déroula le dessin emprunté un peu plus tôt ; il regarda un moment le monstre hideux couché sur le papier en s'attardant sur certains détails. Puis son attention se reporta sur Doloria.

Sa partenaire se méfiait de lui à présent, il pouvait le sentir, comme s'il lui faisait peur, qu'il était devenu imprévisible. Mais comment lui en vouloir ?

Il passa instinctivement sa langue sur sa dent abîmée, elle s'était polie ces dernières heures et son aphte s'était même rétracté sans qu'il s'en rende compte.

Son ventre gargouilla dans un bruit de plomberie qui lui fit serrer les mâchoires jusqu'à en souffrir ; le démon était là, bien ancré au plus profond de lui, sans que Manny puisse savoir quand il se manifesterait à nouveau.

De sa poche, il sortit sa boîte, cette petite boîte en bois que lui avait offerte sa femme il y a une dizaine d'années, à la boutique de Sequoia Park, après leur visite de l'immense domaine canadien. Une petite boîte en séquoia, avec une ouverture coulissante et un cœur subtilement gravé dans un coin de sa face arrière, presque invisible pour celui qui n'était pas dans la confidence. Louise l'avait tout de suite trouvée adorable et elle l'avait achetée spécialement pour lui, comme un symbole de leur amour.

Elle n'aurait jamais pu soupçonner une seule seconde l'usage qu'il en ferait dix ans plus tard.

Il goba deux cachets, se leva pour ouvrir la fenêtre en grand.

Un verre de tonic frais à la main, il rejoignit au salon son épouse, plongée dans un nouvel épisode de sa série et visiblement captivée par la scène qui se déroulait sous ses yeux.

Installé dans un fauteuil en face d'elle, il l'observait fixement en sirotant sa boisson en silence.

Ils s'étaient rencontrés durant l'été 2002. À cette époque, alors que Cristian crapahutait autour du monde depuis déjà six mois, Manny avait passé avec succès sa licence de droit à Paris. Il avait rencontré Louise lors d'une soirée organisée par des amis communs pour fêter la fin de leurs examens. La jeune femme était en deuxième année d'histoire de l'art, ils avaient discuté ensemble toute la soirée, évoquant aussi bien Vinci que Munch, Kandinsky que Vasarely. Ils avaient beau être jeunes à ce moment de leurs vies – Manny avait vingt et un ans et Louise dix-neuf –, ils avaient cependant tout de suite su qu'ils s'étaient trouvés. Ils ne pouvaient bien sûr pas imaginer que seize ans plus tard ils en seraient là, à vivre ensemble avec une fillette de huit ans, mais l'entente et la complicité étaient si grandes entre eux qu'ils s'étaient rapidement imposés comme une évidence l'un pour l'autre.

Manny buvait toujours de petites gorgées sans détourner les yeux de sa femme, hypnotisée par son programme. En détaillant les traits délicats de son joli visage, il trouva rapidement l'apaisement.

Malgré l'intérêt qu'elle portait à sa série, Louise jetait régulièrement des coups d'œil furtifs et mutins à son mari ; un délicieux jeu de séduction s'instaura quand soudain, après un énième regard posé sur lui, elle éclata de rire, un rire merveilleux.

— Qu'est-ce qu'il y a ? minauda-t-elle. Pourquoi tu me regardes comme ça ?

— Viens là, répondit-il tout bas.

Elle se leva lentement, elle portait un legging noir soulignant sa jolie silhouette et un débardeur – trop grand et aux manches déchirées – à l'effigie du groupe Guns N' Roses ; elle contourna la table basse et s'installa sur ses genoux.

— Comment s'est déroulée ta journée ? glissa-t-elle en passant ses bras autour de son cou.

— J'ai pas vraiment envie de parler de ma journée, souffla-t-il avant de vider son verre et de le déposer par terre.

Elle ferma les yeux en souriant, dévoilant des dents immaculées et parfaitement alignées, un sourire magnifique à regarder.

Il replaça une mèche blonde derrière son oreille, plongea les yeux dans ses iris clairs quand elle leva les paupières. Il l'attira vers lui ; ils s'embrassèrent fougueusement.

Dans la chambre, ils firent tous les deux voler leurs vêtements. Louise se jeta sur le lit ; Manny se libérait de ses dernières affaires.

En feu et les cuisses ouvertes, elle se caressa en le défiant à travers des yeux mi-clos. Il se précipita à son tour ; elle l'empoigna en elle dans un soulagement inouï.

Ils firent l'amour comme si demain n'existait plus.

49

QUAND IL FUT TIRÉ DU LIT, il était presque inconscient : toujours projeté dans cette ville saccagée, théâtre d'un véritable massacre.

Sa mitraillette en main, il tuait des hommes, des femmes, des enfants. Les douilles volaient autour de lui et le sang giclait partout. Des voix appelaient au secours dans une langue inconnue ; des membres déchiquetés gisaient sous ses pas.

Plus tard, alors qu'il piquait un sprint en arrosant à la ronde, il avait posé le pied sur une mine et BOUM !

À ce moment-là, on l'avait secoué dans son sommeil et il avait distingué les silhouettes des deux infirmiers – le grand patibulaire et le gros Noir aux yeux très blancs.

Ils l'emmenèrent ; son corps lui paraissait tellement lourd, ses jambes ne suivaient pas la cadence.

Quelle heure était-il ? Était-ce seulement la réalité ?

Le gosse inclina la tête vers la fenêtre ; le jour n'était pas levé quand on le poussa dans l'ascenseur.

Au sous-sol, les deux infirmiers le tirèrent pendant une éternité dans un couloir, puis l'installèrent sur le fauteuil de la salle d'opération.

L'un d'eux lui serra les chevilles, la taille et les poignets jusqu'aux derniers crans de chaque sangle, pendant que l'autre lui enfonçait une perfusion dans le pli du coude.

Plongé dans un demi-sommeil, le gamin percevait à peine les messes basses du Toubib et de son assistante ; mais il pensa qu'ils évoquaient l'Épouvantail – il crut entendre son nom.

Quand les voix se rapprochèrent et qu'il sentit la chaleur dans son bras, il comprit que la séance avait commencé.

Son biceps, rapidement brûlant, acheva de le réveiller. Il ouvrit les yeux. La cave était sombre, mais la lumière scialytique rendait l'ensemble lumineux. Les odeurs d'humidité et de renfermé se mêlaient à celles des produits chimiques qui empestaient.

Lorsque l'assistante plaça les capteurs sur son front et son torse, il la contempla d'un air résigné. Les bips de l'appareil étaient toujours réguliers. Le Toubib se pencha sur lui à son tour ; la lumière se reflétait sur ses verres et le garçon ne put déceler son regard, mais il l'imaginait concentré quand il planta l'aiguille dans le cathéter et injecta la première dose.

Pourtant bouillant, son bras se refroidit dans la seconde. Les bips s'accélérèrent, il ferma les yeux avec l'impression que son coude était en train de geler. Une fine couche de givre qui se propageait dans son avant-bras. Sa main se figea, ses doigts se paralysèrent.

Des bombes explosaient autour de lui, de violentes déflagrations qui résonnaient à s'en faire péter les tympans. Des enfants hurlaient.

Oui, c'était bien des cris d'enfants !

Et ce bras qui ne cessait de congeler.

Comment son sang allait-il circuler ? !

Une épaisseur de glace attaqua son épaule et la base de son cou.

Comment son cœur allait-il battre ? !

Les sanglots des gosses étaient maintenant hystériques.

Il se surprit à pouvoir décoller son bras, sans aucun effort. Le lien se dénoua ; il le souleva d'une dizaine de centimètres, mais soudain il lui parut peser une tonne ; il retomba et se brisa violemment sur l'accoudoir comme un glaçon explosé contre un mur. Des millions d'éclats volèrent en une poudre de diamant. Son bras s'était désagrégé, mais des étoiles scintillantes le recouvraient et il se foutait du reste.

Quand le vent se leva, emportant les brisures glacées danser au loin, le Toubib se manifesta à nouveau. Il se tenait près de lui, des documents dans les mains, et analysait à voix haute les résultats. Son assistante approuvait chaque conclusion d'un petit bruit de gorge.

Le garçon baissa les yeux pour découvrir son bras intact dans la gouttière ; il n'était plus froid, il ne s'était pas désintégré. Il ne le manifesta pas, mais il en fut soulagé.

— On va augmenter la dose, c'est le moment, chuchota le Toubib.

— Très bien, je me tiens prête.

Le gamin entendit un « top », très lointain, parce qu'il était déjà reparti dans les limbes ; là où le mal est absolu, où l'espoir n'existe plus car toutes les guerres ont déjà été perdues.

Il était de retour dans l'abîme, ce gouffre immense nourri de plaintes infinies ; et il comprit alors que, cette fois, ils avaient décidé de l'emmener tout au fond.

Sur le champ de bataille, les ruines l'entouraient ; des morceaux continuaient de s'écrouler des bâtiments bombardés.

Il tenait son arme contre lui et se découvrait un courage hors du commun ; il allait devenir un héros, une véritable légende.

Le son strident arriva de loin ; d'abord en sourdine, puis il monta crescendo ; ses oreilles se mirent à saigner, son nez explosa et le sang sur son visage l'aveugla.

Dans un ultime réflexe, il poussa un cri pour couvrir l'agression ; un hurlement ahurissant qui résonna dans la cave, le noyant dans son propre malheur.

Il eut l'impression de s'enfoncer encore, et encore ; et enfin, il ouvrit les yeux et lui fit face.

Il se tenait là, sombre et lumineux à la fois ; il eut même l'impression de pouvoir le toucher.

Nicolas était arrivé.

Au fond de l'abîme, dans le plus profond de l'abîme.

50

En milieu d'après-midi, en ressortant de la ruelle avec ses précieux achats, Manny manqua de piétiner un clochard qui faisait la manche à même le sol, mais il s'en contrefoutait. Il était rassuré, maintenant ; il se sentait même pousser des ailes. Il avait l'impression d'être si léger qu'il avait envie de se jeter par la fenêtre.

Dans sa voiture garée près d'un square, il vida l'une des deux plaquettes dans sa boîte. Il goba encore deux cachets, plus pour se rassurer que par réelle nécessité, puis il sécha les restes d'angoisse sur sa nuque avant de mettre le contact et de s'engager vers le sud et le XVe arrondissement.

La cigarette au coin des lèvres et l'esprit ailleurs, il pila derrière un camion qui freinait à un feu rouge. Des klaxons énervés retentirent dans son dos.

Profitant de cet arrêt imposé, il repensa à Doloria et au malheureux épisode de la matinée après les obsèques. Il s'en voulut immédiatement, il était clairement allé trop loin. Il culpabilisa en se revoyant sur le parking gueuler contre elle comme un putois. Pourquoi l'avait-il agressée comme ça ? Aussi brutalement ? Après tout, il s'en contrefoutait complètement de ses histoires de baise. Qu'est-ce qui lui avait pris d'agir ainsi ?

Il ne se reconnaissait plus, depuis plusieurs semaines maintenant. À cause de cette putain de peur qui lui broyait le cerveau et le poussait à faire n'importe quoi.

Le démon prenait de plus en plus de place, et il finirait un jour ou l'autre par le vaincre et le remplacer complètement. Mais quand ?

Deux jours plus tôt, lors d'une visite au couvent, sœur Suzanne lui avait appris que la mère supérieure, celle qui dirigeait habituellement la communauté, était hospitalisée depuis un mois dans un état malheureusement proche de la démence.

Quand il franchit la porte de la chambre, la vieille femme dévorée par la maladie s'y trouvait seule et endormie.

En s'approchant d'elle, il nota la finesse de sa peau pâle et fripée. De longs poils noirs s'échappaient de ses narines. Sous des sourcils broussailleux, deux paupières flétries se soulevèrent sur des yeux bruns légèrement voilés.

Il éprouva d'abord un réflexe de recul, puis il s'assit sur une chaise près du lit et se présenta.

Il avait espéré que la mère supérieure aurait encore une partie de sa tête, qu'elle aurait au moins la force de lui parler ; il fut vite rassuré sur son état quand il lança la conversation. Elle avait été informée des décès successifs de sœur Marie-Hélène et de frère Paul, même si on lui avait dissimulé certains détails macabres pour la préserver.

Tout en répondant aux questions du flic, elle sortait tel un petit lézard le bout d'une langue toute sèche pour tenter en vain d'humidifier ses lèvres gercées ; Almeida se leva pour lui servir un verre d'eau du robinet.

Il reprit la parole en le lui tendant.

— Ma mère, avez-vous une idée de ce qui a pu arriver à sœur Marie-Hélène ? Savez-vous qui a pu l'assassiner ?

La quiétude s'évanouit du visage de la vieille nonne alors qu'elle portait le gobelet à sa bouche. Elle parut presque offusquée. Elle but de grandes gorgées avant de répliquer d'une voix rocailleuse :

— Vous ne savez pas où vous avez mis les pieds, jeune homme.

Almeida se pencha un peu plus sur elle ; elle ne réagit pas à cette nouvelle proximité.

— Vous ne pouvez pas le savoir…, poursuivit-elle comme pour elle-même, un rictus malicieux animant maintenant son visage. Mais vous allez bientôt vous en rendre compte. Oh oui ! Bientôt ! ajouta-t-elle comme si l'idée l'excitait.

Elle cligna ses paupières molles et changea subitement d'attitude, la gravité se mêla à son expression et son visage se durcit.

— Vous allez voir le mal absolu, et vous devrez le regarder droit dans les yeux. Vous n'aurez pas le choix.

Déconcerté, le flic secoua la tête et posa sa main sur le bras de la religieuse en s'inclinant davantage.

— Le mal ? Quel mal ? De quoi parlez-vous, ma mère ?

— Toutes ces âmes qui se plaignent, qui hurlent depuis des années. Vous ne les entendez pas ? Vous n'entendez pas les cris des enfants ?

— Vous parlez des enfants du collège ?

En prononçant ces mots, Almeida se pencha encore, son visage n'était plus qu'à quelques centimètres de celui de la mère supérieure. Elle était dans un état second, presque en transe ; le voile sur ses yeux s'imposait, plus sombre encore.

— Le pensionnat, articula-t-elle dans une grimace. Son esprit le hantera toujours…

— De qui parlez-vous, ma mère ?

— Entre ces murs, toutes ces années… Il avait le démon, cet enfant ! Le démoooon !!! beugla-t-elle si fort en se redressant que Manny, qui ne s'y attendait pas, trébucha et se retrouva le cul par terre.

Une infirmière débarqua au moment où Almeida se relevait et que le cri s'éteignait.

— Qu'est-ce qui se passe ici ? demanda-t-elle, pleine d'inquiétude, en se dirigeant vers la vieille femme de nouveau allongée et repartie dans ses songes.

— Rien, lui renvoya Manny en s'époussetant les fesses. Tout va bien.

Il tourna la tête vers la fenêtre ; ses rideaux étaient écartés, le ciel était lumineux. *Comme tous les putains de jours de cette putain de semaine.*

51

Quand Manny regagna son bureau à la brigade en fin de journée, Esperanza était déjà partie. Il s'installa calmement à son poste et bloqua un instant sur son téléphone fixe ; il hésitait à appeler sa partenaire pour s'excuser, au moment où Dorival débarqua dans la pièce.

— Alors, capitaine, lança ce dernier en s'installant au poste de Doloria. Comment s'est passée cette journée ? l'interrogea-t-il. Vos recherches ont-elles été fructueuses ?

Bien que surpris par cette visite, Manny répondit spontanément à son supérieur.

— Eh bien, j'attendais une confirmation, et je crois bien l'avoir obtenue, oui.

— C'est-à-dire ?

— Il se passe quelque chose avec les gosses du collège, je vais y retourner dès demain avec quelques renforts pour faire la lumière là-dessus.

Dorival joignit les mains en inspirant.

— Des enfants… C'est un terrain glissant, Almeida. Pensez-vous vraiment être en mesure de mener à bien cette enquête qui semble prendre une direction… plus complexe que prévu ?

— Bien sûr, chef. Pourquoi ? s'étonna-t-il.

— Vous semblez être exténué ces derniers jours, et je…

Almeida ne l'écoutait plus. Mille pensées l'animèrent ; son regard se promena frénétiquement dans la pièce. La sueur perla le long de son dos. Son cœur frappait fort contre sa poitrine, une coulée acide ankylosait les muscles de son cou.

Qu'est-ce qui se passait, bordel ? Qu'est-ce que Dorival foutait là, maintenant, à poser des questions à la con ?!

— Doloria vous a parlé de notre petit accrochage devant l'église ?

— Non, pas du tout. Écoutez, Almeida. Je ne vais pas y aller par quatre chemins. J'ai eu plusieurs plaintes contre vous. Apparemment, vous ne seriez pas en état de poursuivre cette enquê…

— Qui vous a dit ça ? Qui a déposé plainte ?

— Vous n'êtes pas là pour poser les questions, capitaine. Vous êtes là pour entendre mes mesures. Et j'ai décidé de vous soumettre à une évaluation psychologique qui doi…

— Quoi ?! Qu'est-ce que c'est que cette connerie ? !

— On se calme, Almeida, répliqua Dorival avec autorité. Ma décision est prise. Vous allez être suivi par le docteur Michel Lesieur. Voici votre planning de consultations.

Il lui tendit un document qu'il devait parapher. Almeida n'esquissa pas le moindre geste.

Dorival se leva, fit quelques pas et le déposa sur son bureau en le fusillant de ses yeux de tueur.

Manny y jeta un regard noir : il devait également passer des examens poussés et des tests de dépistage de stupéfiants.

— C'est une blague ?!

— Pas du tout, capitaine, c'est très sérieux, vous commencez dès ce soir à 20 heures 30.

— Vous vous foutez de moi ! Vous voulez pas que je souffle dans un ballon, aussi ?!

— En attendant les résultats, enchaîna Dorival sans tenir compte des plaintes de son subordonné, je vais vous demander votre carte et votre arme de service.

— Quoi ?! Mais vous êtes malade ! On marche sur la tête ! De quel droit vous me mettez à l'arrêt total ?! Surtout en ce moment ! En plein milieu d'une enquête ?

— On se détend, Almeida ! N'oubliez pas à qui vous vous adressez !

— Mais c'est de la folie, chef ! Vous vous rendez compte ? Comme si on n'avait pas assez la tête sous l'eau ! Et qui va s'occuper de notre affaire ? Doloria, peut-être ? Seule ?!

Dorival toussota.

— En attendant d'en savoir plus sur votre état et de vous réintégrer le cas échéant, le lieutenant Doloria dirigera l'enquête.

— Mais vous planez à dix mille pieds !

— Capitaine ! Encore une remarque de ce genre et je vous promets que ça va mal aller pour vous.

— Vous êtes tarés, tous ! Et si vous pensez que Doloria va pouvoir régler cette affaire toute seule, vous vous plantez complètement. Merde, c'est pas croyable ! Vous vous tirez une balle dans le pied !

Manny tombait des nues, mais il fut vite convaincu d'une chose : c'était un sale coup d'Esperanza. Elle était allée se plaindre, pleurer dans les bras de Dorival, ce connard arrogant qui la secouait tous les soirs et la faisait grimper aux rideaux.

Elle était arrivée à ses fins, cette petite conne !

— Tout ça, c'est de la merde, ajouta Manny. Et vos putains de tests à la con, vous verrez que ça ne donnera rien et vous pourrez vous les foutre au cul.

— Almeida, parlez-moi encore une fois sur ce ton et vous pouvez faire une croix sur votre carrière.

— Et qu'en pense Giesbert ?

— Il a d'autres chats à fouetter.

— Je vois.

Manny déposa sa carte de la police judiciaire, puis son holster, sur un coin du bureau.

— Vous faites une grosse connerie, chef.

— Pas autant que vous si vous ne changez pas de comportement.

Manny se dirigeait vers la sortie, mais il fit volte-face.

— Vous allez droit dans le mur avec cette affaire, vous en avez conscience ?

— J'ai confiance en sa bonne résolution. Pas en vous.

— C'est donc personnel ?

— C'est tout sauf personnel, capitaine.

— Foutaises.

Et Manny se cassa en claquant la porte.

52

STATIONNÉ DEVANT L'IMMEUBLE où vivait Esperanza, Manny bouillonnait en pensant à sa maudite situation ; *et tout ça à cause de cette garce !*

La fenêtre à moitié baissée, il fumait nerveusement en prenant son mal en patience.

Au bout de quelques minutes, il aperçut sa coéquipière pénétrer dans sa tour au moment où la pluie commençait à tomber.

Pendant quelques secondes, il se représenta mentalement son parcours : la traversée du hall, l'attente de l'ascenseur, la montée dans la cabine.

Plein de rage, il sortit en claquant la portière et courut vers le bâtiment tandis que l'averse redoublait d'intensité.

Il profita de la sortie d'un vieil homme pour s'inviter à l'intérieur, repéra rapidement le numéro de l'appartement sur le panneau près des boîtes aux lettres.

Les nerfs à vif, il attendait l'ascenseur pour monter jusqu'au cinquième étage quand un coup de feu retentit au-dessus de lui, le faisant sursauter. Les sens en éveil, il tendit l'oreille, perçut deux autres détonations rapprochées.

Déboussolé, il appuya convulsivement sur le bouton d'appel comme si ç'allait provoquer l'arrivée immédiate de la cabine ; il tapa des deux poings sur la porte close et bondit vers la cage d'escalier.

Le corps d'Esperanza se fracassa sur la porte toujours ouverte, avant de retomber violemment sur le carrelage froid.

L'effarement, la peur, la douleur ; la jeune flic porta la main à son épaule : elle était en feu et pissait le sang.

Elle roula sur la gauche au moment où une autre balle sifflait au-dessus de sa tête, puis une deuxième, et elle se retrouva étendue de tout son long dans le couloir.

Guidée par l'instinct de survie, elle se redressa sans réfléchir et dégaina son flingue en s'éloignant à la hâte.

Elle se retourna une première fois : deux inconnus sortaient de chez elle en brandissant leurs armes. Elle leva le bras et tira machinalement dans leur direction ; la charge explosa la fenêtre opposée.

Son épaule meurtrie lui fit serrer les dents. Elle tournait à gauche vers les ascenseurs quand deux nouvelles balles la manquèrent.

Elle se précipita dans la cage d'escalier, dévala les marches en entendant aussitôt la porte claquer au-dessus d'elle et la descente pressée des deux hommes.

Le sang s'échappait abondamment de sa blessure. Elle leva la tête et tira sur l'une des silhouettes qui tournait à l'angle, mais elles ripostèrent dans la foulée et elle trébucha en voulant se protéger. Elle perdit l'équilibre, tomba à la renverse et dégringola en boule jusqu'au deuxième palier, où elle atterrit, inconsciente, aux pieds de Manny.

Paniqué, le flic se pencha sur sa partenaire et prit son pouls, tout en ramassant son arme échouée près d'elle. Les deux hommes arrivaient sur le palier du troisième. Manny fit feu sur celui à découvert, qui se réfugia dans le couloir de l'étage comme un lapin dans son terrier.

L'autre lança alors l'assaut, telle une attaque suicide désespérée ; Manny se retrouva face à lui et tout se déroula très vite : deux coups de feu, le visage du tueur gicla sur le mur, son corps s'écroula au bas des marches jusqu'à Doloria toujours évanouie.

Des cris éclatèrent au-dessus et Manny se précipita dans le couloir du troisième étage ; le second tueur, à une quinzaine de mètres, se retranchait derrière une otage.

Le flingue sur la tempe, la femme d'une cinquantaine d'années était terrifiée et s'époumonait, hystérique ; ses hurlements furent bientôt couverts par des « Allahu Akbar ! » enragés.

Il allait la tuer. Manny en était convaincu.

L'urgence et la colère se télescopèrent ; il n'hésita pas et leva son arme. Il tira une fois.

La tête de l'agresseur bascula en arrière.

La main qui tenait l'arme glissa le long de son corps, puis il s'écroula derrière l'otage.

Cette dernière ne comprit pas tout de suite que l'homme était mort à ses pieds, mais quand ce fut le cas, elle poussa des cris perçants et se précipita vers Manuel.

Le flic la prit dans ses bras, lui souffla quelques mots pour la rassurer, puis il lui ordonna de rentrer s'abriter.

Au pas de charge, il rebroussa chemin, descendit les marches d'un étage et s'agenouilla près d'Esperanza. Elle était toujours inconsciente et dans un sale état : une balle lui avait traversé l'épaule, une autre lui avait effleuré la cuisse, elle s'était éclaté le nez dans sa chute et son visage était recouvert de sang.

Mais elle était vivante ; c'était un miracle.

Il resta assis auprès d'elle, voûté, en lui tenant délicatement la main.

Les sirènes retentissaient au loin ; les premiers secours se garèrent sous un déluge de tous les diables.

53

LA SOIRÉE ÉTAIT ÉPOUVANTABLE, et la nuit s'annonçait pire encore.

Deux morts, une policière au tapis.

Si, officiellement, aucune revendication n'était tombée depuis l'attaque, certaines chaînes n'hésitaient pas à évoquer un attentat terroriste et passaient tout ça en boucle dans leurs JT.

Dans une ambulance garée devant l'immeuble où s'était tenue la fusillade, Manny, toujours sous le choc, tentait de retrouver ses esprits. Assis à l'arrière sur la banquette latérale, il se tenait la tête à deux mains en attendant que l'aspirine agisse.

Posté dans le camion QG (garé sur un parking à proximité) d'où il pouvait diriger toutes les opérations, Dorival était en pleine discussion avec le préfet de police et le maire de Saint-Ouen, quand ils furent interrompus par un toc à la porte. Un agent en uniforme pénétra à l'arrière du camion et leur apprit que la presse était agglutinée dans l'attente d'informations. Dorival décida que c'était le moment de se montrer un peu.

Il lissa sa mèche grise, se tapota les joues et sortit sur les pas de l'agent, qui déploya aussitôt un parapluie au-dessus de son supérieur. Dorival échappa ainsi aux bourrasques les plus violentes et fut guidé jusqu'à la tente dressée à une trentaine de mètres de là pour abriter les médias. Dans ce studio de fortune, le chef adjoint se présenta devant la vingtaine de journalistes détrempés et impatients d'en savoir plus sur cette terrible soirée.

Les micros et les caméras se braquèrent sur lui quand il salua l'assemblée en resserrant son nœud de cravate.

— Je n'ai pas beaucoup de temps à vous accorder, lança-t-il, aussi je serai bref. Ce soir, vers 20 heures 30, deux hommes ont ouvert le feu dans un immeuble d'habitations de ce quartier de Saint-Ouen. D'après certains témoins, les deux agresseurs, dont nous recherchons actuellement les identités, auraient prononcé les mots « Allahu Akbar » lors de leurs agissements. Par chance, deux policiers étaient présents sur les lieux. Si l'une a été blessée, l'autre a pu mettre fin à la menace en abattant les deux suspects. Je ne peux pas vous en dire beaucoup plus pour le moment, l'enquête est en cours et les éléments nous sont confirmés au fur et à mesure, mais nous vous tiendrons informés de la suite. Je peux répondre à trois questions.

Toutes les mains présentes sous la tente se levèrent en même temps. Dorival tendit un doigt vers une femme aux cheveux humides qui lui avait paru être la plus prompte.

— Quel est le bilan humain ? lâcha-t-elle derrière la foule de micros qui poussaient comme des champignons.

— Hormis la policière blessée et les deux assaillants abattus, il n'y a aucune victime à déplorer.

La foule de reporters se manifesta encore en se redressant ; Dorival jeta de nouveau son dévolu sur une femme, elle portait des lunettes et de la buée apparaissait sur ses verres.

— Qui était la cible de cette attaque ? demanda la journaliste.

— Pour être tout à fait honnête avec vous, nous n'en avons toujours aucune idée pour le moment. L'attaque s'est déroulée dans un immeuble d'habitations comme il en existe des milliers en banlieue parisienne. Nous sommes en train d'étudier les identités des résidents, mais s'il s'agit d'un attentat terroriste, comme nous le redoutons, la cible importe peu tant que les dégâts sont importants.

— Donc, vous confirmez qu'il s'agit bien d'un attentat terroriste ? rebondit aussitôt un autre envoyé spécial, à l'embonpoint prononcé, sans qu'on l'y ait invité.

— Écoutez, j'ai partagé avec vous tout ce que nous étions en mesure de confirmer pour l'instant. À l'heure actuelle, nous n'en savons pas plus, et je ne me prononcerai certainement pas sur ce terrain-là. Nous n'avons reçu aucune revendication, et tant que nos équipes n'auront pas identifié ces deux hommes et pris connaissance de leurs pedigrees, ça ne sert à rien de tirer des plans sur la comète et d'imaginer tout et n'importe quoi, conclut-il sur un ton plus véhément qu'il ne l'aurait souhaité.

— Est-ce que la policière blessée a…

— Merci, ce sera tout, coupa-t-il en levant la main avant de tourner les talons.

Il quitta rapidement la tente en s'emparant du parapluie qui l'attendait près de la sortie, tandis que les journalistes protestaient en tentant des questions à la volée qui n'obtiendraient pas de réponses.

De retour à proximité du camion-QG, Dorival fut interpellé par un jeune agent en uniforme qui dégoulinait de pluie.

— Excusez-moi, mon commandant. Le capitaine de Almeida voudrait rentrer chez lui. Vous m'aviez demandé de vous prévenir dès qu'il se manifesterait.

— Il a retrouvé ses esprits ?

— Apparemment, mon commandant.

— Alors ramenez-le à la brigade, ordonna Dorival. On a besoin de savoir ce qui s'est passé ici…

L'air était froid, le vent soufflait fort, la pluie tombait sans discontinuer.

Deux morts, Esperanza à terre.

Dorival ferma les yeux et inspira profondément.

C'était un merdier sans nom.

54

Dans le véhicule de patrouille qui le ramenait au « Bastion », Manny fumait en repensant à cette soirée de cauchemar, la fenêtre ouverte sur cette terrible nuit sans lune.

Il avait prévenu sa femme un peu plus tôt – elle suivait les infos à la télé et elle était morte d'inquiétude –, et il avait trouvé les mots pour l'apaiser et la réconforter.

Malgré son souffle court et ses poumons en feu, il avait déjà taxé trois clopes au jeune agent qui conduisait à côté de lui.

En revivant les dernières heures en différé, le regard de Manny se troubla : pour la première fois de sa vie, il avait tué.

La pluie avait cessé depuis environ une demi-heure, mais le vent soufflait toujours ; il apprécia son effet sur sa peau quand il jeta sa cigarette par la fenêtre.

— Je peux t'en taxer une dernière ?

— Vous m'avez déjà dit ça y a deux clopes, capitaine, répondit le conducteur en mettant la main à sa poche.

— Oui, mais cette fois, c'est vrai.

— Vous devriez arrêter de fumer, mon capitaine, ça nous coûterait moins cher à tous les deux.

Manny lui adressa un clin d'œil en s'emparant du paquet qu'on lui tendait. Il tira une clope parmi les cinq qui restaient, tapota son filtre sur son pouce et la coinça entre ses lèvres ; il allait l'allumer quand des flashs éclatèrent et le firent sursauter sur son siège : le criminel exalté, l'otage affolée, Doloria gisant à ses pieds.

Qu'est-ce qui s'était passé, putain ?

Dans les vestiaires de la police judiciaire, Manny se détaillait sous une douche brûlante et salvatrice. Il n'avait aucune séquelle physique, aucune égratignure. Seule sa cheville le faisait souffrir – il avait dû se la fouler en dévalant les escaliers au moment où des vies étaient en jeu. Il avait limité la casse, au moins pouvait-il se satisfaire de ce constat. Mais les questions l'assaillaient.

Il pivota la tête ; l'eau chaude lui frappa les paupières.

Après s'être séché et changé (un uniforme neuf emprunté au magasin), Manny retrouva Dorival dans son bureau au septième étage.

Le chef adjoint venait d'arriver et rien dans son allure ne laissait présager qu'il avait passé la soirée et une partie de la nuit à orchestrer toute cette logistique.

— Comment vous sentez-vous, Manuel ? lui demanda-t-il en l'invitant à s'asseoir.

— Aussi bien que ça puisse aller, chef.

Le regard de Dorival s'intensifia. Il l'avait mis à pied quelques heures plus tôt, et voilà qu'Almeida se retrouvait dans son bureau déguisé en agent de la circulation.

— Avez-vous l'intention de suivre comme prévu votre évaluation, capitaine ? questionna-t-il.

— Euh… oui, chef, lui renvoya Almeida, ébahi par cette question qu'il jugeait déplacée en pareille situation. J'ai pas vraiment eu le temps d'y penser, pour être honnête. Mais si vous me permettez, il y a des choses plus…

— Oui, je sais, capitaine, le coupa son supérieur en reprenant la main. Et vous avez fait preuve d'un courage exemplaire, apparemment. Sans vous, le lieutenant Doloria aurait sans doute péri ; pourtant, quelque chose me tracasse, capitaine. Quelque chose que je ne m'explique pas et qui me taraude depuis mon arrivée sur les lieux tout à l'heure.

— De quoi s'agit-il, chef ?

— Eh bien, je me demande ce que vous faisiez là-bas, Manuel.

Almeida fronça les sourcils et s'enfonça dans son siège ; Dorival se pencha en avant et posa les coudes sur son bureau.

— Je me demande ce que vous faisiez là-bas, étant donné que vous étiez en arrêt et que vous deviez commencer cette évaluation dès ce soir ; une évaluation qui, dans votre cas, je vous le rappelle, est une sanction disciplinaire.

Sans s'en rendre compte, Manny serra les poings et ses ongles se plantèrent dans ses paumes.

— Sérieusement ?! Vous pensez pas qu'il y a plus important tout de suite ? Plus important que cette putain d'évaluation à la con ?! Heureusement que j'étais là-bas et pas chez votre suceur de cerveaux ! Sinon, le bilan serait catastrophique !

— Que faisiez-vous chez Doloria ? Vous aviez la haine contre elle, n'est-ce pas ? Vous la pensiez responsable de votre situation, c'est ça ?

Un basculement s'opéra ; du clair-obscur, Manny passa directement aux ténèbres les plus sombres.

— Vous… vous pensez tout de même pas que j'ai organisé tout ça ? Que j'ai voulu dézinguer Esperanza ? !

Les mains ramenées sous le menton, Dorival épiait Almeida, à l'affût de la moindre réaction.

— Je ne laisse rien entendre, mais vous allez quand même devoir m'expliquer votre présence sur les lieux d'un supposé attentat !

Manny se calma. Il cligna des yeux deux fois ; les muscles de son cou étaient ankylosés et il se massa la nuque.

— Je voulais la voir.

— Pourquoi ?

— Pour qu'on ait une petite explication.

— À propos de quoi ?

— Mais je sais pas, moi ! De plein de choses ! De notre relation ! Pourquoi ça avait autant foiré ! Et comment je peux me retrouver dans cette merde !

— La situation dans laquelle vous vous trouvez est uniquement de votre fait, Almeida ! Vous bâclez votre boulot ! Vous passez votre temps à péter les plombs ! Apparemment vous seriez même devenu un danger pour la brigade ! Je vous ordonne de suivre le programme qu'on vous a…

Dorival fut interrompu par la porte de son bureau qui s'ouvrit subitement : Giesbert débarquait dans la pièce.

C'était le milieu de la nuit et le patron de la Criminelle était supposé faire son deuil, mais il se tenait bien là, arborant un costume aussi sombre que son expression.

— Manuel, pouvez-vous m'attendre dans mon bureau, s'il vous plaît, j'aimerais m'entretenir avec le commandant Dorival.

Manny resta ahuri. Sans chercher plus loin, il salua ses deux supérieurs et sortit sans rien ajouter.

Un quart d'heure plus tard, Giesbert le rejoignait dans son bureau ; il semblait tomber des nues quand il contourna la table et prit place face à Manny.

— Je viens d'apprendre votre suspension. Je ne comprends pas…

— On est deux, chef.

Après un silence, Manny murmura, comme si ses pensées s'échappaient de sa bouche malgré lui :

— Je sais pas ce qui m'arrive en ce moment…

Les yeux baissés, il se caressait les mains, leurs jointures étaient rougies comme s'il s'était battu.

Giesbert avança sensiblement le buste et le fixa avec compassion.

— Vous avez fait de l'excellent boulot ce soir. Vous avez été un héros.

Manny releva la tête et sourit à peine ; il avait sauvé Doloria, c'était vrai. Mais son expression s'aggrava subitement et Giesbert en fut peiné.

— Manuel, j'entends des choses vous concernant. Est-ce que vous avez besoin de mon aide ?

Le démon gargouilla dans son ventre. Il posa instinctivement la main dessus pour l'endiguer.

— Franchement, vous ne pouvez rien pour moi, chef.

Du bruit dans le couloir ; sans doute l'heure du changement d'équipes. *Il était déjà si tôt ?* Manny se mordit la lèvre inférieure, passa la langue sur sa dent cassée. Un micro-bout s'était encore désagrégé ces dernières heures.

Giesbert contempla un moment son capitaine en silence.

— Manuel, dans ce cas, je vous conseille vivement de suivre le programme qui vous a été imposé. De mon côté, je vais garder un œil sur cette enquête interne à votre sujet et… nous attendrons les conclusions de votre évaluation pour prendre les décisions qui s'imposent.

Almeida resta impassible bien que les mots de son supérieur lui fissent mal.

— Je veux aussi vous dire, Manuel, que cette décision ne me convient pas du tout. Je pense que vous êtes beaucoup plus utile entre ses murs que sur le divan d'un spécialiste. J'espère sincèrement que l'avenir me donnera raison et que nous vous retrouverons bientôt.

— Merci, chef.

Les deux hommes échangèrent un regard appuyé ; Manny se leva, il voulut ajouter quelque chose.

— D'ici là, si vous pouviez veiller sur Doloria, je m'en porterais que mieux.

— Vous pouvez compter sur moi.

Manny approuva d'un signe de tête et pivota pour s'en aller quand Giesbert l'interrompit dans son élan.

— Au fait, Manuel !

Il se retourna.

— L'uniforme vous sied à merveille. Gardez-le autant qu'il vous plaira, votre femme me remerciera.

55

Esperanza ouvrit les yeux : un plafond inconnu ; elle se rappela immédiatement son réveil chez Dorival quelques jours plus tôt. Puis son épaule l'élança tellement qu'elle percuta dans la foulée.

Après des soins interminables dans différents services tout au long de la nuit, elle avait rejoint sa chambre au petit matin et s'était écroulée ; sans même s'apercevoir qu'on lui avait collé de la compagnie durant son court sommeil assommé.

Elle tourna la tête vers le lit d'à côté : son occupante dormait en émettant quelques plaintes ; une bonne partie de son corps était bandée ; la perfusion dans son bras devait la gaver de calmants.

Esperanza sentit un picotement plus aigu dans son épaule. La douleur se réveillait définitivement mais elle se rendait compte de sa chance. C'était même incroyable d'en être ressortie vivante, miraculeux. Et apparemment, grâce à Manny.

Les agents qui l'avaient prise en charge lui avaient répété tout au long de la nuit, admiratifs, que c'était lui qui l'avait sortie de l'immeuble après avoir descendu les deux assaillants ; leurs yeux brillaient quand ils évoquaient son formidable héroïsme.

Maintenant qu'elle avait les idées plus claires, elle repensa à ce qu'elle avait balancé la veille à Dorival sur son compte et elle fut aussitôt assaillie par une profonde culpabilité. Elle serra les paupières de toutes ses forces en se maudissant d'avoir été aussi conne.

Elle chassa ces idées noires en secouant légèrement la tête – ça n'était pas le moment de flancher, pas maintenant –, et elle constata son état déplorable : un large pansement lui recouvrait l'épaule et une partie de la poitrine en maintenant son coude contre ses côtes ; un autre bandage entourait sa cuisse gauche sur une vingtaine de centimètres ; enfin, dans sa chute finale, elle s'était explosé le nez – c'était presque le plus douloureux ; une attelle inconfortable lui recouvrait la moitié du visage et obstruait une partie de sa vision.

À travers son étroite fente, elle regardait fixement la porte de la chambre en se concentrant sur autre chose que ses souffrances, quand elle s'ouvrit silencieusement. Le visage de Dorival apparut dans l'embrasure, puis le chef adjoint pénétra dans la pièce et déposa un bouquet de pivoines blanches sur la tablette au pied du lit.

— Je ne savais pas si tu serais réveillée, lança-t-il en s'approchant.

— Il est quelle heure ?

— Environ 7 heures et demie.

Quand il fut près d'elle, Dorival tenta une caresse dans ses cheveux, puis il prit sa main valide dans la sienne et lui serra les doigts.

— Tu as quand même pu te reposer ? demanda-t-il en restant debout près du lit.

— Je viens d'émerger, j'ai dû dormir deux heures.

— C'est déjà pas mal, vu les circonstances. Et comment tu te sens ?

— En mille morceaux. Mais il paraît que ç'aurait pu être pire.

— Oui, t'as eu beaucoup de chance.

— Grâce à Manny.

La jeune brûlée d'à côté remua sensiblement et geignit dans son sommeil. Esperanza n'y prêta pas attention mais Dorival tourna la tête vers elle.

— Oui, c'est vraiment terrible ce qui s'est passé cette nuit, reprit-il en revenant à Esperanza.

— On en sait plus ?

— On en sait un peu plus, confirma-t-il en lissant sa mèche, même si rien n'est encore officiel. Il s'agirait de deux djihadistes d'origine syrienne. Dans ton appartement, on a retrouvé quatre bombonnes de gaz, des pains de C4 et des détonateurs. Apparemment, ils n'avaient pas juste prévu d'en finir avec toi, ils projetaient de faire sauter tout l'immeuble. Les analystes dépêchés pencheraient pour Daech, mais on n'a encore reçu aucune revendication.

— Des terroristes ? ! réagit Esperanza, complètement hébétée. Pourquoi mon appartement ? Pourquoi moi ?! Enfin, je suis personne, je suis un danger pour personne…

— On ne sait pas, Esperanza. Je t'avoue que rien n'est clair pour l'instant dans cette affaire. Cependant, étant donné le caractère particulier de cette attaque, c'est une instruction pour attentat terroriste qui a été ouverte par le parquet.

— Sérieusement ? Et ils pensent quoi ?! Que la cellule syrienne veut se venger des dernières arrestations ? Que maintenant, elle veut s'en prendre directement aux flics ?!

— L'enquête débute, Esperanza. Tout ça n'est que supposition, on n'en a vraiment aucune idée pour l'instant, mais tout laisse à penser qu'il s'agit de représailles, oui…

Malgré son état déplorable et la fatigue emmagasinée, son esprit cogitait à cent à l'heure et elle n'adhérait pas du tout à cette théorie. La seule chose dont elle était certaine, c'était qu'elle était en vie.

— Où est Manny ?

Dorival afficha une mine circonspecte, comme s'il était surpris par la question.

— Je me suis entretenu avec lui il y a quelques heures, répondit-il. Il va très bien, il est sur pied. Sa suspension est maintenue et il va suivre son programme, mais on ne va pas chercher plus loin pour l'instant. Giesbert a tué dans l'œuf l'enquête interne que je voulais lui foutre au cul. On va donc attendre les conclusions du psy pour en savoir plus.

— Giesbert est de retour ? s'étonna Esperanza.

— Il est passé à la brigade. Il va traiter certains dossiers brûlants dans les prochains jours. De mon côté, je garde la main sur le reste, notamment ton enquête. Je vais même y consacrer une attention particulière le temps de ta convalescence.

— Tu sais quand je pourrais sortir ? demanda-t-elle, impatiente.

— Ils vont te garder deux-trois jours en observation, minimum. Ensuite, tu devras rester immobilisée un bon moment. Peut-être qu'un soutien psychologique te sera aussi nécessaire. Par ailleurs, tu ne pourras pas retourner chez toi avant au moins une semaine, ton appartement est une scène de crime et la police scientifique y est toujours à l'œuvre. Si tu veux, pour faciliter les choses, tu viendras t'installer chez moi. Pour le reste, il faudra prendre ton mal en patience, mais avec un caractère comme le tien, je ne m'en fais pas vraiment.

Elle resta silencieuse à profiter de ces paroles réconfortantes.

— Merci, finit-elle par lâcher.

— Repose-toi, maintenant, je dois y retourner.

Il tendit la main et caressa son bras valide ; elle ferma les yeux.

Quand elle les rouvrit une seconde ou une heure plus tard, Dorival avait disparu.

56

L'OBSCURITÉ. Des ombres, partout.

Sur les murs, le sol, les meubles, des formes qui annonçaient le pire à venir.

Isolé dans une chambre au sous-sol, Thomas se contractait dans son sommeil à ces terribles songes.

Sous une transpiration poisseuse, il courait dans le sable, entouré de dunes brûlantes et de mirages flous.

Plus loin, un nuage opaque grossissait, comme un essaim d'abeilles qui gonflerait à vue d'œil ; des échos de rafales résonnaient.

Avec son tee-shirt, il épongeait régulièrement son visage en nage. Son treillis était trop grand mais il n'avait pas le choix, c'était taille unique et il l'avait retroussé sur plusieurs centimètres et ceinturé jusqu'au dernier cran.

On hurlait dans une langue bizarre – des mots compréhensibles – et il chargeait avec les autres gamins vers la ville assiégée.

Une explosion retentissait et dévastait une maison au moment où il actionnait son fusil d'assaut en arrosant à la ronde.

Des civils pleuraient, se plaignaient, suppliaient qu'on les épargne, mais Thomas les dégommait sans hésiter, comme dans un jeu d'arcade dont il exploserait le score.

Son chargeur vidé, il balaya l'horizon du regard. Chaos et désolation. Il beugla au ciel de tous ses poumons pour fuir cet enfer.

Il courut à toutes jambes pour se réfugier derrière le petit puits en pierres, unique rescapé de la place centrale ravagée.

Les balles sifflaient tandis qu'il séchait ses yeux humides de ses paumes tremblantes.

Il n'avait rien à foutre ici ! Il aurait préféré mourir !

Il se redressa et se jeta dans le puits profond sans hésiter ; se laissant tomber comme tombe un corps mort.

Il sursauta dans son lit en rebondissant et en gueulant de panique ; il ouvrit des yeux affolés.

On l'agrippait par les épaules, on le secouait : Jo et un autre costaud. Ce dernier le bâillonna aussitôt, alors que Jo lui criait dessus :

— Alors comme ça, le Toubib t'a à la bonne ! Hein ?! Il t'a fait revenir pour te garder près de lui ! Comme un petit chien-chien à sa maman !

Jo empoigna le gamin par les cheveux.

— On va fêter ça comme il se doit ! Mais avant ta petite promotion, tu vas être une dernière fois ma petite chienne.

Puis, il lui écrasa son poing sur la figure. Thomas perdit aussitôt connaissance.

Quand il émergea, un mal de crâne carabiné lui broyait les méninges. Il était ligoté dans un espace sombre et exigu. Son sang se glaça en imaginant le pire : on l'avait enterré vivant !

Il percuta vite : le coffre d'une voiture en mouvement. Les soubresauts le cognaient contre les parois métalliques ; du sang dans sa bouche, son nez le brûlait. L'angoisse s'amplifia, elle l'envahit comme une traînée de poudre.

La voix de l'inconnu se manifesta alors pour la première fois.

— Mauviette.

Thomas sortit aussitôt de sa torpeur.

— Qu… quoi ?

— T'es qu'une mauviette.

— Virgile ?

— Non.

— Qui es-tu ?

— Tu le sauras bientôt. En attendant, je vais prendre les choses en main. Allez, file, maintenant !

Et Thomas s'évanouit, aussi rapidement qu'un claquement de doigts, laissant la torche à son nouveau protecteur.

Au bout d'un moment, la voiture ralentit, il le sentit tout de suite, elle changea de trajectoire pour emprunter un chemin de traverse. La route lui sembla moins lisse ; des bosses provoquaient des chocs plus violents, mais à présent il s'en foutait.

Après quelques secondes supplémentaires à ballotter, le véhicule s'arrêta pour de bon. Il entendit du bruit et devina que les deux hommes en descendaient. Quand le coffre s'ouvrit, la nuit était noire, leurs silhouettes se découpaient mal au-dessus de lui ; il ne vit pas le poing partir et lui fracasser la mâchoire. Il faillit s'évanouir tandis que Jo et l'autre l'éjectaient de la cale.

Sur le sentier qui déchirait la forêt, les deux hommes tirèrent le jeune garçon par les bras, les mains toujours entravées dans son dos, ses pieds traînant sur la terre sombre.

— Apparemment, t'es pas près de devenir un vrai soldat ! Hein, mon p'tit Thomas ?! grogna Jo. T'as pas tout ce qui faut !

Le jeune garçon souffrait le martyre, il avait l'impression qu'on allait lui arracher les bras.

— Mais le Toubib aurait dû me demander, moi je savais que t'avais pas les couilles nécessaires !

À travers le voile de ses yeux mi-clos, le gosse regarda son souffle flotter dans l'air froid. Quand il réussit à faire le point un peu plus loin dans la profondeur, à la limite de la conscience il vit la voiture d'où on l'avait extirpé.

Plus on le trimballait vers ces bois profonds, plus le taxi au coffre ouvert se faisait minuscule. Bientôt, seuls son lanternon et ses phares résistaient dans la nuit ; puis le véhicule disparut totalement lorsqu'ils s'enfoncèrent tous les trois dans les ombres.

À peine dix minutes plus tard, un seul en ressortit.

57

Après une première nuit quasi complète – malgré les geignements réguliers de sa voisine de chambre qui la sortaient sporadiquement de son sommeil –, Esperanza se réveilla reposée, avec les idées en place ; elle se sentait même déjà mieux.

La lumière perçante du jour qui traversait les fins rideaux de la fenêtre la fit définitivement émerger, et elle s'adossa au mur comme elle put à l'aide de son bras valide.

La langue rêche et la gorge sèche – conséquences de la dose de morphine administrée durant la nuit –, elle aurait donné tout ce qu'elle avait, là, maintenant, pour un bon café noir et brûlant.

Elle y pensait encore quand la porte de la chambre s'ouvrit en douceur : Manny débarquait dans la pièce comme un mirage en plein désert.

Elle ne l'avait pas revu depuis les obsèques de la femme de Giesbert et leur scandaleuse crise sur le parking, mais elle ne fut pas surprise de le trouver ici, avançant tranquillement vers elle avec deux gobelets dans les mains.

— Un petit café ? proposa-t-il comme entrée en matière.

— Tu lis dans mes pensées.

— Attention, il est chaud, précisa-t-il avant de le lui tendre.

Il remarqua une chaise qui attendait contre le mur de gauche et il s'y installa en silence avec sa boisson. Il retira le couvercle, souffla dessus avant de boire une première gorgée bouillante.

Ils restèrent un moment à s'observer sans rien dire, des émotions contradictoires se succédant dans leurs regards intenses. Sous le poids de certaines, Esperanza baissait les yeux. Elle les ferma même un instant avant de les reposer sur son partenaire avec gratitude.

— Merci Manny, chuchota-t-elle finalement. Merci pour tout…

Il se raidit, une pensée désagréable lui traversa l'esprit mais il la chassa d'un petit mouvement de tête à peine perceptible ; puis il se radoucit et acquiesça.

— Et… je suis désolée, Manny. Je suis tellement désolée…

Il la fixa un instant avant de se lever ; il se pencha sur elle, sur son visage si pansé que sa jolie petite tête avait presque doublé de volume.

— T'as vraiment une sale gueule, aujourd'hui, Doloria, lâcha-t-il en se redressant.

Esperanza esquissa un léger sourire.

— Tu t'es blessé ? s'inquiéta-t-elle en le voyant osciller tandis qu'il retournait vers la chaise.

— Rien de grave, une petite entorse.

En reprenant place, il porta son attention sur le lit voisin : son occupante dormait paisiblement. Elle avait cramé toute son énergie lors de ses lamentations nocturnes et les calmants remplissaient maintenant parfaitement leur rôle.

— Qu'est-ce qu'elle a ? demanda Manny.

— Quelques brûlures, c'est assez superficiel apparemment.

Il hocha la tête en buvant une gorgée plus à son goût.

— Et toi ? Comment tu te sens ?

— Difficile à dire, rétorqua-t-elle. Je crois que je ne réalise pas encore vraiment ce qui s'est passé.

— C'est normal, kiddo. Il va te falloir du temps pour te remettre d'un choc pareil. C'est pas tous les jours qu'on se fait tirer dessus par deux détraqués.

Elle acquiesça, elle sentit une agréable chaleur naître dans son ventre ; la présence de Manny lui faisait du bien. Elle tourna son visage bandé vers lui au moment où il reprit la parole.

— J'étais rassuré d'apprendre que ta fille n'était pas chez toi quand c'est arrivé.

Elle baissa immédiatement les yeux sur son gobelet à moitié vide, la chaleur dans son ventre s'évanouit et sa respiration resta en surface.

— Elle vit avec son père ? relança Manny, intrigué.

Esperanza releva la tête ; son partenaire l'observait avec insistance, son regard interrogateur attendait une réponse immédiate.

— Bon, lâcha-t-elle pour se donner du courage. On dirait que c'est le moment de te raconter mon histoire.

Elle humecta ses lèvres qui se desséchaient contre le pansement rugueux, fit rouler ses yeux derrière l'attelle sur son nez et se lança après avoir inspiré profondément.

— Ma fille, Mia, ne vit pas chez moi. Elle ne vit pas non plus chez son père biologique. Cette ordure était déjà en prison à sa naissance, il y croupit encore, et j'espère qu'il y crèvera.

Pendant un instant, Esperanza hésita à poursuivre, mais elle avait commencé et elle ne pouvait plus reculer.

— Mia vit chez mes parents, chez ses grands-parents…, enchaîna-t-elle comme si elle se mettait littéralement à nu.

Sauf qu'elle pense que ce sont ses parents… Et que je suis sa grande sœur…

Manny leva les sourcils et posa sur elle des yeux tout ronds.

— Je comprends pas…

Elle manquait d'air, elle inspira bruyamment à travers son pansement, réveillant ses douleurs nasales en même temps que ses funestes souvenirs.

— L'été de mes quinze ans, je me promenais près du village de mes parents, dans la campagne andalouse. J'adorais me balader là-bas toute seule, dans cette nature luxuriante, c'est vraiment magnifique. Je sais pas si tu connais ?

Elle espéra une réaction de sa part pour retarder l'échéance, mais le flic se tut et attendit la suite.

— Ce que je préférais, c'était traîner dans les champs d'oliviers. Il y en a sur des kilomètres dans la région, à perte de vue. Je partais avec une grande serviette et un bouquin, et je glandais toute la journée sous le soleil à rêvasser.

Esperanza avait les yeux fermés quand le couperet tomba.

— J'ai été violée, Manny. Séquestrée et violée… Pendant une de mes promenades, en pleine journée, par un paysan du coin.

— Mon Dieu, Esperanza…

Il s'approcha du lit. Elle avait posé son gobelet sur la tablette ; ses mains étaient jointes sur sa poitrine.

— J'étais vierge et ce fut très, très violent, précisa-t-elle en déglutissant. J'avais quinze ans et demi le jour où j'ai appris que j'étais enceinte, enchaîna-t-elle. Mia est née le 7 mai 2008. J'avais eu seize ans quelques semaines plus tôt. J'ai vécu avec mon bébé chez mes parents en Normandie les trois premières années, et quand je suis partie plus tard pour mes études, ils s'en sont occupés comme de leur propre fille, et ils continuent de le faire aujourd'hui. Pour son bien-être, pour son équilibre.

Manny resta ébranlé par ses terribles confidences. Il se pencha sur sa partenaire, déposa sur elle un regard plein de tendresse et de compassion.

— T'as l'intention un jour de lui dire la vérité ?

— Je ne sais pas, Manny… J'imagine qu'un jour ça viendra sur le tapis, et qu'on en parlera sûrement ensemble, oui.

Il voulut être affectueux en lui frôlant la joue, mais ses doigts caressèrent le bandage et elle étouffa un rire douloureux.

Ils s'observèrent un long moment en silence, comme s'ils étaient en recueillement ; Manny ne tenait pas à briser cette intimité et cette confiance, mais il était venu pour une raison particulière.

— Esperanza, lança-t-il en reprenant place sur la chaise, je suis désolé de cette transition brutale et tu vas sans doute trouver ma question bizarre, mais le temps presse…

Elle le dévisagea sans comprendre. Il la fixa avec un air solennel qu'elle ne lui connaissait pas.

— Tu te connais des ennemis ?

Elle parut surprise de sa question.

— À part toi, non, répondit-elle du tac au tac.

Il fit claquer sa langue, un bref instant amusé ; puis l'urgence reprit le dessus, et Esperanza le remarqua.

— Dorival est convaincu que ce sont les Syriens qui ont fait le coup, ajouta-t-elle plus sérieusement.

— Tsss…, siffla-t-il entre ses dents. Quel tocard, ce type !

— Je t'en prie ! le défendit-elle.

— Excuse-moi. Il a de la merde dans le cerveau s'il pense ça. Un attentat terroriste ? Pourquoi ?? C'était clairement toi la cible ! Pourquoi des terroristes s'en prendraient directement à toi ?!

— Je crois pas non plus à cette théorie, Manny. Mais comment t'expliques tout ça, alors ?

— C'est lié à notre enquête, voyons ! s'emporta-t-il soudain en se redressant, animé par l'adrénaline qui explosait de nouveau dans ses veines. Quelqu'un nous surveille et tente d'y mettre un terme !

Les yeux gonflés et plissés sous son bandage, Esperanza restait sceptique. Manny le releva tout de suite.

— Réfléchis, Esperanza, s'excita-t-il. Moi, je suis sur la touche. Y avait plus que toi dans le tableau, plus que toi qui enquêtais en solo. C'est obligatoirement lié à notre affaire. Je pensais juste pas qu'ils iraient jusque-là… jusqu'à vouloir faire sauter ton immeuble…

— Qui ça, « ils » ? rebondit-elle, égarée dans les hypothèses farfelues de son partenaire et remettant de nouveau en cause malgré elle sa santé mentale. C'est de la folie, Manny !

— Oui ! C'est de la folie, Esperanza ! Exactement ! Tout ça semble bien plus gros que l'assassinat d'une jeune religieuse ! s'exclama-t-il en se signant avec cynisme avant d'embrasser ses doigts. Maintenant, avec cette attaque aux moyens colossaux, ça prend tout de suite d'autres proportions, car, crois-moi, c'était un vrai travail de pro. C'est un miracle qu'on s'en soit sortis tous les deux.

Esperanza secoua la tête ; elle tenta de percer les réflexions de son coéquipier ; les ombres planaient toujours.

— Qu'est-ce qu'on peut faire, Manny ? T'es sur la touche, je suis bloquée ici…

— Récupère tranquillement, kiddo. Mais fais attention à toi. S'ils sont allés jusqu'à te dégommer chez toi, ils ont les moyens de t'atteindre n'importe où, alors fais vraiment gaffe. Et demande tout de suite à Dorival de poster un mec devant ta porte, on ne sait jamais.

Malgré le pansement qui recouvrait une partie du visage d'Esperanza, Manny décela de la peur dans son regard.

— Je repasserai te voir bientôt, ajouta-t-il pour la rassurer. Je te dirai où j'en suis.

— Manny, t'es out. Dans quelle galère tu vas te foutre encore ?

— Repose-toi, garde un œil ouvert, et surtout, ne fais confiance à personne.

58

CE MATIN-LÀ, en ressortant de sa consultation chez le psy – durant laquelle il avait à peine ouvert la bouche pour manifester encore une fois sa désapprobation –, Manny se retrouva sur un trottoir bondé et la cohue lui provoqua aussitôt une migraine insupportable. Il chaussa ses lunettes aux verres fumés et se dirigea vers sa voiture en fendant la foule de passants pressés.

Bien qu'il soit suspendu jusqu'à nouvel ordre et qu'il ne possède plus, de fait, le pouvoir associé à sa fonction, la question ne se posait même pas une seconde pour lui et il était déterminé à mener à bien cette enquête coûte que coûte, quitte à flirter avec l'illégalité.

Même si frère Paul – paix à son âme – et les autres membres de la paroisse et de l'institution avaient été définitivement rayés de la liste des potentiels suspects – leur ADN les ayant disculpés sans le moindre doute possible –, Manny ne pouvait s'empêcher de penser que quelque chose d'essentiel lui avait échappé et que le meurtrier était passé entre les mailles. Il recentra ses réflexions sur ce qui lui paraissait le plus important dans le schéma et, rapidement, il se laissa guider par son instinct ; cet instinct qui lui disait – qui lui hurlait ! – que les enfants étaient au cœur du mystère. Et c'est plein de conviction qu'il enfonça l'accélérateur.

Sur le trajet qui le menait vers l'institution Sainte-Geneviève, la voix de la mère supérieure résonnait de nouveau dans son crâne :

Vous ne les entendez pas ? Vous n'entendez pas les cris des enfants ?

Dans le bâtiment principal du collège, au sein du magnifique hôtel de Concorde, Manny patienta vingt minutes à l'administration, à se tortiller sur une chaise inconfortable, avant d'être finalement reçu au quatrième étage.

Quand il débarqua dans le bureau d'Antoine de Saint-Bris, ce dernier l'accueillit avec de plates excuses dont Manny douta aussitôt de la sincérité.

— Veuillez me pardonner pour cette attente, capitaine, lança le directeur de l'institution en lui indiquant un fauteuil. Vous débarquez à l'improviste et je n'étais malheureusement pas disponible.

Manny sourit en brassant l'air devant lui d'un petit geste de la main pour lui signifier que ça n'avait pas d'importance, puis il s'installa face à lui et lui envoya sans préambule :

— Monsieur de Saint-Bris, avez-vous déjà entendu parler de l'Épouvantail ?

Un silence. Le directeur parut étonné et le manifesta en levant les sourcils ; il passa la main sur son crâne rasé, de courts cheveux argentés avaient repoussé depuis la dernière visite du flic.

— Vous devez faire allusion à… cette espèce de créature imaginée pour effrayer les enfants ? J'espérais vraiment que cette mauvaise blague n'arriverait pas sur le tapis. Je ne voulais pas qu'on salisse la mémoire d'une jeune femme qui, pour moi, était et restera une personne exceptionnelle.

Intrigué par la tournure de la conversation, Manny articula bien chaque mot :

— Que voulez-vous dire, monsieur de Saint-Bris ?

Ses petits yeux clairs et perçants se plantèrent dans ceux d'Almeida.

— Cela concerne sœur Marie-Hélène. Croyez-moi, je ne souhaitais pas aborder le sujet, d'autant plus que nous ne sommes que très peu à être au courant de ces… histoires. Je ne crois pas que cela se sache au couvent – Dieu soit loué –, elles ne s'en remettraient pas, les pauvres.

— Venez-en aux faits, monsieur de Saint-Bris, s'impatienta Manny.

Bouche bée et les yeux fixes, le directeur parut vexé.

— Eh bien, reprit-il après un instant de trouble, elle était respectée de tous au sein de la communauté mais… c'était aussi une jeune femme de petite vertu.

Almeida fronça les sourcils, tenta de déceler une émotion chez son interlocuteur au moment où ce dernier entrait dans les détails.

— Avec les hommes, elle était en permanence dans la séduction. Elle était ravissante et elle en avait conscience, si vous voyez ce que je veux dire, précisa-t-il en prenant Manny à partie comme s'il voulait instaurer une connivence avec lui. Elle passait son temps à minauder, à faire tourner les têtes. Elle était d'ailleurs arrivée à ses fins avec ce pauvre frère Paul.

Saint-Bris se tut un instant, sembla remarquer le changement d'expression du flic à l'évocation du jeune prêtre.

— Il ne s'était visiblement pas remis de ce petit jeu odieux, le malheureux, ajouta-t-il en baissant le regard.

Almeida secoua légèrement la tête, il n'en croyait pas ses oreilles.

— Comment vous avez pu nous cacher ces informations aussi longtemps ?! grogna-t-il.

— À quoi bon ternir son souvenir ?

— Parce qu'elle a été sauvagement assassinée, peut-être ?! hurla Manny en se levant de son fauteuil.

Les mains sur les hanches, il bascula la tête en arrière comme si cela allait faciliter sa réflexion, puis il la ramena en avant et fit de nouveau face au directeur.

— D'autres personnes peuvent confirmer vos déclarations ?

— Absolument, capitaine. Quelques salariés étaient eux aussi au courant de ses mœurs.

— Vous pouvez les faire appeler ?

— Certainement.

Saint-Bris décrocha son téléphone et demanda à faire monter deux membres du personnel. Manny se rappela qu'il s'agissait d'un infirmier et d'un surveillant dont on avait prélevé l'ADN quelques jours plus tôt.

— Connaissez-vous des hommes qu'elle aurait éventuellement fréquentés ? embraya le flic une fois qu'il eut raccroché.

— Elle a entretenu une relation secrète pendant quelques mois avec ce jeune prêtre. D'après ce que j'en sais, elle aurait également eu l'année dernière une brève aventure avec l'un des intendants qui a depuis quitté l'institution.

— Son nom ?

Saint-Bris écrivit quelques mots sur une feuille de papier, qu'il lui fit glisser.

Le flic s'empara de la note, lut le nom et l'empocha. Désorienté, il n'assimilait pas le tableau qui évoluait.

— À quoi bon être religieuse ? s'interrogea-t-il.

— Je me suis longtemps posé la question. La réponse est qu'elle devait y trouver son compte.

— Comment a-t-elle pu cacher ça... ?

— Je vais vous avouer un secret, capitaine. Je dirige cet établissement catholique depuis de nombreuses années, mais je n'ai pas la foi en la religion, je ne l'ai jamais eue. Ce qui m'intéressait chez sœur Marie-Hélène, c'était son travail exceptionnel auprès des enfants, et de ce point de vue, elle était irréprochable.

Manny ne parvenait pas à relier les points, à dresser le nouveau profil de la victime.

— Monsieur de Saint-Bris, entreteniez-vous, vous-même, une aventure avec sœur Marie-Hélène ?

Le directeur fut pris de court.

— Pardon ?? Vous plaisantez, j'espère ?

— Pas du tout, monsieur de Saint-Bris. Et je vous prie de répondre.

— Je ne l'ai jamais touchée, voyons, restons sérieux.

Almeida le jaugea, il passa sa langue sur sa dent tranchante.

— Pour en revenir à cet Épouvantail, reprit le flic.

Saint-Bris resta muet, visiblement encore choqué par la question précédente.

— Monsieur de Saint-Bris ? insista Manny. L'Épouvantail ?

Le directeur se ressaisit en clignant plusieurs fois des paupières, avant de planter encore ses yeux dans ceux du flic.

— C'était une invention de sœur Marie-Hélène.

— Quoi ? Mais dans quel but ?

— Si je vous ai dévoilé la nature de son tempérament, c'est aussi parce qu'il en dit long sur son caractère, et sur une certaine forme de perversité.

Il toussota avant de poursuivre :

— Sœur Marie-Hélène avait des idées pour le moins... originales, en ce qui concernait l'éducation des enfants et leur développement. Elle pensait qu'en matérialisant leurs peurs en une sorte de croque-mitaine, qu'en attisant leurs angoisses à travers un personnage fantasmagorique, cela les aiderait et les ferait évoluer plus rapidement.

— Et ce fut le cas ?

— Ce fut le cas, pour la plupart.

Manny se retourna lorsqu'on frappa à la porte. Saint-Bris invita ses visiteurs à entrer.

L'infirmier et le surveillant confirmèrent sans moufter les déclarations du directeur et confièrent même au flic qu'entre eux ils surnommaient la jeune religieuse « sœur Marie-couche-toi-là ».

Manny en tomba des nues.

Les deux hommes repartis, le flic jeta un coup d'œil par la fenêtre ouverte. De sa place il ne pouvait le sentir, mais il s'imagina quand même respirer à pleins poumons l'air frais qui soufflait dehors, comme pour faire le vide dans son esprit.

Une fois ses idées remises à l'endroit, il sortit un carnet et reprit ses questions.

— En m'intéressant d'un peu plus près au passé de l'institution, j'ai découvert que plusieurs religieux qui enseignaient ici s'étaient donné la mort, lança-t-il en cherchant une page dans son calepin. Rien que ces vingt dernières années on a dénombré pas moins… d'une dizaine de suicides. Ça fait beaucoup…, laissa-t-il un instant en suspens. Vous dirigez cet établissement depuis environ deux décennies, c'est bien cela ?

— Absolument, capitaine. Vingt-quatre ans, pour être exact.

— Vous étiez donc en poste quand ces… tragédies se sont produites, n'est-ce pas ?

— Oui, et je me rappelle chacune d'entre elles, confirma le directeur. Mais où voulez-vous en venir, capitaine ?

— Dix suicidés en vingt ans, ça fait une moyenne d'un tous les deux ans. Je me demande quelle ombre plane ici pour pousser autant de prêtres à s'ouvrir les veines ou de religieuses à se jeter par les fenêtres. Et je me disais que vous pourriez peut-être éclairer ma lanterne.

Saint-Bris bascula dans son fauteuil et prit son temps pour répondre.

— Capitaine de Almeida, que vous dire… Malheureusement, ce sont des choses qui arrivent. Les religieux… Ces femmes et ces hommes ne choisissent pas une voie aisée ; elle est même semée d'embûches. Et ils sont admirables de croire suffisamment pour se lancer dans cette existence. Ils vouent leur vie à Dieu et aux autres sans penser une seule seconde à leur propre équilibre et à leur propre bien-être. Quelle plus belle preuve d'amour existe-t-il que ce qu'ils offrent à l'humanité ? questionna-t-il. Mais parfois, aussi profonde soit-elle, leur foi peut être ébranlée…

— Vous êtes en train de me dire que vos bonnes sœurs se suicident vingt fois plus que dans n'importe quel autre couvent du pays… parce qu'elles ont perdu la foi ?

— Je ne sais pas, capitaine, ce n'est qu'une supputation pour essayer d'éclairer votre lanterne. Mais les voies du Seigneur sont impénétrables…

Saint-Bris fit discrètement craquer ses doigts avant de les croiser sur le plateau en merisier.

— Ces disparitions ont été douloureuses pour nous tous, capitaine de Almeida. Mais je ne me les explique pas, personne ne peut les comprendre, et pourtant nous avons essayé. Je ne possède tout simplement pas les éléments nécessaires pour faire la lumière sur ces drames. La nature humaine est si complexe. Qui aurait pu penser un seul instant qu'un jeune prêtre aussi investi que frère Paul se pendrait dans sa cellule ?

Almeida le jaugea un instant avant de rebondir :

— Monsieur de Saint-Bris, existe-t-il un recensement des enfants passés par le collège ?

— Bien sûr. Vous trouverez tous ces documents dans la salle des archives, elle est située juste en dessous de la bibliothèque.

— Merci. Par ailleurs, entretenez-vous un suivi avec les élèves après leur sortie de l'établissement ?

— Oui, pour la plupart, nous savons ce qu'ils sont devenus. Certains reviennent même régulièrement nous rendre visite. Ils savent ce qu'ils doivent à l'institution, et ils sont ravis de nous montrer les résultats de nos efforts.

— Je voudrais accéder à ces dossiers dès maintenant, sur les vingt dernières années, s'il vous plaît.

Saint-Bris décrocha le téléphone posé sur son bureau. Manny leva les yeux au plafond ; la mère supérieure monopolisait toutes ses pensées.

Le passé de l'institution. Les suicides. Les enfants.

Où le massacre d'une jeune religieuse trouvait-il sa place dans tout ça ?

En raccrochant, Saint-Bris lui confirma qu'il pouvait descendre dès à présent ; une employée était déjà en train de préparer les archives, il pourrait les consulter dans un instant.

— Et n'hésitez pas à me faire appeler si vous avez besoin de quoi que ce soit, surtout.

— Je n'y manquerai pas.

Manny quitta la pièce en passant devant les photos qui trônaient sur la cheminée.

Sans leur prêter la moindre attention.

59

Ces dernières soixante-douze heures, une dizaine de bouquets s'étaient agglutinés dans la chambre et leurs parfums se mélangeaient en une senteur si puissante qu'elle lui provoquait des vertiges. Esperanza était donc d'autant plus ravie de sortir aujourd'hui.

Un nouveau pansement sur le visage – plus fin et plus confortable que le précédent –, la jeune flic s'habillait avec précaution quand son épaule la lança tellement qu'elle se contracta en serrant les dents avant d'éprouver un nouveau vertige.

Au volant de sa puissante berline allemande dont les sièges en cuir respiraient impudemment le neuf, Dorival filait sur les boulevards parisiens en évoquant des banalités ; installée sur le siège passager, Esperanza regardait le paysage urbain parader par la fenêtre sans vraiment l'écouter.

Plongée dans ses pensées, elle revivait les derniers jours en différé. Avec cette affaire, elle le sentait au plus profond d'elle-même, presque de façon organique : il fallait à tout prix que justice soit faite. C'était le plus important pour elle :

honorer la mémoire de sœur Marie-Hélène, faire payer le prix fort à celui ou ceux qui lui avaient arraché la vie. C'était bien là l'essentiel : elle voulait la *venger*.

Tout en maîtrisant sa vive émotion qui mêlait chagrin viscéral et colère intense – presque rageuse –, Esperanza se projeta sur cette convalescence qu'elle imaginait déjà insupportable et sans fin.

— Où en est l'enquête ? demanda-t-elle soudain en sortant de ses réflexions. Toujours focus sur les Syriens ?

— Oui, c'est l'axe privilégié, confirma Dorival. La DGSI et l'anti-terrorisme ont pris la main sur le dossier, mais ils me tiendront continuellement informé de son évolution.

— Ça tient pas debout…

Concentré sur la route, il ne prêta pas attention aux doutes de Doloria, qui replongea les yeux dans la circulation chaotique.

— Manny pense aussi que vous vous plantez…

Dorival se tourna spontanément vers elle.

— T'as vu Almeida ? ! s'étonna-t-il.

— Oui. Il est passé à l'hôpital il y a deux jours, pour prendre des nouvelles.

— Tu ne devrais pas le fréquenter, Esperanza, pesta-t-il. Pas le temps de son évaluation. D'autant plus que c'est toi qui l'as mis dans cette situation et qu'il le sait, il est pas con. Alors évite-le jusqu'à ce qu'on en sache plus sur son état, tu veux bien ?

Elle resta muette, de nouveau ailleurs.

Dorival lâcha le levier de vitesse et lui caressa la cuisse en brisant le court silence.

— Et… juste par curiosité. Quelles sont ses hypothèses ?

— Elles n'ont pas plus de sens…, lâcha-t-elle sur un ton laconique.

— Mais encore ?

— Il pense que j'étais la cible de cette attaque, et que cette attaque est liée à notre affaire.

— Ah oui ? Quel rapport avec *ton* affaire ? appuya-t-il pour exclure Almeida du décor.

— Je sais pas. Il croit qu'on est sur la bonne piste, et que quelqu'un essaye d'y mettre un terme.

— Il est vraiment taré, ce type, complètement parano. Il pense quoi ? Qu'une bonne sœur a envoyé deux terroristes pour te faire sauter le caisson ?

— Ouais, je sais... J'y comprends rien non plus...

La main de Dorival glissa le long de la fine cuisse de la jeune flic pour se déposer sur son genou.

— Écoute, tu as été victime d'un terrible traumatisme, Esperanza. Tu as failli mourir. C'est normal que tu te sentes un peu perdue, c'est le contraire qui serait étonnant.

Il lui frotta l'articulation comme pour la réchauffer malgré la trentaine de degrés qui hurlaient dans l'air.

— Essaye de te vider la tête de tout ça, OK ? lui conseilla-t-il. Mets-toi en veille quelque temps et recentre-toi sur toi-même, c'est le plus important aujourd'hui. De toute façon, dans les prochains jours, tu ne dois pas bouger. Donc, tu vas rester bien au chaud et tout va bien se passer.

En débarquant chez Dorival, Esperanza détailla les lieux comme si elle y pénétrait pour la première fois, une vraie découverte – elle était tellement soûle l'autre soir qu'elle n'en avait plus aucun souvenir, et le lendemain elle avait fui comme une voleuse et n'y avait pas prêté plus d'attention.

L'appartement était spacieux, clair et parfaitement entretenu. Des photos de dunes grand format et en noir et blanc occupaient certains des murs. Le mobilier était moderne et épuré. Esperanza se demanda s'il s'agissait d'un de ces appartements de fonction qui laissaient rêveurs tous les Parisiens, avec leurs quatre-vingts mètres carrés en plein cœur de la capitale pour cinq cents balles par mois. Malgré sa curiosité, elle ne lui demanda pas et le suivit jusqu'à la chambre.

Dorival déposa les deux sacs d'Esperanza sur le lit tiré à quatre épingles, aussi parfait que celui d'une première nuit dans un palace cinq étoiles.

— T'as une femme de ménage ? demanda-t-elle spontanément.

Il se tourna vers elle en lissant inutilement sa mèche grise et la saisit par la taille.

— Non, pourquoi ?

Il mesurait une bonne trentaine de centimètres de plus qu'elle et Esperanza dut lever la tête pour lui faire face.

— Pour rien, rétorqua-t-elle dans un sourire.

— Je dois y retourner. Ça va aller ?

Elle se cala contre lui en prenant garde de ne pas blesser davantage son bras en écharpe.

— Je ne sais pas comment te remercier pour tout ça.

Il passa la main derrière sa tête et lui caressa délicatement les cheveux, ils étaient libérés ce matin-là et il put y enfoncer ses doigts jusqu'à son crâne.

— T'as besoin d'autre chose ? chuchota-t-il au creux de son oreille.

Elle réfléchit une seconde.

— Peut-être d'un téléphone, le mien a explosé dans la bataille. Mais t'embête pas, j'irai en acheter un tout à l'heure…

— Ah non, certainement pas ! « Immobilisation totale », ont dit les médecins. Je t'en rapporterai un ce soir, ajouta-t-il en s'écartant légèrement d'elle. Toi, tu ne bouges pas, tu restes au calme et tu te reposes !

— À vos ordres, chef ! s'amusa-t-elle en tapant sa main disponible contre son arcade sourcilière.

— Rompez les rangs.

60

DANS LA CABINE BRUYANTE et intimidante qui le descendait à la salle des archives, Manny transpirait à grosses gouttes et repensait à ces surprenants hasards qui tombaient comme une touffe sur la soupe.

Il avait beau se concentrer sur ces nouvelles considérations qui tournaient dans tous les sens dans sa tête, aucun tableau distinct ne se dégageait vraiment, comme si le puzzle était faussé dès le départ. Et pour couronner le tout, son instinct était en alerte maximale : il était convaincu que Saint-Bris lui avait bourré le mou et rempli les oreilles de merde ; ce qui l'agaça évidemment au plus haut point.

Après quelques secondes à cogiter malgré tout à ces dernières hypothèses, il les froissa dans son esprit, en fit de minuscules boulettes et les jeta dans sa poubelle virtuelle. *Bullshit !*

Sœur Marie-Hélène était l'innocence incarnée.

Les portes coulissèrent dans un vacarme métallique ; le flic s'avança dans un espace rectangulaire d'environ trente-cinq mètres carrés éclairé par trois rangées de néons blancs, où une jeune femme finissait d'empiler des cartons à archives de taille identique.

Les quatre murs de la salle étaient recouverts d'étagères – se hissant du sol au plafond –, toutes remplies de classeurs et autres boîtes de rangement qui s'entassaient sur chacun de leurs plateaux. Un ordinateur dernier cri installé sur un petit bureau d'angle dans l'un des coins créait une parenthèse bienvenue et offrait une respiration à cette pièce étouffante et sans aucune ouverture.

Au centre de l'espace, deux chaises à accoudoirs entouraient une table rectangulaire en bois ; c'est sur cette dernière que l'assistante déposa le dernier carton près des autres avant de se tourner vers Manny. Elle devait avoir une petite quarantaine d'années, elle était fine et avenante ; les cheveux mi-longs réunis en une queue-de-cheval impeccable, elle portait une jupe sombre et un chemisier en soie claire qui laissait deviner un soutien-gorge noir.

— Je vous ai préparé les archives concernant les internes sur les vingt dernières années, inspecteur, lui indiqua-t-elle en posant une main délicate sur l'une des boîtes.

Manny haussa les sourcils en notant la masse phénoménale de documents. Même s'il s'y attendait, il allait rapidement se retrouver noyé sous une tonne d'informations.

Elle dut remarquer son expression anxieuse.

— J'espère que vous n'êtes pas pressé. Cela risque de vous prendre un peu de temps pour décortiquer tout ça, lui lança-t-elle, pleine de compassion.

Elle lui tendit un boîtier.

— C'est la commande de la climatisation. Quand on reste trop longtemps ici, on a l'impression d'être dans un four et ça devient vite insoutenable.

Génial, pensa Manny en s'emparant de l'objet et en baissant immédiatement la température à l'aide du bouton adéquat. Le souffle de l'appareil installé sur le mur au-dessus de l'ascenseur se manifesta aussitôt et un grognement sourd envahit la pièce.

— Si vous avez besoin de quoi que ce soit, reprit-elle, je serai à la bibliothèque, juste au-dessus. N'hésitez pas à m'appeler. Vous pouvez utiliser ce téléphone (en indiquant un appareil accroché dans le coin près de l'ordinateur), vous tapez le 11, c'est mon poste direct en interne.

— Je vous remercie, mais je devrais pouvoir me débrouiller.

— Comme vous voulez, en tout cas, n'hésitez pas.

Une fois seul, le flic tomba la veste et la déposa sur le dossier d'une des chaises, il jeta un bref coup d'œil aux neuf cartons empilés et se précipita sur eux comme un fauve affamé.

Quatre heures plus tard, son ventre gargouillait quand il referma le cinquième carton. Il n'avait pas déjeuné et il venait seulement de réaliser la moitié de sa tâche sans rien trouver de pertinent. Il posa la main sur son estomac, le démon couvait, il se tenait juste là, bien calé, bien au calme ; ce qui le rassura. Il plongea néanmoins sa main dans sa poche jusqu'à sa petite boîte et avala un cachet pour se donner du courage pour la suite.

Totalement focalisé sur son sacerdoce et ne laissant aucune perturbation le divertir de sa mission, il se replongea dans les documents avec un appétit sans borne, se familiarisant avec les internes passés par l'institution, tous ces orphelins et ces gosses abandonnés qui n'avaient rien demandé à personne. Il restait abasourdi par le nombre de gamins en difficulté qui avaient grandi entre ces murs, et il se demanda combien d'autres s'étaient vu refuser l'admission.

Les sens en alerte, il poursuivit ses recherches ; ses yeux se promenaient frénétiquement sur ces centaines de pages – analysant, enregistrant, comparant la masse d'informations qu'il avait à ingurgiter.

Il était quasiment remonté deux décennies plus tôt quand quelque chose l'intrigua. Il vérifia une fois encore les tableaux qu'il avait soigneusement étalés sur la table ; et ce qui s'était dégagé et l'avait stimulé inconsciemment se matérialisa alors : d'une année sur l'autre, certains élèves semblaient non seulement avoir quitté l'établissement, mais s'être littéralement volatilisés. À la différence de la plupart qui étaient suivis même après leur sortie de l'institution, ceux-là s'étaient apparemment évanouis dans la nature sans laisser aucune trace.

Manny refouilla parmi les documents précédents, peut-être était-il passé à côté d'un détail important, une explication sensée à ces omissions, mais non, il ne trouva rien les concernant, ni acte de décès ni déménagement à l'étranger, absolument rien. Environ cinq enfants par an disparaissaient mystérieusement et on ne savait de toute évidence pas ce qu'ils étaient devenus.

Il jugea cela d'autant plus suspect que le suivi des anciens internes était visiblement d'un sérieux sans faille au sein de l'institution. C'était même leur principal argument de communication. Alors, pourquoi cette absence incompréhensible ? Et surtout, qu'était-il arrivé à ces gosses ?

Piqué par la curiosité, il se leva pour faire le point, les doigts sur ses tempes en nage ; il pivota sur lui-même et tomba nez à nez avec l'ordinateur qui attendait dans un coin de la pièce. Sans plus tergiverser, il s'installa face à l'écran et alluma l'unité centrale ; après une succession rapide de lettres, de chiffres et de logos, plusieurs dossiers apparurent sur l'écran. Sans savoir précisément quoi chercher, Manny se promena un moment dans ces derniers, mais aucun contenu n'attira son attention – entre tableaux de comptabilité, programmes scolaires, listes du personnel et menus des repas sur vingt ans, il ne trouva rien –, jusqu'au dernier dossier interne, qui l'intrigua. De couleur différente, il était sécurisé et nécessitait l'usage d'un mot de passe.

Spontanément, le flic en tenta un : « Saint-Bris », mais un message d'erreur apparut aussitôt en rouge sur l'écran et lui indiqua qu'il n'avait plus droit qu'à deux essais. Manny réfléchit, le regard dans le vide, puis il dégaina son téléphone.

Il avait rencontré Gérald une dizaine d'années plus tôt, dans des circonstances pour le moins rocambolesques, puisque c'était lui qui l'avait arrêté et foutu au trou. Petit génie de l'informatique aujourd'hui rangé des voitures, Gérald s'était fait coffrer à l'époque pour avoir piraté le réseau de l'Élysée, un exploit dont il était particulièrement fier, d'autant plus qu'il n'avait que vingt ans au moment où il réalisa ce chef-d'œuvre du hacking. Manny (mais pas uniquement) s'était pris d'affection pour cette espèce d'hurluberlu sympathique qui comparaît son crime à un art. Et avec un tel talent, ce qui devait arriver arriva. En échange d'un boulot d'analyste au ministère de l'Intérieur en charge de la protection des données, Gérald avait échappé à quelques mois de prison ; l'État le payait même pour continuer à exercer sa passion et lui offrait cinq semaines de vacances aux frais du contribuable. Mais après un premier avertissement sans conséquences, il avait merdé une autre fois (en pénétrant dans le réseau de la Cour des comptes juste pour voir s'il n'avait « pas perdu la main »), et il s'était fait éjecter du *game* sans ménagement. Aujourd'hui à son compte, il s'occupait principalement de la sécurité informatique de grosses sociétés financières, et apparemment il ne s'en plaignait pas et pouvait largement subvenir aux besoins des trois gosses qu'il avait eus avec deux femmes différentes. Toujours est-il que, malgré cette vie plutôt rock'n'roll, c'était un cador et Manny ne connaissait pas meilleur que lui dans son domaine.

Gérald répondit tout de suite à son message – ce qui n'étonna pas le flic tant il le savait connecté quasiment vingt-quatre heures sur vingt-quatre –, et il était même frais et dispo pour lui filer un coup de main ; Manny remercia sa bonne étoile.

Après avoir reçu les infos du réseau wifi de l'institution et l'adresse IP de l'ordinateur, le hacker put prendre les commandes de la machine des archives.

Les doigts crispés et croisés devant le clavier, Manny observait la flèche de la souris dirigée à distance se balader sur son écran comme par magie, cliquer sur différentes icônes et autres menus déroulants, avant que des lignes de chiffres et de lettres ne défilent pendant deux bonnes minutes, pour que finalement la page du dossier sécurisé avec la case du mot de passe ne revienne en plein centre. Puis, plus rien.

Impatient, la transpiration inondant maintenant son dos – *fichue clim' de merde qui soufflait de l'air chaud* –, Manny attendit encore en fixant la case vide et la flèche immobile. Il crut entendre du bruit et jeta un coup d'œil instinctif vers l'ascenseur ; il appuya sur un bouton de la climatisation et mit un terme à son supplice. L'absence d'ouverture et la chaleur humide commençaient vraiment à le rendre claustro et il passa sa manche sur son front pour sécher son début de panique. N'en pouvant plus de ce délai interminable à se malaxer les méninges, il allait envoyer un nouveau message à Gérald pour le presser lorsque son téléphone vibra dans sa main.

De : Gérald Hacker
Essaye le mdp : lepouvantail

Le sang de Manny ne fit qu'un tour, il se leva brusquement de son siège. La transpiration suintait de tout son corps, il sentait les pulsations de son cœur battre violemment contre ses tempes, si fortement qu'il imaginait qu'elles lui déformaient la tronche. Il se réinstalla et pianota les douze lettres du mot de passe. La page se débloqua aussitôt et un nouveau menu s'afficha.

Les différentes lignes classaient des fichiers par année, de 1994 à 2018, de la création de l'institution à aujourd'hui. Le temps pressait maintenant. Manny regarda l'heure en bas de l'écran : 19 : 47. Il cliqua sur le sous-dossier le plus ancien, celui daté de 1994, et des dizaines de pages d'informations s'affichèrent. Même s'il avait demandé à Gérald de copier l'intégralité des données et de les lui envoyer par mail, le flic leva son téléphone en mode photo et prit un cliché de l'écran. Il fit ensuite glisser toutes les lignes sans y prêter plus d'attention et shoota les nouvelles informations avec son portable. Il remonta ainsi les années, faisant défiler les fichiers et enregistrant sur son mobile les archives protégées ; il prendrait le temps de les analyser plus tard, chez lui au calme.

Du bruit ! Un claquement mécanique qui s'amplifia subitement. L'ascenseur parut bringuebaler. Manny se figea dans la seconde et la sueur perla de plus belle sur son front et sa nuque. Le vacarme émanant de la cage ne laissait maintenant plus de place au doute : quelqu'un descendait bien aux archives. Il n'avait photographié que la moitié des données quand il referma tous les onglets et éteignit l'écran avant de se précipiter vers la table et les dossiers qui y étaient toujours étalés.

L'ascenseur se tut et les portes coulissèrent en grognant : Saint-Bris sortit de la cabine en trombe au côté d'un agent de sécurité.

— Vous m'avez bien eu, jeune homme, lui lança le directeur de l'institution, visiblement mécontent mais essayant de contenir sa colère.

— Je vous demande pardon ? rétorqua Manny, appuyé contre la table, en relevant un visage en nage.

— Je viens d'apprendre que vous ne faisiez plus partie de la police, monsieur de Almeida. Aussi, je vais devoir vous demander de partir, puisque vous ne menez plus d'enquête et que vous n'avez donc plus rien à faire ici. Alors foutez-moi le camp. Maintenant.

61

1979.

Après quinze ans d'exil – dont les derniers mois passés en France d'où il orchestrait son offensive –, Rouhollah Khomeini retourna en Iran pour renverser le Shah au pouvoir.

Si cette révolte plongea le pays dans le chaos et vit naître des dizaines de groupuscules rebelles – marxistes, libéraux, anarchistes – qui cherchèrent tous à imposer leur vision du futur, c'est bien Khomeini, à l'initiative du mouvement et soutenu par la majorité, qui accapara l'autorité et imposa le chiisme duodécimain comme religion d'État en accord avec la charia.

1980.

Quand l'ayatollah fraîchement proclamé appela tous les pays musulmans à une révolution islamique sur son modèle, Américains, Européens et Soviétiques – inquiets par ce soudain élan dans une zone aussi sensible et stratégique – décidèrent de miser sur le bouclier laïque de Saddam Hussein, jugeant le dictateur voisin comme le pion parfait pour stopper les ambitions iraniennes et son expansion religieuse ; d'autant plus que l'Irak convoitait depuis longtemps ses régions pétrolifères.

Tout le monde s'y retrouvait, le monde libre pouvait respirer.

En quelques mois, plus de soixante milliards de dollars d'armement militaire débarquèrent à Bagdad, dont un quart fourni par la France, faisant de l'Irak l'un des pays les plus armés du monde avec des centaines d'AMX, de MiG-21, de F14 Tomcat et de Mirage-F1, et des milliers de missiles Scud ou Exocet.

S'ensuivit un conflit interminable et barbare qui mit à genoux les deux pays.

Autoproclamé grand triomphateur après la reddition de Khomeini en 1988, le désormais surarmé Saddam Hussein allait rapidement jeter un coup d'œil du côté du Koweït, suscitant bientôt l'inquiétude des monarchies arabes et des États-Unis, avec les résultats que l'on sait.

Mais au-delà d'avoir été un tournant historique majeur, cette première guerre du Golfe bouleversa la marche de l'humanité : les Iraniens avaient enrôlé dans leurs rangs des enfants pour combattre.

Certains n'avaient pas dix ans mais allaient déjà se faire sauter sur le territoire ennemi en marchant volontairement sur les mines irakiennes.

Le mysticisme fanatique de leur ayatollah lié à un ultra-patriotisme aveugle achevait de motiver ces centaines de milliers de gosses promis à une mort certaine.

De jeunes « élus » endoctrinés à qui on remettait avant chaque assaut fatal une clé dorée en plastique en leur promettant qu'elle leur ouvrirait les portes du paradis.

Il existe des photographies montrant ces gamins exaltés, le front serré par un bandeau sur lequel on lit en farsi : « Allah est le plus grand ».

Au fil du temps, ces enfants-soldats devinrent le symbole de cette guerre dans toute son abomination.

62

LA NUIT ÉTAIT DÉPOURVUE D'ÉTOILES lorsque Manny rentra chez lui. La tronche farcie et la cervelle en poudre, il était encore à cran après ce qui venait de se passer à l'institution. Et surtout, il ne comprenait pas comment Saint-Bris avait pu apprendre aussi vite qu'il avait été mis sur la touche. Comme si une force tapie dans l'ombre s'amusait à lui mettre des bâtons dans les roues, comme si tous les éléments se moquaient de lui jusqu'à lui faire perdre la tête.

Il se posait toujours la question quand il pénétra dans la chambre de sa fille ; la petite Laura dormait paisiblement, sa couette se soulevait délicatement à fréquence constante. Il la surplomba un instant, ce qui l'apaisa rapidement, puis il se pencha vers elle et déposa un baiser sur sa tête blonde.

Après s'être servi une bière fraîche à la cuisine, il passa au salon pour embrasser sa femme – Louise travaillait à sa prochaine expo et mettait en place la future scénographie –, avant de disparaître dans son bureau en silence.

Il s'installa sur son fauteuil, posa sa bière sur le plateau devant lui et s'empara du dessin qui traînait. Il le déroula et défia à nouveau l'Épouvantail. Tout en buvant de petites gorgées désaltérantes, il dévisagea le mystérieux monstre de l'internat.

Puis il ralluma son ordinateur en veille, ouvrit sa messagerie et trouva rapidement le mail envoyé par Gérald. Le hacker avait réussi à copier toutes les archives protégées, et ce furent des centaines de pages qui s'affichèrent sur son écran.

Deux heures plus tard, après avoir décortiqué une bonne partie des données, Manny recula dans son siège en se malaxant le front : il n'en revenait pas.

Il relisait les dernières infos qui lui donnaient la nausée – ces vols réguliers pour le Moyen-Orient dont les dates concordaient avec les disparitions des enfants – quand un cliquetis retentit : un nouveau mail venait d'arriver dans sa messagerie. Il l'ouvrit sans attendre.

En trois heures, le documentaliste qu'il avait missionné en toute discrétion en fin de journée avait été efficace ; il avait pu profiter de plusieurs services de l'administration – auxquels même Manny n'avait pas accès habituellement – pour réunir ces infos et le flic n'attendit pas plus longtemps pour s'y plonger.

« Antoine de Saint-Bris est né le 14 mars 1957 à Bron, en Auvergne, d'un père ingénieur chimiste originaire de Lyon (Rhône), Jean-Yves de Saint-Bris, et d'une mère comptable d'origine alsacienne, Geneviève Oellhoffen. Il est l'aîné de deux enfants, son petit frère Joseph étant né en 1959 (décédé en 1998).

Attiré par l'armée dès son adolescence, il tente après l'obtention de son baccalauréat le concours de Saint-Cyr, ainsi que celui de l'École de santé des armées de Lyon. Il réussit ce dernier, au grand désarroi de son père, qui aurait aimé qu'il fût ingénieur tout comme lui, et poursuit sa formation pendant neuf ans en alternant des stages à l'hôpital du Val-de-Grâce à Paris, pour devenir en fin de cursus l'un des plus jeunes médecins-colonels de l'armée française au milieu des années 1980. »

Manny releva la tête, se frotta les paupières.

Qu'est-ce que c'était encore que cette histoire ?

Il s'étira en faisant craquer ses doigts et replongea dans les notes.

« Grand sportif, Antoine de Saint-Bris est rugbyman et fait également partie de l'équipe de France de football militaire au poste de gardien de but (il dispute d'ailleurs deux coupes du monde militaires dans les années 1980).

Jamais marié, sans enfant, il est appelé au Moyen-Orient dès 1986 pour servir l'armée française qui opère dans cette région du monde lors du conflit irano-irakien. Il y reste quatre ans, rentre seulement trois fois durant cette période, notamment pour aller chasser avec son père en Sologne.

Après une affectation de quelques mois à Paris à la fin des années 1980 pour diriger le service du Val-de-Grâce réservé aux blessés de guerre, il est de nouveau envoyé dans le Golfe à sa propre demande en 1990, où, étant donné son grade et son expérience sur le terrain, il intègre les Forces spéciales et se retrouve mobilisé sur différentes opérations stratégiques, notamment "Tempête du désert" avec la division Daguet au début de l'année 1991.

Après vingt nouveaux mois passés dans le désert irakien et en Arabie saoudite, il est rappelé en France et prend la tête d'un laboratoire privé de recherche scientifique militaire, installé dans le Vaucluse. À peine un an plus tard, en 1994, il quitte son poste très lucratif à la tête du labo pour se tourner vers l'humanitaire et prendre la direction de l'institution Sainte-Geneviève, où il est transféré par ce même groupe privé qui vient d'acquérir l'hôtel de Concorde pour deux cent cinquante millions de francs de l'époque. »

Manny bascula en arrière dans son fauteuil et se massa la nuque en se contractant. Il secoua la tête comme pour faire le tri dans toutes ces informations – ou tout simplement pour nier ce qui se tramait : le pire semblait se dessiner à présent ; celui qu'il n'aurait jamais pu imaginer, celui que l'âme humaine ne pouvait assimiler, ce pire-là prenait pourtant forme pour de bon dans son esprit.

Tourmenté, il ne comprenait pas encore ce que le meurtre d'une jeune religieuse venait faire dans ce nouveau tableau, mais il ajoutait de la tragédie à cette histoire qui n'en manquait pas et qui s'annonçait terrible.

Il poussa avec ses deux mains sur le bord du bureau, les roulettes de son fauteuil couinèrent et ses dents grincèrent ; il passa sa langue sur celle cassée : le trou avait grossi, c'était même devenu douloureux, comme si tous les récents drames résonnaient dans ce bout d'émail qui ne cessait de s'effriter. Il ne voulut y voir aucune métaphore et chassa d'ailleurs vite cette idée.

Il cogitait encore sur ces évidences qui lui sautaient aux yeux, sur la vie – ou plutôt les nombreuses vies – d'Antoine de Saint-Bris lorsqu'il s'empara de son téléphone malgré l'heure tardive. Il repéra deux appels en absence de Cristian et un message sur sa boîte vocale. *Depuis combien de temps n'avait-il pas parlé à son frère ?*

Les pensées toujours obnubilées par l'institution et les enfants – *putain, les pauvres gosses* –, il n'y prêta pas attention et composa le numéro de son contact aux armées.

Il avait la gorge sèche quand on décrocha.

63

Créé en 2005 dans le cadre de la réforme de l'État, le Service historique de la Défense était issu de la fusion des quatre services des armées et de la gendarmerie, ainsi que du Centre des archives de l'armement et du personnel militaire de Châtellerault.

Chargé de réunir et d'homologuer toutes les informations liées aux armées françaises au fil du temps, ce service disposait d'un patrimoine exceptionnel avec plus de six cents kilomètres de documents, plus de soixante mille cartes et des photographies par millions, réunis aujourd'hui dans une immense bibliothèque qui occupait toute une aile du château de Vincennes.

L'étuve suffocante du jardin contrasta avec la fraîcheur salvatrice de l'entrée ombragée lorsqu'il franchit l'épaisse porte en bois bleu. Il prit note des horaires d'ouverture gravés sur une plaque dorée rivée au mur de pierre – aujourd'hui, le service s'achevait à 15 heures.

Il suivit les indications des panneaux accrochés dans les couloirs tout au long du chemin jusqu'à pousser une porte haute au bout d'un vestibule ; il pénétra alors dans une salle lumineuse d'au moins trois cents mètres carrés.

Des étagères regorgeant de livres et de dossiers s'étalaient sur chacun des murs, d'autres se tenaient en parallèle sur toute la partie du fond ; dans l'espace de devant, des dizaines de tables en bois beige et aux pieds en métal étaient installées les unes en face des autres, plusieurs chaises en tissu étaient positionnées autour d'elles et chaque paillasse possédait sa propre lampe en inox.

Au plafond, une série de chandeliers dorés aux fausses bougies électriques et aux pompons poussiéreux en velours rouge s'alignaient de chaque côté de l'allée principale.

Manny compta une douzaine de personnes en train d'étudier l'histoire militaire de notre chère patrie.

En approchant de l'espace informatique sur la gauche, il vérifia son téléphone : deux nouveaux appels de son frère. Il n'avait pas encore pris le temps de le rappeler et il s'en voulut. Sa batterie était quasiment vide ; il éteignit l'appareil pour garder un minimum d'énergie et le rangea dans sa poche.

Devant l'un des ordinateurs, il tapa le prénom « Antoine », la particule « de » et le nom de famille « Saint-Bris ».

Plusieurs lignes de données s'affichèrent sur l'écran ; il compta à vue d'œil une quarantaine d'entrées, toutes étalées sur une dizaine d'années, entre 1985 et 1994.

Il imprima les titres des articles et des dossiers concernés, ainsi que leurs emplacements dans les lieux d'archivage, puis il s'éloigna hâtivement, motivé par cet imminent plongeon dans le passé du directeur de l'institution.

Une heure plus tard, avec tous ces documents éparpillés sur la table, Manny était égaré, totalement noyé sous ces informations et les nouvelles réflexions qu'elles engendraient. Et surtout, par cette photo qu'il ne cessait d'étudier depuis un quart d'heure. Cette photo qui expliquait soudain beaucoup des drames qui s'étaient produits récemment.

Et, après la foudroyante stupéfaction, la colère la plus intime naquit et se matérialisa dans tout son être. Il serra les mâchoires et les poings de toutes ses forces, ses jambes ne cessaient de gigoter frénétiquement ; il ne pouvait détourner les yeux de ce cliché aux couleurs brûlées, collé sur la page jaunie de ce vieil album en cuir noir. Ce cliché qui représentait cinq hommes torse nu dans le désert irakien, exhibant en même temps leurs biceps face à l'objectif.

Il n'en revenait pas, il restait ébahi, mais c'était bien là, sous ses yeux, il n'y avait pas de doute. Ils n'avaient pas trop changé. Il n'avait eu aucun mal à les reconnaître.

La haine continuait de s'intensifier en lui ; et si les éléments s'imbriquaient maintenant en toute logique, il avait cependant un mauvais pressentiment, car tout ce qu'il imaginait à un instant donné semblait empirer d'heure en heure, ce qui le glaça aussitôt, et son ventre gargouilla. *Qu'est-ce qui allait lui tomber dessus la prochaine fois ?*

De sa petite boîte, il goba deux cachets.

Il avait toujours les yeux rivés sur ces visages rougis par le soleil et fatigués par la guerre quand, pour la troisième fois, on lui intima l'ordre de partir ; il regarda sa montre et signifia qu'il n'en avait plus pour très longtemps.

La fonctionnaire qui le tannait depuis dix minutes lui glissa un « Bon, d'accord, mais faites vite alors », suivi cette fois d'un sourire qu'il prit pour du flirt.

Dehors, en traversant dans l'autre sens la promenade centrale pour retrouver sa voiture, Manny ralluma son téléphone pour prévenir Esperanza de ses dernières découvertes. Elle allait devenir folle, complètement hystérique.

Une voix enregistrée annonça que le numéro n'était plus attribué ; il lâcha une insulte à haute voix en grimaçant.

En rapprochant l'appareil, il remarqua qu'il avait reçu un texto de Cristian une heure plus tôt, quand son portable était éteint ; il l'ouvrit aussitôt pour le lire : il lui indiquait un nom et une adresse en banlieue, pas très loin d'ici.

Puis il écouta les deux messages que lui avait laissés son frère.

Une dizaine de minutes plus tard, Manny débarquait à Montreuil, ville fleurie.

Son GPS lui indiqua qu'il touchait bientôt au but ; il tourna à droite dans une rue déserte au goudron troué par endroits et aux maisonnettes toutes identiques et il se gara une trentaine de mètres plus loin sur une bordure en pelouse à l'ombre d'un chêne feuillu.

Devant la barrière entrouverte, il lut le nom inscrit maladroitement au feutre noir sur la boîte à lettres, sans doute écrit par un enfant : Thomas Duchesne.

Il pénétra dans la petite propriété ; sur son chemin, il s'étonna de croiser une poule sur un tas de sable à sa gauche. Il monta deux petites marches cassées fabriquées en agglo. Il allait frapper à la porte quand il fut stoppé net par des cris qui résonnaient à l'arrière de la maison : *la voix de Cristian !*

Il porta instinctivement la main à sa hanche pour saisir son arme, mais il brassa tout simplement l'air – *putain !*

Il tenta d'ouvrir la porte, la poignée tournait dans le vide. D'autres cris plus intenses et douloureux éclatèrent au fond du pavillon. Affolé, Manny se retourna à la recherche de n'importe quoi qui pourrait lui servir ; il remarqua des parpaings près d'une bétonnière. Un morceau en main, il contourna à toute allure la bâtisse en courant sur sa droite à travers les herbes folles ; il baissa la tête sous un portique où étaient tendues des cordes à linge et manqua se cogner contre la gouttière qui descendait dangereusement le long du mur. Il accéléra encore ; son cœur cognait à tout rompre dans sa poitrine lorsqu'il s'approcha de la fenêtre d'où émanaient les cris. Il s'accroupit tout en avançant, tenta un regard furtif à travers la vitre et découvrit son frère, inconscient et en sang, étendu sur un lit recouvert de fringues ; un homme de dos le surplombait en tenant une sorte de barre en métal.

Manny serra son parpaing à s'en faire saigner les doigts ; et pour le reste, tout se déroula en quelques secondes.

Il balança son arme de fortune à travers la vitre ; sans attendre la chute des derniers bris, il jaillit à l'intérieur de la pièce et retomba sur Duchesne totalement ahuri en le bloquant par une prise d'étranglement. Ce dernier tenta de le frapper avec son gourdin métallique, mais il finit par le lâcher pour s'agripper des deux mains aux bras du flic qui lui encerclait le cou et le serrait toujours plus fort.

Ils luttaient et valsaient ensemble au milieu de la pièce quand Duchesne prit son élan et se projeta violemment en arrière, faisant voler son visiteur contre le mur, qui trembla et sembla à deux doigts de s'effondrer. Sous la puissance du choc, Manny relâcha sa prise et ils s'écroulèrent tous les deux sur le sol poisseux.

Duchesne se ressaisit le plus promptement et lui décocha alors un coup de coude en plein visage, le faisant valdinguer contre la console ; les plaquettes de maquillage et les tubes de lotions volèrent ; Manny sentit quasiment dans la seconde un œuf de pigeon naître sur sa pommette en feu, tandis que Duchesne fonçait sur lui en grognant rageusement et lui balançait un coup de poing sur la pointe du menton. Manny se protégea comme il put, tout en cognant avec son genou les côtes de son adversaire, qui grimaçait de douleur et de haine à la fois, un visage hideux, monstrueux. Le flic parvint à lui enfoncer les pouces dans les yeux ; il profita de la douleur provoquée pour caler son pied sur le bas-ventre de son assaillant et le repousser sauvagement, comme l'homme-canon d'une fête foraine, l'envoyant se fracasser à deux mètres contre la commode en bois, où son crâne rebondit brutalement. Toujours au sol et tentant de reprendre son souffle, Manny secouait la tête pour retrouver ses esprits quand Duchesne se retourna subitement et se jeta vers la barre de fer tombée près du lit sur lequel se tenait toujours Cristian, inconscient. Le flic réunit ses forces et se précipita sur son adversaire au moment où il récupérait son arme ; le flic attrapa sa crinière dégueulasse et lui claqua cinq fois la gueule contre le sol moquetté avec toute la hargne qu'il possédait encore. Complètement sonné, le nez éclaté et le visage en sang, Duchesne tenta de se retourner, mais Manny reprit aussitôt sa prise d'étranglement et, cette fois-ci, il n'allait plus rien lâcher ; il entoura ses jambes autour de son ennemi pour faire levier et il serra de plus belle en contractant tous les muscles de son corps. Duchesne commença rapidement à suffoquer, ses bras battaient l'air au-dessus de lui avec frénésie comme s'il se prenait une décharge électrique en continu et cherchait à s'agripper à quelque chose, il hasarda plusieurs coups de tête en arrière désespérés, les yeux exorbités, en hurlant des mots inintelligibles ; Manny, tendu comme jamais, les larmes aux yeux et anéanti par l'état de son frère, restait concentré ; il évita facilement ses coups de crâne et il l'étrangla encore comme un acharné, y mettant tout ce qu'il avait, puisant au plus profond de lui-même. Il sentit son adversaire faiblir, sa résistance s'atténuer. Il hurla toute sa rage et toute sa haine dans un cri déchirant. Son visage devint écarlate, mais il continua de peser sur Duchesne – il allait le tuer ! –, comme une catharsis, jusqu'à ce que son propre sang coule de ses narines.

Alors seulement, il relâcha sa prise et se précipita vers son frère. En panique, il prit son pouls. Il en sentit un. Il goba deux cachets. La transpiration giclait de tous ses pores, son regard balaya la pièce avec une furie exacerbée, il remarqua une corde dans un coin ; il s'en empara et se dépêcha de ligoter Duchesne avant de revenir auprès de son frère. Il n'osa pas le toucher ; à première vue, Cristian comptait de multiples fractures, et Manny le regarda, accablé, les lèvres pincées et les yeux humides, comme on regarde un corps exposé dans un cercueil ouvert.

Son frère était en pièces.

64

L'AMBULANCE TRAÇAIT DANS LES ARTÈRES PARISIENNES en gueulant dans un vacarme assourdissant ; à l'intérieur, Cristian souffrait le martyre malgré la bonne dose de morphine qu'on lui avait administrée en intraveineuse.

Accroupi auprès de lui, Manny accusait les soubresauts et tentait de le rassurer, mais le journaliste avait frôlé la mort et il n'en menait pas large.

Malgré le masque à oxygène qui lui cachait la moitié du visage et le boucan alentour, Manny crut entendre Cristian lui dire quelque chose, mais au moment où il pensa saisir ses paroles, son frère s'endormit, assommé par cet épisode épouvantable et les antalgiques dont on l'avait gavé.

Deux heures plus tard, dans la salle d'attente de l'hôpital à moitié pleine où un enfant geignait depuis vingt minutes, Manny se leva pour prendre l'appel qui vibrait dans sa poche.

— Ton frère va comment ? lui demanda tout de suite Clément Choisy.

— Il sort du bloc, il est pas arrivé en bon état. Mais ça devrait aller.

— Bon, tu me rassures.

Manny traversa l'accueil où une femme d'âge mûr se tenait la jambe en ronchonnant ; il passa les portes automatiques et sortit dans la pénombre en allumant une cigarette.

— La fouille a été bonne ? demanda-t-il.

— La fouille a été bonne, confirma Choisy. Je sais pas du tout comment ton frangin s'y est pris, mais apparemment, il a tapé dans le mille. On a trouvé un Glock dans la chambre de Duchesne. La balistique est sur le coup pour une comparaison.

Manny inspira profondément ; tout ça n'avait pas été vain.

— Et… il y a autre chose, enchaîna Choisy. T'enquêtes bien sur le collège Sainte-Geneviève ?

— Ouais, enfin, plus maintenant, lui répliqua Manny. Officiellement, c'est l'enquête de Doloria. Pourquoi ?

— Ces deux dernières heures, on a réuni pas mal d'infos sur ce Thomas Duchesne. Et quand j'ai lu le nom du bahut dans son dossier, j'ai tout de suite percuté avec ton affaire.

— De quoi tu parles ?

— Notre gars a fréquenté ton établissement y a une vingtaine d'années. Il y est resté deux ans. Ce qui est bizarre, c'est que juste après son départ, on a perdu sa trace, c'est devenu une sorte de fantôme. Et il est réapparu y a seulement une dizaine d'années, dans les fichiers des aides sociales et de la Sécu.

— Dans son dossier médical, est-ce que tu trouves le nom d'un médecin qui le suivrait, ou qui l'aurait suivi ces dernières années ?

— J'ai les coordonnées d'un psy qui l'a diagnostiqué schizophrène en 2010.

— Appelle-le.

— Et toi ? Tu reviens quand ? demanda Choisy.

— Quand ce foutu thérapeute l'aura décidé. D'ici là, si tu croises Doloria, dis-lui de me rappeler sur-le-champ, j'arrive pas à la joindre.

— Pas de problème, mon pote, elle doit arriver d'une minute à l'autre. De ton côté, remercie ton frangin, il mérite une autre médaille, on devrait peut-être même lui dresser une statue.

— Vaut mieux pas, il risque de prendre la grosse tête.

Après avoir raccroché, Manny alluma une cigarette en repensant à cette drôle de coïncidence.

Le monde était décidément petit.

Et soudain, la lumière se fit.

Thomas Duchesne !

Il releva son téléphone et pressa l'icône de la galerie d'images.

Les derniers clichés avaient été pris la veille dans la salle des archives de l'institution, quand il avait photographié toutes ces pages de données sécurisées.

Il les fit rapidement défiler, et, quand il trouva celle qu'il cherchait, il appuya sur la vignette et la photo s'afficha sur tout l'écran.

Il s'agissait de la liste des internes qui s'étaient volatilisés.

Il ne mit pas longtemps à le trouver : Thomas Duchesne était le premier d'entre eux.

65

La cellule était tout en plastique moulé, comme la salle d'eau aseptisée d'un hôtel miteux, sauf qu'elle paraissait neuve.

Sur le matelas minable en toile cirée bleue, Duchesne marmonnait des sons incompréhensibles.

La lumière blanche se reflétait dans ses yeux noirs et sur son visage marbré et malsain qui se crispait nerveusement comme celui d'un enfant soucieux.

Quand deux agents le sortirent de sa geôle, il parut effrayé. Il le manifesta en haletant lorsqu'il fut poussé dans le couloir.

Sa claudication prit le dessus et il faillit s'écrouler, mais les deux flics le retinrent à temps.

Dans la salle d'interrogatoire, ils l'installèrent sur une chaise fixée au sol et le menottèrent à la barre accrochée sur la table avant de l'abandonner dans une lumière aveuglante.

Quelques minutes plus tard, le capitaine Choisy et le lieutenant Doloria pénétraient à leur tour dans la pièce ; Esperanza déposa un dossier sur la table en s'installant face au suspect.

Duchesne releva la tête avec un regard paniqué, une peur lisible dans les yeux, ce qui troubla aussitôt la jeune flic.

— Pourquoi je suis ici ? s'alarma-t-il d'une voix fluette. Qu'est-ce que je fais là ?

— Vous plaisantez, monsieur Duchesne ? rétorqua Choisy.

Un doute naquit chez le flic et il pivota vers Doloria.

Ils savaient tous les deux que le suspect était malade ; d'après son dossier, il souffrait d'une schizophrénie aiguë, mais ils n'avaient pas du tout soupçonné à quel point il pouvait être atteint.

— Vous confirmez bien qu'on vous a proposé les conseils d'un avocat mais que vous l'avez refusé ? reprit Choisy.

Duchesne resta silencieux, le regard baissé sur ses mains entravées, comme s'il se retrouvait puni sans savoir pourquoi. Il avait de toute évidence fait retraite à l'intérieur de son propre crâne depuis longtemps et son existence avait tourné à la vésanie.

— Monsieur Duchesne ? Pas d'avocat ?

— J'ai pas besoin d'un avocat, j'ai rien à me reprocher.

Les deux flics se regardèrent, dubitatifs. Doloria se tourna vers le suspect en inspirant profondément.

— Monsieur Duchesne, savez-vous pourquoi vous êtes ici ?

— Non, je viens de vous le dire.

— Vous n'avez aucun souvenir de ce qui s'est passé aujourd'hui ?

— Non !

Esperanza fronça les sourcils : il paraissait sincère.

— Qu'est-ce qui se passe ? insista Thomas, apeuré et perdu.

— Vous avez agressé un homme cette après-midi, intervint Choisy. Et vous êtes aussi suspecté de plusieurs meurtres, monsieur Duchesne.

— Quoi ?! C'est impossible ! Qu'est-ce que vous êtes en train de me faire ?!

Exaspéré, Choisy secoua la tête.

— Arrête de nous prendre pour des cons, OK ? lâcha-t-il en passant au tutoiement.

— Mais c'est pas moi, je vous le jure ! Je viens de me réveiller… Je veux voir mon médecin !

— On va l'appeler, en attendant, tu vas te calmer et nous raconter ta journée.

— Je m'en souviens pas.

— Comme c'est commode.

— Non, vous comprenez pas ! Je suis malade ! J'ai des absences, de longues absences. Je me soigne mais j'ai plus mes médicaments depuis plusieurs jours.

Duchesne grimaça, tira sur ses bras mais ne réussit qu'à s'esquinter les poignets.

— Je veux voir mon médecin, s'il vous plaît…, les supplia-t-il.

— On va vous l'amener, le rassura Doloria, prenant le relais. En attendant, on va se détendre un peu et essayer d'y voir plus clair, d'accord ?

Les yeux mi-clos, ne cessant de renifler bruyamment, Thomas acquiesça.

Doloria s'attarda sur les croûtes et les cicatrices qui zébraient son visage et ses bras. Elle était perturbée : tout sonnait juste chez lui ; elle en eut la chair de poule.

— Monsieur Duchesne, cette après-midi, à votre domicile, vous avez violemment agressé un homme. Il est actuellement à l'hôpital, vous auriez pu le tuer, vous savez ?

— Mais c'est pas moi…

— J'entends bien, monsieur Duchesne, j'entends bien. Alors si ce n'est pas vous, savez-vous qui a failli tuer Cristian de Almeida ?

Le suspect bloquait sur ses mains attachées ; elles étaient épaisses et rugueuses. Il s'arracha un bout d'ongle en le grattant avec insistance et il saigna un peu.

— Oui, murmura-t-il. C'est Virgile.

66

Le docteur Samuel Meyer arborait un pantalon en velours marron, un veston assorti sur une chemise à carreaux et une cravate en laine kaki qu'il n'arrêtait pas de chatouiller du bout de ses doigts boudinés.

La calvitie prononcée jusqu'à l'arrière du crâne, il était affublé de lunettes sans monture et observait son patient à travers la vitre sans tain, ébranlé par l'évolution de cette longue et vaine thérapie.

Esperanza toussota derrière lui, Meyer se retourna et la fixa comme s'il avait oublié la raison de sa présence ici.

Il déglutit et hocha la tête, puis il prit le temps d'expliquer en détail à ses interlocuteurs – Giesbert, Dorival, Doloria et Choisy – le cas si particulier de Thomas Duchesne.

Le psychiatre suivait le jeune homme de trente-quatre ans depuis environ huit ans, et il s'agissait sans conteste du patient le plus extraordinaire qu'il avait jamais eu à traiter.

Sous leurs yeux parfois méfiants, parfois ahuris, il leur apprit que Thomas était un jeune marginal qui avait souffert toute sa vie.

Abandonné à la naissance, il avait été baladé d'orphelinat en orphelinat, de famille d'accueil en famille d'accueil, avant d'atterrir dans un pensionnat catholique où il avait subi les pires sévices, selon ses propres confidences, qu'il avait livrées lors d'une séance qui resterait à jamais gravée dans la mémoire de Meyer.

Après ce cauchemar qui avait duré presque deux ans, il était parti seul sur les routes, avait voyagé pendant quelques années dans la campagne française, avant de réapparaître un peu avant ses vingt-cinq ans, période à laquelle on lui avait diagnostiqué une schizophrénie.

C'était à l'hôpital psychiatrique où il travaillait alors par intermittence que Samuel Meyer l'avait rencontré et pris en charge ; en le suivant pendant plusieurs mois, d'abord de façon hebdomadaire, puis presque quotidiennement, il avait découvert que son patient était bien plus atteint qu'il ne l'avait supposé.

Thomas souffrait d'un important trouble dissociatif de l'identité, et, d'une session à l'autre, le thérapeute s'était rendu compte qu'il ne possédait pas une, pas deux, mais plusieurs personnalités distinctes qui cohabitaient en lui.

L'origine du syndrome restait inexpliquée, mais elle était d'après lui la conséquence des traumas liés à son enfance, et notamment à son passage à l'institution Sainte-Geneviève qui avait agi comme un déclencheur.

Sa psyché avait créé ces identités distinctes, les avait cultivées et fait croître, toutes tenant leur rôle selon la situation ou l'émotion du moment et prenant alors le contrôle de la conscience ; avec parfois une perte de mémoire pour les autres occupants, mais pas toujours. Il arrivait même que certaines personnalités discutent entre elles, comme les voisins d'un même immeuble.

Samuel Meyer en avait dénombré pas moins de cinq actives ; la plupart étaient apparemment bienveillantes, mais il avait aussi eu affaire à des caractères plus durs, voire violents.

— Qu'est-ce que vous êtes en train de nous baratiner ? intervint Doloria avec l'impression que l'affaire leur échappait. Vous nous dites qu'à l'intérieur de Duchesne cohabitent… plusieurs esprits indépendants ?

— Plusieurs personnalités, absolument.

— Et qui va gober ça ? s'indigna-t-elle en regardant ses collègues.

— Je vous assure que…

— Non, mais franchement, le coupa-t-elle. Arrêtons juste deux petites secondes, vous voulez bien ? On a un tueur en série à trois mètres, juste là, et vous voulez nous le faire passer pour un zinzin ? Vous êtes sérieux ?

— Je vous informe simplement de sa situation, lieutenant, répondit calmement le docteur Meyer. Je suis son thérapeute, et chaque gardé à vue a le droit d'être examiné par un médecin. Il se trouve que je n'ai pas besoin de le faire puisque je connais son état. Je le partage avec vous, c'est tout.

Muets depuis le début de l'entretien, Giesbert et Dorival échangeaient des regards qui en disaient long sur le trouble qu'ils éprouvaient.

— Je croyais que ce truc de multi-personnalités était du pipeau, lança Dorival, une sorte d'illusion psychiatrique, que c'était parti d'un charlatan dans les années soixante-dix.

— Ce syndrome a effectivement, et malheureusement, souvent été remis en cause, rétorqua Meyer. Déjà, au Moyen Âge, on brûlait des femmes atteintes de cette maladie parce qu'on les considérait comme des sorcières. Mais je peux vous affirmer que, d'après mes études depuis plus de trente ans sur le sujet, elle existe bel et bien, et touche plus de personnes que vous ne pouvez l'imaginer. Il ne faut pas limiter son jugement à une bande d'extravagants qui avaient voulu attirer la lumière au siècle dernier. Le trouble dissociatif de l'identité est une abominable maladie, elle est répertoriée et définie dans le DSM depuis plus de vingt ans, c'est un véritable fléau pour celui qui en est atteint et pour ses proches. Et vous en avez un parfait exemple de l'autre côté de cette vitre.

Tous tournèrent simultanément la tête vers Duchesne, isolé dans la salle d'interrogatoire, le regard baissé sur ses mains jointes, en train de marmonner quelque chose ou de mordiller sa lèvre.

— Revenons-en à son cas précis, relança Giesbert, qui intervenait pour la première fois.

— D'après son dossier psychiatrique, reprit Meyer, c'est au collège Sainte-Geneviève, bien avant que je ne le rencontre, que les premières personnalités se sont manifestées. Elles sont d'abord apparues sous forme de couches, certaines plus puissantes recouvrant les autres et accaparant le temps de conscience du sujet ; puis, avec le temps, elles ont appris à s'accepter et à vivre ensemble.

Selon Meyer, pour préserver l'intégrité de sa personnalité d'origine, Thomas avait provoqué un réflexe de survie qui avait débouché sur l'émergence de Virgile, la première des cinq personnalités que le thérapeute avait répertoriées.

Virgile était l'un des « habitants » dominants. Thomas n'aimait pas que l'on utilise le terme « personnalités », il préférait qu'on évoque les « habitants », parce que pour lui ils étaient de véritables personnes.

Il pensait qu'en les réduisant à des « personnalités », on leur donnait l'impression de ne pas les considérer, pire, de nier leur existence et leur réalité.

Parmi eux, Meyer avait identifié :

1 – Thomas Duchesne : il était l'hôte, la personnalité d'origine. Un garçon chétif et peu sûr de lui qui se positionnait souvent en victime et subissait les événements ;
2 – Virgile : un ancien boxeur bourru qui affrontait les problèmes sans broncher. Très puissant physiquement, il prenait généralement le contrôle lors des moments d'intense panique. Il possédait son propre système de valeurs, et il assumait toujours ses actes, même les plus répréhensibles ;
3 – Béatrice : une jolie blonde d'une trentaine d'années, ancienne prostituée à Marseille. Elle avait repris sa vie en main et s'était affranchie à Paris. Aujourd'hui maquilleuse, elle était calme et posée mais pouvait aussi parfois être cruelle. Elle était la seule gauchère et la seule à fumer ;
4 – Simona : une grand-mère italienne de soixante-seize ans, originaire de la banlieue milanaise, en Lombardie. Elle avait un accent à couper au couteau et cuisinait des plats typiques de sa région. Elle aimait s'installer au salon et peindre des paysages méditerranéens ;
5 – Kurt : un jeune hippie américain bloqué dans les années 1970, qui passait son temps à fumer des joints en écoutant de la musique folk. Il jouait lui-même de la guitare et créait des bijoux avec des objets de récup. Il portait un regard caustique sur son pays d'origine mais pouvait aussi en être nostalgique.

Cependant, dans ce genre de cas aussi complexe, pour ne pas dire unique, on n'était sûr de rien ; et Samuel Meyer de conclure ses explications en les prévenant que pouvaient aussi cohabiter avec eux d'autres « habitants » totalement inconnus.

67

Quand Clément Choisy retourna dans la salle d'interrogatoire en précédant le docteur Meyer, Thomas Duchesne leva les yeux à leur arrivée et son regard s'illumina.

— Vous êtes venu ! lança-t-il à l'attention de son soignant.

— Bien sûr que je suis venu, Thomas, répondit le thérapeute en prenant place face à son patient. Comment te sens-tu aujourd'hui ?

— Je sais pas, j'ai mal à la tête, chuchota-t-il en grimaçant.

— Souhaites-tu quelque chose pour te soulager ?

— Non, ça va passer.

— Thomas, j'aimerais te poser quelques questions et je vais devoir t'hypnotiser pour cela. Es-tu d'accord ?

— Vous pensez qu'il le faut ?

— Oui, je pense que c'est nécessaire.

Thomas sembla réfléchir.

— Alors, d'accord.

Sur sollicitation de Meyer, on baissa l'intensité lumineuse dans la salle d'interrogatoire. Si le thérapeute et le flic étaient maintenant tapis dans l'ombre, le visage de Duchesne se détachait du reste, comme s'il attirait sur sa peau diaphane le peu de lueurs qui traînait encore dans la pièce, si bien que son teint blafard brillait étrangement dans l'obscurité, les cicatrices qui lui griffaient la face se mélangeant en une sorte d'œuvre digne de Jackson Pollock.

Meyer demanda à son patient de fermer les yeux et de respirer calmement et profondément.

Le psychiatre imposa un rythme lent à l'opération ; il parlait d'une voix grave, pleine et distincte.

Au fil de ses mots, il emmenait Thomas en profondeur, progressivement, il lui faisait traverser les différents paliers de sa conscience pour finalement l'amener à l'état désiré.

Quand il le sentit prêt, il entama ses questions.

— Thomas, est-ce que tu es avec moi ?

— Oui.

— Tu peux me raconter ce que tu as fait aujourd'hui ?

— Je suis resté à la maison. Je devais finir le muret mais j'avais pas le courage, alors j'ai cuisiné un peu avec Simona. Après, j'ai lu les nouvelles mais ça m'a énervé, et plus tard quelqu'un est venu me parler de ma jambe.

— Et ensuite ?

Duchesne avait les paupières closes et l'expression figée, seules ses lèvres animaient son monstrueux visage.

— Je me suis endormi devant la télé, je sais plus devant quelle émission. Quand je me suis réveillé, on me tapait sur la tête et on m'amenait ici.

— Que s'est-il passé durant ton sommeil, Thomas ?

— J'étais pas là. C'est Virgile qu'avait la torche, je l'ai déjà dit.

Le thérapeute jeta un coup d'œil à Choisy.

— Et sais-tu ce qu'a fait Virgile pendant ton absence ?

— Oui, il me l'a dit dans la cellule.

— Et qu'est-ce qu'il t'a dit ?

— Qu'il avait cogné un fouineur.

Choqué par la scène, Choisy pivota vers le miroir sans tain, il les imaginait de l'autre côté, dans le même état que lui.

— Thomas, tu sais de quoi on t'accuse ? demanda Meyer.

— Non, pas du tout.

— On t'accuse d'avoir assassiné des chauffeurs de taxi. Quatre hommes pour être exact.

Les yeux toujours fermés, Duchesne grimaça comme s'il prenait part à une lutte perdue d'avance. Ses cicatrices virèrent au vermillon et ressemblaient maintenant à des griffures à vif.

— C'est pas moi ! siffla-t-il d'une voix déchirante.

— Je sais, Thomas, je sais que ce n'est pas toi. Calme-toi, je t'en prie.

Choisy jeta un coup d'œil vers Meyer, qui attendit que son patient s'apaise.

— Thomas, sais-tu qui a tué ces hommes ?

— Ouiiii…, gémit-il.

— Qui a fait ça, Thomas ?

Il se battait, il souffrait.

— Les autres…

— Lesquels, Thomas ?

Toujours en transe, Duchesne se redressa brusquement, faisant se reculer Choisy sur sa chaise ; une voix rauque jaillit de sa gorge alors qu'il tirait sur ses bras à s'en arracher les mains.

— Ta gueule ! hurla-t-il. T'as promis de la boucler, sale petite fiotte ! Alors tu fermes ta gueule !

— Assis ! On se calme ! ordonna Choisy en se levant à son tour.

Mais le suspect continuait de s'agiter, tirant sur les menottes, et saigna rapidement des poignets. Il continua pendant quelques secondes à vociférer des injures en postillonnant, de hurler à Thomas de se taire, quand, tout aussi subitement qu'il s'était levé, il se rassit en affichant des yeux hagards.

Debout et sur ses gardes, Choisy l'observa qui se tranquillisait et changeait d'attitude, puis le flic se réinstalla en baissant la main devant lui, comme pour signifier à tout le monde de se calmer.

— Thomas, qu'est-ce qui t'a pris ? relança Meyer.

— Je sais pas… Virgile est pas content que je vous parle.

— Tu peux répondre à ma question, Thomas : qui a assassiné ces quatre hommes ?

L'expression du suspect se métamorphosa encore, il afficha des yeux sardoniques. En un clignement de paupières, le regard fuyant de Thomas s'était transformé ; il était à présent noir, dur, redoutable.

— Thomas, parti, lâcha-t-il.

— Virgile ?

— Lui-même.

— Où est Thomas ?

— Il fait dodo, la petite fiotte.

— Je dois parler à Thomas.

Virgile fixa le thérapeute en retroussant ses lèvres et en grinçant des dents. Choisy remarqua qu'il lui en manquait plusieurs.

— Thomas, il cause trop.

— Virgile, pourquoi as-tu agressé ce journaliste tout à l'heure ?

— Légitime défense ! Il fouillait chez nous !

— Tu as failli le tuer, il est à l'hôpital à l'heure actuelle.

— C'est pas mon problème, doc. Si j'avais pu, je l'aurais fini, ce sale petit bâtard.

Dans la salle d'observation, Esperanza regardait de tous ses yeux et écoutait de toutes ses oreilles quand elle se tourna vers Giesbert, lui aussi collé à la vitre.

— Avez-vous déjà vu une chose pareille ? interrogea-t-elle.

Sans ciller, le chef de la brigade fit un simple non de la tête, focalisé sur la scène qui se déroulait sous ses yeux.

— Virgile, reprit Meyer, as-tu quelque chose à voir avec ces meurtres de taxis dont tout le monde parle ? La police a retrouvé un pistolet dans ta chambre, le pistolet qui aurait servi à tuer l'un des chauffeurs.

Le thérapeute déglutit avant de poursuivre :

— Est-ce que c'est toi ?

— Absolument.

— Quoi ?! bondit Choisy, les deux mains plaquées sur la table. Vous reconnaissez l'avoir tué ??

— Oh oui, c'est bien moi qui lui ai fait sauter le caisson, à cet enculé.

Samuel Meyer et Clément Choisy éprouvèrent tous les deux un violent choc, comme un uppercut. Ils n'assimilaient pas du tout ce qui était en train de se dérouler. C'était Virgile qui menait la danse.

Ils restèrent un moment silencieux, à scruter l'horrible expression du suspect assis devant eux et visiblement fier d'assumer son geste. Un rictus bizarre crispait la moitié gauche de son visage, comme si un marionnettiste tirait sur ses nerfs au bout d'une ficelle.

— Qui a tué les autres ? demanda Choisy en reprenant la main.

— Je suis pas une balance.

Virgile renifla en levant les yeux au plafond, puis il tourna la tête vers la vitre sans tain.

— Vous n'êtes tout de même pas allés jusque-là ? murmura Meyer.

— Désolé de vous décevoir, doc.

— Mais pourquoi les avoir tués ?

Virgile fit d'abord craquer ses doigts.

— Ben, pour venger la petite fiotte, pardi ! Ça fait plus de vingt ans qui nous casse les couilles à faire sa victime éplorée ! On en pouvait plus ! Alors on a décidé de régler ça à notre façon !

Vautré sur la table, Virgile tentait de s'arracher un bout d'ongle avec ses incisives.

— Qu'est-ce que vous croyez ? embraya-t-il à travers ses dents. Qu'il allait se débrouiller tout seul ? Il a jamais su se débrouiller tout seul ! hurla-t-il en se redressant. Si j'avais pas été là, il aurait jamais dépassé les quinze ans, petit con !

— Mais le venger de quoi ?

Virgile inspira si profondément que son corps donna l'impression de doubler de volume.

— À votre avis ? interrogea-t-il, exaspéré.

— Vous vouliez le venger de l'homme qui l'avait abusé ?

— Alléluia !

— Mais comment ?

— Un peu au pif. Thomas se rappelait qu'il était chauffeur de taxi. Et moi, j'avais déjà eu affaire à lui, y a vingt ans. Je l'avais bien massacré, le Joseph…

Au poste de surveillance, Doloria ne comprit pas tout de suite ce qu'elle venait d'entendre, même si elle sut immédiatement que c'était primordial.

Elle observait toujours le suspect à travers la vitre quand elle arrêta subitement de respirer.

Ses yeux s'écarquillèrent ; elle entendait la dernière phrase se répéter inlassablement dans sa tête, comme si on la lui tatouait à l'intérieur du crâne.

Elle sortit en trombe.

— Virgile ! s'exclama-t-elle en débarquant dans le tableau. Comment savez-vous que le bourreau de Thomas s'appelait Joseph ?

— T'es qui toi, au fait ?

— Virgile, réponds à la question, s'il te plaît, s'immisça le thérapeute.

Le suspect souffla bruyamment en regardant son psychiatre, puis ses yeux menaçants s'adoucirent.

— C'est Thomas qui me l'a dit.

Esperanza ferma les yeux de toutes ses forces ; Choisy leva la tête vers elle : quelque chose ne tournait pas rond.

— Si je peux me permettre, Virgile, lança-t-elle, sachez que Thomas est vengé. Depuis longtemps. Vous pouvez dormir sur vos deux oreilles…

Désespérée et portant toute la misère du monde sur ses épaules, elle quitta la salle d'interrogatoire et s'élança dans le couloir vers la sortie.

Le poste d'observation s'ouvrit derrière elle, Giesbert et Dorival lui emboîtèrent le pas.

— Lieutenant Doloria ! Qu'est-ce que ça veut dire ? interrogea le chef de la criminelle en la rattrapant.

Elle se retourna en secouant la tête, passa la main dans ses cheveux détachés.

— Quatre innocents sont morts pour rien, chef.

— Nous le savons déjà, lieutenant.

— Non, ce que je veux dire… c'est que ce Joseph qui a abusé Thomas… Je crois qu'il est mort depuis longtemps.

— Pardon ?

Elle baissa les yeux.

— Ça paraît fou… mais je crois qu'il s'agit du frère d'Antoine de Saint-Bris. Un jour où je l'interrogeais, il m'a dit que son frère, un certain Joseph, était mort depuis des années.

— Vous voulez dire…

Esperanza était blême.

— Oui. Les personnalités de Thomas cherchaient à le venger d'un homme déjà mort.

68

Esperanza fulminait au moment où elle enfonça son pied sur l'accélérateur, sa voiture hurla en traçant sur les boulevards nocturnes ; de fureur, elle cogna le tableau de bord de sa main valide et brailla une insulte entre ses dents serrées, avant de lancer son véhicule dans une série de trajectoires périlleuses vers les éclats intermittents des phares qui arrivaient dans l'autre sens.

Sa colère était paroxysmique lorsqu'elle se gara près du couvent Saint-Jean sur une place réservée aux livraisons avant de quitter son véhicule en trombe.

Il était déjà tard quand elle pénétra dans le corridor en prenant à partie la première religieuse qu'elle croisa.

— Où est sœur Suzanne ? l'agressa-t-elle.

— Euh… dans sa cellule, bredouilla la nonne, prise de court.

Les mâchoires tendues et les nerfs à vif, Esperanza s'y rendit au pas de charge et frappa deux coups puissants sur la porte.

Sans réponse, elle cogna encore ; le battant s'ouvrit lentement sur la religieuse tirée du sommeil.

— Comment pouvez-vous dormir tranquillement ? l'attaqua aussitôt Esperanza en s'invitant à l'intérieur, la bousculant au passage.

— Qu'est-ce qui se passe, inspecteur ? s'étonna sœur Suzanne en ouvrant grands ses yeux fatigués et en réajustant sa chemise de nuit.

— Arrêtez de déconner avec moi ! D'accord ? On arrête juste deux petites minutes de me prendre pour une conne ! s'emporta la jeune flic. J'ai compris ce qui se passait ici, alors maintenant, finies les conneries et on joue cartes sur table !

Une vague glaciale enveloppa la doyenne et sembla l'emporter au loin dans les ombres, le sol parut se dérober sous ses pieds et ses jambes tressaillirent. Elle tâtonna derrière elle jusqu'au matelas et s'y laissa tomber.

La nuit était profonde, la veilleuse du bureau n'influençait pas la pénombre.

— Et je sais ce qui s'est passé ici, il y a vingt ans, avec Thomas Duchesne ! Je sais ce qu'on lui a fait ! Et le rôle qu'a tenu le frère de Saint-Bris !

Le regard vide, sœur Suzanne n'exprimait aucune émotion. Elle restait assise au bord du lit en silence, ses mains ramenées sur ses cuisses, puis un début de larmes naquit au coin de ses yeux et un voile humide les recouvrit bientôt.

— Maintenant, vous allez tout me déballer !

Les épaules de la religieuse tressautèrent. Bouleversée, elle cligna des paupières et les larmes se frayèrent un chemin sur ses joues.

— Est-ce que beaucoup d'enfants se font violer, ici ? interrogea Esperanza, redoutant la réponse. Est-ce parce qu'elle était au courant que sœur Marie-Hél…

Mais la jeune policière se tut brusquement : sœur Suzanne venait de mettre un doigt sur sa bouche en écarquillant les yeux.

La doyenne se leva lentement, se dirigea vers la table et s'empara d'un stylo.

Esperanza l'observa qui notait quelque chose à l'intérieur de sa main avant de revenir vers elle et de la lui montrer.

On y lisait : *On nous écoute*.

Sans un bruit, la religieuse guida Esperanza dans les couloirs du couvent jusqu'à la cellule de sœur Marie-Hélène. Dans la chambre de la jeune nonne assassinée, sœur Suzanne se dirigea aussitôt vers le lit, passa la main sous le matelas et récupéra un cahier, qu'elle tendit simplement à la jeune flic. Esperanza s'en empara, persuadée que rien n'était caché sous la couche quelques jours plus tôt, quand les flics avaient fouillé la cellule de fond en comble.

En pivotant instinctivement le regard vers la tablette de chevet à sa gauche, elle se rappela l'empreinte rectangulaire laissée sur sa surface. Même si la poussière avait désormais recouvert toute la zone, elle aurait mis sa tête à couper que les proportions devaient correspondre.

Toujours silencieuse, sœur Suzanne se tenait debout et immobile au milieu de la pièce, fixant Doloria avec compassion. La religieuse lui fit un petit signe, comme une bénédiction, avant de l'abandonner.

Une fois seule, Esperanza ouvrit le cahier et le feuilleta d'abord rapidement, faisant défiler les pages noircies à la main et remarquant l'écriture franche et régulière. C'était un journal, celui de sœur Marie-Hélène. Certaines pages étaient cornées, peut-être à son intention. La longueur des textes variait et ils étaient tous précédés d'une date et d'une heure ; en notant la première et la dernière entrée, Esperanza comprit qu'ils s'étalaient sur les quatre derniers mois.

Pressée par le temps et animée par l'excitation qui explosait dans tout son corps, elle se plongea dans la lecture de la première page déjà marquée.

3 février 2018, 22 heures 44
J'ai prononcé mes vœux temporaires il y a deux mois, mais je n'ai jamais autant douté depuis l'accident.
Maman, papa, Romain, vous me manquez tous, terriblement, et je pensais – j'espérais – que j'avais fait le bon choix en m'engageant dans cette voie, que je pourrais me reconstruire ici ; mais tout est remis en cause aujourd'hui.
Pour lui aussi, c'est terrible, cette révélation. Et je m'en veux d'être la cause de ce bouleversement.
Après le drame, j'avais peut-être simplement besoin de cet apaisement et de cette quiétude pour faire mon deuil et me retrouver. Mais si je m'étais finalement trompée ?
Si, après ces trois années de recueillement et de silence, le destin me frappait à nouveau, mais pour le meilleur cette fois ?
Nos présences ici ne seraient-elles qu'éphémères ? Nos parcours respectifs n'auraient-ils servi qu'à nous réunir ?
C'est ce que Paul semble croire.
Et sa foi en nous est si profonde qu'elle achève de me convaincre moi aussi.

Esperanza resta bloquée sur cette dernière phrase, qu'elle trouvait si pure, qui définissait un amour si puissant qu'elle en fut ébranlée.

27 février 2018, 21 heures 22
Certains enfants m'inquiètent.
J'ai un mauvais pressentiment.
On les soigne, on les éduque, on leur enseigne l'essentiel et on essaye de leur apporter le maximum, mais avec certains, les efforts ne portent pas du tout leurs fruits. Pire, ils paraissent régresser, comme si on les tirait vers le bas plutôt que de les pousser vers le haut.
Je sais déjà que je ne vais pas fermer l'œil de la nuit.

Le regard acéré et fébrile concentré sur le texte, Doloria sentit sa colonne vertébrale se glacer et un frisson désagréable la parcourir jusqu'à la nuque.

Les mains moites, elle tourna les pages sans attendre pour arriver à la prochaine qui avait été marquée.

3 mars 2018, 23 heures 56
Nous avons fait l'amour.
J'ai peur mais je suis heureuse.

Esperanza ferma les yeux, éprouvant un grand vide dans son estomac, puis son cœur rebondit dans sa cage thoracique en pleine dépressurisation. Elle imagina ce jeune couple passionné dans cet environnement où tout s'y opposait, cet amour si fort malgré tous les obstacles.

19 avril 2018, 22 heures 11
Je viens de passer deux heures avec Nicolas dans sa chambre, il va tellement mal, je n'arrive pas à comprendre. Il est le plus fragile de tous et nous y sommes particulièrement attentifs, mais nos efforts sont vains.
C'est incroyable d'y penser… mais je me demande s'il n'est pas maltraité. J'ai remarqué des traces de coups ou de lutte sur ses bras et son dos. Je me demande si les autres enfants ne l'ont pas pris en grippe.
Ce soir, il m'a confié qu'il était terrorisé par un épouvantail. Il avait l'air tellement apeuré en l'évoquant qu'il m'a donné la chair de poule à moi aussi.
Est-ce un monstre imaginé par les autres pour l'effrayer ?
Sont-ils aussi cruels entre eux ?

La jeune flic serra le cahier entre ses doigts contractés et fit défiler les pages jusqu'à la suivante qui était cornée.

26 mai 2018, 19 heures 02
J'en suis convaincue maintenant : on fait du mal à Nicolas. Je ne sais ni qui ni de quelle manière, mais on le fait souffrir. Je redoute même qu'on lui impose des choses terribles, vraiment horribles, qu'on abuse de lui. Il se ferme totalement quand je l'interroge sur le sujet et sur ses blessures, mais il ne peut pas en être autrement.
Je me sens tellement impuissante et furieuse. Comment peut-on faire du mal à ces enfants ? À ces enfants qui n'ont jamais connu l'amour ?
Je ne sais pas quoi faire, mais il faut *faire quelque chose.*

Bouleversée, Esperanza releva un instant la tête en la secouant légèrement, avant de poursuivre sa lecture.

4 juin 2018, 22 heures 31
Avec Paul, nous avons pris notre décision.
Nous pensons que c'est ce qu'il y a de mieux à faire, pour nous et pour notre bébé.
Nous partirons dans quelques jours, nous quitterons l'institution, nous n'en pouvons plus. Nous verrons ensuite, peut-être enseignerons-nous tous les deux. Nous possédons tout ce qu'il faut pour être de bons professeurs.
De toute façon, peu importe de quoi demain sera fait. J'ai foi en lui, et il a foi en moi.

Le cahier s'échappa de ses mains et glissa jusqu'au sol.

69

Il était bientôt 20 heures 30, elle n'allait plus tarder. Il l'avait déjà vue un peu plus tôt dans la journée, pourtant il trépignait d'impatience de la retrouver et ne pouvait s'empêcher de jeter des coups d'œil furtifs à son poignet en détestant cette maudite aiguille qui tournait au ralenti.

Installé à son bureau, frère Paul était plongé dans un texte qu'il relisait inlassablement, sans parvenir à se concentrer ; la tête ailleurs, l'esprit enivré par cet amour qui n'avait cessé de croître depuis six mois.

Quand sœur Marie-Hélène apparut dans l'embrasure, il se leva instantanément et se dirigea vers elle comme dans un rêve, ils s'étreignirent aussitôt.

Ils s'apprêtaient à plonger ensemble vers l'inconnu en tirant un trait sur ce qui avait compté le plus pour eux ces dernières années et qui définissait jusqu'alors leur avenir. Mais leur décision était prise et elle était irrévocable.

C'était un risque insensé, ils en avaient tous les deux conscience ; c'était pourtant le risque à prendre pour ce qui était devenu leur raison de vivre.

Ils ne regrettaient rien. Ni d'avoir été touchés par la grâce ni de l'avoir perdue.

Ils s'étaient tout simplement trouvés et reconnus et ils n'y pouvaient rien, c'était plus fort qu'eux.

C'était eux : Hélène et Paul.

La peur du jugement, l'appréhension du retour à la vie civile, l'incertitude d'un avenir encore flou, tout cela n'était rien comparé à l'espoir que tout le reste suscitait.

Hélène recula son visage et desserra son étreinte ; Paul lui caressa la taille, puis le ventre, ce ventre dans lequel grandissait depuis trois mois leur bébé.

— Tu sembles préoccupée ? s'inquiéta-t-il.

Le visage blême, elle hésita ; il l'implora.

— J'ai peur, Paul…, murmura-t-elle, ses yeux ne dissimulant rien de son émotion. Je crois qu'il se passe des choses au collège. Des choses terribles, je crois, avec certains enfants.

Elle s'écarta un peu et se passa la main sur le front, elle avait le souffle court.

— Je ne veux pas en parler ici, mon chéri, poursuivit-elle. Et je ne veux surtout pas te mêler à ça, mais ça fait longtemps que j'y réfléchis et j'ai décidé d'aller tout déballer, ça ne peut plus durer, j'avais trop de doutes qui sont aujourd'hui devenus des certitudes.

Paul la regardait, hébété ; il nageait dans l'incompréhension. Il n'était jamais au contact des internes, ils lui étaient tous inconnus. De quoi parlait-elle ?

La jeune religieuse était livide quand il reposa les yeux sur elle.

— Qu'est-ce qui se passe, Hélène ?

— Demain, j'irai voir la police…

— Hélène ?

— Demain, mon chéri, souffla-t-elle. Demain, tu sauras tout. Et bientôt, nous serons loin.

Plus tard, en quittant la paroisse pour regagner le couvent, sœur Marie-Hélène remontait la rue dans la nuit, l'esprit meurtri ; elle ne pouvait s'empêcher de penser à Nicolas.

Un vent froid se leva et fit voler son voile quand elle se dirigea vers l'internat d'un pas décidé en frottant ses bras croisés pour se réchauffer. Dans quelques heures, elle irait tout dénoncer, comme ça, elle irait voir la police et ferait part de ses soupçons, et alors elle déclencherait un terrible scandale si tout cela se trouvait avéré. Mais avant cela, elle tenait à s'entretenir une dernière fois avec le jeune garçon, comme pour totalement s'en convaincre et dissiper ses derniers doutes.

Dans les escaliers qui montaient jusqu'à la chambre où Nicolas était désormais isolé, à l'écart des dortoirs et des autres internes, sœur Marie-Hélène posa la main sur son ventre et elle ne put s'empêcher de songer aux terribles épreuves qu'avaient traversées tous ces enfants, et qui étaient encore présentes pour certains. Avait-elle envie de donner la vie dans ce monde ?

Les questions l'assaillirent, elle caressait toujours la petite forme convexe sous sa robe, quand elle arriva finalement sur le palier.

Elle avança sur la dizaine de mètres qui la séparait de la chambre, regarda une nouvelle fois sa montre : 22 heures 18.

Devant la porte close, elle tendit l'oreille et perçut une légère agitation de l'autre côté, Nicolas ne semblait pas encore dormir.

Quand elle ouvrit la porte, sœur Marie-Hélène fut tellement choquée de voir leurs deux corps nus qu'elle se figea ; pétrifiée, elle ne put esquisser le moindre geste ni sortir le moindre son de sa gorge nouée. Nicolas se mit à pleurer en la regardant alors que l'Épouvantail se précipitait sur elle tel un animal affamé. Le temps s'était arrêté ; paralysée, elle se laissa saisir par l'homme répugnant, qui claqua la porte derrière elle et l'empoigna avant de la jeter sur le parquet. Elle n'émit aucun cri, ne manifesta aucune résistance, même quand il se rua sur elle pour l'étrangler. Sous les yeux de Nicolas, dont les pleurs s'amplifiaient sur le lit d'à côté, l'Épouvantail referma ses mains autour du cou de la jeune religieuse avec une telle puissance qu'elle se contracta de tout son être et sortit de sa léthargie. Elle essaya de lutter, de se débattre, mais la force de son assaillant était telle qu'elle ne pouvait y résister. Elle ouvrit la bouche et tira la langue, à la recherche désespérée d'une goulée d'air. L'Épouvantail pesa de plus en plus sur son cou, de tout son poids, avec hargne, et elle sut que c'était la fin. Il lui serrait la gorge comme dans un étau et il ne cessa d'appuyer, sans rien lâcher, à aucun moment, même quand elle le frappa et lui griffa le visage dans un réflexe de survie.

Les yeux exorbités par la terreur, l'oxygène manquant à son organisme, sœur Marie-Hélène tressauta trois fois avant de s'éteindre définitivement dans un dernier soupir.

L'Épouvantail se redressa, l'écume aux coins des lèvres, il était nu, des centaines, des milliers de cicatrices lui recouvraient l'intégralité du corps ; Nicolas reniflait bruyamment sur le lit en se cachant les yeux à l'aide de ses deux petites mains.

Le monstre de l'internat jeta un coup d'œil mauvais à la dépouille de la religieuse en réfléchissant au moyen de la faire disparaître.

70

Secouée, Esperanza courait à toute allure dans la nuit, avec son bras en écharpe, ne ressentant même plus la douleur aiguë malgré la brutalité de ses enjambées.

Elle ralentit un instant, le temps d'appeler Dorival pour réclamer des renforts, avant de reprendre sa course comme une dératée vers l'institution Sainte-Geneviève.

En s'écartant de la façade du bâtiment principal, elle remarqua les fenêtres éclairées au quatrième étage, dans les quartiers du directeur.

Elle sonna et tambourina à la double porte vitrée ; quelques secondes plus tard, les plafonniers s'allumèrent dans l'entrée et le gardien apparut en ceinturant sa robe de chambre.

Il avait déjà rencontré la jeune flic et il fut surpris de la voir là.

— Qui se trouve dans le bâtiment ? demanda Esperanza sans préambule en s'invitant à l'intérieur.

— À part M. de Saint-Bris et moi-même, il n'y a personne à cette heure-ci. Il est tard, quand même, inspecteur…

— Vous vivez au rez-de-chaussée ?

— Oui, pourquoi ?

— Avez-vous un double du bureau de M. de Saint-Bris ?

— Ah non, seul M. de Saint-Bris a accès à ses quartiers.

Doloria promena son regard sur le sol, frénétiquement.

— OK, monsieur…

— Girod.

— Monsieur Girod. Vous allez retourner chez vous. Des policiers vont arriver dans quelques minutes. Dès qu'ils seront là, vous les enverrez au quatrième, et vous retournerez vous enfermer chez vous. C'est bien compris ?

— Mais qu'est-ce qui se passe, inspecteur ?

— Vous me poserez toutes les questions que vous voudrez plus tard ; pour l'instant, vous m'écoutez et vous agissez.

Dans la cabine de l'ascenseur, Esperanza vérifia son arme – elle était chargée, la sécurité engagée – avant de la replacer dans son holster.

Arrivée sur le palier, elle se rua vers le bureau de Saint-Bris et frappa trois coups rapides.

Elle attendit deux secondes, mais il n'y eut aucune réponse.

Elle appuya sur la clenche et poussa la porte, la pièce éclairée était déserte ; elle la balaya du regard.

Sur ses gardes, elle traversa le bureau vers la cheminée qui occupait le mur opposé, elle tendit une oreille vers la fenêtre mais n'entendit aucune sirène. *Qu'est-ce que foutaient les renforts, putain ?!* Elle se planta devant les photos encadrées qui trônaient sur le manteau de la cheminée. Des tics nerveux au coin de l'œil, elle se pencha sur celle de Joseph et Antoine de Saint-Bris. Elle observa le frère du directeur de l'institution, dégoûtée.

Ses yeux se posèrent ensuite sur d'autres photos encadrées : certaines représentaient Saint-Bris avec des gosses, d'autres dataient de son passage à l'armée.

Elle les avait déjà remarquées rapidement lors de sa première visite, mais elle ne s'en était pas souciée. Elle les regarda cette fois en prenant son temps, sans savoir ce qu'elle cherchait vraiment ; elle en dégagea une qui attira plus son attention car elle était moins visible, comme dissimulée derrière les autres. En détaillant les visages de ces militaires, elle fut foudroyée.

Ils étaient tous les cinq torse nu en train d'exhiber leurs tatouages identiques, gonflant leur biceps droit face à l'objectif et riant à gorge déployée.

Elle se sentit partir, happée par un énorme trou d'air, une chute infinie ; elle s'appuya sur le dossier d'un fauteuil derrière elle avec l'impression que son cœur allait s'arrêter.

Sous le choc, tout vrilla subitement dans sa tête ; elle perçut alors un sifflement, comme le jet d'une sarbacane, puis une piqûre intense dans son cou. Elle porta instinctivement sa main libre sur la zone douloureuse avant de s'évanouir et de s'étaler sur le sol.

71

Les sens en éveil et totalement concentré sur sa conduite, Manny filait la voiture devant lui en laissant une distance suffisante pour ne pas se faire remarquer.

Tous les éléments se mettaient en place et la dernière pièce se trouvait juste sous son nez.

Il ne doutait pas une seconde de sa destination, et il ne fut pas surpris quand la voiture tourna à l'angle sur la gauche pour se garer près de l'institution Sainte-Geneviève.

Manny trouva une place discrète un peu plus loin dans une rue perpendiculaire et revint au pas de charge en contournant le bâtiment par l'ouest.

Sur ses gardes, il resta à couvert et espionna le porche depuis l'obscurité ; il le vit entrer sur les pas du gardien ; sans s'en rendre compte, il serra les poings et les mâchoires.

Quand la porte se referma, il quitta son poste en trottinant vers l'entrée de l'institution et patienta une trentaine de secondes avant de frapper à son tour.

Le gardien réapparut et le reconnut tout de suite.

— Décidément, c'est un vrai moulin, ce soir ! lâcha-t-il en refermant derrière lui.

— Pourquoi vous dites ça ? demanda Manny.

— D'abord votre charmante collègue, puis un autre à l'instant, et vous maintenant… Une petite fête se prépare à l'étage ? lança-t-il avec un soupçon de complicité.

— OK, je vois… Vous allez bien m'écouter, monsieur…

— Girod.

— Monsieur Girod, vous allez bien m'écouter. Vous vivez seul ici ?

— Oui.

— Alors vous allez vous enfermer chez vous, d'accord ?

— Euh… d'accord.

— Enfermez-vous chez vous, immédiatement. Si vous entendez des bruits étranges, sortez et courez le plus loin possible sans vous arrêter, c'est bien compris ?

— Qu'est-ce que vous racontez ? C'est quoi, des bruits étranges ?

Manny avait fait volte-face et se précipitait déjà vers les escaliers.

Sur le palier du quatrième, il ne prit pas le temps de recouvrer son souffle et traversa le couloir à toute allure jusqu'au bureau de Saint-Bris.

L'oreille au battant, il retint sa respiration, mais n'entendit rien ; il appuya sur la clenche et poussa la porte.

Dans la pièce déserte, il avança lentement entre le coin bureau sur sa gauche et le salon à droite ; il se figea devant la grande cheminée et jeta un coup d'œil aux photos qui y trônaient en bonne place ; il remarqua immédiatement le cliché avec les cinq militaires tatoués, le même qu'il avait découvert quelques heures plus tôt au Service historique de la Défense. Il étouffa la colère qui montait en lui ; *garder la tête froide, surtout, garder la tête froide*, se répéta-t-il en se retournant et en jetant un coup d'œil à la bibliothèque et aux animaux empaillés. *Où étaient-ils tous passés, bordel ?*

Il tournait sur lui-même en se triturant les méninges quand il comprit que le bureau n'avait pas d'autre accès. D'après le gardien, ils étaient pourtant tous montés dans les quartiers de Saint-Bris. Ses yeux se promenèrent furieusement dans la pièce, s'arrêtèrent une nouvelle fois sur la cheminée.

Les yeux plissés, il frappa le mur au-dessus du manteau, ça sonnait plein. Il cogna sur les côtés pour le même effet. Quand il s'agenouilla et qu'il toqua derrière le foyer, il perçut comme un écho de l'autre côté de la plaque en fonte. Il se redressa et passa nerveusement la main sous son bord. Rien.

Il retourna vers le bureau, tâtonna sous son plateau mais ne sentit aucun bouton ou poussoir contre ses doigts.

Il s'impatientait, la vie d'Esperanza était en jeu ; une sueur froide lui glaça l'échine quand il dévisagea le renard fièrement posé sur l'avancée de la bibliothèque. Le tatouage des cinq militaires clignota dans son esprit comme une série de flashs et il se jeta vers l'animal empaillé. Il l'étudia sous tous les angles, et lorsqu'il le fit pivoter en lui soulevant la gueule, son socle s'écarta du rebord, puis un mécanisme se débloqua dans un claquement et la plaque de fonte de l'âtre s'entrouvrit.

Avec des yeux fiévreux, il fixait la cheminée et le jet de lumière qui s'échappait à présent de la fente, lorsqu'une vision lui revint en mémoire.

Dans le couloir, il effectua le chemin inverse et courut jusqu'au palier d'où il venait pour se planter devant la grosse boîte rouge accrochée au mur. D'un coup sec et puissant du coude, il brisa le verre de protection ; il s'esquinta le poignet en saisissant la hache avant de retourner à toute allure vers le bureau.

Il se rua vers la cheminée, appuya de tout son poids sur le cœur en fonte et la plaque pivota à quatre-vingt-dix degrés ; il déboucha dans un tunnel étroit qui s'éloignait sur une dizaine de mètres. Au bout, un spot rouge surplombait une porte en métal. Manny alluma la veilleuse de son téléphone et la braqua devant lui : c'était la cabine d'un ascenseur.

Il appuya sur le bouton d'appel et le mouvement s'enclencha. La cabine arrivée à son niveau, la tension cognait contre ses tempes quand il nota qu'il n'y avait que deux boutons : l'un pour monter, l'autre pour descendre.

72

L'ATMOSPHÈRE ÉTAIT GLACIALE, l'humidité de l'air saisissante.

Dans la cave aux parois sombres, aveuglée par la lumière scialytique qui la surplombait, Doloria avait repris connaissance et se débattait sur un fauteuil d'opération ; tout son corps était entravé – ses bras (même celui qui était blessé et au préalable en écharpe), ses jambes, sa taille, son cou, elle ne pouvait rien décoller.

Une odeur putride l'enveloppa, des ombres sales dégoulinaient des murs. Et elle était dévastée, Esperanza, littéralement anéantie.

Elle entendait quelqu'un trafiquer quelque chose dans son dos, mais elle ne pouvait esquisser le moindre geste pour savoir de quoi il retournait. Quand Saint-Bris apparut dans son champ de vision, la gravité se lisait sur ses traits.

Il tendit très lentement la main vers le visage de la jeune flic et lui arracha l'attelle qui recouvrait son nez d'un coup sec ; sous la soudaine et vive douleur, Esperanza lâcha un cri primitif.

— Pourquoi autant d'acharnement, lieutenant ? demanda-t-il en jetant le bandage sur le plateau d'un des deux chariots à roulettes qui l'entouraient. Nous vous avions pourtant prévenue, à plusieurs reprises ; pourquoi avoir continué votre enquête ?

Esperanza le dévisagea à travers un voile de larmes et resta muette.

— Vous ne savez pas où vous avez mis les pieds, lieutenant. Vous ne pouviez pas le savoir, mais vous avez eu tort.

Esperanza serra les dents, elle avait le nez en feu, du sang coulait de sa narine gauche.

— Je sais ce que vous faites ici, lança-t-elle entre deux spasmes. Je sais ce que vous faites aux enfants !

— Ah ! Vous pensez tout savoir ? Eh bien, je vais vous apprendre quelque chose, lieutenant Doloria, vous ne savez rien. Vous savez même que dalle ! s'énerva-t-il soudain.

— Nous savons tout, monsieur de Saint-Bris. Nous sommes au courant de ce qui se passe ici avec les internes, de ce que votre frère a fait subir à Thomas Duchesne, à tous les autres enfants…

— Ah, mon frère… Ce bon vieux Joseph… Il avait des mœurs singulières, je vous l'accorde. Il est peut-être mieux là où il est aujourd'hui.

Crucifiée, Esperanza éprouvait une souffrance insupportable dans son épaule meurtrie, mais elle essaya de gagner du temps.

— J'ai prévenu le central, monsieur de Saint-Bris, les renforts vont arriver d'une minute à l'autre et vous ne pourr…

Une porte claqua brusquement derrière eux.

— Ah ! Justement, ça doit être votre cavalerie, s'amusa Saint-Bris.

Elle resta incrédule quand il se pencha et lui murmura au creux de l'oreille :

— Et dire que tout cela est arrivé à cause de mon petit protégé qui n'a pas su se tenir…

Saint-Bris se redressa lentement et se dirigea vers le poste de contrôle, où arrivait un deuxième homme. Incapable de les voir derrière elle, la jeune flic essaya de pivoter malgré ses liens, mais elle ne parvint qu'à se tordre le cou.

— T'en as mis du temps..., reprocha Saint-Bris au nouvel arrivant.

— C'est un peu l'ébullition là-bas, comme tu peux l'imaginer..., répondit l'autre d'une voix familière avant de se diriger vers la captive.

Dorival contourna Esperanza et se planta devant elle avec un sourire espiègle.

Elle le regarda avec fureur.

Il la toisa en silence, avec ce rictus insupportable au coin des lèvres, attisant encore plus la rage qui la consumait.

Il lui caressa la joue du bout des doigts.

— Me touche pas ! Espèce d'ordure ! hurla-t-elle en se débattant.

— J'avais plutôt l'habitude que tu me demandes l'inverse..., répliqua-t-il en se redressant.

— C'est un cauchemar...

Elle tira sur ses bras de plus belle, son épaule craqua et elle hurla sa douleur.

Elle roula des yeux et poussa un nouveau cri d'impuissance, provoquant un rire étouffé de la part de Dorival. Il se pencha sur Esperanza et appuya son pouce sur son nez fracturé. Le sang s'échappa avec abondance de ses deux narines, en même temps qu'un puissant gémissement de sa gorge en feu.

Il relâcha la pression et s'apprêtait à faire demi-tour pour rejoindre Saint-Bris dans le local de contrôle aux murs de verre, quand Esperanza l'interpella.

— Le jour où on a essayé de me flinguer... On était au lit le matin, j'étais à la bourre, t'avais voulu me refaire jouir et j'étais encore plus en retard après ça. Je suis partie en te laissant chez moi, en te donnant un double…

Ses dents percèrent entre ses lèvres ; elle était au bord de craquer.

— Comment t'as pu…

— Comment j'ai pu quoi ? Vouloir te dézinguer ?

— Comment tu peux être impliqué ?!

— C'est une longue histoire, ma petite Esperanza, répliqua-t-il en regardant Saint-Bris dans sa cage en verre.

Une vague de terreur éclata subitement dans la poitrine de la jeune flic et lui compressa le cœur.

Elle se cambra pour voir derrière elle.

— Qu'est-ce que vous allez me faire ?

— T'aurais dû mourir la semaine dernière, ma chérie, ç'aurait évité bien des tracas, à tout le monde…

— Qu'est-ce que tu vas me faire, fils de pute…

Elle retint ses sanglots.

— Et si tu as pu compter sur un ange gardien la dernière fois, ce sera pas le cas aujourd'hui…

— Manny…, murmura-t-elle.

— Merci, d'ailleurs, c'est grâce à toi que j'ai pu le mettre sur la touche sans me griller, conclut-il avant de se détourner.

Dorival lissa sa mèche grise et regagna la salle de contrôle ; Saint-Bris y terminait le dosage. Une fois la seringue remplie, le directeur de l'institution en ressortit en poussant un chariot à roulettes jusqu'à Doloria.

Elle se débattait toujours et son épaule hurlait au martyre. Elle étouffa un geignement de désespoir entre ses dents.

— Ah ! Tu peux me lancer un élastique ? demanda Saint-Bris à Dorival.

— Tout de suite, Toubib, répliqua le chef adjoint de la criminelle en lui jetant une bande de caoutchouc.

Saint-Bris garrotta Esperanza malgré sa résistance. Il en profita pour lui balancer une claque sèche sur la joue gauche, puis il lui en colla une deuxième dans la foulée sur la même joue – qui rougit aussitôt –, et il lui ordonna de cesser de gigoter.

Il lui installait un cathéter au pli du coude lorsqu'elle lâcha un cri inhumain.

73

Quand les portes coulissèrent, Manny brandissait la hache et s'apprêtait à frapper… mais personne ne se tenait de l'autre côté.

La respiration saccadée, il sortit de la cabine et déboucha dans une galerie souterraine.

Après une trentaine de mètres dans le tunnel qui se courbait légèrement et qui s'était sensiblement élargi, une deuxième voie partait sur la droite ; au vu de sa direction et de sa longueur supposée, Manny pensa immédiatement qu'elle devait se poursuivre jusque sous les fondations du couvent.

En s'imaginant le plan du quartier, il décida de rester dans le couloir principal et continua le chemin qui se prolongeait apparemment sous l'internat.

L'angoisse gronda dans son estomac. Il essuya la sueur grasse qui lui brûlait les yeux avant de plonger la main dans sa poche ; sa petite boîte était vide ; son corps devint fusion.

Il serra les dents et continua de progresser ; il découvrit quatre épaisses portes en métal qui se succédaient sur la gauche, mais elles étaient condamnées et il ne s'y attarda pas.

Au bout du tunnel, il n'en pouvait plus, il suffoquait, des crampes se manifestaient dans ses membres, la transpiration lui collait les cheveux au front, aux tempes, à la nuque ; il s'agrippait au manche de la hache quand il stoppa net devant une porte close ; il était arrivé.

L'oreille tendue, il essuya la peur qui inondait son front, poussa le battant et déboucha dans un laboratoire lumineux. On y trouvait plusieurs appareils sur des tables en carrelage – microscope électronique, agitateur, centrifugeuse –, des produits chimiques sur des étagères, des becs Bunsen, des étuves, tout le matériel d'un labo qui semblait tourner à plein régime.

En avançant vers la porte du fond, Manny perçut un cri aigu résonner au loin. Il passa de l'autre côté et s'accroupit en débarquant dans un vestibule sombre et étroit. Il avança à couvert et se cacha derrière une cloison opaque ; il tenta un coup d'œil furtif par la vitre supérieure : il aperçut Dorival s'agiter devant des écrans de contrôle. En basculant le regard au-dessus du rebord de droite, Manny découvrit le tableau dans son ensemble : Saint-Bris était penché sur Esperanza, le bras de sa partenaire sanglé dans une gouttière, n'attendant que d'être gavé d'une seconde à l'autre.

Quand Saint-Bris baissa la seringue vers le cathéter, Manny bondit de sa planque en poussant le battant en verre et lança la hache dans sa direction. Elle tournoya à peine deux secondes dans les airs avant de rencontrer sa cible ; Saint-Bris lâcha aussitôt son instrument en hurlant de douleur et la hache retomba brutalement en rebondissant sur le sol. Sous le choc, Saint-Bris tenait son bras en sang quand il aperçut Manny se ruer sur lui. Il contourna aussitôt le fauteuil d'Esperanza et prit la fuite vers la porte opposée.

Dans la cage de verre d'où il assistait à la scène, éberlué, Dorival dégaina son arme et la braqua en direction d'Almeida qui se précipitait vers Doloria. Il tira trois fois mais ne réussit qu'à faire éclater la vitre qui les séparait.

Saint-Bris avait disparu, des traces de sang maculaient la porte par laquelle il s'était échappé ; Manny libéra les bras d'Esperanza, lui permettant de se détacher complètement, et ramassa la hache à la hâte avant de se détourner. Débarrassée de ses liens, la jeune flic roula sur le côté pour s'abriter sous le fauteuil alors que Dorival tirait encore dans leur direction.

Planqué derrière l'un des chariots à roulettes, Manny se protégeait des coups de feu qui retentissaient et des balles qui rebondissaient au-dessus de sa tête. Il les avait comptées, même s'il n'en était pas sûr à cent pour cent ; il se releva pourtant d'un bond en lançant par surprise la hache vers Dorival, mais le chef adjoint l'évita de justesse, et la lame s'encastra dans un appareil électronique derrière lui, qui explosa en des centaines d'étincelles. Sa façade s'enflamma rapidement et la chaleur se propagea sur le mur d'équipements, faisant fondre le plastique et les circuits imprimés en émettant de petites explosions.

Sans défense, Manny se recroquevilla tandis que Dorival rechargeait son arme et sortait du poste de contrôle où le feu se déployait. Il n'était plus qu'à cinq mètres d'Almeida, il continuait de tirer, les projectiles ricochaient sur les appareils alentour dans un vacarme assourdissant.

À sa merci, Manny comprit que son heure était venue. C'était la fin, on allait l'abattre dans un instant.

Dorival braquait toujours son arme vers le chariot derrière lequel se protégeait le flic, quand il le fit valdinguer d'un coup de pied ; la tablette s'éclata contre le mur voisin, faisant voler ses ustensiles et dévoilant Almeida tapi au sol.

Les flammes s'étendaient, la cage de verre avec ses appareils électroniques et ses écrans de contrôle était devenue un véritable brasier ; le feu se développait maintenant jusqu'à la salle d'opération où Manny était tenu en joue.

— Un dernier mot, Almeida ? demanda Dorival, le doigt vibrant sur la détente.

— Pauvres gosses…

— Les enfants, Almeida, c'est l'avenir de l'humanité…

Trois coups de feu rapprochés se répercutèrent parmi les ravages des flammes.

Manny sursauta en se touchant convulsivement la poitrine au moment où Dorival était violemment projeté sous la puissance des impacts.

Son corps planait dans les airs, sa chemise était maculée de sang au niveau du cœur, les détonations résonnaient en écho dans ce chaos quand la dépouille retomba deux mètres plus loin.

Au sol et affolé, Manny tourna la tête sous le fauteuil, là où aurait dû se trouver Esperanza ; mais elle se tenait trois mètres plus loin à droite, près de la table où Saint-Bris avait déposé son flingue avant de l'attacher, et elle le brandissait toujours devant elle quand l'odeur de poudre lui parvint finalement aux narines.

Il se releva brusquement et attrapa sa partenaire au passage avant de se précipiter vers la porte empruntée par Saint-Bris un instant plus tôt. Ils débouchèrent dans un couloir au bout duquel montait un escalier en colimaçon sur une quinzaine de mètres. Derrière eux, une explosion retentit. L'assourdissante déflagration éventra le mur de la salle d'opération dans une tornade de fournaise et ils tressaillirent tout en se ruant vers les marches. L'onde de choc faucha le corps sans vie de Dorival, alors que les éclats de murs et les flammes tournoyaient dans le souffle de l'incendie.

— Comment tu m'as trouvée ? haleta Esperanza en montant difficilement.

— J'ai découvert que Saint-Bris avait été le supérieur de Dorival en Irak, répondit-il en la poussant dans l'escalier. Après ça, tout m'a paru clair : les galères de l'enquête, la tentative d'assassinat chez toi…

— C'est affreux, Manny… Ils violent des gosses…, lâcha-t-elle, bouleversée et essoufflée.

— Quoi ?! T'es sûre de ça ?

— Oui, c'est ce qui est arrivé à Thomas Duchesne il y a vingt ans, et ça continue aujourd'hui. Sœur Marie-Hélène l'avait découvert, elle avait décidé de tout dévoiler juste avant qu'on ne la tue…

— Je ne suis pas au courant, Esperanza. Mais j'ai découvert autre chose, et ça risque de prendre des proportions folles si c'est confirmé, car beaucoup de personnes haut placées y sont obligatoirement mêlées…

Ils entendirent une nouvelle explosion derrière eux et accélérèrent le rythme.

Ils étaient presque à la moitié de leur montée quand ils entendirent une porte claquer au-dessus d'eux : Saint-Bris venait d'achever l'ascension.

Ils gravirent les dernières marches à toute allure. Une fois arrivés en haut et malgré l'essoufflement, les deux flics franchirent la porte avec fougue ; dans un sursaut, ils freinèrent aussitôt leur élan, Manny retenant de justesse Esperanza : ils se retrouvaient face à un immense vide. Sans s'en apercevoir, ils avaient atteint la charpente du bâtiment secondaire et d'énormes poutres se croisaient d'un bout à l'autre devant eux dans une périlleuse architecture.

Sur l'un des bastaings, à mi-chemin de l'autre cloison, Saint-Bris tentait de rejoindre la sortie opposée en avançant avec précaution.

Manny hurla une première fois, mais le Toubib passa sur une autre poutre sans lui prêter attention ; il n'était plus qu'à quelques mètres du passage quand Almeida arracha le pistolet des mains de sa partenaire et le pointa sur le directeur de l'institution.

— Saint-Bris ! Arrêtez-vous tout de suite et mettez vos mains en évidence ou je tire ! Vous êtes prévenu !

Mais Saint-Bris ne se retourna même pas et continua son chaotique parcours, tenant son bras qui dégoulinait de sang et prenant garde de ne pas perdre l'équilibre.

Derrière elle, Doloria entendit soudain des crépitements de l'autre côté de la porte, dans la cage d'escalier qu'ils venaient d'emprunter. Elle l'ouvrit et sentit un vent de chaleur la happer : les flammes avaient gagné l'escalier et se déployaient dangereusement.

Elle referma la porte au moment où un coup de feu résonnait dans les combles.

Elle se retourna et remarqua tout de suite la fumée autour de l'arme que Manny braquait devant lui.

Elle entendit aussi une plainte à l'autre bout de la charpente. Saint-Bris se cambra en se touchant la cuisse, puis il se ratatina avant de tomber de son bastaing. Dans sa chute, le corps du directeur traversa le plafond de l'étage inférieur avant de s'écraser plus bas avec fracas.

Almeida fit volte-face pour emprunter le chemin inverse, mais les flammes avaient déjà gagné la moitié de l'escalier : elles seraient là d'une seconde à l'autre.

Les deux flics s'engagèrent sur les poutres et suivirent le même chemin que Saint-Bris.

Sans traîner, ils parvinrent à l'endroit de sa chute. Manny regarda à travers la brèche : le directeur était étalé sur le sol carrelé cinq mètres plus bas et se tenait la cuisse en geignant.

La charpente franchie sans encombre, ils empruntèrent un autre escalier qui descendait en tournicotant quand ils entendirent les flammes tout cramer à l'autre bout du bâtiment.

Ils débouchèrent dans une coursive sombre et exiguë, puis ils se retrouvèrent dans l'obscurité du couloir du deuxième étage – celui des dortoirs des internes.

Même s'il était invisible, Manny pouvait sentir le feu crépiter et grossir dans les cloisons ; le brasier s'étendait, il allait bientôt tout anéantir.

Doloria se précipita vers les dortoirs pour réveiller les enfants au moment où deux surveillants tirés du sommeil par le boucan sortaient de leurs chambres, affolés, ne comprenant pas du tout ce qui se passait. Esperanza leur ordonna de l'aider à évacuer l'étage et ils obéirent sans réfléchir davantage.

En chutant depuis la charpente, Saint-Bris avait atterri dans les sanitaires au bout du couloir et Manny s'y rua sans hésiter, l'arme de sa coéquipière toujours en main.

En poussant le battant, il remarqua la flaque de sang au milieu du carrelage, et la traînée pourpre qui se dessinait sur le sol jusqu'au mur. Saint-Bris se tenait le haut de la cuisse en titubant, appuyé contre le rebord de la fenêtre ouverte.

Manny s'avança lentement dans la pièce.

— J'ai déjà eu affaire à des paquets de merde dans ma vie, lança-t-il en s'approchant du directeur, mais vous êtes sans doute le plus gros que j'aie jamais eu l'occasion de rencontrer.

— Vous ne savez rien…, lui rétorqua Saint-Bris, blême, en le défiant malgré la douleur et la perte de sang déjà importante qui l'affaiblissait considérablement.

— J'en sais suffisamment pour vous faire plonger, vous et votre réseau de malades.

— Vous êtes un microbe, Almeida. Vous vous prenez pour un cador, mais vous n'êtes rien. Et vous resterez toujours ce misérable connard qui se cherche une raison d'exister.

Manny perçut l'agitation dans le couloir ; Doloria passait de dortoir en dortoir avec les deux surveillants pour réveiller les enfants, il les entendait maintenant dévaler les marches.

Saint-Bris se tourna vers la fenêtre ouverte et cette nuit noire.

— Ne faites pas ça, prévint Almeida en s'approchant de lui.

— Vous n'avez pas la foi, capitaine. Vous n'avez foi en rien, ajouta-t-il en penchant son buste vers l'ouverture.

— Ne faites pas ça !!! hurla Manny au moment où le corps de Saint-Bris basculait dans le vide.

Almeida bondit vers la fenêtre, manquant de glisser sur l'épaisse traînée rouge foncé qui maculait le sol.

Il repéra le corps de Saint-Bris, éclaté sur le trottoir une dizaine de mètres plus bas, éclairé par un lampadaire.

Il pivota et se précipita dans le couloir ; Esperanza arrivait alors à son niveau.

— L'étage est vide, Manny, ils sont tous dehors ! cria-t-elle pour couvrir les bruits de l'incendie qui se déployait et qui détruisait déjà le mur ouest de l'autre côté.

— Cassons-nous de cet enfer !

Ils s'élancèrent dans les escaliers, descendirent à toute allure les deux étages, puis ils traversèrent l'immense hall en marbre clair et quittèrent le bâtiment en flammes.

Une fois dehors, Esperanza retrouva les surveillants et le gardien, qui l'aidèrent à regrouper les enfants et à les mettre à l'abri dans une rue parallèle.

Manny resta un instant devant le brasier, à observer le feu qui atteignait le toit du bâtiment, puis il avança jusqu'au corps du directeur éparpillé sur le bitume, la cervelle étalée sous son crâne et les membres désarticulés.

Saint-Bris était mort, mais Manny se pencha malgré tout sur lui et prit son pouls avant de se redresser au moment où les sirènes montaient crescendo et les flammes recouvraient la totalité du bâtiment.

74

PRÈS D'UNE SEMAINE après la destruction de l'internat par les flammes, l'affaire n'avait pas totalement éclaté et les investigations se poursuivaient.

Manny avait découvert au fil de son enquête que l'institution Sainte-Geneviève était une couverture : un centre de recrutement, où des gosses étaient sélectionnés, formés et entraînés pour devenir des enfants-soldats. Des gamins abandonnés, dont personne ne se souciait et qui pouvaient disparaître du jour au lendemain sans éveiller le moindre soupçon, afin d'être vendus comme chair à canon au plus offrant.

Au cours de ses recherches, Almeida avait trouvé des similitudes avec d'autres établissements du même acabit, sur le territoire français, mais aussi dans d'autres pays d'Europe ; un immense programme que dirigeait Antoine de Saint-Bris pour le compte d'un obscur groupe international.

Les communications des ministères de l'Intérieur, de la Défense et des Affaires étrangères restaient floues quant aux événements et à la gravité des crimes commis, comme s'ils voulaient les étouffer, ne souhaitant pas y être associés.

La mort dans l'âme, Almeida et Doloria avaient dû lâcher leur enquête, récupérée par des pontes de la Sécurité intérieure, qui avait décrété que l'affaire serait classée secret-défense.

Malgré la promesse de Giesbert de les tenir informés de toute évolution notable dont il aurait connaissance, il faudrait d'après lui des mois, voire des années, pour faire une lumière complète sur ces opérations secrètes et leurs financements ; tant d'individus semblaient être concernés par ce tentaculaire réseau à travers le monde que la tâche s'avérait titanesque.

Ce soir-là, en rentrant chez lui, Manny s'était isolé dans son bureau ; sa femme préparait le dîner dans la cuisine ; il entendait les rires de leur fille qui provenaient du salon, où elle était plantée devant l'un de ses Pixar préférés. Il avait eu Cristian au téléphone un peu plus tôt, son hospitalisation touchait à sa fin. Il allait pouvoir sortir dans deux jours et Manny lui avait promis de le ramener lui-même à la maison.

Assis sur son siège qui ne cessait de couiner sous l'agitation nerveuse de sa cuisse, le flic tenait entre ses mains le dessin de Nicolas et étudiait une fois encore l'abominable Épouvantail.

Quand le téléphone vibra sur son bureau, il regarda le nom affiché sur l'écran, reposa le dessin et s'empara de l'appareil.

— J'ai les résultats du labo, annonça aussitôt Esperanza.

Il resta silencieux, pendu à ses lèvres.

— Il y a correspondance, Manny. L'ADN retrouvé sous les ongles de sœur Marie-Hélène est bien celui de Thomas Duchesne, sans aucun doute possible. On va aussi pouvoir l'inculper pour ce meurtre.

— Merci, Esperanza.

Un silence agréable s'instaura sur la ligne, il imagina sa partenaire sourire elle aussi à l'autre bout.

— On a réussi, Manny.

— On a réussi, kiddo.

Il raccrocha et reporta son attention sur le dessin de Nicolas : ce monstre hideux aux cicatrices profondes et au corps difforme. Ils avaient finalement réussi à mettre la main dessus.

Pour un dénouement qui dépassait l'entendement.

★

Dans sa chambre de l'unité hospitalière sécurisée où il était enfermé dans l'attente de son procès, Thomas Duchesne occupait le lit près de la fenêtre grillagée ; il était allongé de tout son long et lisait un magazine de chasse quand la porte se débloqua dans un bruit âpre et métallique.

Un gardien d'une cinquantaine d'années aux yeux rougis par l'alcool pénétra à l'intérieur, suivi par deux infirmiers accompagnés d'un nouveau détenu.

— Salut Duchesne, lança le maton. On t'amène de la compagnie. T'as intérêt à être sage avec lui, c'est compris ?

Mais Thomas, plongé dans sa passionnante lecture, les ignora complètement.

Les deux infirmiers installèrent le prisonnier sur le lit disponible, puis ils sortirent de la chambre avant que le gardien les imite en verrouillant la porte.

Le nouvel arrivé se tourna vers Duchesne, qui n'avait pas ouvert la bouche.

— Salut, lui lança-t-il.

Thomas regardait toujours son magazine sans ciller et tournait calmement les pages.

L'autre s'installa plus confortablement, avant de lui adresser à nouveau la parole.

— J'm'appelle Sébastien. Mais tu peux m'appeler Seb, précisa-t-il en attendant une réponse.

Thomas lécha le bout de son index et passa à une nouvelle page sans se préoccuper de son codétenu.

— Bon, enchanté en tout cas, lança Sébastien en calant mieux l'oreiller sous sa tête. Toi, c'est Duchesne, c'est ça ?

— Non. Duchesne est parti.

— Ah bon ?! s'étonna-t-il. Mais t'es qui, toi, alors ?

Sans lever un œil vers lui :

— Tu peux m'appeler l'Épouvantail.

Épilogue

Un mois plus tard, l'affaire faisait toujours la une des journaux et se trouvait au cœur de toutes les discussions.

À la télévision, dans la presse, au bistrot du coin, chez le coiffeur, dans le métro, tout le monde y allait de son commentaire tant cette histoire passionnait l'opinion publique.

Thomas Duchesne était devenu une sorte de fil rouge à l'actualité quotidienne et il n'y avait pas un jour sans que soient évoqués son passé – des articles le faisaient parfois même passer pour la véritable victime – ou le réseau d'enfants-soldats auquel il était associé.

Ce fait divers à portée internationale fascinait tellement que des producteurs étrangers se tiraient la bourre pour l'adapter en film ou en série.

Assis sur un banc, dans un parc où des dizaines d'enfants s'amusaient et chahutaient ensemble, le vieil homme repéra rapidement la gamine.

Elle lui parut petite pour son âge, mais il la reconnut tout de suite ; il n'avait eu aucun doute en la voyant.

Quand il attira son attention en lui montrant une poupée Barbie flambant neuve et encore dans son blister rose, la fillette se précipita vers lui et s'empara du jouet emballé avec de grands yeux qui brillaient.

★

Après un détour par la clinique où Nicolas était dorénavant pris en charge – afin de lui rendre son dessin (mais il n'en avait pas voulu et l'avait déchiré devant lui) –, Manny traversa calmement l'Est parisien au volant de sa voiture jusqu'à La Villette.

Il trouva une place dans la rue d'Hautpoul et y gara son véhicule, avant de parcourir la cinquantaine de mètres qui le séparait du cimetière.

Il se fraya un chemin parmi les deux mille cinq cents sépultures qui habillaient l'hectare du domaine, agrémenté d'érables, de tilleuls, de marronniers.

Son cœur battait fort dans sa poitrine quand il avança dans les allées, lisant certains noms au hasard des pierres tombales plus ou moins fleuries.

Arrivé devant la tombe, il déposa sur le marbre foncé la photo empruntée au couvent sept semaines plus tôt : le portrait lumineux de sœur Marie-Hélène, la blondeur solaire et le regard plein de vie.

Il trouva un gros pavé et le plaça sur le cliché pour l'y maintenir à l'abri des intempéries.

Il resta un moment devant la sépulture à détailler les inscriptions gravées en lettres capitales.

HÉLÈNE DALENCOURT
1990-2018
PURETÉ ET INNOCENCE

★

Dans le bureau du neurologue, après avoir passé un nouveau scanner, Manny patientait calmement quand le médecin finit par débarquer.

— Comment vous sentez-vous depuis la dernière fois ? demanda le spécialiste en s'asseyant sur son siège face à lui.

— J'ai toujours des migraines. Fortes.

— Comment réagissez-vous aux nouveaux cachets que je vous ai prescrits ? Vous supportez mieux ce traitement ?

— Il me réussit mieux, oui. J'ai moins de nausées qu'avec le précédent qui me faisait vomir tous les jours depuis deux mois.

— Tant mieux, tant mieux…

Le neurologue se redressa, joignit les mains sur son bureau.

— Avez-vous prévenu vos proches ? vos collègues ?

— Non, je ne m'en suis pas encore occupé. J'attendais de connaître l'évolution de la maladie avant d'inquiéter qui que ce soit.

Le téléphone de Manny vibra dans sa poche.

— Ça n'est pas bon, monsieur de Almeida, reprit le médecin, pas bon du tout. Après l'échec de la radiothérapie, j'espérais qu'avec ce nouveau traitement la tumeur se résorberait, ou au moins stopperait son évolution…

Les paroles du médecin s'éteignirent.

Manny vit défiler les visages de ceux qu'il aimait : sa femme, sa fille, son frère, son père.

Ils s'imposèrent distinctement dans son esprit.

— Il reste un espoir, poursuivit le neurologue, il s'agit d'une opération qui est encore au stade de l'expérimentation. Elle a déjà donné des résultats positifs dans les pays où elle a été testée. Je vous expliquerai tout en détail le moment venu, mais je pense qu'il faudrait l'annoncer à votre famille dès à présent.

Le téléphone de Manny vibra à nouveau dans sa poche ; il posa la main dessus comme si ç'allait le faire taire.

— Il me reste combien de temps ? demanda-t-il.

— Si vous refusez l'opération ou si elle échoue, la tumeur continuera sa croissance sans aucun frein. Je dirais… six mois, peut-être huit.

Le regard dans le vide, Manny acquiesça en silence.

Son téléphone vibra une troisième fois.

— Excusez-moi.

Il n'avait pas porté l'appareil à son oreille qu'Esperanza hurlait à pleins poumons à l'autre bout de la ligne.

— Manny ! C'est Mia !!! On a enlevé ma fille, Manny ! On l'a enlevée !!!

La voix terrorisée de sa partenaire claquait toujours contre ses tempes quand il ferma les yeux.

Puis il les rouvrit.

Remerciements

Alors que mon premier roman est terminé, je me souviens de mon ami Laurent Bonelli, puits de culture littéraire et amoureux fou des écrits, qui m'a encouragé dans cette voie il y a bien longtemps, plus de quinze ans, tandis que j'étais pétri de doutes. Libraire, critique, directeur de collection chez Robert Laffont à la fin de sa jeune vie, il nous a quittés précocement en 2006, à l'âge de trente-neuf ans. Mes plus tendres pensées l'accompagnent où qu'il soit.

Je remercie naturellement ceux sans qui ce projet n'aurait pu aboutir : mon éditeur Glenn Tavennec, l'indispensable Nathalie Théry, Camille Racine, Emmanuel Roche, ainsi que toutes les équipes des éditions Robert Laffont qui ont permis la production, la promotion et la distribution de cet ouvrage.

Un ouvrage pour la réalisation duquel j'ai aussi pu compter sur deux amis : Gérald Wassen, qui a créé la couverture, et Nicolas Valois, qui a photographié mon portrait. Merci à eux pour leur générosité, leur amitié et leur talent.

Je vous remercie vous, lecteurs, qui avez pris le temps de me lire. J'espère que mon texte vous aura touchés ; je vous donne rendez-vous bientôt pour la suite.

Enfin, je remercie Valérie de me rendre heureux.

PARUS DANS
LA BÊTE NOIRE

KATERINA AUTET
La Chute de la maison Whyte (Grand Prix des Enquêteurs 2020. Prix littéraire de la Renaissance française 2020)

CÉDRIC BANNEL
Baad (Prix du Meilleur polar des lecteurs de Points 2017)
Kaboul Express

JACQUES-OLIVIER BOSCO
Brutale
Coupable

RHYS BOWEN
Son Espionne royale
Tome 1, *Son Espionne royale mène l'enquête*
Tome 2, *Son Espionne royale et le mystère bavarois*
Tome 3, *Son Espionne royale et la partie de chasse*
Tome 4, *Son Espionne royale et la fiancée de Transylvanie*
Tome 5, *Son Espionne royale et le collier de la reine*
Tome 6, *Son Espionne royale et les douze crimes de Noël*

FRANCK CALDERON, HERVÉ DE MORAS
Là où rien ne meurt

JULIA CHAPMAN
Les Détectives du Yorkshire
Tome 1, *Rendez-vous avec le crime*
Tome 2, *Rendez-vous avec le mal*
Tome 3, *Rendez-vous avec le mystère*
Tome 4, *Rendez-vous avec le poison*
Tome 5, *Rendez-vous avec le danger*
Tome 6, *Rendez-vous avec la ruse*

KAREN CLEVELAND
Toute la vérité

DANIEL COLE
Ragdoll
Tome 1, *Ragdoll* (Prix Griffe noire du polar de l'année 2017)
Tome 2, *L'Appât* (Prix Bête noire des libraires 2018)
Tome 3, *Les Loups*

SANDRONE DAZIERI
Tu tueras le Père
Tu tueras l'Ange
Tu tueras le Roi

LARA DEARMAN
La Griffe du diable
L'Île au ciel noir

INGRID DESJOURS
Les Fauves
La Prunelle de ses yeux

CLAIRE FAVAN
Serre-moi fort (Prix Griffe noire du meilleur polar français 2016)
Dompteur d'anges
Inexorable

REBECCA FLEET
L'Échange
La Seconde Épouse

DOMINIQUE FORMA
Coups de vieux

AMY GENTRY
Les Filles des autres
De si bonnes amies

PATRICE GUIRAO
Le Bûcher de Moorea
Les Disparus de Pukatapu

L. S. HILTON
Maestra
Domina
Ultima

INGAR JOHNSRUD
Les Adeptes
Les Survivants

ELIZABETH KEY
Sept Mensonges

SARA LÖVESTAM
Chacun sa vérité (Grand Prix de littérature policière 2017, domaine étranger. Prix Nouvelles voix du polar 2018, roman étranger)

Ça ne coûte rien de demander
Libre comme l'air
Là où se trouve le cœur

Fabio Mitchelli
Une forêt obscure
Le Tueur au miroir
Le Loup dans la bergerie

Nicole Neubauer
Sous son toit

Vincent Ortis
Pour seul refuge (Grand Prix des Enquêteurs 2019)

Gin Phillips
Le Zoo (Prix Transfuge du meilleur polar étranger 2017)

Antoine Renand
L'Empathie (Prix des lecteurs Gouttes de Sang d'Encre 2019.
Prix Nouvelles voix du polar 2020, roman français)
Fermer les yeux

Fabrice Rose
Tel père, telle fille (Prix Bête noire des librairies 2020)

Rydahl & Kazinski
La Mort d'une sirène

Romain Slocombe
La trilogie des collabos
L'Affaire Léon Sadorski (Prix Libr'à Nous 2017, catégorie polar)
L'Étoile jaune de l'inspecteur Sadorski
Sadorski et l'Ange du péché
La trilogie de la guerre civile
La Gestapo Sadorski

Ilaria Tuti
Sur le toit de l'enfer (Prix Bête noire des libraires 2019.
Prix Nouvelles voix du polar 2020, roman étranger)
La Nymphe endormie

Harriet Tyce
Blood Orange

Annette Wieners
Cœur de lapin

CET OUVRAGE
A ÉTÉ ACHEVÉ D'IMPRIMER
SUR ROTO-PAGE
PAR L'IMPRIMERIE FLOCH
À MAYENNE EN FÉVRIER 2021

N° d'édition : 61044/01 – N° d'impression : 97658
Dépôt légal : mars 2021
Imprimé en France

Composition et mise en pages
Nord Compo à Villeneuve-d'Ascq

MIXTE
Papier issu de
sources responsables
FSC® C003309
FSC
www.fsc.org

L'éditeur de cet ouvrage s'engage dans une démarche
de certification FSC® qui contribue à la préservation
des forêts pour les générations futures.

Pour en savoir plus :
www.editis.com/engagement-rse/